Gerrit Fischer

Adria-Express

Roman

MIX
Papier aus verantwortungsvollen Quellen
Paper from responsible sources
FSC® C105338
FSC
www.fsc.org

Das Buch

Tim ist im Sommer 1996 gerade 18 Jahre alt geworden. Doch mit seinem Leben kommt er nicht mehr zurecht. Der Erwartungsdruck seiner Familie frisst ihn auf, die schulischen Probleme nagen an ihm. Er wird von seiner ersten großen Liebe enttäuscht und schließlich muss er einen schlimmen Schicksalsschlag hinnehmen, der seine Welt komplett zum Einsturz bringt. Er findet keinen Halt mehr und weiß nicht weiter. Tim hält es zuhause nicht mehr aus. Er kann keinen klaren Gedanken fassen, packt seine Tasche, hebt all seine Ersparnisse von seinem Konto ab und steigt plan- und ziellos in den nächstbesten Zug, der schließlich am Hauptbahnhof von München endet.

Dort trifft er junge Menschen, die völlig anders sind als er, die frei und unbekümmert die Welt erforschen, das Hier und Jetzt des Lebens genießen möchten und mit dem Rucksack durch Europa reisen. Er schließt sich einer Gruppe von Interrailern an, die auf dem Weg in den Süden ist. Es beginnt eine spannende Reise durch Italien mit unvergesslichen Bekanntschaften und vielen Abenteuern. Tim lernt ein Leben kennen, welches ihm bisher vollkommen fremd war. Und dabei findet Tim für sich heraus, was er von seinem Leben erwartet und was ihm wirklich wichtig ist und trifft letztendlich die Entscheidung darüber, wie seine Zukunft aussehen soll.

Adria-Express, ein unterhaltsamer, amüsanter und manchmal nachdenklicher Roman über die Träume und Realitäten des Lebens.

Der Autor

Gerrit Fischer wurde 1974 im nordhessischen Schwalmstadt geboren und lebt in Bad Nauheim. Die Freude am Schreiben und der Wunsch, einmal ein selbst verfasstes Buch in seinen Händen zu halten, haben dazu geführt, dass er mit dem Roman *Adria-Express* sein erstes Buch veröffentlicht hat. Die Inspiration zu diesem Thema gab ihm das langjährige Reisen zusammen mit seinen Freunden in den 90er-Jahren mit dem Zug durch Italien.

Gerrit Fischer

Adria-Express

Das Buch ist eine Hommage an die Freiheit des Reisens mit dem Zug, zu einer Zeit, in der noch viele Nachtzüge verkehrten und die jungen Menschen das Erleben von Abenteuern ermöglichte, wie sie heute kaum noch möglich sind. Denn die Nachtzüge mit ihren Schlaf- und Liegewagen sterben langsam aber sicher aus. Die Billigflüge und schnelle Neubaustrecken haben das Reisen in den legendären Nachtzügen fast schon komplett abgelöst. Schade, denn das Erkunden unseres Kontinents auf diese Art war etwas ganz Besonderes. Der Kontakt zu Gleichgesinnten, das Kennenlernen von fremden Menschen und Kulturen, das Erleben von vielen spannenden Situationen und unvorhergesehenen Ereignissen, das Fühlen einer Atmosphäre der Freiheit und Eigenständigkeit, das erlebbare Fortbewegen zu neuen Zielen, das Übernachten in Zügen und Bahnhöfen, an Stränden und öffentlichen Plätzen, das Leben mit einem schmalen Budget in unbekannten Regionen - all das zeichnete das Interrail-Zeitalter aus.

Hintergrundinformationen zum Buch
www.adriaexpress.de

Kontakt / Hintergrundinformationen zum Autor
mail@gerritfischer.de
www.gerritfischer.de

Bibliografische Information der Deutschen Nationalbibliothek

Die Deutsche Nationalbibliothek verzeichnet diese Publikation in der Deutschen Nationalbibliografie; detaillierte bibliografische Daten sind im Internet über http://dnb.d-db.de abrufbar.

2. Auflage

Herstellung und Verlag: Books on Demand GmbH, Norderstedt

Umschlaggestaltung, Konzeption, Umschlagfoto: Gerrit Fischer

Autorenfoto, Werbefotos: Marco Perdigones (www.marcoperdigones.de)

ISBN 978-3-8423-2997-3

Prolog

Nun sitze ich hier vor dem Fenster und starre ins Leere. Sehe die Regentropfen an der Fensterscheibe entlangrinnen. Und versinke in Gedanken. Das habe ich schon immer gerne gemacht, wobei „gerne" vielleicht nicht gerade die richtige Bezeichnung dafür ist.

Es gab Zeiten, da hat nicht viel gefehlt und ich hätte mein Leben weggeworfen. Einmal war ich kurz davor. An einem Tag, an dem es regnete, an dem ich, wie heute, vor dem Fenster saß und die Regentropfen beobachtete, wie sie sich ihren Weg suchten. Und wenn ich durch sie hindurch in die Welt da draußen schaute, dann war alles dunkel, traurig und ohne Hoffnung. Und genauso fühlte ich mich auch. Ich sah keinen Ausweg mehr.

Heute sehe ich etwas anderes dort draußen in der Ferne. Es ist ein anderes Fenster als jenes im Juni des Jahres 1996.

Ein seltsames Gefühl überkommt mich beim Blick zurück in eine Zeit, in der alles anders war …

1

Nun sitze ich hier vor dem Fenster und starre ins Leere. Sehe die Regentropfen an der Fensterscheibe entlangrinnen. Und versinke in Gedanken. Im Radio läuft *Pur*. Man kann sich bessere Musik vorstellen, aber ich habe keine Kraft, mir eine CD einzulegen. Mit welcher Musik auch? Irgendwie ist alles sinnlos. Alles nervt. *Pur* singt vom *Abenteuerland*. Tausendmal gehört. Noch nie so richtig auf den Text geachtet. Heute dringt die Stimme des Sängers aber tiefer in mein Bewusstsein.

„Der triste Himmel macht mich krank. Ein schweres graues Tuch. Das die Sinne fast erstickt."

Da hat er wohl recht, der *Hartmut Engler*. Eigentlich macht mich alles krank. Der Himmel ist das Leben. Das triste Leben macht mich krank. Und es erstickt tatsächlich meine Sinne. Ich fühle mich völlig leer. Emotionslos. Antriebslos. Ich habe meine Träume aufgegeben, wenn ich überhaupt je welche hatte. Habe mich aufgegeben. Bin eingeknickt und lasse das Leben mit mir machen, was auch immer es mit mir machen will. Alles erscheint sinnlos. Anstrengend. Ziellos. Planlos. Leer. Ich fühle mich wie eine Flipperkugel. Immer in Bewegung, die Richtung fremdbestimmt, von einem harten Anschlag zum nächsten harten Aufprall geschossen. Die Flipperkugel versinkt irgendwann in einem Loch. Und hat dann ihre Ruhe.

Ich versinke in keinem Loch. Ich habe keine Ruhe. Aber ich möchte Ruhe. Ich kann nicht mehr. Ich will nicht mehr. Ich möchte schlafen. Schlafen, ohne zu träumen. Ich habe Angst vor den Träumen. Sie sind bedrohlich und ich habe keinen Einfluss auf sie. Nachts wache ich schweißgebadet auf und fühle mich gehetzt und getrieben. Ich finde meine Ruhe nicht mehr. Und ich habe aufgehört, nach etwas zu suchen. Ich finde nämlich nichts.

Es ist ein beschissener Montagmorgen. Was soll die Woche schon bringen? Die anderen freuen sich auf die Ferien, ich habe alles vermasselt. Für mich ist ein Elite-Internat im neuen Schuljahr in Bayern vorgesehen. Ein reines Jungen-Internat. Ich soll mich nicht ablenken lassen, sagt mein Vater. Bis ich dort beginne, wird er mich mit Missachtung strafen und in seiner Firma arbeiten lassen. Mir fällt nichts ein, worauf ich noch Lust habe. Mein Kopf tut weh. Er ist so voll und doch so leer, schmerzt dauerhaft vor sich hin. Vielleicht ist es nur noch diese eine letzte Lösung, die ich finden muss. Die mich dann ruhen lässt und von allem befreit. Ich glaube, ich habe die Entscheidung längst getroffen und muss mich nur aufraffen, wenigstens diese letzte Aufgabe in meinem Leben umzusetzen. Ich nehme die Musik wahr:

„Lange nichts mehr aufgetankt. Die Batterien sind leer. In ein Labyrinth verstrickt. Ich seh den Weg nicht mehr. Ich will weg Ich will raus."

Dieses Leben besitzt auch noch die Frechheit, mir Signale zu senden. Es gibt keinen Ausweg aus meinem Labyrinth.

„Ich will weg, ich will raus. Ich will - wünsch mir was. Und ein kleiner Junge nimmt mich an die Hand. Er winkt mir zu und grinst: Komm hier weg, komm hier raus. Komm ich zeig dir was. Dass du verlernt hast, vor lauter Verstand. Komm mit, komm mit mir ins Abenteuerland. Auf deine eigne Reise. Komm mit mir ins Abenteuerland. Der Eintritt kostet den Verstand. Komm mit mir ins Abenteuerland. Und tu's auf deine Weise. Deine Fantasie schenkt dir ein Land, das Abenteuerland. Trau dich nur zu spinnen, es liegt in deiner Hand Komm mit. Komm mit mir ins Abenteuerland."

Zwei Stunden später stehe ich am Bahnhof. Einem Ort, an dem man flüchten kann. Ganz aus dem Leben oder auch einfach nur an einen anderen Ort. Der Regen hat nachgelassen, doch mir ist kalt an diesem Junimorgen. Ich habe vorhin das Radio ausgeschaltet, meinen Trekking-Rucksack mit meinen Lieblingsklamotten und ein paar wenigen Habseligkeiten gepackt, mir mein Sparbuch herausgesucht. Ich ging zur Bank und ließ mir mein ganzes Geld auszahlen. Mein selbst Erspartes sowie das für mein Studium vorgesehene Geld. Monatlich per Dauerauftrag aufgefüllt von meinen Eltern. Das haben sie nicht bedacht, dass ich seit meinem 18. Geburtstag Zugriff darauf habe.

Ich habe über 20.000 Mark in der Tasche. Ich könnte mir jetzt ein Auto kaufen gehen und bar bezahlen. Doch was würde sich dann ändern? Mit Geld kann man sich ein Leben nicht erkaufen. Man kann sich vorübergehend ein Stück Freiheit erkaufen. Und das mache ich.

„Ich hätte gerne eine Fahrkarte, irgendwohin." Ich meine das nicht spaßig, es ist mir vollkommen egal. Der Bahnangestellte schaut mich an: „Ok, du Spaßvogel. Wohin soll's denn gehen?" – „Keine Ahnung, was empfehlen Sie denn?" Der Mann mustert mich und lacht: „Wohl 'nen Clown gefrühstückt, was?"

Ich bin genervt. Der Typ soll mir ein Ticket geben und fertig. „Passen Sie mal auf, entweder ich bekomme jetzt hier eine Fahrkarte oder ich werfe mich vor den nächsten Zug, wenn Ihnen das lieber ist!" Damit habe ich ihn wohl verunsichert. Er findet mich aber offenbar immer noch amüsant, auch wenn er sich nicht mehr so sicher ist. „Also, der nächste Zug ist gleich der ICE nach München, junger Mann." – „Dann einmal München bitte." – „Großraum oder Abteil?" – „Egal." – „Raucher oder Nichtraucher?" – „Egal."

2 - Rückblick

Die Zeit damals war nicht einfach für mich. Und das hört sich noch harmlos an, wenn ich das heute so sage. Natürlich weiß ich mittlerweile auch, dass das Schicksal manchem Menschen weitaus furchtbarer begegnet, als mir zu jener Zeit. Aber bei mir hatte sich einiges angestaut und ich fühlte mich in einer ausweglosen Lage. Es kam alles zusammen. Ich war 18 Jahre alt, ein Alter, in dem man für Vieles anfälliger ist. Man verfügt nicht über die Lebenserfahrung, man hat letztlich nur einen Blick auf die begrenzte Welt, in der man sich befindet und die für einen alles bedeutet. In dieser, meiner Welt lief schief, was nur schief laufen konnte.

Seit Jahren litt ich schon unter dem Druck, den ich durch meinen Vater verspürte. Er war ein erfolgreicher Unternehmer, hatte von seinem Vater eine kleine Firma übernommen, sie im Laufe der Jahre immer weiter ausgebaut und beschäftigte mittlerweile über 150 Mitarbeiter. Er war kaum zuhause, alles drehte sich bei uns um die Firma und meine Mutter hatte bei ihm eigentlich nicht viel zu sagen. Die Firma stand über allem, und da ich ein Einzelkind bin, stand es in unserer Familie nie zur Debatte, dass ich das Unternehmen einmal nicht übernehmen würde. Selbst das Praktikum in der neunten Klasse sollte ich in unserer Firma machen. Glücklicherweise intervenierte mein Klassenlehrer, der davon wusste, dass von mir bereits in den Sommerferien mindestens die Hälfte der Zeit ein Ferienjob in unserer Firma erwartet wurde. Und dem musste ich mich fügen. Ich kannte mich also einigermaßen aus, oft genug wurde ich in den letzten Jahren mitgeschleppt. Mein Vater ließ da nicht mit sich reden. „Junge, du wirst das Unternehmen eines Tages führen, du kannst nicht früh genug damit anfangen, dich damit auseinanderzusetzen.“ Und deshalb wurde ich oft am Wochenende mit eingespannt, um im Büro zu helfen oder gar in der Produktion, wenn mal wieder ein Personalengpass bestand.

Mein Vater erwartete nicht einfach nur, dass ich das Unternehmen eines Tages in seinem Sinne – und das war nicht gerade so, wie ich es mir in puncto Mitarbeiterbehandlung, Fairness und Moral vorgestellt hätte – führen würde. Für ihn war klar, dass ich zuvor ein BWL-Studium absolvieren müsse. Er hatte auch seine Vorstellungen davon, wo ich mein Auslandssemester verbringen würde, ganz im Sinne seiner Expansionspläne. Alles war perfekt geplant und vorgesehen. Dazu brauchte ich nur die richtigen Noten und genau dieses Thema brachte ihn regelmäßig in Rage. Mein Vater konnte sehr aufbrausend sein, seinen Mitarbeitern gegenüber, aber auch gegenüber mir und meiner Mutter, die sich oft nicht traute, ihre Meinung zu sagen. Er war ein knallharter Geschäftsmann, der längst seine Gefühle verloren hatte. Er war ein Eisblock. Einer, der anscheinend nur dann Freude empfinden konnte, wenn es Geld regnete. Einer, der sich über Statussymbole definierte. Mittlerweile glaube ich fast, dass ich durch nachlassende Schulleistungen unbewusst gegen ihn und die ganze Situation zuhause rebelliert habe. Absicht war es sicher nicht, aber ich konnte mit dem Druck nicht umgehen.

Ich hatte damals einfach andere Interessen und dieser vorgezeichnete Weg, diese dauerhafte Abhängigkeit von meinem Vater, das konnte ich nicht ertragen. Nicht, wenn sich meine Kumpel darüber ausließen, was sie aus ihrem Leben machen wollten. Freiheit war für sie selbstverständlich. Für mich keineswegs. Ich war so eingeengt, dass mir sogar das Träumen fremd war. Von was hätte ich träumen sollen, wieso hätte ich mir wehtun sollen?

Ich weiß noch, als ich mal mit der Bahn unterwegs war, sind mir die Werbetafeln im Abteil aufgefallen. Einige sind in meinem Gedächtnis hängen geblieben, sie haben sich förmlich eingeprägt. Die eine Werbetafel stellte mir Inge Wenzel vor. Genauer gesagt „Inge Wenzel auf dem Weg nach Rimini“. Damit hat die Bahn jahrelang für ihre Liegewagen an die italienische Adriaküste geworben. Inge Wenzel hat Eindruck bei mir hinterlassen. Sie wirkte glücklich und freute sich auf ihren Urlaub. Offenbar war bereits der Weg für sie das Ziel. Eine Bahnfahrt zum Genießen. Inge Wenzel also. Das Bild fesselte mich und ich konnte meinen Blick kaum abwenden. Es vermittelte mir, vermutlich war es so gewollt, dass sie das Gefühl der Freiheit in den Süden reisen ließ. Ich glaube, das war ein Moment, in dem mir klar wurde, dass mir etwas fehlt. Ein Moment, in dem ich in Ansätzen zu träumen wagte. Neben Inge Wenzel hingen zwei weitere Werbetafeln über den Sitzen. Die ganz rechte, über dem Fensterplatz, ist in meinen Erinnerungen nicht mehr vorhanden. Dafür die Mittlere. Schwarze Buchstaben auf weißem Grund: „Wer in die Fußstapfen anderer tritt, hinterlässt keine eigenen Spuren." Ich saß in diesem Zug, blickte zwei Stunden lang auf Inge Wenzel, wie sie sich auf ihre Reise in den Süden freute, und hörte eine imaginäre Stimme, die mir sagte, ich solle meine eigenen Fußspuren hinterlassen.

Mit meinem Vater konnte ich darüber aber schlichtweg nicht reden. Er beschäftigte sich nicht mit Zweifeln. Zweifel waren Schwächen. Und Schwächen hatten keinen Platz in seinem Leben. Das Leben war für ihn zum Arbeiten da und nicht, um irgendwelche „Spleens" auszuleben, wie er zu sagen pflegte. Meine Mutter deutete ihr Verständnis für mich allenfalls hin und wieder an, wenn wir beide alleine waren, aber ich merkte ihre Angst, sich ihrem Mann entgegenzustellen. Wir waren immer die perfekte Familie. Genügend Geld, schönes Haus, tolle Autos. Erfolgreich. Meine Mutter kam aus einer Generation, in der die Frau für den Mann da zu sein hatte. Und diese Aufgabe erfüllte sie perfekt. Sie ließ sich von ihm durchs Leben leiten und materiell ging es ihr nicht schlecht. Und mir auch nicht.

Meine Kindheit würde ich trotz allem bis zu einem gewissen Zeitpunkt sogar als schön beschreiben. Ich kannte es nicht anders, mein Vater war die Respektsperson, selten zuhause und wenn, dann streng und ernst. Ich kann mich nicht daran erinnern, dass er mal ausgelassen mit mir gespielt hätte. Aber dafür war meine Mutter da. Sie war zuhause, wenn ich von der Schule kam. Sie kümmerte sich mit mir um die Hausaufgaben. Es war ihre Rolle, für mich da zu sein. Zweifelsfrei ein schönes Gefühl, wenn man weiß, Mutter ist immer da. Als Kind ist man wahrscheinlich auch weniger anspruchsvoll. Ich hatte immer die neuesten Spielsachen, ich war immer bestens betreut, meine Mutter unternahm viel mit mir. Das reichte aus, um eine schöne Kindheit zu haben. Auch wenn ich manchmal neidisch war, gerade auf meinen besten Freund Jan, dessen Vater mit uns draußen durch den Wald tobte, der mit uns im Bach Staudämme baute, der manchmal am Spiel mehr Freude hatte als wir, wenn wir mal wieder als Crew des Raumschiffs Enterprise durch die Rapsfelder tobten, weil uns Jan, als Scotty, auf den gelben Planeten gebeamt hatte. Jans Vater war Captain Kirk und er hatte seinen kindlichen Spaß dabei, mir meine Spockohren zu klauen, sie zu verstecken und mich zu necken: „Spock, Ihr vulkanisches Ohr …, es tut mir leid, aber es ist beim Beamen verloren gegangen."

Bei Jan zuhause war alles leichter, einfacher, lockerer. Aber Jans Eltern hatten nicht viel Geld. Das merkte man, weil er eben nicht immer die neuesten Sachen hatte, die ich ganz selbstverständlich bekam. Aber Jan bekam die Unterstützung und Freiheit, die in diesem Alter so wichtig war. Sein Vater sagte immer: „Lass den Jung das doch ausprobieren, der muss seinen Weg selbst finden", wenn Jans Mutter mal wieder den Flausen im Kopf des Sohnemannes mit Unverständnis begegnete.

Irgendwann einmal, Jahre später, als wir älter waren, hat mir Jan an der Theke bei einem Bier anvertraut, er habe mich sogar manchmal beneidet: „Du hattest immer alles." Er hatte gehörigen Respekt vor meinem Vater, dem erfolgreichen Geschäftsmann, zu dem alle aufsahen. Und aus seiner Sicht konnte man auf so einen Vater stolz sein, denn er ermöglichte mir ja meinen materiellen Reichtum. Das, was Jans Vater uns gab, konnten wir als Kinder noch gar nicht angemessen schätzen. Heute weiß ich, wie wertvoll Väter wie die von Jan sind. Auch, wenn man dann nicht immer die neuesten Markenklamotten hatte und sich im eigenen Spielzimmer nicht die Sachen häuften. Es gibt Dinge, die kann man mit Geld eben nicht bezahlen. Irgendwann begriff ich das.

Die Atmosphäre wurde während des zwölften Schuljahres zuhause immer frostiger. Ich hatte mich im vorletzten Jahr durchschnittlich um eine Note verschlechtert. Und das zweite Halbjahr hatte auch alles andere als gut für mich begonnen. Die Ausrutscher häuften sich und waren schon keine solchen mehr. Zwangsläufig hörte ich irgendwann die Worte „Versetzung gefährdet".

Eine Katastrophe, weniger für mich, als für meinen Vater. Er strafte mich mit einer Mischung aus Missachtung und Härte. Meine Mutter konnte schon länger nicht mehr mein Halt sein, denn auch bei ihr machten sich die Jahre der emotionalen Kälte in unserem Haus bemerkbar. Sie wirkte immer trauriger, ruhiger, in sich gekehrter. Manchmal sah ich sie heimlich weinen, wenn sie am Abend alleine vor dem Fernseher saß und auf meinen Vater wartete und mich längst im Bett wähnte. Ich hatte oft ein schlechtes Gewissen, aber ich konnte nicht für sie da sein. Man mag das verurteilen, aber mir hat damals einfach die Kraft gefehlt. Ich hatte mit mir selbst zu tun und ich konnte ihr nicht helfen.

Und so lag ich oft die halbe Nacht wach im Bett und stellte mir Fragen, auf die ich keine Antworten fand. Ich bekam mit, dass meine Mutter zu trinken angefangen hatte. Oft hatte ich Angst davor, wenn mein Vater nach Hause kam und merkte, dass Mutter getrunken hatte. Er wurde laut und warf ihr vor, sie bekäme alles, was sie wolle und sie hätte keinen Grund zu trinken. Manchmal warf er ihr vor, sie sei zu weich zu mir und ihre lasche Erziehung würde dazu führen, dass über kurz oder lang seine mühsam aufgebaute Firma den Bach runter gehen würde. Er mache das alles nur für uns, damit wir den Lebensstandard haben könnten. Es waren lange und laute Monologe und meine Mutter traute sich in solchen Situationen genauso wenig wie ich selbst, ihm Widerworte zu geben.

Eigentlich tat das niemand. Richtige Freunde hatte er nicht. „Freunde" waren immer geschäftlich verwobene Bekanntschaften. Und niemand sagte ihm die Meinung, man stimmte ihm zu und hoffte, dass er einem wohlgesonnen war. Mein Vater bestimmte die Regeln, und da er nie Gegenwind spüren musste, hat er letztlich wohl wirklich geglaubt, diese Regeln seien das Beste. Ob er sich selbst manchmal hinterfragte, ob er sich fragte, was für uns das Beste ist, das weiß ich nicht. Ich wusste es damals nicht und ich weiß es bis heute nicht. Sowenig ich weiß, was mein Verschwinden in ihm ausgelöst hat. Diese Frage wird er mir wohl nie beantworten. Vielleicht kann er es auch gar nicht. Wahrscheinlich wäre alles so weitergelaufen, wenn nicht weitere gravierende Dinge in diesem Abschnitt meines Lebens vorgefallen wären. Auch wenn ich immer unglücklicher wurde, ich hätte mich wohl meinem Schicksal ergeben, hätte studiert und wäre dann irgendwann, ohne Elan, aber aus Pflichterfüllung meinem Erzeuger gegenüber, in die Firma eingestiegen.

Ob ich mich je richtig abgenabelt hätte? Und aus meinem goldenen Käfig ausgebrochen wäre? Es gibt keine Rückspultaste im Leben. Und so bleibt diese Frage eine hypothetische. Geschehen sind andere Dinge und die haben mir den Rest gegeben.

Wenn ich ehrlich bin, dann war Jan damals mein einziger richtiger Freund. Er war der Einzige, dem ich mich anvertraut habe, wir beide vertrauten uns. Wir kannten uns schon ewig, unsere Mütter wohnten in derselben Straße und schoben ihre Kinderwagen gemeinsam durch die Parks. Wir gingen in den gleichen Kindergarten und auch die Schule besuchten wir immer gemeinsam. Jan war in all den Jahren meine einzige feste Konstante.

Andere Kumpel kamen und gingen, enttäuschten einen oder die Bekanntschaft verlief im Sande. Wenn mich jemand fragen würde, ob ich den perfekten Menschen kenne, dann müsste ich das verneinen. Aber ich weiß, dass Jan dem sehr nah kam. Uns verband eine Menge: Wir hatten seit der Kindheit viel zusammen erlebt, litten unter den gleichen Problemen mit dem anderen Geschlecht und mussten oft gemeinsam mit unserem Liebeskummer zurechtkommen, wir hatten dieselben Interessen und waren einfach auf einer Wellenlänge. Wir diskutierten über den Sinn des Lebens, die Ungerechtigkeiten der Welt und versuchten Worte zu finden für das, was in uns vorging. Jan war so erfrischend anders als andere. Wir hatten viel Spaß miteinander, vor allem aber besaß er nicht die Oberflächlichkeit, die sonst um uns herum herrschte.

Wie es der Zufall so wollte, lernten wir im Herbst 1995 im *Einhorn* zwei sehr nette Mädchen, Sandy und Manuela, kennen. Ich war 17 und mitten im Stress. Mein Vater machte Ärger wegen der Noten. Außerdem ging ich in die Fahrschule und nahm Fahrstunden, damit ich pünktlich zu meinem 18. Geburtstag im April endlich Auto fahren durfte.

Sandy war 16. Manu, genau wie Jan, bereits 18. Beide waren nicht nur hübsch, sondern verzauberten uns vor allem mit ihrer tollen positiven und aufgeweckten Ausstrahlung. Wir kannten sie vorher noch nicht, denn sie verkehrten eigentlich nicht im *Einhorn*. Sie hatten sich aber dieses eine Mal dorthin verirrt und sich an der Theke neben uns gesetzt. Wir kamen ins Gespräch und glücklicherweise waren wir uns schnell darüber im Klaren, dass Jan auf Manu und ich auf Sandy stand. Die beiden schienen auch an uns Interesse zu haben und offenbar fühlte sich Sandy auch mehr zu mir hingezogen. Sollten wir endlich einmal Glück haben und das auch noch gemeinsam?

Wir waren bereits mehrmals zusammen essen, in der Eisdiele, in der Disco, aber es war noch nichts gelaufen. Wir hatten wohl Angst, es zu versauen oder eine Abfuhr zu bekommen, wenn wir den nächsten Schritt wagten. Oder nur einer von uns beiden hätte Glück und für den anderen bliebe wieder nur die Rolle des guten Kumpels übrig. Jan und Manu waren fürs Fahren zuständig, denn sie hatten schon einen Führerschein. Und so tranken die beiden meist keinen Alkohol. Sandy und ich waren das eine oder andere Mal etwas angeheitert und verstrickten uns in Andeutungen. Aber Sandy hatte anscheinend auch Hemmungen, die Initiative zu ergreifen.

Viel zu viel Zeit verging und ich wurde zunehmend nervöser. Es musste etwas geschehen. Es lief auf eine Entscheidung hinaus, vor der ich Angst hatte, denn mittlerweile war mir Sandy wirklich wichtig geworden.

An einem Samstagabend, Anfang Oktober, verabredeten wir uns fürs Kino. *Braveheart* feierte Premiere und Manu war bereits da, als ich kam. Allerdings ohne Sandy. Ich glaube, sie hat mir sofort angesehen, dass ich die Befürchtung hatte, Sandy käme nicht mit. „Deine Sandy ist mit ihrer Mutter noch einkaufen und wird von ihr direkt hergefahren", lachte sie. „Meine Sandy?", fragte ich leicht grinsend. „Naja, wenn man nicht blind ist, merkt man ja wohl, dass ihr aufeinander steht." Genau diese Bestätigung hatte ich gebraucht. Das war mein Abend, ich musste es einfach wagen. „Und was ist mit dir und Jan?" – „An mir liegt es nicht, ehrlich gesagt hab ich mich in ihn verknallt, aber bei ihm bin ich mir da nicht sicher. Er macht mir nicht immer den Eindruck, dass ich ihm viel bedeute." – „Das ist die Unsicherheit, wir haben in den letzten Monaten keine guten Erfahrungen gemacht. Er ist genauso in dich verknallt wie ich in Sandy." Manu strahlte und wir wurden durch ein fröhliches „Hallo" von Sandy unterbrochen, die von ihrer Mutter vor dem Kino abgesetzt worden war. Wir umarmten uns, warteten auf Jan und gingen ins Kino. Und schon in den ersten Filmminuten nahm ich Sandys Hand und sie kuschelte sich an mich. Der Film war zur Nebensache geworden, wir küssten uns und zum Glück hatten auch Jan und Manu zueinandergefunden.

Die nächsten Monate waren endlich einmal richtig schön. Wir vier verbrachten eine Menge Zeit miteinander und erlebten unglaublich schöne Stunden. Ich war über beide Ohren in Sandy verliebt. Getrübt wurde alles nur durch meine Eltern, vor allem meinen Vater, der gegen die Beziehung war. Sie würde mich nur ablenken und das in der wichtigen Phase meines Schullebens. Er benahm sich ihr gegenüber völlig distanziert und manchmal sogar offensichtlich abweisend. Ich ließ mich dadurch aber nicht unterkriegen und verbrachte die wenigste Zeit zuhause. Wenn ich zuhause war, dann gab es meist Ärger.

Ich gebe zu, ich hatte nur noch Sandy im Kopf. Lernen war für mich Zeitverschwendung. Zum ersten Mal in meinem Leben war ich glücklich verliebt und habe das Leben genossen. Wer will da die Zeit schon mit Lernen verbringen? Es machte so viel mehr Spaß, mit Sandy den Sommerurlaub zu planen. Sandys Eltern hatten nichts dagegen, dass sie mit Jan, Manu und mir verreisen wollte. Sie schenkten ihr zu Weihnachten sogar einen Reisegutschein. Ich freute mich wahnsinnig auf den Frühling, endlich hätte ich dann auch meinen Führerschein und wir wären nicht mehr ständig auf Jan und Manu angewiesen. Wir wohnten gute zehn Kilometer auseinander und mit dem Bus war es gerade jetzt im Winter reichlich umständlich. Für die zehn Kilometer brauchten wir über 50 Minuten, mit Umsteigen und einem Fußmarsch. Aber unsere Liebe hielt das aus, denn ein Ende war in Sicht. Bald würde ich volljährig werden, selbst wenn mein Vater mir den Umgang mit Sandy verbieten würde, er könnte das höchstens noch bis April tun.

Dann kam der 16. März 1996 und dieser Tag sollte der Anfang vom Ende werden. Wir waren abends im *Max*. Wie so oft an Samstagabenden war die Disco unser Anlaufpunkt, nachdem wir uns zunächst wie üblich im *Einhorn* getroffen hatten. Jan und Manu wechselten sich meist mit dem Fahren ab. Heute war Jan mit dem Fahren dran und wie immer holte er uns pünktlich von zuhause ab. Es war ein heiterer Abend. Die Mädchen und ich tranken einige Cocktails. Jan blieb bei Cola, schließlich hatte er das Auto dabei. Auf ihn konnte man sich in jeder Hinsicht verlassen. Im *Max* war es durchschnittlich, wir tanzten in den Technorunden und saßen im Bistro, während die Foxrunden gespielt wurden. Manu, die samstagmorgens in einer Bäckerei jobbte, war recht müde und für uns war klar, dass wir sie gemeinsam gegen ein Uhr nach Hause bringen würden. Auch Sandy wollte frühzeitig gehen, sie hatte am nächsten Morgen ein wichtiges Spiel mit ihrer Volleyballmannschaft.

Gerne hätte ich bei ihr geschlafen, aber das hatte mein Vater ausdrücklich verboten. Die einzigen Nächte, die wir miteinander verbringen konnten, waren im Januar, als meine Eltern im Skiurlaub in Kitzbühel waren. Eine traumhafte Zeit. Ab meinem 18. Geburtstag würde mein Vater mir das Übernachten bei Sandy nicht mehr so einfach verbieten können.

Zwar machte er gerade kürzlich bei einem seiner cholerischen Anfälle deutlich, dass meine Volljährigkeit keine Auswirkungen haben würde. Den Spruch „Solange du deine Füße unter meinen Tisch stellst …“, hat vermutlich jeder Volljährige im Hotel Mama schon einmal so oder in abgewandelter Form gehört. Aber mir würde schon etwas einfallen.

Wir setzten zuerst Manu zuhause ab und fuhren dann zu Sandy. Jan und ich blieben noch einen Moment im Wagen vor ihrem Haus sitzen und warteten, bis sie noch mal aus ihrem Zimmerfenster winkte. Jan lachte: „Euer Ritual ist echt klasse. Gut, dass Manu ihr Fenster zum Hof hat, das kostet uns hier bei Sandy ja jedes Mal zwei Minuten. Bald bist du mit dem Fahren dran. Und, Tanke?“ Jan meinte damit ein weiteres Ritual, was sich bei uns eingebürgert hatte. Wenn wir vom *Max* genug hatten und das *Einhorn* schon geschlossen hatte, dann blieb uns meist nur die Tankstelle an der Bundesstraße, die rund um die Uhr geöffnet hatte. Es gab dort nur drei Stehtische in der kleinen Bistroecke. Wir holten uns etwas zu trinken und einen tiefgefrorenen Hotdog, den wir in der Selbstbedienungs-Mikrowelle warm machten. Und so manches Mal kamen wir ins Schwatzen und standen an diesem Stehtisch ein oder zwei Stunden. Jan fand es immer toll, seinen Eltern in der Tankstelle in den frühen Morgenstunden frischgebackene Brötchen zu kaufen und in die Küche zu legen. Eine intakte Familie muss etwas Schönes sein.

An diesem Abend war klar, dass wir auch wieder einen Abstecher zur Tankstelle unternehmen würden. Wir holten uns zwei Dosen Cola und die obligatorischen Hotdogs und hatten eine Menge Spaß, als wir alte Geschichten hervorkramten und uns auf den geplanten gemeinsamen Urlaub freuten. Wir malten uns aus, wie wir die beiden Wochen mit Manu und Sandy genießen würden. Jan fragte, ob ich noch mit zu ihm kommen wolle. Es war inzwischen halb drei und gleich würde die Liveübertragung des Comebacks von Mike Tyson gegen Frank Bruno im Schwergewichtsboxen beginnen. „Wenn Iron Mike mit Bruno so schnell fertig ist, wie damals gegen Spinks, dann lohnt sich das nicht. Nee, lass mal, je später ich nach Hause komme, desto mehr Stress macht morgen mein Vater. Und ich will vor dem Mittagessen mal kurz bei Sandys Spiel vorbeischauen. Ich schalte nachher aber noch mal rein. Ich setze einen Hotdog auf Tyson." – „Na, dann bezahlt nächste Woche wieder jeder selbst, ich setze auch auf Tyson." Wir lachten und gingen zum Auto. Jan fuhr mich bis vor die Haustür. „Wir telefonieren", sagte er und wir klatschten uns ab, wie wir es immer machten.

Im Bett schaute ich mir dann den Kampf an. Das ganze Vorgeplänkel zog sich wie Kaugummi, erst kurz vor vier begann Tyson gegen Bruno zu kämpfen und wie erwartet war es eine kurze Angelegenheit. Tyson gewann durch technischen K.O. vorzeitig bereits in der dritten Runde. Ich hatte gerade den Fernseher ausgeschaltet, als ich das Klingeln des Telefons hörte. Es dauerte eine ganze Weile, ehe mein Vater aufgestanden war und ich seine Stimme ganz dumpf aus der Ferne hörte. Er redete nicht viel und das Gespräch dauerte nicht lange. Er legte auf und ich hörte, wie seine Schritte näher kamen und er in mein Zimmer kam.

„Jan hatte einen Unfall, er ist tot."

Ich habe keine Erinnerungen mehr an die Tage danach. In meinem Kopf herrschte ein großer Nebel und mir zieht sich der Magen heute noch genauso zusammen wie damals, wenn ich an diese Nacht zurückdenke. Als wenn es gestern gewesen wäre, gehen mir die Bilder seiner Beerdigung oft durch den Kopf. Manu, wie wir sie stützen mussten, als sie an seinem Grab stand und eine Rose auf seinen Sarg warf. Seine Eltern, die mich bei der Beileidsbekundung schluchzend in den Arm nahmen. Ich konnte ihnen nichts sagen, ich konnte keine Worte finden. Wir waren damals alle mit der Situation überfordert, keiner wusste, wie wir miteinander umgehen sollten. Ich hatte den Eindruck, dass viele meiner Bekannten lieber nichts mit mir zu tun haben wollten. Ihnen war die ganze Situation unangenehm, lieber taten sie so, als hätten sie mich nicht gesehen, statt mit mir ein paar Worte wechseln zu müssen.

Man hört immer wieder, dass Menschen zusammenwachsen, enger zusammenrücken in Krisenzeiten. Ich fühlte mich so allein wie niemals zuvor in meinem Leben. Mittlerweile war meine Versetzung gefährdeter denn je und die wichtigsten Klausuren kamen näher. Jans Tod war nicht das vorherrschende Thema bei meinen Eltern.

„Das mit Jan ist eine unglückliche Geschichte, aber es geht hier um deine Zukunft, also reiß dich verdammt noch mal zusammen und setz dich auf deinen Hosenboden!"

Ich hatte manchmal den Eindruck in einer Welt von Robotern zu leben. In der Schule wirkte es, als sei nichts gewesen. Alle hatten längst wieder ihren Spaß, als sei nichts geschehen. Was war das für eine Welt? Sandy jedenfalls schien das alles überhaupt nicht verkraftet zu haben. Sie war distanziert und wie ausgetauscht. Ich versuchte, so gut es ging, für sie da zu sein, aber ich hatte nicht das Gefühl, dass sie das überhaupt wollte. Jeder trauert anders und offenbar brauchte sie einfach eine Zeit, um alleine mit allem klarzukommen. Ich suchte den Kontakt zu Manu, die aber immer wieder abblockte, wenn ich auf Sandy zu sprechen kam.

Wir drei trafen uns in den folgenden Tagen kaum noch, mal war ich alleine mit Manu einen Kaffee trinken, mal besuchte ich Sandy zuhause. Und doch war jeder mit seiner Trauer alleine. Auch die beiden besten Freundinnen hatten scheinbar ihren Draht zueinander ein wenig verloren.

Die entscheidenden Klausuren rückten immer näher. Ich hatte kaum etwas gelernt und fand das in meiner Situation durchaus nachvollziehbar. Stunden habe ich zwar über den Büchern verbracht, aber meist starrte ich einfach ins Leere und war kaum in der Lage, einen klaren Gedanken zu fassen. Ich habe keine Ahnung, was mir damals durch den Kopf ging. Mir kommt die Zeit im Nachhinein vor, als hätte ich wie unter Drogen einfach vor mich hinvegetiert. Meinen 18. Geburtstag feierte ich nicht, ich ließ den Tag einfach über mich ergehen. Pünktlich vor meiner Volljährigkeit kam ein „blauer Brief" von der Schule und ein

Anruf meines Lehrers. Zuhause gab es den erwarteten Vulkanausbruch. Die entscheidende Matheklausur stand an und es kam, wie es kommen musste. Ich habe sie total verhauen. Das war mir klar, als ich Platz nahm und die Aufgabenstellung las, ohne sie wirklich wahrzunehmen. Mir war bewusst, dass das Schuljahr nicht zu retten war. Da gab es keinen Ausgleich mehr, ich hatte in allen Fächern deutlich nachgelassen. Zuhause log ich meine Mutter an, die Klausur sei ok gewesen und verzog mich schnell auf mein Zimmer. Es war 20 Uhr, mein Vater war noch an der Arbeit und ich hatte nicht die geringste Lust, dass er gleich in mein Zimmer gestürmt käme, um sich über die Matheklausur zu informieren. Alleine den Gedanken daran konnte ich nicht ertragen.

Ich rief bei Sandy an, ich musste einfach ihre Stimme hören. Ihre Mutter rief sie ans Telefon, aber sie war recht abweisend. Sie müsse noch Hausaufgaben machen und fühle sich nicht wohl. Deshalb wisse sie noch nicht, ob wir uns am nächsten Tag treffen könnten. Sie würde mich anrufen. Ich legte auf und fühlte mich unglaublich einsam.

Ich nahm meine Jacke und ging aus dem Haus. Orientierungslos lief ich durch die Straßen. Nach einer dreiviertel Stunde kam ich am *Einhorn* vorbei. Eigentlich hatte ich keine Lust hineinzugehen, aber die Luft hatte mir gut getan und so wollte ich mich auf ein Bier an die Theke setzen und mich dann wieder auf den Heimweg machen. Auf Reden hatte ich keine Lust und so hoffte ich, dass keiner meiner Kumpel da war. Ich machte die Tür auf und sah Jack, den Barkeeper, der nicht gerade für Small Talk bekannt war. Das beruhigte mich schon mal. Ich trat an die Theke und das Gefühl, was mich dann überkam, bei dem was ich sah, kann ich beim besten Willen nicht in Worte fassen.

An der Theke saß Sandy mit einem Typen, den ich vom Sehen her aus der Schule kannte und die beiden hielten unmissverständlich Händchen. Sandy sah mich, schaute mich erschrocken mit ihren großen braunen Augen an. Es kam mir unendlich lange vor und ich wusste, dass es mit uns vorbei war. Ich stürmte aus dem *Einhorn* und rannte durch die Straßen, ohne zu wissen wohin. Als hätten sich tausend Messer in mein Herz gebohrt, schmerzte alles in mir. Die Tränen rannen über mein Gesicht, aus Traurigkeit und Wut. Für mich brach die Welt endgültig zusammen.

Es sind Momente, die sich einem ins Hirn brennen: als Vater die Tür aufmachte und diesen tragischen Satz sagte. Und der Moment, in dem ich wusste, dass ich Sandy verloren hatte.

3

Ich sitze nun seit Stunden im Zug. Habe die Landschaft betrachtet und verschwommen wahrgenommen, in welchen Städten wir gehalten haben. Zweimal haben meine Sitznachbarn gewechselt, aber ich habe sie nicht beachtet. Meine Gedanken waren genauso verschwommen. Ich habe mich gefragt, warum ich hier eigentlich sitze. Ich hatte keine Antwort darauf. Ich habe mich gefragt, ob und wie es weitergehen soll mit mir. Darauf hatte ich auch keine Antwort. Ich sitze einfach hier. Wir erreichen gleich den Hauptbahnhof von München. Endstation. „Alles aussteigen, bitte!"

München Hauptbahnhof also. Hierher hat es mich bisher noch nie verschlagen und ich bin überrascht. Der Kopfbahnhof wirkt auf mich riesig und moderner als viele andere große Bahnhöfe, in denen ich schon war. Meterlange Werbebanner leuchten, es herrscht eine Hektik, die mir angenehmer vorkommt als bei uns in Hannover. Möglich, dass ich es mir einbilde, aber die Menschen hier scheinen anders zu sein. Vielleicht liegt es auch daran, dass sich hier die Pendler mit München-Touristen und umsteigenden Urlaubsreisenden vermischen. Man sieht viele Koffer und Rucksäcke und man spürt, dass hier der Hauch von Urlaub durch die bayrische Bahnhofsluft weht.

Mir ist aber bewusst, dass ich nicht hierher passe. Ich fühle mich wie der Beobachter einer Modelleisenbahn. Durchaus angetan vom Treiben hier, aber eben nicht dazugehörig. Ich bin kein Pendler. Ich bin kein München-Tourist. Und ein umsteigender Urlaubsreisender bin ich schon mal gar nicht. Ich bin ein Gestrandeter, der überhaupt keine Idee hat, wie es nun weitergehen soll.

Ich bemerke ein Schild mit dem Hinweis auf die Schließfächer für die Gepäckaufbewahrung. Ich sehe das Banner des *DB-Reisecenters* aufleuchten und all die Plakate von Angeboten. Ich nehme die farbenfroh leuchtenden Werbeschriftzüge der Fast-Food-Restaurants wahr. Essensstände und Zeitschriftenkioske wechseln sich in Form von Pavillons am Querbahnsteig ab und überall sehe ich in den Auslagen der Shops Andenken aus München. Wahrscheinlich bin ich der einzige Mensch unter den vielen Hunderten, der mitten in dieser eindrucksvollen Halle steht und sich einfach umblickt, ohne ein Ziel zu haben. Außer mir ist da vielleicht nur noch der Obdachlose, der unweit von mir in den Mülleimern nach etwas Verwertbarem kramt.

Mir schießen eine Menge wirre Gedanken durch den Kopf: Soll ich mich um eine Bleibe für die Nacht kümmern? Und wenn ja, wo? Hier in München, der zufälligen Endstation meines Fluchtzuges? Was mache ich hier? Ich weiß noch nicht einmal so genau, ob ich Hunger oder Durst habe. Ich kann keinen klaren Gedanken fassen. In mir herrscht eine Leere. Es fühlt sich taub an. Aber nicht mehr so stark wie sonst in den letzten Wochen. Irgendetwas reizt mich an meiner Lage, ich kann nur noch nicht einordnen, was genau das ist.

Man kennt das aus Filmen, in denen der Schauspieler eingeblendet wird, wie er in Zeitlupe gemächlich irgendetwas macht, während um ihn herum alles im Zeitraffer vergeht. Genau so kann das Leben wirklich sein. Ich stehe hier ganz ohne Zeitgefühl und in mir verspüre ich eine gewisse Ruhe, während um mich herum das Leben tobt und die Menschen hektisch zu ihren Zügen eilen. Sie alle vereint, dass sie keine Zeit haben. Menschen können kaum ihr Gepäck tragen, holen sich aber eilig etwas zu essen und balancieren ihre Wurstsemmel abenteuerlich, obwohl sie dazu eigentlich gar keine Hand mehr freihaben. Leute im Anzug lesen Zeitung, während sie durch die Menschenmengen hetzen.

Ich schaue hoch zu einer Plattform, die man über eine Treppe erreichen kann, dort sind öffentliche Telefone angebracht. Es gibt eine Art Balkon, mit Sicht auf die Gleise und das bunte Treiben der Reisenden, direkt über dem Reisezentrum der Deutschen Bahn. An den kleinen offenen Telefonhäuschen sehe ich kaum jemanden telefonieren, aber offenbar hat es sich die bahnreisende Jugend hier gemütlich gemacht. Versorgt durch das nur wenige Schritte im Inneren des Bahnhofs befindliche große Fastfood-Restaurant, scheinen sie hier ihre Stätte der Ruhe nur drei Meter über der Hektik gefunden zu haben. Das macht mich neugierig. Ich sattele meinen Rucksack und nehme die Stufen hinauf. Ich habe es von unten richtig vermutet und erkenne es nun noch besser: Das ist der Platz der Interrailer und

Rucksacktouristen, die meisten ungefähr in meinem Alter, manche etwas älter.

Interrail ist ein Ticket für junge Leute, mit dem man nach Herzenslust einen Monat lang den Kontinent per Bahn bereisen kann. Vor Kurzem lief darüber ein Bericht im Fernsehen. Ich habe ihn mit der gleichen Distanz wahrgenommen, wie einen Bericht über die chinesischen Reisbauern. Beides hat so gar nichts mit mir zu tun. Man erkennt die Interrailer schnell an ihrem Gepäck und ihrer Ausstattung. Vielleicht auch an ihrer Ausstrahlung, sie sind die echten und wahrhaftig Reisenden. Sie sitzen oder liegen hier auf dem Boden oder stehen am Geländer und lassen den Blick in die weite Halle schweifen. Einige von ihnen haben Schlafsäcke ausgebreitet und scheinen sogar die Nacht hier verbringen zu wollen. Vielleicht sind es insgesamt nur 20 oder 25 Menschen, aber sie vermitteln eine gewisse Atmosphäre von Abenteuer und Freiheit.

Ich gehe die Plattform entlang, hinüber in den wie immer überfüllten Fast-Food-Tempel, in dem ich mich mit dem Nötigsten versorge. An Essen habe ich heute noch gar nicht gedacht und so langsam knurrt mein Magen und ich habe Durst. Ich bestelle einen Cheeseburger, Pommes und eine große Cola. „Zum Mitnehmen oder hier essen?" Wie immer bestelle ich zum „hier essen", entscheide mich aber noch um und bekomme meine Bestellung in die obligatorische Tüte verpackt. Wenn ich schon hier bin, dann möchte ich mich auch fühlen wie diejenigen, die aufbrechen in die weite Welt und vorne an der Brüstung in der Bahnhofshalle sitzen. Ich finde eine freie Ecke neben zwei Jungs, die in meinem Alter sein dürften.

„Hi, ist hier noch frei?", frage ich und der größere der Beiden, ein mit einer etwas zu großen Jeans und einem blauen Kapuzen-Sweatshirt gekleideter Skatebord-Typ mit Baseball-Cap, blickt kurz hoch und sagt freundlich: „Ja, klar, setz dich!" Er macht eine einladende Handbewegung auf das freie Plätzchen auf den Steinen. So ein wenig fühle ich mich wie ein Gast in ihrem Plattform-Separee. Es steht jeweils ein Telefonhäuschen in einem Dreieck, dessen Spitze hinaus in die Halle und zu den Schienen zeigt. Und so teilt sich die Plattform in über ein Dutzend kleiner Dreiecke. Die Begrenzung ist aus Glas, man sitzt gut hier. Sieht seine Mitmenschen, kann aber auch in die weite Halle schauen.

Ich fühle mich zum ersten Mal heute etwas besser. Es ist so, als sei ich ein bisschen zur Ruhe gekommen. Die beiden Jungs unterhalten sich darüber, wann sie aufbrechen wollen, um einzukaufen für ihre Nachtfahrt. Sie hocken auf Schlafsäcken, aber offenbar werden sie die Nacht im Zug verbringen und sind sich schnell darüber einig, dass es ein paar Dosen Bier sein müssen und ein paar „Schrippen mit Buletten“. Der Kleinere der beiden, mit blonden Haaren, die bis fast über seine Augen reichen, und mit einer Bermuda und einem Hawaii-T-Shirt bunt bekleidet, setzt sich einen Strohhut auf. Er will aufbrechen, um den Proviant in einem türkischen Lebensmittelmarkt in der Nähe des Bahnhofs aufzufüllen, wie ich ihrer Unterhaltung entnehmen kann. Der Große bleibt, um auf die Rucksäcke aufzupassen. Es sind ebenfalls Trekking-Rucksäcke, die aber eine Nummer größer und professioneller sind als meiner. An ihnen baumeln Tassen und Schuhe, eine Isomatte ist eingeklemmt.

„Hey, ick bin Ische“, sagt er auf einmal zu mir und reißt mich aus meinen Gedanken. „Hi, ich bin Tim“, antworte ich und wir geben uns die Hand. Oder versuchen es, ich strecke ihm meine Hand entgegen und er klatscht seine Hand innen und außen an meiner Hand ab, um danach kräftig zuzupacken. Vielleicht eine Art Hip-Hopper-Gruß oder was auch immer. Ich erfahre, dass Ische mit seinem Freund Keks von Berlin aus vor einer Woche zur großen Reise durch Europa aufgebrochen ist. Sie sind Interrailer. Eigentlich wollten sie sich Belgien und die Niederlande ansehen, aber sie sind in Amsterdam hängen geblieben. Auf Isches Gesicht breitet sich ein Grinsen aus: „Coffeeshops, heiße Bräute, enfach jeil“, lacht er und öffnet sich eine Dose Bier. Ich denke, es wird nicht seine erste heute sein. Ische freut sich wie ein Kind, er habe seine Realschule mit nur einer Ehrenrunde abgeschlossen und fange ab September eine Lehre als Maler an. Vorher lässt er es richtig krachen und will etwas sehen und erleben von der Welt. Was auch immer, ganz egal, wie er sagt. Keks sei immer dabei, also auch auf der großen Fahrt. „Cooler Name. ‚Keks‘ “, werfe ich ein, um auch mal etwas zu sagen. „Ja, ja, der Keks bekommt imma Heißhunger uf Buttakekse, wenna ne Tüte jerocht hat. Ey, der wird totaly aggro, wenna dann keene Kekse kriegt, is so jeil. Ey, ick sach dir, Tim, der Keks is meen janzet Leben meen bester Freund. Wir ham uns in Amsterdam sojar die Fraun jeteilt“, lacht Ische und stößt mir grölend in die Rippen, bevor er den nächsten Schluck nimmt

Ische ist aus einer anderen Welt. Eine Welt, die ich nicht kenne. Und ich hätte wohl vor wenigen Stunden auch nicht geglaubt, dass ich hier mitten auf dem Fußboden des Hauptbahnhofes von München mit einem Wilden sitze und mir erzählen lasse, wie leicht sich Holländerinnen im bekifften Zustand zum, nun, sagen wir mal, öffentlichen Oralverkehr hinreißen lassen würden. „Machste och Interrail?", fragt er und schaut mich neugierig an. „Ich habe keine Ahnung, was ich mache. Ich bin heute von zuhause abgehauen, hab mir ne Fahrkarte gekauft und nun sitze ich hier. Bei mir lief alles scheiße in letzter Zeit. Echt, kein Plan, was ich mache."

Ische schaut ernst, zum ersten Mal in unserer Unterhaltung. Er greift in seinen Rucksack und reicht mir ein Bier. „Tja, kacke, Alter. Mach dir erstma ne Dose uf. Und komm halt mit. Wir fahn runta zu den Spaghettis." Ische erzählt mir, dass sein Bruder schon mal auf Tour durch Italien war und dabei sogar eine Nacht im Knast irgendwo auf Sizilien verbringen musste, nachdem er einem *Carabinieri* auf die Stiefel gekotzt hat. Ische verschluckt sich fast vor Lachen. Italien sei cool, immer warm, man könne irgendwo am Strand pennen, es würde in Italien nie regnen, alles wäre ganz easy. Na, und die Italienerinnen … Selbst war er noch nicht da, aber sein Bruder habe ja alles ausgekundschaftet.

Wenn ich mich so umsehe, dann mag es unter den Rucksacktouristen, die sich hier auf der Plattform die Zeit vertreiben, sicherlich Niveauvollere geben. Zum Beispiel das blonde Mädchen, welches gedankenverloren einen dicken Fantasy-Wälzer liest und dazu nach jeder Seite an ihrer Wasserflasche nippt. Oder die Gruppe wenige Meter von uns entfernt, die einen Kassettenrekorder dabei und viel Spaß hat. Sie trinken Wein aus Plastikbechern. Es wird viel gelacht und geredet. Trotzdem amüsiert mich Ische. Er wirkt so lebendig und er macht sich anscheinend über nichts einen Kopf. Er redet wie ein Wasserfall.

„Hi, dürfen wir uns dazuhocken?", unterbricht eine zarte Stimme Isches Monolog über den Berliner Kiez. Vor uns stehen zwei Girls, die ebenfalls den obligatorischen Travel-Rucksack mit Isomatte und Schlafsack bei sich haben. Ische bietet den beiden ein Bier an, aber die Mädels haben Lambrusco dabei und machen es sich gemütlich.

Es stellt sich heraus, dass Ina und Lara aus Köln sind und den Tag in München verbracht haben, nachdem sie erst am Morgen, aus Brüssel kommend, angekommen waren. Auch die beiden sind Interrailerinnen, schon seit über zwei Wochen unterwegs und auch sie wollen nach Italien, nachdem sie zuvor Dänemark, Schweden, Holland und Belgien bereist haben. Die *Ewige Stadt* Rom ist ihr Ziel, vor allem die Vatikanstadt. Lara hofft, den Papst vielleicht einmal persönlich sehen zu können. Ische kommentiert das mit „He, he, I like the pope, the pope smokes dope." Ich muss lachen, weniger über den Inhalt, als über die Art und Weise, wie Ische es sagt. Auch die Mädels können sich ein Grinsen nicht verkneifen. „Also ick hoffe, ihr seid keene Hardcore-Kathos?" – „Was bitte?" – „Naja, so, Tussis deluxe mit keen Sex vor der Ehe und so? Wär ja schade drum bei dem juten Fahrjestell." – „Wenn wir uns mal länger als zehn Minuten kennen, verrate ich dir das vielleicht", lacht Lara. Die beiden sind relaxt und lassen sich von den forschen Sprüchen nicht verunsichern. Und ich frage mich, wie Sandy und Manu wohl reagiert hätten. Wobei es wohl schon ziemlich unwahrscheinlich wäre, dass sie sich je zu uns gesellt hätten.

Die beiden Kölnerinnen sind jedenfalls sehr nett. Und ich bin etwas erleichtert, nun auch normale Gesprächspartner gefunden zu haben. Ische wirft ab und zu einen lustigen Spruch ein, aber er passt in diese Stimmung hier.

Schließlich steht auch Keks breit grinsend vor uns und stemmt eine Packung Butterkekse wie eine Trophäe in die Luft. „Kiek ma, wat ick hier habe. Und die Alkvorräte sind bis Venedig och jesichert, und da jibt it dann ja jenuch Wasser, wa?" Ische stellt uns Keks vor und Keks deutet einen Handkuss bei den Damen an. „Sehr erfreut. Graf Keks aus Berlin. Is mir ne Ehre, Madamsen!" Nun sitzen wir hier zu fünft in einer äußerst faszinierenden Zusammenstellung. Ich habe mittlerweile von Bier auf Lambrusco gewechselt. Die Nachbargruppe hat mir einen Becher herübergeworfen und Lara teilt ihren Wein mit mir. Die zwei Kölnerinnen haben ihre Schule hinter sich gebracht. Lara hat ihr Fachabitur in der Tasche und Ina ihr Abitur. Nun interrailen sie durch Europa, bevor Lara als Au-pair nach New York geht und Ina auf Lehramt in Göttingen studieren wird, oder wie es Ische nennt: „Boah, Wänste erziehn und Jören bändjen, Alter!" Erstaunlicherweise beteiligt sich Keks recht normal an unseren Gesprächen, so durchgeknallt wie sein Kumpel scheint er gar nicht zu sein. Die Doppelpackung Butterkekse lässt aber vermuten, dass sich das im Laufe der Nacht noch ändern wird.

Auf einmal steht ein großer muskulöser Typ vor uns. Bestimmt schon Mitte zwanzig, braun gebrannt, mit Rastazöpfen, als sei er gerade einem Bacardi-Werbespot entsprungen. Die Mädels springen auf: „Hey Finn, das ist ja klasse, dich hier zu treffen!" Freudig umarmen sie ihn. Man kennt sich offenbar. Und wir werden ihm auch gleich vorgestellt. Finn ist Amerikaner, alleine unterwegs durch Europa und kennengelernt haben ihn die Kölnerinnen in Kopenhagen, als sie einen Nachmittag zusammen in einem Fast-Food-Restaurant verbrachten, weil draußen ein Sturm tobte und sie die Zeit irgendwo totschlagen mussten. Danach haben sie ihn noch einmal auf der Fähre nach Malmö getroffen. Finn setzt sich nicht, er will sich noch eine Jugendherberge suchen und noch am selben Abend München erkunden. Viele Landsleute seien in der Stadt, um das deutsche Bier und dessen Auswirkungen zu erforschen, erzählt er uns augenzwinkernd. Das will er sich nicht entgehen lassen, aber in drei oder vier Tagen sei er in Rom. „Meet at eight, Termini", ruft er und statt eines „See you", „Ciao" oder „Bye" rufen die vier ihm „Meet at eight" hinterher.

Ina sieht mir mein Staunen wohl an: „Du bist noch nicht lange dabei, was? Ein Insider der Interrailer. Wer Lust hat, trifft sich immer um acht Uhr am Abend auf den Bahnhöfen an den typischen Treffpunkten. Ganz ungezwungen. Um acht gehen die Nachtzüge noch nicht, man ist aber meist schon am Bahnhof nach einem Tag voller Sightseeing. Und so trifft man sich irgendwo in Europa vielleicht um acht Uhr mal wieder." – „Und was bedeutet Termini?" – „Das ist der Hauptbahnhof von Rom. In Rom gibt's auch noch andere große Bahnhöfe, am schlimmsten ist es in Paris, da trifft man sich kaum, weil es für jede Richtung einen extra Bahnhof gibt. Und dann sagt man halt den Namen des Bahnhofs mit dazu, wenn man schon weiß, wo man wahrscheinlich anzutreffen ist." Ische und Keks kennen zwar dieses Insiderritual, sind aber im Gegensatz zu den anderen alles andere als gut vorbereitet und haben keine Ahnung, wie die Bahnhöfe heißen, die sie ansteuern wollen. „Rom is easy. Alle Wege führn nach Rom, sagt Isches Bruder. Ob der Bahnhof nu Rimini oder wat och imma heeßt, is och ejal", macht sich Keks aber keine Sorgen. „Et kütt wie't kütt", lacht Lara in ihrem Kölner Dialekt. Ina merkt an: „Et hätt noch immer jot jejange." Die Berliner verstehen nur Bahnhof und ich kann mich an der Mundart-Runde nicht beteiligen. „Könnt ihr mal mit eurem Dialekt aufhören? Ich kann da nicht mitreden, ich komme aus der Hauptstadt des Hochdeutschs."

Es ist kurz nach 20 Uhr und ich sitze seit drei Stunden hier. Die Zeit ist unglaublich schnell vergangen und ich kann gar nicht glauben, dass ich diese vier hier um mich herum erst seit so kurzer Zeit kenne. Und ich habe keine Ahnung, was noch alles auf mich zukommen wird. Lara diskutiert gerade mit Ische über Musik, Keks erzählt Ina von Amsterdam. Ich stelle mich ans Geländer und blicke hinaus auf die Gleise. Soll ich wieder nach Hause fahren nach Hannover? Oder nehme ich mir erst mal ein Hotel hier in München? Eigentlich habe ich keine Lust alleine zu sein. Die Gesellschaft der beiden verrückten Berliner und der netten Kölnerinnen tut mir gut. Mir wird eigentlich erst jetzt bewusst, dass ich mir mal Gedanken darüber machen muss, wie es weitergehen soll. Ich bin auf der Flucht. Aber ohne ein Ziel. Es ist faszinierend, wie viele Züge hier aufbrechen, München hinter sich lassen und ihre Ziele ansteuern.

„Achtung bitte auf Gleis 17. Nachtzug 260 von München Hauptbahnhof nach Paris Est über Straßburg und Nancy, planmäßige Abfahrt um 20.16 Uhr. Nächster Halt ist München Pasing. Bitte zurücktreten. Türen schließen selbsttätig. Achtung. Vorsicht bei der Abfahrt!", hallt die Stimme durch die Halle. Und von weiter weg verkündet der Lautsprecher die Ankunft des Eurocity aus Wien, während direkt vor mir die Stimme ertönt:

„Achtung auf Gleis 21, es wird bereitgestellt der Express 295 von München Hauptbahnhof nach Belgrad über Zagreb. Planmäßige Abfahrt um 20.37 Uhr. Die Wagen der ersten Klasse befinden sich an der Spitze des Zuges in den Abschnitten E und D. Bitte Vorsicht auf Gleis 21, der Zug fährt ein!"

Der Zug wird rückwärts eingefahren. Im letzten Wagen, der sich mir nun nähert, steht ein Rangierer mit Warnweste und Funkgerät und lässt die lange Wagenschlange exakt vor dem Prellbock zum Stehen kommen. Auf dem Bahnsteig stehen Menschen mit Rucksäcken, Koffern und Taschen. Ein kleiner Elektrowagen fährt vor und der Fahrer fängt an, den Speisewagen zu beladen. Eine Gruppe von Schaffnern betritt den Bahnsteig und die Uniformierten steigen in die verschiedenen Waggons ein. Nach und nach treffen immer mehr Menschen ein. Hier und da entsteht ein kleiner Stau an den Türen.

Die Kulisse hat sich verändert, seit ich hier angekommen bin. Die Pendler und die hektischen Menschen ohne Zeit sind den Fernreisenden gewichen, die in Vorfreude auf ihren Urlaub oder auf ein Wiedersehen mit ihren Verwandten noch eine Nacht des Reisens vor sich haben, bevor sie an ihrem Ziel ankommen. In der Ferne hört man auch Durchsagen auf Englisch. Eine andere Stimme begrüßt die Menschen aus dem gerade eingefahrenen Zug auf Gleis 25:

„Willkommen in München Hauptbahnhof, Sie haben Anschluss an den Intercity ...“ Es ist eine Atmosphäre von Weite, von Freiheit und für mich versprüht sie einen Hauch von Abenteuer. Es liegt an mir, ich kann mich in jeden dieser Züge setzen und einfach fahren, wohin mich der Zug bringt. Ich kann morgen früh am Mittelmeer aufwachen, wenn ich möchte. Oder in Paris, an der Nordseeküste oder auf dem Balkan. Was mag all die Menschen erwarten, die sich im Zug nun ihren Platz suchen? In mir erwacht die Sehnsucht nach der Ferne, nach Andersartigkeit, der Drang etwas Neues zu erleben. Ich will alles hinter mir lassen, ich möchte verrückt sein, will ausbrechen. Ich habe Lust, weit weg von zuhause zu sein und in eine andere Welt abzutauchen.

„So Jungs, haut rein, ich gebe einen aus.“ Lara hat Cheeseburger für uns besorgt. Eine gute Idee. Von der Gruppe nebenan meldet sich schwäbelnd eine äußerst gut genährte Brünette, die uns „Fleischküchle“ anbietet, die ihr ihre Mutter im Überfluss mitgegeben habe, dabei könne sie die bis Neapel am Morgen gar nicht alle essen. Nachdem ich das Fleischküchle als Frikadelle identifiziert habe, greife ich gerne zu und erleichtere die überfüllte Tupperdose der Schwäbin. Ische lehnt ab, er mag Fleisch nicht so gerne, nur Schnitzel und Buletten. Wir lachen und klären ihn auf, dass das Fleischküchle eine Bulette ist. Aber so ganz geheuer ist es ihm nicht und er scheint froh zu sein, dass der Cheeseburger der bekannten Fast-Food-Kette in Berlin genauso schmeckt wie in München, Mailand oder Paris. Da weiß er, was er hat.

Während bei uns Stille herrscht, als wir das Essen genießen, fragt mich Lara plötzlich, ob ich denn nun wisse, wie es bei mir weitergeht. Ich antworte spontan, ohne groß nachzudenken: „Ich komme mit, falls ihr nichts dagegen habt …“ – „Cool, finde ich klasse“, meint Ina und Ische stößt mit seinem Cheeseburger bei meinem an, als wäre er etwas zu trinken. „Wir kennen uns länga, du kommst mit uns nach Venedig, wa?“ Ina und Lara wollen nach Rom. Ich muss mich entscheiden. Die Mädels wirken nett, sie sind attraktiv und ich mag sie. Aber die Jungs strahlen so eine Freiheit und Unbekümmertheit aus, dass ich mich ihnen tatsächlich verbunden fühle. „Man kann doch über Venedig nach Rom fahren, oder?“, frage ich in die Runde. Ina war schon oft in Venedig, ihre Eltern machten mit ihr immer Urlaub in Bibione, einer adriatischen Küstenstadt in der Nähe von Venedig. Und fast in jedem Jahr stand der obligatorische Ausflug in die Lagunenstadt auf dem Programm, erzählt sie uns. Deshalb gehört Venedig auch nicht zur Reiseroute der beiden. Lara war erst einmal dort und da war sie noch klein. „Wenn ihr mitkommt, schwimm ick für euch nackt durch die große Gracht“ – „Bitte was?“, frage ich. Ina hat es kapiert und lacht sich schlapp Keks klärt auch Lara und mich auf: „Er meent den Canale Grande, aber er is noch Amsterdam jeschädigt. Dort war er von den Grachten janz bejeistert. Also, ick kenn den Ische nackt, und wenn ick ne Frau wär, ick würd mir dit nich entjehen lassen, Ladies.“

Die beiden kommen wirklich ins Grübeln, ob sie kurzfristig die Route ändern sollen. Und als ich einen Dackelblick ausprobiere und sie spaßig anflehe, sie können mich doch nicht mit einem offenbar gut bestückten nackten, zotteligen Berliner alleine in Venedig lassen, da geben sie sich einen Ruck: „Ok, wir kommen mit.“ Und Lara verrät Ische auch gleich, dass sie zumindest während seiner Anwesenheit eine „Hardcore-Katho“ sei, damit er sich erst gar nichts auf seine angeblichen Reize einbilde.

Der Nachtzug nach Venedig soll um 22.03 Uhr losfahren. Ich habe also noch eineinhalb Stunden Zeit, mich auf die Fahrt vorzubereiten. Wobei ich gar nicht so genau weiß, was mich erwartet. Bisher bin ich nur hin und wieder mal mit dem ICE gefahren und natürlich mit Nahverkehrszügen. Nachtzüge gehörten bisher nicht dazu. Wir sind früher immer in den Urlaub geflogen: Kenia, Thailand, Florida, Madeira und zweimal waren wir in Mexiko. Aber in den vergangenen Jahren waren wir nicht mehr zusammen weg. Mein Vater hatte keine Zeit. Ihm war der Job offensichtlich wichtiger als seine Familie. Meine Erinnerungen an die Urlaube sind verblasst. Ich weiß, dass ich meine Schulbücher immer mitnehmen musste. Zwei Stunden am Pool mal etwas zu lernen, das wäre ja wohl nicht zu viel verlangt, meinte mein Vater. Dazu kam das Kulturprogramm, wir waren viel unterwegs und machten meist Ausflüge. Mein Vater fragte mich danach ab, was ich zum Beispiel über die Azteken gelernt hätte. Für mich war das normal, es gehörte dazu.

Irgendwann, ich war vielleicht 12 oder 13, war ich mit Jan und seinen Eltern an der Ostsee. Wenn man schon die Strände in Thailand und Kenia gesehen hat, dann mag das im ersten Moment enttäuschend gewesen sein. Aber es war letztlich das genaue Gegenteil. Jans Eltern hatten eine Ferienwohnung und zwei Strandkörbe gemietet. Wir haben machen können, was wir wollten. Wir tobten den ganzen Tag im Wasser herum, wir besuchten Freizeitparks und machten Schiffsausflüge. Keine Kultur, kein Lernen. Jans Eltern lagen den ganzen Tag in ihrem Strandkorb herum, lasen Bücher, gingen in der Strandbar etwas trinken, schliefen viel und Jans Vater kam regelmäßig zu uns, um mit uns im Wasser herumzutollen, Sandburgen zu bauen oder Boccia, Federball oder Frisbee zu spielen. Natürlich wollte mein Vater wissen, wie es im Urlaub war und ich erzählte es ihm. Er hatte aber nur Verachtung für Jans Eltern übrig. Wenn man nicht bereit sei, in jungen Jahren etwas für seine Bildung zu tun und auch danach nicht hart arbeiten würde, könne man halt nur an die Ostsee fahren, um dort vor sich hinzuvegetieren wie eine Kuh auf der Weide. Als ich jünger war, dachte ich, mein Vater sei eifersüchtig auf Jans Eltern. Mittlerweile glaube ich, dass er Menschen wirklich missachtet, die einen Lebensentwurf haben, der nicht auf Karriere, Macht und Geld aufgebaut ist.

Ich breche auf zum Ticketschalter und kaufe mir eine Fahrkarte nach Venedig. Die Dame am Schalter fragt mich nach einer Reservierung und ob ich einen Platz im Liege- oder Schlafwagen haben wolle. Ich verneine, denn offenbar hatten die anderen auch nichts Derartiges gebucht, so kurz entschlossen sie ihre Reiseabsichten doch änderten. Mir fällt ein, dass mein Rucksack noch oben auf der Plattform steht. Und im Rucksack befinden sich über 20.000 Mark. Alles, was ich heute Morgen von der Bank abgehoben habe. Einfach in einem offenen Umschlag in der Seitentasche. Die vier kennen sich auch noch nicht lange und die Wahrscheinlichkeit ist gering, dass sie voreinander in meinen Sachen schnüffeln werden. Das hoffe ich zumindest und weiß, dass ich mir etwas einfallen lassen muss bezüglich des Geldes.

Ich suche nach einem Laden für Reisebedarf und werde fündig, ein Brustbeutel, in den zumindest ein Teil des Geldes reinpassen wird. Hier gibt es sogar Schlafsäcke. Keine besonders schönen, aber immerhin. Ich kaufe einen, der laut Verkäufer ganz gut sein soll. Es kommt selten vor, dass Backpacker ihr wichtigstes Utensil nach dem Rucksack erst am Bahnhof kaufen, freut sich der Verkäufer, nachdem ich gezahlt habe, und man sieht ihm an, dass er es kaum fassen kann, dass es solch dumme Menschen gibt. Denn der Schlafsack ist exorbitant teuer und ich schätze mal, ich hätte ihn wohl ein paar Meter von hier irgendwo in der Innenstadt für den halben Preis bekommen. Außerdem kaufe ich noch ein Sandwich, zwei Flaschen Wasser und zwei Flaschen Lambrusco ein. Und einen Reiseführer von Venedig mit Stadtplan.

In mir steigt die Freude auf, dass ich endlich mal etwas Verrücktes wage. Ich fahre gleich einfach so nach Venedig. Wahnsinn! Und es ist ein angenehmes Gefühl, weil ich seit ein paar Stunden nicht mehr diese Leere in mir spüre. Wochenlang habe ich wie in Trance gelebt. Erst tieftraurig, verzweifelt, voller Wut, aber dann nur noch resigniert und teilnahmslos. All das steckte heute Morgen und heute Mittag noch in mir. So widersprüchlich es auch sein mag: Gut geht es mir immer noch nicht, alles fühlt sich noch dumpf an. Mein Kopf ist noch immer schwer und immer wieder habe ich Jan und Sandy vor meinen Augen. Und wenn ich mir vorstelle, wie ich mit den beiden jetzt hier in den Süden aufbrechen würde, versetzt mir das einen Stich ins Herz. Letztlich sind es doch Fremde, die oben auf der Plattform sitzen und mich auf ihrer Fahrt tolerieren. Aber egal, ich bin froh, dass ich zumindest ein wenig Leben in mich gehaucht bekommen habe und wieder fähig bin, mich mit jemandem zu unterhalten und Entscheidungen zu treffen.

Wir haben noch etwas über eine halbe Stunde Zeit bis zur Abfahrt, als wir die Plattform verlassen und uns von der Gruppe mit der dicken Schwäbin neben uns verabschieden, nicht ohne noch ein Fleischküchle als Wegverpflegung auf die Hand mitzunehmen. Am Querbahnsteig angekommen, bittet uns Keks kurz zu warten, er müsse noch den „Blaster" holen. „Blaster?", frage ich stirnrunzelnd. „Ein Kumpel von euch?" Ok, ich habe es ausgesprochen und merke, wie dämlich das war. Die drei lachen und Ische verschluckt sich fast am Fleischküchle, welches er sich dieses Mal von der Schwäbin hat aufdrücken lassen. „Ick globs nich! Een Kumpel? Den Jettoblaster holt er ausm Schließfach! Damit wir heute Nacht ordentlich Mucke ham." Und da kommt Keks auch schon. Der Ghettoblaster entpuppt sich als Kassettenrekorder, was mich zur Bemerkung hinreißen lässt: „Ah, ein Kassettenrekorder" – „Jettoblaster!!!" erschallt es erstaunlich synchron von Keks und Ische und sie schauen mich an, als hätte ich ihre Mutter beleidigt. Ok, ok, der Kassett…, also der Ghettoblaster hat schon bessere Tage erlebt. Er sieht arg gebraucht aus, hat viele Schrammen und ist etwas versifft. Aber voller Aufkleber. Ich mustere den Kas…, den Blaster: „Born in Kreuzberg", „Amsterdam", „Alt, aber bezahlt", „Bitte keine Werbung einwerfen", „Ungeöffnet haltbar bis, siehe Bodenblech", „Sponsored by Sozialamt" und „Tested by Al Bundy", ein Che-Guevara-Sticker und ein Aufkleber mit einem ausgestreckten Mittelfinger. Viel Platz ist nicht mehr, wenn man die Sammlung in Italien noch erweitern will. Letztlich passt der Blaster aber gut zu Keks und Ische. Keks drückt auf Play, stellt ihn sich auf die Schulter, und mit den Klängen von *Hells Bells* von *AC/DC* marschieren wir auf den Bahnsteig.

„Wollen wir fragen, ob noch ein Liegewagenabteil frei ist?", fragt uns Ina. Lara nickt, Keks schaut Ische an und der erklärt uns, dass dies sein Budget sprengen würde. „Ich gebe uns so ein Abteil aus", sage ich. So viel wird es nicht kosten und wenn schon, es ist mir schlicht egal. Lara drückt mich, gibt mir einen Kuss auf die Wange und erklärt mir erst mal die Basics. Ein solcher Nachtzug besteht aus normalen Sitzwagen, Schlafwagen und Liegewagen und meist ist sogar ein Speisewagen dabei. Jeder Liegewagen hat einen eigenen Schaffner und den kann man fragen, ob bei ihm noch Liegen frei sind. Da heute kein Wochenende ist, könnten die Chancen gut stehen.

Wir sitzen auf unseren Rucksäcken am Bahnsteig, als der Zug nach wenigen Minuten einfährt. Er kommt mir unglaublich lang vor und so wie dieser Zug hier langsam eingefahren wird, umgibt ihn die Aura des Reisens. Es ist noch nicht lange her, da habe ich das Treiben rund um die Einfahrt eines solchen Zuges aus der Ferne von der Plattform aus betrachtet. Nun stehe ich mitten zwischen den Menschen, sehe aus nächster Nähe, wie der Speisewagen beladen wird, wie die Schaffner ihre Wagen suchen und betreten.

Ina braucht zwei Versuche und ruft uns dann strahlend zum Waggon mit der Nummer 254. Hier ist offenbar noch ein Abteil frei. Der Liegewagenschaffner steht vor der Tür und grinst uns an: „Barzahlung, kein Kotzen, kein Sex, Musik auf Zimmerlautstärke und ab Innsbruck komm ich auf ein Bier vorbei.“ – „Geil, Tüten kann man rochen“, raunt Keks Ische ein klein wenig zu laut zu und der Schaffner dreht sich noch einmal um und richtet den Zeigefinger auf Keks: „Kein Rauchen! Und schon gar keine Tüte, mein Freund!“ – „Klar, Chef!“, springt Ische ein und ich bin ziemlich erleichtert, dass ich wohl nicht mit Krümelmonsterattacken heute Nacht zu rechnen habe.

4

Wir betreten unser Abteil. Es ist zwar ziemlich eng, nicht viel größer als ein normales Sitzabteil, aber statt Sitzen gibt es hier sechs Liegen. Links und rechts drei übereinander, mit einer Leiter, die vor dem Fenster steht. Wir verstauen unsere Rucksäcke und Lara klappt die beiden mittleren Liegen gekonnt mit wenigen Handgriffen nach unten, so dass sie eine Rückenlehne der untersten Liege bilden.

„Wir sind ja noch ein bisschen wach, oder?“ – „Na klar“, sage ich und stelle fest, dass es hier erstaunlich gemütlich ist. Lara fordert mich auf, meinen Rucksack noch mal unter der Bank hervorzuholen, irgendetwas scheint sie da unten zu suchen. Sie kramt unter der Liege herum zieht ein großes Brett heraus. Dieses Brett ist ein Tisch und man kann es an dem kleinen Abstelltischchen am Fenster einhaken. Zur Abteilmitte hin wird es von einem ausklappbaren Metallbein gehalten. Nun haben wir also ein Abteil mit einem Tisch in der Mitte. Der Schaffner kommt vorbei, wir erledigen die Bezahlung, er nimmt unsere Fahrkarten und unsere Pässe mit. Ina klärt mich auf, dass der Schaffner für uns die Zollkontrollen durchführt, damit wir in Ruhe schlafen können. Der Liegewagenschaffner ist im Stress, bringt uns noch weiße Laken und kleine Kopfkissen und weist uns darauf hin, dass es in den Bergen kalt werden könnte. Für den Fall lägen auf den oberen Liegen noch Wolldecken bereit.

Wir breiten uns aus und ich stelle die beiden Flaschen Lambrusco auf den Tisch. Und merke, dass wir keine Becher haben. „Mh, frag doch mal den Schaffner", meint Keks. Wir rufen ihn, als er an der Tür vorbeihastet. Er staunt nicht schlecht: „Ihr bringt euer eigenes Zeug mit und wollt von mir dann die Becher haben?" Oh, vielleicht haben wir es jetzt übertrieben. Ich setze zu einer Entschuldigung an, doch er lacht: „So hab ich das früher auch gemacht. Ich bring euch welche." Fünf Minuten später steht ein Stapel Plastikbecher auf dem Tisch, Keks spendet ein paar seiner Kekse und Ische packt die restlichen Bierdosen aus. Mittlerweile läuft *Ready or Not* vom Album *The Score* der *Fugees*. Der Zug setzt sich in Bewegung und wir fahren in der Dämmerung aus dem Hauptbahnhof. Ich stehe am Fenster und schaue mir an, wie wir gemächlich durch München rollen.

Es herrscht ein aufgewecktes Treiben an Bord. Junge Leute, die auf dem Weg in den Urlaub sind und den Liegewagen wohl eher zum Feiern als zum Schlafen gebucht haben, ältere Reisende, die mit ihrer Toilettentasche auf dem Weg zu den winzigen Waschräumen an den Enden des Wagens sind und Familienväter, die sich und ihren Frauen noch eine kleine Flasche Sekt oder Wein beim Schaffner organisiert haben und an ihrem Tisch sitzen, während die Kinder auf den oberen Liegen schon schlafen. Wir haben unseren Spaß, unterhalten uns, trinken und essen. Es kommt mir vor, als wären wir erst wenige Sekunden unterwegs, als der Zug bereits in Rosenheim einfährt. Als wir um kurz nach elf die österreichische Grenze bei Kufstein erreichen, sieht man den Vollmond die Umrisse der Berge erleuchten.

„Ich gehe mal frische Luft schnappen, kommst du mit?", fragt mich Lara und ich begleite sie auf den Gang. Hier ist noch eine Menge Leben. Neben uns sitzen zwei Jungs mit einer Flasche Wein auf dem Boden. Weiter hinten stehen einige jüngere Leute und stoßen auf ihren Urlaubsbeginn an. Musik ist zu hören. Man könnte meinen, wir wären in einer Jugendherberge gelandet. Lara schiebt das Fenster herunter und streckt ihren Kopf heraus. Die Nacht ist noch warm, es weht ein angenehmes Lüftchen, ein Vorgeschmack auf den bevorstehenden Sommer. „Du bist noch nie im Nachtzug gefahren?" – „Nein, leider nicht." – „Für mich ist das eine tolle Art zu reisen. Man lernt Menschen kennen und man weiß, dass man Meter für Meter seinem Ziel näher kommt. Und Nachtzüge fahren gerade in den Bergen oft so langsam, dass man den Kopf aus dem Fenster strecken kann. Wenn Vollmond ist, so wie heute, dann ist es herrlich zu sehen, wie die Konturen der Landschaft vorbeiziehen." Der Zug fährt an und ich spüre auch diese magische Eisenbahnromantik des Nachtzugs. Man kann die Lichter der Bergdörfer sehen und die weißen Spitzen der schneebedeckten Berge leuchten im Mondlicht. Im Dunkeln wirken die Berge noch höher als am Tag. Der Zug schlängelt sich durch die Landschaft und wir genießen es. Lara ist ruhig und wohl auch selbst in Gedanken verloren. Sie lehnt ihren Kopf bei mir an und umfasst mich mit dem Arm. Es tut mir gut und ich fühle mich bei meinen Reisekumpanen geborgen und gut aufgehoben. Wir kennen uns alle erst ein paar Stunden, haben noch gar nicht so viel voneinander erfahren, aber wir sind uns alle miteinander sehr nahe. Wir stehen schweigend am Fenster und schauen in die vorbeiziehende Landschaft.

Die Tür unseres Nachbarabteils geht auf und drei junge Pärchen kommen zu uns auf den Gang. Sie sind aufgeregt und reden über eine Wette. Einer ist sich gemeinsam mit seiner Freundin sicher, dass er sie gewinnen wird, die anderen ziehen ihn auf und freuen sich über jeweils 50 Mark, die ihnen winken, wenn er sie verliert. „Ihr werdet schon sehen, es wird klappen. Ich bin mir sicher. Und außerdem habe ich echt Hunger", sagt der Eine. „Eher wirst du verhungern", lacht ein Anderer. „Es wird klappen, er hat extra Schillinge umgetauscht", sagt die Freundin des Siegessicheren. Sie werden immer ungeduldiger, schauen auf die Uhr, sie warten auf die Einfahrt in den Bahnhof von Jenbach. Lara ist neugierig geworden: „Tschuldigung, darf ich euch mal fragen, um was es bei eurer Wette geht? Das klingt ja alles total spannend." Wir werden aufgeklärt. Lukas, einer der Jungs, war vor sechs Wochen mit seiner Freundin Claudia im Urlaub in St. Marghereten, einem kleinen Dörfchen oberhalb von Jenbach. Sie haben in Jenbach eine kleine gemütliche Pizzeria entdeckt, in der sie oft essen waren. Toni, der Wirt, lieferte auch per Pizza-Taxi aus. Und Lukas erzählte ihm davon, dass er auf dem Weg zu einem Kurztrip nach Venedig mit seinen Freunden Martin, Hanna, Michael und Miriam bald mit dem Zug durch Jenbach fahren wird. Da könne Toni ja sechs Pizzen an den Zug bringen. Kein Problem für Toni. Er notierte sich die Bestellung in sein Notizbuch und versprach, die Pizza pünktlich an jenem Abend um 23.38 Uhr an den Zug zu bringen. Wieder zuhause angekommen, erzählte Lukas das den anderen, die aber nicht daran glaubten, dass so etwas klappen könnte. Sie wetteten schließlich um 50 Mark pro Paar. Lukas und Claudia vertrauen ihrem Toni, die anderen setzen dagegen.

Die Geschichte hat längst die Runde gemacht bei den Leuten auf dem Gang. Alles wartet gespannt auf die Einfahrt in Jenbach. Der Zug erreicht die Ortschaft und wird langsamer. Die ersten Schilder „Jenbach" erscheinen, der Bahnsteig taucht neben uns auf. Wir stecken die Köpfe aus dem Fenster und sehen in der Mitte des Bahnsteigs etwas leuchten. Wir rollen an einem beleibten Mann mit einer Schürze in den italienischen Nationalfarben vorbei, der sechs Pizzakartons vor sich hält. Im obersten stecken sechs Wunderkerzen. Jubel bricht aus im Wagen 254. Und Toni weiß sofort, wohin die Pizza gehört. Wir fahren ein ganzes Stück an ihm vorbei und er fängt an, uns hinterherzulaufen. „Standing Ovations" für Toni, der laut ruft: „Buona sera, Ragazzi. Benvenuto in Jenbach. Auf Toni ist Verlass." Lukas bezahlt, umarmt Toni. Alle Fensterplätze sind besetzt, die Zuschauer applaudieren und schon geht die Reise weiter. Der Zug fährt an und lässt einen winkenden und glücklichen Toni zurück. Welch ein Auftritt in zwei Minuten.

Die Pizzen werden herumgereicht, jeder darf sich ein Stück nehmen. Der Held dieser Nacht ist Toni, der Pizzabäcker aus Jenbach.

Um Mitternacht erreichen wir Innsbruck und ich steige mit Lara aus, denn der Zug hat hier einen kleinen Aufenthalt. Wir gehen ein paar Meter am Bahnsteig entlang. „Ich gehe oft am Zug entlang spazieren, wenn wir irgendwo länger halten. Ich mag es, die Menschen zu beobachten, wie sie einsteigen und was sich alles hinter den Scheiben abspielt", sagt sie grinsend. Viele scheinen schon zu schlafen, haben die Vorhänge zugezogen und kein Licht mehr eingeschaltet. Aber in einige Abteile kann man noch schauen. Die einen haben ihren Tisch aufgebaut wie wir, spielen Karten, haben Reisekarten aufgeschlagen und planen ihren Urlaub, andere liegen auf ihren Liegen und lesen, manche stehen auch am Fenster und schauen sich an, wer da nachts so am Zug entlang spaziert. Wir sehen ein Pärchen knutschen und kuscheln. Ein alter Mann liest einem kleinen Mädchen, vermutlich seiner Enkelin, eine Gute-Nacht-Geschichte vor. Aus dem nächsten geöffneten Fenster erklingt eine italienische Diskussion, wild gestikulierend unterhalten sich die drei Männer und ihre Frauen. Aus einem weiteren Abteil dringt ein Duett des Schnarchens, eine Frau steckt sich gerade Ohrenstöpsel in die Ohren.

Wir kommen am Speisewagen vorbei. Hinter den Scheiben stehen kleine Leuchten auf den Tischen, an denen einige Reisende sitzen. Die meisten trinken ihr Bier oder ihren Wein, manche haben Teller vor sich und nehmen noch ihr Abendessen zu dieser späten Stunde ein. Ein einzelner Herr fragt offenbar gerade die allein sitzende Dame, die ein Glas Sekt serviert bekommt, ob er sich zu ihr setzen darf. Sie nickt. Wir erreichen die Schlafwagen. Auch hier sind die meisten abgedunkelt, aber in einige wenige kann man hineinschauen. „Wahnsinn“, staune ich, denn in den Abteilen gibt es richtige Betten mit Bettwäsche. Ein Mann putzt sich gerade die Zähne an einem kleinen Waschbecken. „Ja, ganz schön luxuriös, aber das ist eher wie im Hotel. Hier ist keine Party und hier lernt man auch keine Leute kennen. Jeder ist sozusagen in seinem Zimmer. Den können wir ja benutzen, wenn wir 30 sind.“ Wir schlendern langsam zurück und erkennen unseren Wagen schon an unserem Schaffner, der vor der Tür steht und raucht.

„Ich bin übrigens Frank“, stellt er sich vor. Er wird so um die vierzig sein und er sieht nicht so aus, als ob er freiwillig eine solche Uniform tragen würde. Er wirkt verkleidet, als sei Karneval und er gehe dieses Jahr als Liegewagenschaffner. Das Hemd spannt über dem Bauch, der Mütze und der Krawatte hat er sich schon längst entledigt. „Ihr seid noch wach? Hinter Innsbruck hab ich immer erst mal Zeit bis zum Brenner. Da ist dann noch die Zollkontrolle der Italiener.“ Offenbar war es doch kein Spaß von ihm, als er sagte, er würde noch auf ein Bier vorbeikommen. Wir laden ihn ein in unser Abteil. Kurz nach Abfahrt des Zuges kommt er tatsächlich und bringt sogar ein paar Dosen Bier mit. Mittlerweile läuft bei uns Discomusik. *Insomnia* von *Faithless* dudelt in den unterschiedlichsten Fassungen vor sich hin. „Macht aber den Kassettenrekorder etwas leiser“, sagt Frank, und bevor Ische und Keks antworten können, sage ich schnell „Ghettoblaster!“ Die beiden haben dank des Bierkonsums etwas an ihrer Reaktionszeit eingebüßt und gerade Luft geholt, die sie nun parallel mit einem müden Nicken wieder entweichen lassen. Ich muss lachen. Sie sehen dabei aus wie Fische. So richtig fit sind die beiden Berliner nicht mehr und lange dauert es auch nicht, bis sie die Leiter hinaufklettern und sich in die Waagerechte begeben. Ina klettert ihnen nach und befestigt eine Art Auffangnetz zwischen den beiden oberen Liegen. „Ich mach das immer bei Kindern, meine kleine Schwester ist sieben und schläft am liebsten oben“, merkt Ina an. Und auf meine Frage, ob das nur etwa fünfzig Zentimeter breite Netz wirklich etwas nutzt, antwortet Frank, dass man vorm Aufprall wenigstens aufwache, wenn man durchs Netz schlage.

Frank erzählt uns bei einem Bierchen angeregt von seinem Job als Liegewagenschaffner. Er mache das schon seit Jahren und man glaube ja gar nicht, was er alles erleben würde. Er fährt mehrmals die Woche die Strecken von München nach Italien. Zum einen die Linie nach Venedig mit dem *Adria-Express*, dann den *Urlaubsexpress* an der Adriaküste entlang bis Pescara im Süden und den Nachtzug nach Rom, der an manchen Tagen auch bis Neapel weiterfährt. Venedig sei ihm am liebsten, es ist die kürzeste Strecke und er hat mehr Freizeit am Zielort. Ein bisschen zu augenzwinkernd erzählt er uns von Kollegen, die ein Doppelleben führen. Eine Frau in München, eine am Zielort. Als er noch jünger war, habe er oft mit den Reisenden mitgefeiert. Manchmal so ausgiebig, dass er morgens betrunken in seinem Abteil lag und geweckt werden musste, damit die Leute ihre Pässe und Fahrkarten zurück erhielten. Einmal sei er in Bologna ausgestiegen und auch nicht mehr so ganz Herr seiner Sinne gewesen. „Mir war das Bier ausgegangen und an Bord war eine Horde Männer, deren Frauen und Kinder in einem Abteil am einen Ende des Waggons fest geschlafen haben, während wir am anderen Ende in einem Abteil gesoffen haben. Die haben meine ganzen Vorräte geplündert. In Bologna hatten wir einen Fünfzehn-Minuten-Stopp und ich kam auf die blöde Idee, dort nachts in einem Bahnhofskiosk Nachschub zu holen.

Was ich nicht bedacht hatte, war, dass wir eine leichte Verspätung hatten und nach fünf statt fünfzehn Minuten wieder in Bologna Centrale abfuhren. Als ich zum Bahnsteig zurückkam, sah ich noch die Rücklichter von meinem Zug. Da war ich schlagartig nüchtern. Die Wechselgeldkasse, die ganzen Ausweise und Dokumente, alles fuhr ohne mich in Richtung Adriaküste und ich wusste, in Rimini würden meine nächsten Gäste aussteigen wollen. Ihr glaubt gar nicht, wie schnell ich am Taxistand war, dem Taxifahrer mein Restgeld in die Hand drückte und ihn anflehte, Gas zu geben. Wir rasten durch die Nacht nach Faenza: Keine Spur vom Zug, im Gegenteil, wir hatten sogar noch Zeit auf ihn verloren. Der nächste Stopp war Forli und es war meine vorletzte Chance. Ich schaute auf die Uhr und ich wusste, dass es verdammt knapp werden würde. Der Taxifahrer hatte dann die Idee, es in Forli gar nicht erst zu probieren, sondern auf der Autobahn direkt nach Cesena durchzurasen. Wir haben in Cesena alle roten Ampeln überfahren, und als wir am Bahnhof ankamen, stand der Zug bereits am Gleis. Ich bin über die Gleise gesprungen und ich habe es tatsächlich geschafft. Kaum war ich drin, ist er abgefahren. Die ersten Gäste standen schon vor meinem leeren Abteil und reklamierten, dass ich Ihnen noch keinen Kaffee gebracht habe. Ihr könnt mir glauben, das passiert einem nur einmal.

Und dann war da der Kegelklub, der den ganzen Wagen gebucht hatte. Sie schleppten, ihr glaubt es nicht, zwölf Kästen Bier, zahllose Dosen mit Würstchen und zig Tüten mit Brötchen in München in den Zug. Mir war klar, dass es da nichts zu verdienen gab. Sie stiegen in Rom aus und mir ließen sie, als Trinkgeld, zehn Dosen Wurst und alle Bierkästen da, leer natürlich. Ich stand dann in Neapel mit dem ganzen Leergut, was man nur in Deutschland einlösen konnte. Ich ließ es am Bahnsteig einfach stehen und nahm es abends im Gegenzug wieder mit. Die Würstchen habe ich den Gästen ausgegeben. Die freuten sich."

Frank schaut auf die Uhr. Es ist Zeit für ihn, sich wieder seiner Arbeit zu widmen. „Wir sind gleich am Brenner, da ist die Passkontrolle, danach lege ich mich noch mal hin und penne ein bisschen. Wollt ihr Kaffee morgen früh, ne halbe Stunde vor Venedig?" Ein Kaffee kann nicht schaden und wir stimmen zu. Keks und Ische schlafen fest. Eine Mischung aus Stöhnen und Schnarchen und ein interessant glücklicher Gesichtsausdruck lassen bei Ische den Schluss zu, dass er seine Erlebnisse aus Amsterdam in seinen Träumen aufarbeitet. „Legen wir uns auch hin?", fragt Ina und Lara baut die Mittelliegen wieder um, so dass wir alle einen Schlafplatz finden. Im Gegensatz zu Ina, die sich einfach hinlegt, zieht sich Lara aus und ich muss zugeben, dass sie in BH und Slip einfach umwerfend aussieht. Sie hat einen tollen Körper und mir fällt ihr Bauchnabelpiercing sofort auf. Ich kann meinen Blick nicht von ihrem gut ausgefüllten weißen BH abwenden, durch den mehr schimmert, als Lara vielleicht ahnt. „Hey, genug gegafft!“, lacht sie leise, drückt mir einen Kuss auf die Wange und klettert auf die zweite Mittelliege. Sie deckt sich leider mit dem weißen Laken zu. Es hat durchaus Vorteile, wenn man rot wird und es ist dunkel – es fällt nicht auf. „Lara …?“ – „Ja?“ – „Du, … du bist total süß“ – „Oh Gott, Tim, hör auf mit dem Scheiß!“

Verdammt. Erst glotze ich ihr auf die Brüste und dann so ein dämlicher Spruch. Sie ist halt einfach eher der offene, lockere Typ. Ich sollte mich mal lieber zurückhalten. Ich liege da und schaue durchs Abteil. Höre das Klack-klack der Schienenübergänge, und da niemand den Vorhang zugezogen hat, sehe ich das gegenüberliegende Gleisbett und einen kleinen Strich Landschaft im Mondlicht vorbeiziehen. Wenn wir durch Bahnhöfe fahren wird es kurz heller, dann werfe ich einen Blick auf Lara, wie sie daliegt und schläft. Was mache ich hier? Und wie soll das alles enden? Meine Eltern werden in heller Aufregung sein und sich „Sorgen machen“. Morgen werde ich sie aus Venedig anrufen.

Es ist schön, hier zu liegen. Ich bin kaum müde und genieße diese ungewöhnliche Situation, während Lara sich endlich so gedreht hat, dass ich ihr Gesicht sehen kann. Zumindest, wenn mal ein wenig Licht ins Abteil dringt. Ich sehe noch die Bahnhofsschilder unserer Halte in Fortezza, Bressanone und Bolzano, aber irgendwann schlafe ich wohl ein.

Ich wache auf, als mir jemand laut ins Ohr spricht: „Einmal Morgenlatte …“ Ich erschrecke, bin schlagartig wach, schäme mich schon fast zu Tode, schaue sofort an mir herunter, aber das weiße Laken liegt glatt auf mir „… oder trinkst du deinen Kaffee schwarz?“, flüstert Lara und lacht. Die Mädels amüsieren sich köstlich über mich und haben von Frank bereits den Kaffee in Empfang genommen. Ische und Keks schlafen noch wie zwei Steine im oberen Stockwerk unseres Abteils. Es ist mein Job, die beiden zu wecken und das gestaltet sich gar nicht so einfach. Während die Berliner so langsam wach werden, teste ich die

Mini-Waschräume des Liegewagens. Man braucht dazu ein wenig Übung. Das Wasser plätschert behäbig aus der Leitung. Es ist so eng, man kann sich darin kaum drehen, so als sei man in einer Dose mit Waschbecken gefangen. Irgendwie schaffe ich es aber, mich ein wenig frisch zu machen und mir die Zähne zu putzen. Respekt, dass sich die Mädels von diesen Bedingungen nicht unterkriegen lassen, man traut ihnen fast gar nicht zu, dass sie mit solchen Widrigkeiten zurechtkommen. Manu und Sandy hätten hier die Krise bekommen. Am liebsten hätte ich gedacht: „Aber wer ist schon Sandy?" Ich kriege das allerdings nicht hin. Es tut noch weh.

5

Der Zug fährt langsam durch Venedig und ich bin enttäuscht. So hatte ich mir eine der berühmtesten Städte der Welt nicht vorgestellt. Statt romantischer Kanäle ist alles grau und voller großer Wohnblöcke. Und auch Autos sehe ich mehr als genug. Das also soll *La Serenissima* sein, „die Allerdurchlauchteste"? Die meistbesuchte Touristenstadt Europas?

Ina sieht mir meine Enttäuschung an. „Na, hast du dir Venedig anders vorgestellt?" – „Ja, wirkt nicht besonders einladend." – „Keine Sorge, wir sind noch in dem Teil Venedigs, der sich auf dem Festland befindet. Venedig hat über 270.000 Einwohner, davon wohnen aber nur etwas mehr als 60.000 in der Altstadt, die man eigentlich vor Augen hat, wenn man an Venedig denkt." Wir fahren in den Bahnhof *Venezia Mestre* ein und Ina erklärt mir, dass dies einer von zwei Hauptbahnhöfen in Venedig sei. Der Durchgangsbahnhof *Mestre* am Festland sei mit einem Damm durch die Lagune mit dem Kopfbahnhof *Venezia Santa Lucia* verbunden und dieser Bahnhof wäre toll, er läge direkt am *Canale Grande*.

Und tatsächlich. Kurz nachdem sich der Zug wieder in Bewegung setzt, fahren wir über die *Ponte della Liberia*, vor der auch die Pkw abgestellt werden müssen. Bei der Überfahrt durch die Lagune sieht man am Horizont schon Venedigs Altstadtsilhouette aus dem glitzernden Meer hervorschauen. Und jetzt bekomme ich tatsächlich eine Gänsehaut. So stellt man es sich vor. Schade, dass wir so schnell den Bahnhof erreichen. Ich bin voller Vorfreude und kann es kaum erwarten, die Stadt kennenzulernen. Da bin ich offenbar nicht der Einzige. Auf dem Gang steht alles ungeduldig mit Sack und Pack und wartet, dass sich die Türen öffnen. Wir haben es nicht eilig. Ich habe zwar keine Ahnung, wie lange unser Aufenthalt in Venedig dauern wird, aber der Tag beginnt erst. Langsam leert sich der Waggon, wir verabschieden uns von Frank und steigen ebenfalls aus.

Es ist noch früh, aber bereits angenehm warm. „Als Erstes sollten wir unser Gepäck abgeben", sagt Lara und genau das machen wir auch. Es gibt noch mehr Tagestouristen, die auf diese Idee kommen, aber in der Gepäckaufbewahrung des Bahnhofs geht es zügig und so entledigen wir uns allem, was wir für einen Stadtbummel durch die Lagunenstadt nicht benötigen. In Italien, erzählt uns Ina, gibt es keine Schließfächer. Aus Angst vor Bombenanschlägen werden alle Aufbewahrungsstationen von Bahnangestellten betrieben, die das Gepäck beaufsichtigen.

Ina hat uns geraten, Badesachen mitzunehmen, falls wir Lust hätten, am Nachmittag baden zu gehen. Venedig verfüge auch über einen Strand, und ein Bad im Meer wäre doch bestimmt die richtige Abwechslung, wenn wir vom Sightseeing genug hätten. Keks bietet an, in seinem Rucksack die Badesachen von allen mitzunehmen.

Gespannt gehen wir durch die Bahnhofshalle und treten vor die Tür der Stazione *Venezia Santa Lucia*. Ein paar Treppenstufen führen auf den großen Vorplatz, der tatsächlich durch den *Canale Grande* begrenzt wird. Es ist beeindruckend, dieser Ort hat eine wahnsinnige Atmosphäre. Man erhält gleich einen tollen Eindruck von dieser Stadt. Vor uns die Pfähle, an denen die Gondeln anlegen, auf der Gegenseite die ersten Paläste und Kirchen, auf Stelzen mitten in die Lagune gebaut. Und nur wenige Meter entfernt thront die *Ponte degli scalzi* über dem Kanal. Ina schlägt vor, dass wir entweder mit einem *Vaporetto*, einem Schiff, welches hier die Funktion eines Busses übernimmt, zum Markusplatz fahren können oder aber zu Fuß den Weg ins touristische Zentrum nehmen können. Das wäre so ein bisschen wie Schnitzeljagd, denn die *Piazza San Marco* wäre zwar theoretisch durchgehend an den Häuserwänden ausgeschildert, aber manchmal durch den bröckelnden Putz kaum noch zu lesen. Würde man einmal in einer der zahllosen kleinen Gassen falsch abbiegen, wäre man nicht mehr auf dem Hauptpfad und es sei wie im Irrgarten, dann wieder den richtigen Weg zu finden.

Ich finde es besser, wenn wir zu Fuß aufbrechen, weil wir mehr von der Stadt sehen werden, als wenn wir uns mit unzähligen anderen Touristen an die Sightseeing-Punkte fahren lassen. Während wir uns auf diese Lösung verständigen, beginnt Ische sich auszuziehen. Und ehe wir es richtig begreifen können, steht er splitternackt vor uns, ruft „Versprochen is versprochen!", und sprintet ans Ufer, um sich laut grölend in den Kanal zu werfen. Wir laufen ihm nach und können es nicht fassen. Die Passanten halten an und sind teilweise schockiert oder belustigt. Ische taucht wieder auf:

„Wenn ihr mitkommt, spring ick nackt in den *Canale Grande*, ick halte meene Versprechen. Kommt rin, dit is herrlich hier." Die italienische Polizei ist keineswegs so angetan von den Ideen des Berliner Touristen und kommt gleichzeitig von der Land- und Kanalseite herbeigeeilt. Das Boot der venezianischen Polizei zwingt Ische unmissverständlich, sein Bad im Kanal zu beenden und am Ufer wird er von den Landkollegen sogleich in Empfang genommen. Er muss sich anziehen und wird dann abgeführt. Wir folgen dem Tross aus Beamten, der Ische an den Armen durch das Bahnhofsgebäude führt.

Und so ist die erste Sehenswürdigkeit von Venedig, die wir kennenlernen, die Polizeiwache der venezianischen Polizei in der Stazione *Santa Lucia*. Das steht schließlich nicht bei jedem Touristen auf dem Programm.

Wir sollen im Vorraum warten und Ische wird in einem Büro vernommen. Die Wände sind dünn, wir kriegen alles mit Die Aufnahme der Personendaten gestaltet sich noch einfach, Name, Vorname, Geburtsdatum und Nationalität. Mal abgesehen davon, dass man „Berliner like John F. Kennedy!" nicht als Nationalität durchgehen lassen will. Nach längerer Überlegung erklärt sich Ische aber bereit, als „Deutscher" zu gelten. Als der Beamte dann eine Frage in schnellem Italienisch stellt, wird es schwierig für die beiden. Man merkt, dass man sich auf Italienisch nicht verständigen kann und auch Deutsch gehört nicht zum Repertoire des Venezianers. Ein wenig Englisch können beide. Wobei es „wenig" wirklich ganz gut trifft.

„Why did you jump naked into the canal?", fragt der Polizist in unbeholfen holprig klingender englischer Sprache.

„Äh, it was a wet, war halt ne Wette, Herr Oberkommissar oda wat Sie sind", antwortet Ische und wir Verbliebenen schauen uns an und wissen, da kommt noch eine Menge Arbeit auf den Beamten zu. „It was wet? Sure it was wet. But why did you jump into the canal?" – „Äh, Mister, because it was a wet" – „You go into the canal, because the canal is wet, is it right?" - „Yes, Sir! Dit hamse korrekt verstanden. Sind 'n janz hellet Köpfchen, wa?" Der Italiener beginnt auf Italienisch laut zu fluchen und wiederholt seine Frage, die Ische selbstsicher genauso beantwortet wie im ersten Versuch. Die Laune seines Gegenüber verbessert sich dadurch ganz und gar nicht.

Ina, mit geringen Italienisch- und guten Englischkenntnissen ausgestattet, kann es nach weiteren fünf Minuten, die ohne eine Annäherung der beiden verlaufen, nicht mehr ertragen. Sie klopft an die Tür, wird eingelassen und klärt den Sachverhalt auf. Mehrmals weist sie darauf hin, dass Ische noch nie in Italien war und nicht wusste, dass das Springen in den Kanal verboten sei. In Berlin sei er es gewohnt, in den dortigen Kanälen baden zu können. Mit vielen Worten und noch mehr Charme schafft sie es, den nun etwas milder gestimmten Ordnungswächter davon zu überzeugen, dass von Ische keine Gefahr ausgeht. Wir dürfen schließlich gehen und für den Fall, dass jemand aus unserer Gruppe noch einmal auffällig werden würde, bietet uns die gastfreundliche Polizei auch gleich eine Übernachtungsmöglichkeit in einer venezianischen Zelle an.

Ische ist mächtig stolz, die Familientradition, die einst sein Bruder in Sizilien begonnen hatte, fortgesetzt zu haben: „Ohne mich hättet ihr so enen Einheimischen nie persönlich kennenjelernt." – „Gott sei Dank sind wir in Venedig und nicht auf einem Amazonas-Trip", meint Ina, nimmt aber diesen ersten unfreiwilligen Ausflug in Venedig sportlich. Wir haben selbst der venedigerfahrenen Ina also eine Erweiterung ihres Horizonts geschenkt. Immerhin.

Wir entscheiden uns, den Weg zum Markusplatz tatsächlich zu Fuß zu gehen, und es ist die richtige Entscheidung. Es ist unglaublich faszinierend, diese Stadt ist anders als alles, was ich bisher gesehen habe. Wir verlaufen uns mehrmals, aber das macht nichts, denn gerade die Ecken, in denen es plötzlich nicht mehr von Touristen wimmelt, sind meist die interessantesten. Kleine Läden mit vielen Leckereien und erstaunlich günstigen Preisen fallen uns auf, wir gönnen uns eine Dose *Lemon Soda*, eine sehr erfrischende Zitronenlimonade, die bereits seit den 40er

Jahren ausschließlich aus kalabrischen und sizilianischen Zitronen hergestellt wird, wie uns der Verkäufer stolz verkündet.

Wir sind mittlerweile zwei Stunden unterwegs und so langsam haben wir Hunger, als wir wieder einmal vom Hauptpfad abkommen und auf eine kleine Pizzeria an einem schmalen Kanal treffen. Hier bestellen wir uns Pizza zum Mitnehmen und setzen uns an das Ufer des Kanals. Wir genießen die Sonne, die die hin und wieder vorbeiziehenden Boote in ein freundliches Licht taucht. Es sind keine Gondeln, sondern Boote der Einheimischen. Allzu oft scheinen sich Touristen nicht hierher zu verirren. Wir werden von einigen Einwohnern sogar freundlich gegrüßt und fühlen uns dank dieser malerischen Kulisse und der Gastfreundlichkeit der Venezianer äußerst wohl.

Klänge italienischer Musik dringen aus der Pizzeria, während eine ältere Dame im dritten Stock des Hauses auf der anderen Kanalseite laut singend die Wäsche auf die Leine hängt, die quer über den Kanal führt. Die Pizza ist zwar karg belegt, schmeckt aber fantastisch und wir bleiben über eine Stunde an diesem traumhaften Ort sitzen.

Ina erzählt uns noch viel Wissenswertes über Venedig, seine Entstehung, aber auch über die Probleme, die diese Stadt hat. Sie sinkt in jedem Jahr drei bis sechs Millimeter ab, sie kämpft mit Müll und Überschwemmungen. Immer weniger Menschen bevölkern das *Centro Storico*, das historische Zentrum der Stadt.

Nun werden wir neugierig auf die Highlights dieser so außergewöhnlichen Stadt. Wir brechen auf und folgen den Schildern in Richtung *Ponte di Rialto*. Wenn man irgendwo anders auf der Welt einen Kompass benötigt, so braucht man in Venedig eigentlich nur einen Blick auf die Preisschilder zu werfen. Ist alles wunderbar preiswert, dann ist man weit weg von den Touristenströmen und kann sicher sein, dass sich keine im Reiseführer aufgeführte Sehenswürdigkeit in der näheren Umgebung befindet. Da die Preise immer teurer werden und die Menschenmengen stetig zunehmen, sind wir aber offenbar auf dem richtigen Weg.

Wir kommen an einer Telefonzelle vorbei, die mich daran erinnert, dass ich mich wohl oder übel zuhause melden sollte. Die anderen gehen schon ein Stück voraus. Ich wähle die Nummer und fühle mich nicht wohl dabei. Meine Mutter ist am Telefon. Sie ist aufgeregt und stellt mir tausend Fragen, als ich mich melde.

Ich sage ihr, sie solle sich beruhigen, mir gehe es gut und ich sei in Italien, ich würde mich wieder melden. Ich hänge den Hörer ein und verdränge jeden Gedanken an zuhause.

Ich treffe die anderen an der nächsten Ecke und wir gehen weiter. Kurz darauf taucht die *Ponte di Rialto* auf. Die Brücke ist schön, eine Menge Läden bieten auf ihr kitschige Souvenirs an. So richtig zum Genießen dieses Ortes kommt man angesichts der vielen Menschen jedoch nicht. Sie drängen sich am Geländer, jeder möchte den besten Platz ergattern, um einen Blick auf das Postkartenmotiv des *Canale Grande* werfen zu können, der sich mit seinen vielen Palästen an dieser Stelle wirklich traumhaft präsentiert. Wir müssen uns sogar einen Moment gedulden, bis wir einen Platz in erster Reihe finden. Während wir uns von dieser Kulisse beeindrucken lassen, erhalten wir von Ina noch einige interessante Fakten aus dem Reiseführer. Die 48 Meter lange und 22 Meter breite Brücke wird auf jeder Seite von 6000 Holzpfählen getragen, die sie im Untergrund der Lagune verankern. Im Jahre 1181 wurde an dieser Stelle die erste Brücke über den Canale Grande errichtet, damals noch aus Holz. 1591 entstand die erste Steinbrücke, die bis weit in das 19. Jahrhundert den einzigen Fußweg über den großen Kanal darstellte.

Allerdings ist es bei den Touristen noch beliebter, die Brücke vom Ufer aus zu betrachten und natürlich zu fotografieren. Uns geht es nicht anders und so mischen wir uns in die Masse, die die *Ponte di Rialto* fotografiert. „Es ist die meistfotografierte Brücke der Welt“, sagt Ina und versucht sich eine gute Position im Kampf mit Chinesen, Amerikanern und Japanern zu erkämpfen. Plötzlich werde ich durch einen Ellbogen niedergestreckt. Er gehört Helmut, der hier im Chaos versucht, seine Anneliese vor der Brücke zu fotografieren. „Ei, Lieschen, des gehd ned. Die Füß kriesch ned druff, Lieschen.“ Leicht benommen, mit einem Dröhnen im lädierten Ohr, höre ich die Dame mit dem rosa Hut hyperventilieren: „Helmud, Helmud, muschd hald noch e weng weggehe du, weider weg, Helmud.“

Helmut blockt rücksichtslos einen Japaner weg, dessen Kamera fast schon vermuten lässt, er arbeite für das dortige Fernsehen und stößt dann im Rückwärtsgehen auch noch eine, zugegeben, süße, kleine, zierliche Französin um, die wohl umgefallen wäre, wenn sie ihre nicht minder hübsche Freundin nicht aufgefangen hätte. Das lässt Isches Beschützerinstinkt unmittelbar erwachen. Er stürzt sich auf den gerade fotografierenden Helmut. Der drückt in dem Moment ab, als Ische vor ihn springt. Wahrscheinlich hat er nun statt „Lieschen mit Füßen" eher „Ische-Gesicht mit Nasenlocheinblick" für die Nachwelt festgehalten. „Jetz reicht it aber, meen Freund. Ick glob, it hackt." Ische packt den verdutzten Helmut an den Schultern und schüttelt ihn. Der versucht um Hilfe zu schreien, doch beim „f" versagt ihm bereits die Stimme, die dafür bei seiner Anneliese umso besser funktioniert. Sie schreit: „Mörder, Halunke, Schwerkrimineller, Gesindel, Gauner!" und schlägt von hinten mit ihrer Handtasche auf Ische ein. Ein herrliches Bild, welches Ina ihrerseits in seiner ganzen Dramaturgie mit der Kamera festhält.

Eigentlich wäre der Zeitpunkt gekommen, um schlichtend und deeskalierend in die skurrile Situation einzugreifen, aber das ist nicht nötig. Es entsteht eine Art dritter Weltkrieg. Überraschenderweise hat sich der Japaner erneut auf die falsche Seite geschlagen, während die Koalition aus Frankreich und Amerika Ische beisteht. Diverse andere Nationalitäten greifen ein, was zu weiteren Streitereien führt, die aufgrund der auftretenden Sprachbarrieren kaum zu schlichten sind. Ein Italiener nutzt das Getümmel und greift sich beherzt Helmuts Brieftasche, was von einem Engländer beobachtet wird, der den Italiener mit einem kraftvollen Tritt vor das Schienbein außer Gefecht setzt. Die Situation wird immer unübersichtlicher. Als die Rufe nach der *Polizia* aufbranden, ist es Zeit, den diskutierenden Ische (oder flirtet er etwa mitten in diesem Gewimmel mit der kleinen Französin?) vom Schlachtfeld zu ziehen und schleunigst das Weite zu suchen. Zum Glück entkommen wir und sehen hinter uns die heranstürmende Polizei über die Rialto-Brücke hasten.

„Wir hätten das noch klären müssen", beschwert sich Ische. „Ische, du hast deinen Joker vorhin schon verspielt, du solltest einen weiteren Kontakt mit der Polizei lieber meiden", versuche ich ihm den Ernst der Lage klar zu machen. Keks interessiert das alles offenbar gar nicht, er kaut an seinen Keksen herum, schweigt und lächelt friedlich vor sich hin. Ich hoffe, das hat nichts zu bedeuten. „Keks, ihr habt doch nicht etwa …?" – „'N janz Kleenen nur …", murmelt Keks glücklich strahlend. Ok, wir müssen also auf unsere Berliner Freunde besser aufpassen.

Wir folgen der Beschilderung zur *Piazza San Marco*. Und verlaufen uns auch nicht mehr, denn der Weg von der Rialtobrücke zum Markusplatz wird von so vielen Touristen benutzt, dass man einfach nur im Strom mitschwimmen muss. Auch wenn die netten kleinen Geschäfte sehr einladend aussehen, die Gassen und kleinen Brücken hier vergleichsweise gut in Schuss sind, so hatten die verträumten Ecken ohne Touristen weitaus mehr Charme.

Wir kommen schließlich an der *Piazza San Marco* an und dort gesellen sich zu den Menschenmassen nun auch noch Massen an Tauben. Bisher sind mir die Tauben von Venedig gar nicht aufgefallen. „Kein Wunder", meint Ina, „die Tauben dürfen laut Gesetz nur auf dem Markusplatz gefüttert werden. Also sind sie hier, wo es immer etwas zu fressen gibt." – „Ey, wenn so ne Taube uf meen Keks kackt, denn is dit dit Ende von der Taube", ist Keks ernsthaft besorgt. „Kann man die grillen?", fragt Ische. „Lasst die Tauben hier bloß in Ruhe. Die Venezianer verehren sie. Angeblich soll eine Taube die Nachricht von der Eroberung Konstantinopels hierher nach Venedig überbracht haben. Das waren immerhin 1300 km." – „1300 km mitm Opel. Wo war da dit Problem für diesen Konstantin? Mein Bruder sein Kadett hat 300.000 drauf." – „Ische, lass es dir später von Tim erklären", lacht Lara und Ina klärt uns weiter auf: „Heute gibt es hier fast 100.000 Tauben und die hinterlassen täglich vier Tonnen Kot" – „Ey, dann müsstn die doch mittlaweile alle nen Kotflüjel ham." Keks amüsiert sich köstlich über seinen Witz und trifft damit wenigstens den Geschmack von Ische. „Kennste den Witz schon: In Venedig muss n sehr tüchtjer Ohrnarzt sitzn! - So, wie heeßt a denn? - Markus Platz! - Dummer Witz! - Nee, dit hab ick och erst jedacht, doch heut hab ick erfahrn, dass Tausende von Tauben zu ihm kommen!" Ische und Keks kriegen sich vor Lachen kaum noch ein. „Grad ausjedacht!", ist Ische ganz stolz. „Du solltest noch dran arbeiten", meint Ina und erzählt weiter: „Der Turm da drüben, neben dem Markusdom, ist der *Campanile di San Marco*, er ist 98 Meter hoch und somit der höchste Glockenturm Venedigs. Von da oben hat man eine super Aussicht auf die Stadt, aber leider steht immer eine Mega Warteschlange davor."

Ische und Keks haben Durst. Ische schlägt vor, in dem netten Café hier mitten auf dem Platz etwas trinken zu gehen, in dem man sogar ein Ständchen von einem Mini-Orchester gespielt bekommt. „Ische, was meinst du denn, warum dort noch so viele Plätze frei sind, obwohl es hier so voll ist? Da ist es total teuer." – „Ja, Lara hat recht", sagt Ina, „das sind die berühmten Cafés *Florian* und *Quaddri*. Das waren 1683 die ersten Cafehäuser Europas und entsprechend teuer sind die hier mitten auf dem Markusplatz." – „Na ok, in son alten Schuppen müssn wa ja och nich, wa?"

Wir schlendern weiter über den Markusplatz und schauen uns den Dogenpalast noch von außen an. Ina zeigt uns außerdem die Seufzerbrücke an der Ostfassade. „Das ist was für dich, Ische. Die Brücke führt rüber zum Gefängnis und der Name stammt daher, dass die Gefangenen ein letztes Mal von dieser Brücke in die Freiheit blicken konnten, bevor sie ins Gefängnis kamen. Dabei seufzten sie oft. Sogar Casanova saß hier ein und ging über diese Brücke." – „Ah, den kenn ick. Hab ick im Fernsehn jesehn. Hat n Hut uf un jehört zur Mafia." – „Du meinst Al Capone. Casanova war der große Frauenverführer, Schriftsteller und Abenteurer." – „Wat ihr allet wisst. Wisst ihr nu och, wo wir wat zu trinken kriegn?"

Wir gehen am Ufer des *Canale Grande* entlang und holen uns an einem Kiosk überteuerte Coladosen und setzen uns ans Kanalufer. Hier haben wir einen wunderbaren Blick auf die gegenüberliegende *Isola San Giorgio* mit ihrer eindrucksvollen Basilika. Hin und wieder sehen wir eines der riesigen Kreuzfahrtschiffe, die hier bis ins Innerste der Lagune einfahren und ihren Gästen an Bord einen mit Sicherheit unvergesslichen Blick gewähren. Wir werden von einem Gondoliere gefragt, ob wir mit ihm fahren wollen. Doch wir lehnen dankend ab, es ist uns zu teuer. „Die Gondeln gibt es schon seit dem ersten Jahrtausend. Es war früher die gebräuchlichste Transport- und Fortbewegungsart", liest Ina aus dem Reiseführer vor. „Heute gibt es noch ca. 400 Gondeln, im 16. Jahrhundert waren es noch 10.000" – „Also konntn sich zehn Taubn eene Jondel teiln", merkt Keks an. Eine zumindest rechnerisch richtige Feststellung. So langsam wundere ich mich über das Faible der Berliner für Tauben. „Sie galt bei den reichen Venezianern als Statussymbol und wurde daher mit goldenen Beschlägen, Brokat und Seide verziert und bunt angemalt." – „Hat denen dit nich weh jetan?", fragt Ische. „Mensch, ich rede von den Gondeln und nicht von den Tauben. Jedenfalls wurde dem Dogen der ganze Prunk zu viel." – „Wat, Doggen jabs och?" – „Ach man, Ische, du nervst. Der Doge, der Herrscher, nicht die Dogge." – „Tut mir leid, ick dachte, wo ne Taube is, is och ne Dogge un anneres Jetier." – „Ja, ja, also jedenfalls wurde es dem Dogen zu viel und er ordnete an, dass die Gondeln nur noch schwarz gestrichen werden. So ist es bis heute."

6

Es ist schon fast 18 Uhr und wir sitzen immer noch am Ufer in der Nähe des Markusplatzes. Es ist einfach wunderschön. Zwar hätten wir gerne auch Venedigs Strand besucht und in der Adria gebadet, aber dazu hat die Zeit nicht gereicht. Der Tag verging wie im Fluge. Wir haben den ganzen Tag nur Venedig im Kopf gehabt und keiner hat über unsere weiteren Planungen gesprochen. „Wollen wir uns eine Unterkunft suchen oder fahren wir mit einem Nachtzug weiter in den Süden?", fragt uns Lara. Ina hält Ersteres für keine gute Idee, eine Unterkunft in Venedig sei nicht leicht zu finden für einen vernünftigen Preis. Ich überlege kurz, ob ich die vier einlade, ich habe genug Geld dabei. Aber ich entscheide mich dagegen. Es ist nicht schlecht, dieses Leben der Interrailer mal mitzumachen. Und wer weiß, wozu ich das Geld noch brauchen werde. Zwar habe ich keine Ahnung, wie es weitergehen soll, aber ich bin schlauer als gestern um diese Zeit. Es gefällt mir, einfach das zu tun, wozu ich Lust habe, ohne zu wissen, was noch kommt.

„Wollen wir aufbrechen und den direkten Weg zum Bahnhof wieder zu Fuß nehmen oder fahren wir mit dem Schiff? Zu Fuß war es eigentlich ganz schön, wir haben viel gesehen." Lara schaut in ihren Stadtplan und schlägt vor, dieses Mal nicht den Weg über die Rialto-Brücke zu nehmen, sondern über die *Ponte dell Accademia* zu gehen, dann hätten wir alle drei Brücken überquert, die den *Canale Grande* überspannen. Wir sind einverstanden und machen uns auf den Weg. Wir kommen durch die noble *Calle Vallaresso*, biegen dann ab in die nicht weniger schicke *Calle Larga 22 Marzo* mit ihren sündhaft teuren Läden der bekanntesten Modedesigner. Als wir diese Prachtstraßen hinter uns gelassen haben, wird es wieder ursprünglicher und leerer. Touristen kreuzen nur noch vereinzelt den Weg. Auch der von uns gewählte Rückweg ist nicht einfach, er ist wohl eher noch komplizierter. Konnten wir uns auf dem Hinweg noch auf die Beschilderungen *Rialto* und *San Marco* konzentrieren, müssen wir nun lediglich mit *Ferrovia* als Hinweis für den Bahnhof vorlieb nehmen. Und das gestaltet sich schwierig. Bis zur Brücke kann man sich noch einigermaßen orientieren, doch nachdem wir das Museum *Galleria dell Accademia* hinter uns lassen, wird die Gegend noch untouristischer, aber nicht weniger interessant.

Es ist kurz nach acht, als wir schon seit einer Viertelstunde kein Hinweisschild mehr gesehen haben und uns auch nur noch Einheimische begegnen. Offenbar sind wir ein gutes Stück vom direkten Weg abgekommen. Lara und Ina tappen im Dunkeln, und einfach zurückzugehen, ist leichter gesagt als getan. Es ist schlicht unmöglich, sich in diesem Gewirr an ähnlich aussehenden Gassen und Hinterhöfen an etwas zu erinnern, alles kommt einem hier bekannt vor. „Wir könntn n Kompass jebrauchn, wa?“, sagt Ische und hat damit ausnahmsweise recht. So ganz langsam scheint den Berlinern die Puste auszugehen, denn sie sind merklich ruhiger geworden auf den letzten Metern.

Wir biegen mal wieder über eine Minibrücke in eine kleine Gasse ein, hören ein Stimmengewirr und sind in einer Sackgasse gelandet. Ein kleiner Platz liegt vor uns zwischen den alten Gemäuern, davor ein Kanal, aber keine Möglichkeit mehr weiterzugehen. Viele Tische sind aufgebaut und werden von der Abendsonne in ein warmes Licht getaucht. Lautstark wird von der italienischen Großfamilie das Abendessen an der langen Tafel zelebriert. Unzählige Stimmen hallen durch den kleinen Hinterhof, man hört Geschirr klirren und Kinderlachen mischt sich in die Geräuschkulisse.

Plötzlich ist es still und mindestens zwei Dutzend Augen starren uns an. „Boah, Alter, Eenjeborne“, stammelt Ische. Wir fühlen uns tatsächlich, als wären wir die ersten Weißen, die auf Eingeborene in einem entfernten afrikanischen Dschungeldorf gestoßen sind. Das Schweigen wird nach einer gefühlten Ewigkeit durch das Familienoberhaupt beendet: „Ragazzi! Ciao tutti!“ Das ist das Zeichen für sämtliche Sippenangehörige, uns ebenfalls freudig zu begrüßen. Zwei Kinder kommen auf uns zugelaufen, gefolgt vom Familienpatron, der uns mit großer Gestik an den Tisch bittet. Unter eifrigem Kopfnicken und erregtem Geplapper wird vernommen, dass es sich bei den Verirrten um *Tedesci* handelt. Ehe wir uns versehen, haben wir ein Glas Wein in der

Hand. „Tedesci, Lothar Matthaus. Bene, bene." Kaum zu glauben, dass einem so etwas in einer Stadt passiert, in der die 16 Millionen Touristen pro Jahr für den Venezianer nicht nur eine Einnahmequelle, sondern auch eine harte Belastung darstellen. Doch hierher scheinen sich nicht viele zu verirren, denn die Familie macht nicht den Eindruck, eine Stätte der Touristenspeisung zu betreiben. Stolz präsentiert die *Nonna* auch gleich ihren Enkel, der sich bisher unbemerkt im Hintergrund gehalten hat. Sie schiebt ihn nach vorne und stellt ihn uns mit allerhand italienischen Worten gestenreich vor.

Es stellt sich heraus, dass Maurizio früher in einer Eisdiele in Frankfurt gearbeitet hat und deshalb auch gut Deutsch spricht. Maurizio ist das Verhalten seiner Verwandtschaft sichtlich unangenehm, er hat allem Anschein nach die deutsche Sozialisation intensiv hinter sich gebracht und bevorzugt eher die vornehme Zurückhaltung. Für uns ist das aber alles sehr spannend und wir freuen uns über die lebendige, aufgeregte Gastfreundschaft. Ina betont mehrmals, wir seien Backpacker und keineswegs die typischen Venedigtouristen. Wobei ich mich frage, ob dem Venezianer rucksackbeladene Tagestouristen mit Mini-Budget tatsächlich lieber sind als hochzeitsreisende Reiche, die in den Palästen der Stadt tagelang für viel Geld wohnen. Sei es drum, man lädt uns Pasta auf die Teller und wir gewöhnen uns daran, dass ohne Rücksicht auf unsere fehlenden Sprachkenntnisse ununterbrochen auf Italienisch auf uns eingeredet wird. Maurizio hat seine Mühe, als einziger Übersetzer allen gerecht zu werden. Er erklärt seiner *Famiglia*, dass wir mit dem Zug durch Europa reisen und nur kurz in Venedig zu Besuch sind. Er klärt uns auf, dass wir hier in der Nähe des *Campo Santa Margherita* im Stadtteil *Dorsoduro* sind, noch ein ganzes Stück vom Bahnhof entfernt. Nach und nach verebbt das Interesse an uns, was nicht bedeutet, dass wir unsere Weingläser aus der großen Galone nicht immer wieder aufgefüllt bekommen, wenn wir sie zur Hälfte ausgetrunken haben.

Maurizio erzählt uns einiges über sich und seine Heimat sowie die Zeit in Deutschland. Wir erfahren, dass Venedig früher einmal eine der größten Städte der Welt war, als noch über 300.000 Menschen allein im alten Zentrum gewohnt haben. Heute ist es gerade noch ein Fünftel davon. Die Mieten würden stetig steigen, viele Reiche hätten nur noch ihre Ferienwohnung im *Centro Storico*. Es gebe hier enorme Probleme, alles einigermaßen in Ordnung zu halten. „Wir Italiener mögen Ruinen. Davon hat Venedig ja genug abbekommen, aber hier verfallen die ehemals so prächtigen Paläste und Häuser besonders malerisch. Das Schöne daran ist, dass alles noch so erhalten ist wie vor Jahrzehnten: Die Stadt ist ein einziges Museum zum Staunen." Maurizio gerät ins Schwärmen. „Ich liebe meine Heimat, das habe ich gemerkt, als ich drei Jahre in Frankfurt gelebt habe. Mit Recht behaupten manche, der Name der Stadt Venezia stamme vom lateinischen *Veni etiam* ab und bedeutet: ‚Komm immer wieder'. Denn so oft du auch kommst, du wirst immer Neues erblicken und neue Schönheiten sehen. Dieser Spruch ist übrigens nicht von mir, sondern von Francesco Sansovino, einem venezianischen Dichter und Gelehrten aus dem 16. Jahrhundert." Auch wenn Ische meint, damit habe Venedig vieles mit seiner Stammdisco gemeinsam, erliegen wir alle dem Charme dieses Ortes. Wir vergessen die Zeit, als die Dämmerung immer weiter voranschreitet und es langsam dunkel wird. Denn die Kulisse wird dadurch nur noch beeindruckender. Die Laternen spiegeln sich im Wasser und der Mond zaubert ein sanftes Licht auf den kleinen Kanal. Wahrscheinlich würden wir bis zum Morgengrauen hier sitzen, aber Lara macht sich langsam Sorgen:

„Wir müssen echt los, es ist toll hier, aber wir finden im Dunklen nie den Weg zum Bahnhof. Wenn wir überhaupt noch einen Zug erwischen." Maurizio bedauert, uns keinen Schlafplatz anbieten zu können, er hat auch keine Tipps für eine günstige Übernachtung für uns. Venedig sei gut ausgebucht, aber er bietet an, uns mit dem Boot zum Bahnhof zu fahren. Über die Kanäle seien wir in zwanzig Minuten dort. Wir sind erleichtert, denn nach einem Tag auf den Beinen tun uns die Füße langsam weh und um noch die Chance auf einen Nachtzug in den Süden zu erhalten, sind wir in Zeitnot. Maurizio hilft uns auf ein kleines altes Boot und wirft den Motor an.

Was wir jetzt erleben, ist so unwirklich, als wären wir zu Gast im *Venetian* in Las Vegas. Die Fahrt durch zahllose kleine Kanäle und schließlich über den *Canale Grande* werde ich mein ganzes Leben nicht mehr vergessen. Der Vollmond spiegelt sich auf dem Wasser, ebenso wie die Lichter der Paläste, der Laternen und Boote, die noch zahlreich unterwegs sind. Immer wieder tauchen aus dem Nichts kleine Terrassen von Trattorien, Ristorante und Bars auf, die noch voll mit Menschen sind. Viele von ihnen winken uns. Und wenn man hier so über das Wasser tuckert, kann man nicht glauben, dass es auf der Welt noch etwas anderes gibt als Glück und Frieden. Lara hat sich neben mich gesetzt und ich umarme sie, denn mittlerweile ist es kühl geworden. Am liebsten würde ich sie küssen, aber ich beherrsche mich, denn diese Atmosphäre wirkt wie eine Droge. Wer weiß, wen ich in diesem Moment noch alles küssen würde.

Trotz der vielen neuen Eindrücke geht mir Jan nicht aus dem Kopf. Ob wir so etwas Unglaubliches überhaupt irgendwann zusammen erlebt hätten? Vermutlich nicht, denn wir hätten es nicht gewagt, wir wären auf eine solch verrückte Idee wahrscheinlich gar nicht gekommen. Jeder junge Mensch muss so etwas erleben dürfen, denke ich mir und verspüre eine ungeheure Dankbarkeit, dass mich der Zufall oder das Schicksal auf diesen Weg geschickt hat. Ische scheint ähnlich zu fühlen, auch wenn es sich durch einen lang gezogenen „Jaaaaaaaaaaaaaa!"-Schrei eben anders äußert. Keks rinnen gar ein paar Tränen herunter und Ina kümmert sich um ihn. „Dit, dit is soo schön", schluchzt Keks und ich frage mich, ob er heimlich geraucht hat, zu viel italienischen Landwein intus hat oder was mit ihm los ist. Keks ist sonst zwar cool, aber das haut ihn doch um. „Wenn ick ma die Richtje find und heirate, dann will ick mit ihr jenau hier langfahrn." Maurizio lacht „Ich mach dir einen guten Preis."

Wir genießen schweigend die letzten Minuten der Fahrt und sind fast schon enttäuscht, als wir den Bahnhof erblicken. Maurizio legt an der Stelle an, die Ische schon genauer kennengelernt hat. Wir tauschen unsere Nummern aus, wer weiß - vielleicht heirate ich ja mal - und Maurizio wünscht uns eine gute Reise. Nun stehen wir überwältigt vor der Stazione *Santa Lucia*. „Ick will nich weg", murmelt Keks. „Wir bleiben hier", stellt Ische fest und den Damen fehlen schlichtweg die Worte. „Ich war so oft in Venedig, aber immer nur tagsüber mit Reisegruppen. Wenn man Venedig auf eigene Faust erkundet und dann noch das Glück hat, diese Stadt in der Dunkelheit zu sehen, dann ist das etwas völlig anderes", stellt Ina erstaunt fest. Lara blättert in ihrem Interrail-Führer und zitiert, dass die Stazione *Santa Lucia* bei Interrailern gerne zum Schlafen genutzt wird. „Hier kann man im Bahnhof im Schlafsack pennen, das wird hier geduldet.“ – „Machen wir das!“, sage ich und fühle mich erstmals als echter Backpacker. Na, dann ist doch alles klar. Wir holen in der Gepäckaufbewahrung unsere Rucksäcke und breiten uns in einer Ecke der Bahnhofshalle aus, in der schon einige andere junge Leute liegen oder in ihren Schlafsäcken sitzen und sich unterhalten. Lara liegt neben mir und sie kuschelt sich an mich. Schade, dass wir in Schlafsäcken liegen. Es ist kurz vor halb zwölf, aber wir sind kaputt und schlafen schnell ein.

7

Ich schlafe wie ein Stein. Und ich träume. Offenbar befinde ich mich in der Schlafphase, in der die Träume konfus werden. Denn ich sitze in einer pinkfarbenen Gondel. Meine Mitreisenden haben alle venezianische Masken auf und summen leise vor sich hin. Der Gondoliere singt sehr schräg und hat einen schwulen Touch. Er trägt ein Osterhasenkostüm, welches ihm zu allem Überfluss auch noch viel zu klein ist. Ich möchte meinen Traum besser gar nicht tiefenpsychologisch bewerten. Nun sehe ich auch noch, dass Frank der Osterhase ist. Da sieht man mal, wie vielseitig so ein Liegewagenschaffner im Transportwesen einsetzbar ist. Er lächelt mich an und fängt an zu kichern. Die Stimme passt ja nun gar nicht zu ihm. Aus ihm ist nicht nur ein Osterhase geworden, sondern stimmlich ein kleines Mädchen. Sein Kichern wird immer lauter, Frank fängt an zu nerven. Sein Gekicher führt sogar dazu, dass ich langsam wach werde. Die Bilder von Osterhasen-Frank verschwinden, das Kichern bleibt und ich mache die Augen auf.

Vor mir sitzt Ische mit einer umwerfend aussehenden jungen Blondine, deren Kleidung ein Hinweis auf sehr heiße Temperaturen ist, während andere Merkmale eher dafür sprechen, dass sie friert. Zumindest hoffe ich das, denn ich wage es mir nicht vorzustellen, dass es sich um einen durch Ische ausgelösten körperlichen Erregungszustand handelt. Das zarte Wesen neben Ische trägt lediglich ein bauchfreies Top, offensichtlich ohne BH, und sehr enge Hotpants. Ihre weiblichen Vorzüge sind unübersehbar. Ich frage mich, wie es Ische schafft, die junge Lady derart in Verzückung zu bringen. Langsam merke ich, dass er wohl versucht in Englisch zu kommunizieren. Dies ist auf der Polizeiwache grandios gescheitert, aber die Blondine ist entspannter als der Polizeibeamte. „Moin Tim, dit is Amanda aus Schweden. Wir ham sozusagen mitnanda jeschlafen." Ische freut sich so, dass ich nichts für unmöglich halte. Aber es stellt sich heraus, dass die Gruppe der jungen Schwedinnen noch spätabends, als wir bereits geschlafen haben, hier angekommen ist und sich zu uns gelegt hat. Als Ische dann heute Morgen aufwachte, machte er die Bekanntschaft mit seiner Nachbarin Amanda. Die beiden sind im Stadium des freundlichen Ankicherns angelangt. Quasi Amandas Gegenleistung für den Kaffee im Pappbecher, den Ische irgendwo im Bahnhof für sie besorgt hat. Amanda hat eine ganze Armada von jungen Schwedinnen um sich vereint, wie ich bemerke, als ich langsam etwas wacher werde. Es gibt Schlimmeres, als mit solch einem Anblick wach zu werden. Keks entgeht das, er schlummert und schnarcht noch vor sich hin. Lara und Ina sind duschen gegangen. Ich versuche nicht, mir die Namen der sieben Skandinavierinnen zu merken, die sich mir vorstellen. Ich denke, alle sind so im Alter zwischen 16 und 20. Keine spricht Deutsch. Alle wirken aufgeregt und sind äußerst kommunikativ. Erste Zweifel kommen auf, ob das visuelle Erlebnis die Schädigung der Hörorgane auf längere Zeit aufwiegen kann. Spätestens als zwei von ihnen, einschließlich Amanda, beginnen, sich umzuziehen und sich dabei oben ohne zeigen, bevor sie sich ihre BHs anziehen, ertrage ich den Lärm tapfer wie ein Mann.

Keks wacht just in dem Moment auf, als sich Amanda ihr Top nach oben streift. Er hebt den Kopf, bekommt große Augen und lässt sich wieder in seinen Schlafsack fallen: „Ah, scheiß Drogen! Überall Titten!" Der Ausflug in die schwedische Anatomie währt nicht lange. Die nordländische Delegation ist fertig zum Aufbruch und entschwindet winkend in Richtung Anlegestelle. „Dit sin Schnecksche, wa?" Ische ist noch ganz benommen von so viel Weiblichkeit. Ruhe kehrt ein und Ina und Lara kommen wieder. Die Dusche hat ihnen gut getan, sie sind frisch gestylt und ehrlich gesagt sind sie mir lieber als die hyperaktiven Schwedinnen, egal wie attraktiv sie auch aussahen. Lara gibt mir den Hinweis, wie das Duschen am Außenbahnsteig der Stazione funktioniert, es sei für südeuropäische Verhältnisse sogar recht sauber. Und so probiere ich es auch aus.

Wir haben gestern eine Menge von Venedig gesehen und heute wollen wir es ruhiger angehen lassen. Ina schlägt vor, dass wir mit dem *Vaporetto* rüber auf den vorgelagerten *Lido* fahren, dort könnten wir in einer Bar frühstücken und dann an den Strand gehen, baden und einfach ein bisschen abhängen. Eine gute Idee, wie ich finde. Ische und Keks haben auch Lust auf den Strand, bestehen aber darauf, dass sie nachkommen, denn sie hätten noch etwas zu erledigen. Mehr verraten sie nicht, vielleicht gehen sie noch mal auf Sightseeing-Tour, wobei die Sehenswürdigkeiten vielleicht eher schwedischer Natur sind.

Aber egal, eine kleine Pause von den beiden Berlinern ist mittlerweile gar nicht so verkehrt. Ina kennt den *Lido* und erklärt den beiden, wie und wo sie uns am Strand finden können. Wir stimmen kurz ab, dass wir an einem bestimmten Strandabschnitt ganz vorne am Meer liegen werden. Keks und Ische eilen davon. Lara schlägt vor, im internationalen Presseladen noch etwas zum Lesen mitzunehmen. Wir finden schnell etwas, für mich eine Fußballillustrierte, die Mädels kaufen die bekannten Mode- und Glamourzeitschriften. Und dann geht es los.

Mit dem *Vaporetto* der Linie 1 fahren wir über den *Canale Grande* gute 30 Minuten, bis wir am *Lido* ankommen. Von dort geht es zu Fuß noch ein kleines Stück bis zum Strand. Viele schöne Bars und Geschäfte gibt es auf der zwölf Kilometer langen, aber nur einen Kilometer breiten Insel, auf der auch noble Hotels und der *Palazzo del Cinema* zu finden sind. In diesem finden die Filmfestspiele von Venedig statt, die Teil der Kunstausstellung *Biennale* sind, wie uns Ina ganz ohne Blick in den Reiseführer erzählt. Der *Lido* sei außerdem Schauplatz von Thomas Manns Novelle *Der Tod in Venedig*. Ina erzählt uns viel über den *Lido*. Ob sie heute Nacht den Reiseführer auswendig gelernt hat? Aber so vergeht die Zeit schnell, bevor wir auf der Strandseite angekommen sind und dort eine kleine Bar mit Meerblick auswählen. Wir setzen uns an einen Tisch vor der Bar und blicken auf das blaue Adriatische Meer, welches uns zu Füßen liegt. Ina ist unsere Italienexpertin und sie klärt uns nicht nur über italienische Frühstücks- und Kaffeetrinkgewohnheiten auf, sondern empfiehlt uns auch, unbedingt einen *Bomboloni con Crema* zu bestellen. Sie will uns aber nicht verraten, was das ist. Es hört sich aber grandios an, also bestelle ich mir, genau wie Ina und Lara einen Cappuccino mit einem *Bomboloni con Crema*. Wir genießen den Blick auf das Meer, riechen und schmecken die salzige Luft und lassen die Seele baumeln. Der Kellner serviert nicht nur drei Cappuccini, sondern breitet auf unserem Tisch auch gleich ein ganzes Sammelsurium an Zubehör für diesen Trinkgenuss aus. Ein Behälter mit diversen Zuckertütchen, einen Kakaostreuer, einen Serviettenspender und eine Schale mit Erdnüssen. Die geheimnisvollen *Bomboloni* müssen wahrscheinlich erst noch zubereitet, belegt, gekocht, gebraten oder gebacken werden, nehme ich an. Aber zu früh gefreut, der Kellner bringt uns stinknormale Berliner, Krapfen oder Pfannkuchen, wie man auch dazu sagt. Hier heißen sie halt etwas klangvoller. Naja, das kann ich auch in Hannover haben. Doch der erste Bissen ist überraschend. Der Teig ist fantastisch und die *Crema* entpuppt sich als schmackhafte Vanillefüllung, die den *Bomboloni* unvergleichlich macht. Nein, da sollte man sich von äußerlichen Ähnlichkeiten nicht in die Irre leiten lassen. Ich bestelle gleich noch einen nach und vermute, dass ich es hier mit einer Suchtgefahr zu tun habe.

Wir sitzen über zwei Stunden und plaudern aus unserem Leben. Die beiden sind etwas schockiert von meiner Geschichte, die mich letztlich überhaupt hierher an den Adriastrand gebracht hat. Andeutungsweise wussten sie es zwar bereits, aber sie hatten keine Ahnung, dass es tatsächlich die pure Verzweiflung war. Diesen Eindruck hätte ich ihnen nie gemacht und so richtig kann ich selbst kaum glauben, wie es noch vor zwei Tagen in mir ausgesehen hat. Ich hätte mir spontane Kurzschlusshandlungen, wie meine „Flucht", nie vorstellen können, und bin nun froh, dass ich es doch gewagt habe. Ich möchte diese Stunden des Freiseins nicht missen. Ob ich in den nächsten Tagen wieder in mein Leben nach Hannover zurückkehre? Mir die Predigt meines Vaters anhören werde und dann in seiner Firma arbeiten werde, bis das neue Schuljahr im Internat losgeht? Das Internat ist in der Nähe des Bodensees und ich bin längst angemeldet. Immerhin kann ich dort den Jungs, Mädchen gibt's dort ja leider nicht, von einem coolen Abenteuertrip nach Italien berichten. Andererseits spricht nichts dagegen, diesen Trip noch ein wenig zu genießen. Jetzt, wo ich schon mal hier bin und mich in bester Gesellschaft befinde.

Lara schaut mich an: „An was denkst du?" Ich habe ein Vertrauen zu diesen beiden Menschen, wie ich es seit Jan und Sandy zu niemandem mehr hatte. Ich erzähle ihnen von meinen Gedanken, wie es mit mir weitergehen soll. Und wir haben eine gute ernsthafte Unterhaltung. Während Ina eher dazu rät, schnell mit meinen Eltern wieder ins Reine zu kommen und tatsächlich erst das Abitur zu machen und danach zu sehen, wie es weitergehen soll, findet Lara, dass ich einfach mein Ding machen soll. „Deine Eltern haben kein Recht, über dich so zu bestimmen. Du bist volljährig, du musst selbst deinen Weg finden." Ina meint, das könne ich ja immer noch, aber das Abitur sei einfach wichtig für meine Zukunft. Danach hätte ich immer noch genug Zeit. Die beiden sind sich nicht einig. Ein bisschen hoffe ich, dass Laras Argumentation auch der Tatsache geschuldet ist, dass sie gerne noch ein wenig Zeit mit mir verbringen möchte.

Irgendwann brechen wir auf und suchen uns in vorderster Reihe einen Platz am Strand. Ich bin schlecht vorbereitet, die Sonne brennt und ich habe noch nicht mal Sonnencreme dabei. Aber auf Lara ist Verlass. Wir cremen uns gegenseitig ein und legen uns auf unsere Badetücher in den feinen goldgelben Sand. Die beiden lesen, ich liege einfach nur da und blicke hinaus auf das Meer und lausche der Brandung. Zeit spielt keine Rolle und die Probleme sind weit weg. Ich kann mich nicht mehr erinnern, wann ich mal so entspannt war wie gerade jetzt in diesem Augenblick. Die Segelschiffe gleiten durch die Wellen, nah am Ufer üben die Surfer, coole Typen fahren Jetski und weit draußen am Horizont sieht man größere Schiffe. Es geht ein wenig Wind, so dass man die Sonne gut ertragen kann.

Ich frage mich, warum sich die Alpen unbedingt soweit südlich auftürmen mussten. Hätten sie das nicht in Schleswig-Holstein tun können? Am besten noch einige Tausend Meter höher, so dass auch bei uns am Maschsee in Hannover Palmen wachsen würden und die Sonne im Sommer der Normalzustand wäre. Die Alpen haben sich aber südlich von Deutschland breit und hoch gemacht und so müssen wir damit leben, dass wir auf der Nordseite der Alpen im kalten Regen in den langen Alpentunnel hineinfahren und an palmenbewachsenen Hängen in der Sonne der Südseite wieder herauskommen. Vielleicht schlägt sich das auch in unserer Mentalität nieder. Womit ich in Gedanken bei meinem Vater bin. Ob er je so befreit am Strand gelegen hat wie ich jetzt? Vielleicht sind das gerade die wichtigsten Tage meines Lebens. Hätte ich diese Fahrt ins Ungewisse nicht unternommen, vielleicht wäre ich in ein Leben wie das meines Vaters hineingerutscht. Einfach in etwas hineingeraten, das ist eine große Gefahr für junge Leute. Und nicht nur für junge, sondern für alle Menschen. Ein Leben dauert nicht lange. Nein, es kann sogar verdammt kurz sein. Jan hatte sicher noch vieles vor, ihm bleibt es verwehrt. Er hatte gerade mal 18 Jahre Zeit, sein Leben zu leben. Und ist es nicht so, dass viele Menschen ihre Zeit einfach verplempern? Sich über Nichtigkeiten aufregen, von Gewohnheiten gefangen nehmen und Chancen verstreichen lassen, nicht den Mut haben, einfach mal etwas Verrücktes zu tun? Warum sind wir alle so schrecklich langweilig? Weil wir Angst haben? Aber vor was haben wir Angst? Ist es nicht das Schlimmste, wenn wir vieles einfach nicht wagen, nichts ausprobieren und uns immer nur auf dem vermeintlich sicheren vorgegebenen Weg aufhalten? Kann man wirklich lebensmüde sein, wenn man hier auf diesem Fleckchen Erde sitzt und hinaus auf das unendliche Meer schaut? Wenn ich zurückblicke auf mein bisheriges Dasein, fühle ich mich unglaublich dumm und unreif. Wahrscheinlich habe ich in den letzten 48 Stunden mehr über das Leben gelernt als in all den Jahren zuvor. Und obwohl das ein schönes Gefühl ist, stecken noch immer ambivalente Emotionen in mir. Einerseits fühle ich eine befreiende Weite, die mich richtig durchatmen lässt. Andererseits fühle ich aber auch eine Beklemmung und ein wenig Einsamkeit. Die Welt dreht sich plötzlich um Menschen, die ich vor zwei Tagen noch nicht mal kannte und die ich lediglich in ihrer Urlaubsstimmung kennengelernt habe. Mit denen ich keine gemeinsame Vergangenheit habe und realistisch betrachtet wohl noch nicht einmal eine längere gemeinsame Zukunft. Letztlich sitze ich hier doch recht alleine. Ohne Jan, ohne Freundin, ohne Familie - ohne Liebe. Mir ist das durchaus bewusst und ich weiß nicht so recht, wie ich damit umgehen soll. Ich kann auch meine Gefühle zu Lara schlecht einschätzen. Empfinde ich etwas für sie als Menschen oder projiziere ich mein Alleinsein auf sie und sehe in ihr einen Rettungsanker? Habe ich einfach das Bedürfnis nach Zuneigung, Zärtlichkeit und Körperlichkeit? Ich habe keine Ahnung und merke, wie mein Kopf voller wird von all den Gedanken. Ich muss an den Sportunterricht denken, wenn man nach einer Anstrengung die Muskeln ausschüttelt und dann wieder diese Entspannung verspürt.

Lara setzt sich neben mich und blickt ebenso schweigend auf das Meer. Sie sieht toll aus in ihrem weißen Bikini und mit ihrer leicht sonnengebräunten Haut. Am liebsten würde ich sie in den Arm nehmen. Ich glaube, ich habe sie einen Moment zu lang angestarrt und zu allem Überfluss fehlt mir meine bespiegelte Sonnenbrille, die Blicke zulässt, die ich nun nur für Sekundenbruchteile wagen kann. „Wollen wir ins Wasser? Mir ist total heiß.“ Na klar will ich ins Wasser. Sie packt mich an der Hand, wir laufen mit großen Schritten in Richtung Meer. Fast wie in einem Film. Die Adria wird nur ganz langsam tiefer, man kann bestimmt fünfzig Meter ins Wasser hineinlaufen und immer noch stehen. Wir werfen uns in die Brandung und tollen herum. Lara versucht mich unterzutauchen, aber ich wehre mich und bespritze sie mit Wasser. Sie quietscht laut und schnappt nach Luft. Während sie einen neuen Angriff wagt, erstickt ihr Lachen unter einem Wasserschwall, den ich ihr entgegen spritze und der sie ins Gesicht trifft. Nun kommt ihr Ina zur Hilfe und mit vereinten Kräften besiegen sie mich. Ich gebe mich geschlagen. Keine Ahnung, wie lange wir toben, nach einer Weile verabschiedet sich Ina und wir bleiben noch in der herrlich erfrischenden Adria und werfen uns, ohne müde zu werden, in die Wellen.

Irgendwann tauchen wir dann doch wieder am Strand auf und gehen in der Strandbar etwas trinken. Ina schläft und zum ersten Mal bin ich mit Lara länger alleine. Wir sitzen da und trinken einen Campari-Orange auf Eis und unterhalten uns über das Leben und auch über die Liebe. Lara war zwei Jahre lang mit ihrem Freund zusammen. Vor einem halben Jahr haben sie sich getrennt. Zuletzt sei es nur noch nervig gewesen. Er habe nur noch seine Kumpels und Fußball im Kopf gehabt. Ihr Freund sei sich ihrer zu sicher gewesen und dadurch sei die Liebe verloren gegangen. Seitdem ist sie Single und hatte nur mal eine kurze Bekanntschaft. „Im Moment möchte ich gar keinen Freund. Ich gehe schließlich bald für ein Jahr als Au-pair nach New York, da würde mich ein Freund nur einschränken.“ Ich bekomme ein flaues Gefühl im Magen, wenn sie so etwas sagt und ich merke, dass meine Einschätzung, dass ich letztlich doch alleine dastehe, richtig ist. Klar, wir sind hier ein tolles Team. Aber es ist Urlaub, Sommer, Strand, Sonnenschein. Das ist nun einmal nicht die Realität. Hier in der Bar muss ich aufpassen, dass meine Stimmung nicht kippt und ich nicht in Selbstmitleid verfalle. Aber was habe ich erwartet? Dass Lara sich in mich verliebt, wir unser

Leben in der Lagune von Venedig verbringen? Ina wird in Göttingen studieren, nicht weit weg von Hannover. Aber Ina ist nicht Lara.

So langsam könnten Ische und Keks mal auftauchen. Die Zeit ohne die beiden Berliner war ganz schön, aber jetzt könnte ich ein wenig Ablenkung durch die lockere Art dieser beiden Lebenskünstler ganz gut gebrauchen. Aber keine Spur von ihnen.

Wir legen uns wieder zu Ina, die noch immer schläft. Während Lara sich wieder ihrer Zeitschrift widmet, schlafe auch ich noch eine Runde. Wenn ich bisher der Meinung war, man schlafe am besten in völliger Ruhe, dann habe ich diese nun geändert. Noch besser schlafe ich ein in einem leise ratternden Liegewagen oder beim Geräusch der Meeresbrandung.

Lara weckt mich, als es halb sieben ist. Die Berliner sind nicht aufgetaucht. „Wahrscheinlich haben sie es nicht gefunden, naja, wir werden sie wohl bei *Meet at eight* treffen." Diese Interrailer-Regel ist eine gute Sache und der Treffpunkt um acht Uhr ist ohne Frage unsere Schlafstätte von letzter Nacht. Gemütlich machen wir uns auf den Rückweg, müssen nicht lange auf ein *Vaporetto* warten und staunen einmal mehr auf der Fahrt über den *Canale Grande,* über die grandiose Kulisse dieser Stadt, auch wenn es ab der Station *San Marco* zunehmend voller wird auf unserem Schiff.

Wir kommen rechtzeitig am Bahnhof an, um zum *Meet at eight* am Treffpunkt zu sein. Immer noch keine Spur von den Berlinern. Ein Paar steht noch hier und wir hören, dass sie Deutsch sprechen. Ina fragt die beiden, ob ihnen zwei Typen aufgefallen sind, deren Beschreibung auf Ische und Keks zutrifft. Aber auch hier Fehlanzeige. Die beiden sind nett. Marc und Sophie haben ihre Tour durch Südeuropa zu Ende gebracht und freuen sich nun auf eine Woche Badeurlaub im Hotel ein Stück weiter südlich. Sie wollen aber am letzten Abend der Tour doch noch mal schauen, ob sie noch Bekannte treffen. Die beiden sind Mitte zwanzig und es ist ihre dritte und wohl auch letzte Interrail-Tour. Sie haben den Norden, den Westen und nun den Süden Europas bereist und jetzt sei es mit dieser Form des Reisens aber auch mal gut. „Ja, ihr seid ja auch schon alt", höre ich mich sagen und frage mich, ob ich in die Fußstapfen von Ische und Keks treten will. „Jedenfalls nicht zu alt, um das Nachtleben rund um Rimini richtig zu genießen", lacht Sophie und drückt ihren Marc fest an sich. „Da gibt es die angesagtesten Diskotheken in ganz Europa, da müsst ihr unbedingt auch mal vorbeischauen“, schwärmt Marc. Lara zupft Ina am Arm: „Auf so ein paar coole Partynächte in der Disco hätte ich ja auch Bock.“ Ina traut der Ewigen Stadt Rom durchaus zu, dass sie noch ein paar Tage ohne ihre Anwesenheit auskommt und von ihr aus sei es kein Problem, auch in Rimini Station zu machen. „Eigentlich ja vollkommen egal, wie rum wir durch Italien reisen, Hauptsache wir kommen irgendwann auch nach Rom und Florenz. Hättet ihr denn etwas dagegen, wenn wir uns euch anschließen?“ – „Nee, kein Problem“, sagt Sophie. „Wenn ihr wollt, können wir in unserem Hotel anrufen und fragen, ob die noch Platz haben. Allerdings wohnen wir nicht in Rimini, sondern in Riccione, aber da ist es sogar noch schöner als direkt in Rimini.“

Nachdem die Mädels sich mit Marc und Sophie über die Hotelpreise ausgetauscht haben und kurz ihr Budget überschlagen, willigen sie ein und Marc ruft kurzerhand in Riccione an, doch er erreicht niemanden. „Aber egal, da ist immer irgendwo was frei.“ Ich bin gar nicht gefragt worden, alles ging auf einmal so schnell und nun bin ich gleich mit zwei tollen Girls auf dem Weg in eine Stadt, von der ich vielleicht zwar schon mal gehört habe, unter der ich mir aber nichts vorstellen kann. Die anderen haben ihre Interrail-Tickets, ich hole mir eine Fahrkarte nach Riccione am Schalter der Stazione *Santa Lucia*.

Wir haben noch ein bisschen Zeit, bis uns unser Zug in die Partymetropole der Adriaküste bringen wird. Wir wollen in der Nähe des Bahnhofs bleiben und entschließen uns, über die *Ponte degli Scalzi* auf die andere Seite des *Canale Grande* zu wechseln und uns noch ein wenig im Stadtteil *Santa Croce* umzuschauen. Wir finden einen kleinen Shop, in dem wir etwas günstiger als im Bahnhof Getränke kaufen und uns mit *Tramezzini*, den lecker belegten italienischen Weißbrotdreiecken, versorgen. Es dauert nicht lange und wir finden wieder einen kleinen Nebenkanal, an dem wenige Touristen vorbeikommen. Wir setzen uns auf den Boden und genießen ein letztes Mal, wie Venedig von der Dämmerung erfasst wird, dabei sein Gesicht verändert und von Minute zu Minute schöner wird und an Ausstrahlung, Glanz und Faszination gewinnt. Ich muss an die Fahrt mit Maurizio im Motorboot gestern Abend denken. Ob ich so etwas noch mal erleben werde? Klar, man wird in seinem Leben mal wieder die

Chance haben, sich hier jemanden zu suchen, der einen gegen Geld mit dem Boot durch die Kanäle chauffiert. Aber das wäre nicht dasselbe.

Die anderen unterhalten sich, tauschen sich aus, ich sitze nur hier und genieße. Ich bin mir jeder einzelnen Minute bewusst. Egal, was noch kommt, egal, was ich noch erleben werde. An diese Tage in Venedig werde ich mich immer erinnern. Sie haben meinen Horizont erweitert. Sie haben ein neues Gefühl in mir ausgelöst.

Marc und Sophie erzählen uns noch etwas über unsere nächtliche Zugfahrt. Bisher dachte ich, ein Nachtzug würde uns direkt nach Riccione bringen, aber ganz so einfach scheint es nicht zu sein. Wir müssen in Bologna mitten in der Nacht umsteigen und haben dort auch einen längeren Aufenthalt. Naja, warum nicht? Wir sind nicht in Deutschland, der Abend ist noch warm und ich hoffe, so wird es auch in Bologna sein. Nur mit dem Schlafen wird es schwierig werden. Es ist schon eine Weile her, dass ich in einem richtigen Bett gelegen habe. Genaugenommen war das in meinem alten Leben. Erst die Liegewagenfahrt, dann die Nacht im Schlafsack im Bahnhof, dann noch ein wenig Schlaf am Strand des *Lido*. Gut, dass ich dort heute Nachmittag sozusagen vorgeschlafen habe. Mir fällt ein, dass ich noch Geld wechseln muss. Mein Aufenthalt in Italien wird noch länger dauern und da sollte ich mir eine größere Menge an Lire besorgen. Und ich habe auch Lust, noch ein bisschen alleine durch die Gassen zu schlendern.

Wir machen uns einen Treffpunkt am Bahnhof aus um halb elf. Und so gehe ich durch die Gässchen, bleibe auf den kleinen Brücken stehen und schaue auf das Wasser. Die Stadt wird stündlich ruhiger, immer mehr Tagestouristen verlassen die Lagune. Wenn man hier steht und die Menschen beobachtet, dann spürt man regelrecht, wie zwei Herzen in der Brust schlagen. Einerseits freut man sich mit den Menschen über ihr Glück, das sie in dieser Stadt verspüren. Man sieht es ihnen förmlich an, wenn sie verliebt durch die Gassen flanieren. Aber es tut auch weh, wenn man hier alleine steht. Denn kaum jemand läuft alleine durch Venedig. Einsamkeit ist eine Rarität in dieser Stadt für frisch und ewig Verliebte. Vielleicht ist es zusammen mit Paris überhaupt die Stadt der Romantiker. Als Einzelgänger fühlt man sich schnell als Sonderling. Ja, ich habe zwar das

Gefühl, dass mich diese Stadt mag, aber sie fragt mich auch unentwegt, wohin ich gehöre, und ich kann ihr keine Antwort geben. Es fällt einem nicht auf, während man sich in Gesellschaft befindet. Wer würde denn denken, dass die Menschen, mit denen ich seit zwei Tagen unterwegs bin, lediglich flüchtige Bekannte sind? Nein, ich empfinde es auch nicht so, diese Stunden haben uns zusammengeschweißt. Aber in der Melancholie des Augenblicks sehe ich die Dinge wohl realistischer als es nötig ist. Zumindest weiß ich jetzt, dass ich in der Lage bin, wieder unter Menschen zu sein. Diese Fähigkeit habe ich nach Jans Tod und dem Verlust von Sandy zuletzt doch vermissen lassen. Die Ankunft in München war die Stunde Null eines neuen Lebens. Auch wenn mich die Vergangenheit in meinen Gedanken immer mal wieder einholt, ist es doch die Zeit der Aufbruchstimmung. Die Zeit des Loslassens und des Neubeginns.

Es ist kurz vor halb elf, als ich wieder den Bahnhof erreiche. Die anderen sind bereits da und warten auf mich. Wir gehen gleich zu unserem Gleis, damit wir uns fünf Sitzplätze sichern können. Unser Zug geht um 22.50 Uhr und steht schon bereit. Es ist der Nachtzug 845 *Enrico Caruso* nach *Napoli Campi Flegrei* und glücklicherweise startet er hier in der Stazione *Venezia Santa Lucia*. Wir finden also problemlos ein freies Abteil und sind wirklich froh, dass jeder einen Sitzplatz hat. Denn wir sind alle sehr müde, die Zeit in Venedig war schön, aber anstrengend. Das Problem ist nur, dass niemand von uns einen Wecker dabei hat. Aber genau der wäre wichtig, denn wir müssen den Zug um 1.40 Uhr wieder verlassen, um in *Bologna Centrale* umzusteigen. Schließlich wollen wir nicht an die Amalfiküste, sondern an die Adria. Sophie hat aber eine Lösung parat: „Das sind ja nur knapp drei Stunden und wir sind zu fünft. Bis wir in *Mestre* abfahren, sind wir wohl alle noch wach und danach bleibt jeder eine halbe Stunde wach und weckt dann den Nächsten. Wir müssen uns nur aufeinander verlassen können." Kein Problem, alle sind einverstanden. Marc fängt an, er weckt dann mich, weiter geht es mit Lara, gefolgt von Ina und die letzte Schicht übernimmt Sophie.

Der Zug setzt sich in Bewegung und wir genießen noch einmal die Überfahrt über die *Ponte della Liberia* und den nächtlichen Blick über die Lagune. Ina schläft bereits, als wir *Mestre* erreichen. Hier herrscht eine große Unruhe, es steigen viele Leute ein. Auch unser letzter freier Platz im Abteil wird durch einen älteren Mann belegt, der wenig kommunikativ die Tür öffnet und auf den freien Sitz zeigt, auf dem sich unser Gepäck türmt. Wir haben zu wenig Platz im Abteil und stellen einige unserer Rucksäcke auf den Gang, wo aber auch schon einige Reisende stehen und sitzen. Es ist richtig voll geworden hier in *Venezia Mestre*. Sophie weist uns noch mal ein: „Es ist total wichtig, dass immer jemand von uns wach ist und das Gepäck im Auge hat. Außerdem will ich nicht irgendwo in Rom oder Neapel wach werden, ich freue mich auf mein Bett und eine Dusche in Riccione." – „Mach dir keine Gedanken, Schatz. Alles kein Problem", beruhigt sie Marc. Das zeigt Wirkung und Sophie schläft ein paar Minuten später ein. Auch ich bin gerade am Übergang zum Einnicken, als es neben mir zu schnarchen anfängt. Es ist Marc, der seine Schicht offenbar sehr verantwortungsvoll begonnen hat.

Ich bin unendlich müde und es fällt mir wirklich schwer, mich wach zu halten in diesem dunklen Abteil, in dem alle anderen Anwesenden mehr oder weniger leise vor sich hin schlummern. Ich erwische mich dabei, wie mir die Augenlider immer wieder zufallen, aber ich darf jetzt nicht auch noch versagen. Es ist Mitternacht, als wir Padova erreichen, mein Dienst beginnt eigentlich erst jetzt. Ich darf es mir auf gar keinen Fall erlauben, einzupennen. Es gibt nur eine Lösung, ich stehe auf und gehe raus auf den Gang.

Das Fenster ist geöffnet und die frische Luft tut mir gut. Wir fahren aus dem Bahnhof von Padova und meine Müdigkeit ist nicht mehr ganz so akut. Der Zug rast nicht, er fährt in einer beruhigenden Geschwindigkeit durch die Nacht. Wenn ich mich so umsehe, sind erstaunlich wenig Touristen an Bord des inneritalienischen Nachtzuges. Neben mir unterhält sich leise ein Paar, weiter vorne schlafen einige junge Männer auf dem Boden und rechts neben mir steht eine Nonne, die sich bis jetzt nicht bewegt hat, sondern starr, wie eine Statue, in ihr Buch versunken ist. Die Strecke ist nicht besonders interessant. Es geht immer geradeaus durch ein flaches Land voller Felder und Äcker. Wir erreichen Monselice. Laras Schicht würde jetzt beginnen. Ich drehe mich um und sehe sie, wie sie schläft und unheimlich süß dabei aussieht. Ich bringe es nicht übers Herz, sie jetzt zu wecken. Ich übernehme ihre Schicht und stelle mich wieder ans Fenster. Ein Meter der Strecke sieht hier aus wie der nächste.

Wenn wir nicht in den Bahnhof von Rovigo einfahren würden, wären mir die Augen sogar im Stehen zugefallen. In Rovigo steigen aber einige Reisende ein und andere aus. Direkt vor mir auf dem Bahnsteig stehen ein Mann und eine Frau. Er dürfte um die Vierzig und sie könnte seine Tochter sein. Dafür spräche das Alter. Nicht dafür spricht, was sie da gerade miteinander anstellen. Ich werde zum Betrachter eines außerordentlichen Zungenspiels. Sie haben alles um sich herum vergessen, so leidenschaftlich, wie sie sich küssen. Normalerweise schaut man weg, es gehört sich schließlich nicht, bei so etwas zu gaffen. Aber ich bin hundemüde, finde in der Landschaft keinerlei Abwechslung. Und nun führt das Schicksal also die beiden zu mir, da mein Fenster direkt zwei Meter Luftlinie vor ihnen zum Stehen gekommen ist. Ein Logenplatz, um zu sehen, wie sich die Hände des Mannes dem Busen der Dame nähern.

Neben mir höre ich einen kurzen, aber bestimmten, Laut. Es klingt wie ein geknurrtes „Hmmm“. Die Nonne lugt über ihre Brille mit einer in Falten gelegten Stirn zu den beiden hinüber. Als der Mann schließlich die Brüste erreicht, ist die Grenze eindeutig überschritten. Die Nonne schiebt mich rabiat zur Seite und ein heftiges italienisches Donnerwetter entlädt sich in Richtung Bahnsteig. Ich zucke zusammen. Bis sie realisiert haben, was gerade vor sich ging und sie ihre Köpfe in meine Richtung drehen, ist die Nonne längst wieder abgetaucht und widmet sich ihrem Buch im Schutze des Ganges, wo gerade kein Fenster ist. Die beiden blicken mich überrascht und aufgeschreckt an. Dieses Gesicht hatten sie bei dieser Stimme wohl nicht erwartet. Ich zucke mit den Schultern und lächle gequält. Es löst sich, als mir klar wird, dass ich noch nie mit einer Nonne verwechselt wurde und die Wahrscheinlichkeit, dass man solch einer Verwechslung zum Opfer fällt, äußerst gering sein dürfte. Aber da haben die Küssenden längst das Feld geräumt.

Der Zug fährt an, während die Nonne noch immer empört den Kopf schüttelt und versucht, sich wieder auf ihr Buch zu besinnen. Ich betrachte die vorbeiziehenden Häuser der Stadt, bevor wir wieder durch die langweilige Poebene fahren. Kurze Zeit später überqueren wir in langsamer Fahrt Italiens bedeutendsten Fluss, der gar nicht mal so weit von hier in einem großen Sumpfdelta in die Adria mündet. Längst hätte auch Inas Schicht begonnen, aber wie könnte ich Lara schlafen lassen und

Ina einfach wecken? Die beiden haben es sich verdient, dass ich sie schlafen lasse. Außerdem ist es schon ein Uhr, als wir Ferrara erreichen und die letzten 40 Minuten bis Bologna halte ich auch noch aus. Kurz hinter Ferrara wird Sophie aber wach und kommt zu mir heraus: „Warum machst du denn Wachbleib-Dienst? Du müsstest doch längst fertig sein.“ – „Ach, kein Problem, ihr habt so tief geschlafen und ich brauchte sowieso mal frische Luft …“ – „Ok, mit Marcs Übergabe hat alles geklappt?“ – „Ja, sicher, wunderbar.“

8

Wir sind angekommen in Bologna. Viel weiß ich nicht über die Stadt, die meiner bevorzugten Spaghetti-Variante ihren Namen gegeben hat. Der Bahnhof ist ein typisch italienischer Durchgangsbahnhof, ein alter Bahnhof, dessen Bahnsteige nicht gleich auf Anhieb den ganz großen Charme versprühen. Aber ist der Blick nach Abfahrt unseres Zuges irgendwann frei zum *Binario 1*, dann sieht man, dass das Hauptgebäude mit seinen aneinandergereihten Torbögen durchaus eine gewisse Eleganz ausstrahlt. Die Bahnsteige sind sehr lang, aber nicht besonders hoch. Die obligatorische gelbe Linie, welche vor zu geringem Abstand zum Gleis warnt, hat schon bessere Zeiten erlebt. Dafür leuchten die blauen Bahnhofsschilder *Bologna Centrale*, als wären sie nagelneu.

„Ich würde mich hier gerne ein bisschen umschauen, ich dreh‘ mal ne Runde. Bleibt ihr bei den Sachen?“, fragt Lara und will gehen. „Hey, aber nicht alleine um diese Zeit an diesem Ort“, rufe ich und springe auf. Lara lächelt und wir gehen. „Du bist süß!“, sagt sie und hakt sich bei mir ein. Mir wird warm. Wir schlendern gemütlich durch die Unterführung, deren einziger Reiz ihre Passantin in meinem Arm ist.

Die Bahnhofshalle ist, bis auf einen alten Mann, der auf der Bank sitzt, leer, aber imposant. Uns fällt sofort auf, dass es hier nicht nur die Torbögen zum Bahnsteig gibt, sondern auch eine Glasscheibe, die ein Stück herausgeschlagene Wand ersetzt. „Diese abstrakte Kunst passt hier gar nicht her“, findet Lara. Auf dem Boden liegen Blumen, neben dem Glasdurchbruch hängt eine Tafel. Wir treten näher. „Du, hier muss irgendetwas passiert sein. Das ist eine Gedenktafel. Da stehen Namen und

Altersangaben drauf. Vielleicht ein Zugunglück, das sind ja unglaublich viele Opfer gewesen."

„Kein Unfall, *Ragazzi*, kein Unfall", sagt eine alt klingende Stimme hinter uns. Der kleine Mann mit dem Gehstock stellt sich als Paolo vor und erzählt uns von sich. Er war Gastarbeiter in Deutschland, in einem Stahlwerk im Ruhrgebiet. 1980 kehrte er nach Italien zurück, da er eine Arbeit hier in Bologna bei seinem Neffen in einem Restaurant gefunden hatte. Sein Heimweh war groß und so nutzte er seine Chance zur Rückkehr, vor allem zur Freude seiner Ehefrau.

Lucia war seine große Jugendliebe und es zerriss ihnen fast das Herz, als Paolo 1958 sein Dorf verlassen musste, um für seine arme Familie und den kranken Vater Geld im Ausland zu verdienen. Zwei Jahre lang sahen sie sich nicht ein einziges Mal, aber die Liebe war noch immer da, als Paolo endlich seine Lucia, seine Familie und Freunde besuchen konnte. Eine Woche lang waren sie wieder vereint und obwohl Lucia sehr an ihrem Dorf und ihren Verwandten hing, folgte sie ihrer großen Liebe nach Deutschland, ohne dort aber je heimisch zu werden. Sie fühlte sich fremd und ihr größter Wunsch blieb es, mit ihm wieder in der Heimat zu leben. Sie war die glücklichste Frau der Welt, als sie nach Bologna zurückkehrten. Ihre gemeinsame Heimat liegt nur wenige Kilometer von hier in den Hügeln hinter Bologna. Lucia hatte es über 20 Jahre in der Fremde ausgehalten, aus Liebe zu ihm. Sie fand nach ihrer Rückkehr sogar Arbeit, reinigte am Vormittag zwei Stunden lang die Bahnhofshalle und die Bahnsteige. Wir hören ihm gespannt zu. „Im April zogen wir her, im Juli begann sie hier zu arbeiten." Paolo stockt. Seine Stimme wird brüchig. „Im August war sie tot, meine geliebte Lucia. Sie ist hier gestorben, in der *Stazione Bologna Centrale*. Und mit ihr sind weitere 84 Menschen gestorben. Ihre Namen stehen auf der Tafel. Schaut euch an, wie viele Kinder gestorben sind."

Der alte Mann hat Tränen in den Augen. „Ich konnte nicht schlafen, und immer wenn ich nicht schlafen kann, dann komme ich an den Ort, an dem Lucias Herz zum letzten Mal geschlagen hat." Mir fehlen die Worte, Lara auch. Und der alte Mann fasst nur mühsam wieder Worte, während er sich die Tränen aus den Augen wischt: „Es war eine Bombe, ein Terroranschlag am Morgen des zweiten August 1980 um 10.25 Uhr. Die Hauptuhr des Bahnhofs ist gemeinsam mit Lucias Herz stehen geblieben.

Seitdem steht die Uhr auf dieser Zeit, sie wird immer 10.25 Uhr anzeigen. So wie ich Lucia immer lieben werde, Ragazzi." Lara kullern Tränen übers Gesicht. Der alte Mann dreht sich um und geht langsam aus der Bahnhofshalle, noch bevor wir etwas sagen können. Mir stockt der Atem, ich weiß nicht, was ich tun soll. Ich bin wie gelähmt. Der alte Mann verschwindet langsam im Dunkel der Nacht und wir bleiben schockiert zurück. Ich umarme Lara, die sich die Tränen aus den Augen wischt.

Nach einer Weile kehren wir zu Marc, Sophie und Ina zurück, die sich auf dem Bahnsteig niedergelassen haben. Wir setzen uns auf den Boden, sind verstört und still und hören den anderen zu. Die Geschichte von Paolo hat uns tief berührt.

Ich versuche auf andere Gedanken zu kommen und frage mich, warum hier in Italien das Gleisbett im Gegensatz zu Deutschland so hell ist. Ich stelle es zur Diskussion. Ina meint, das wäre doch klar, man nimmt helles Gestein, damit die Hitze auf den Gleisen nicht so groß wird. Die Erklärung gefällt mir. Mein *Tramezzini* schmeckt. Marc sagt, innerhalb der Bahnhöfe würde Kalk ausgestreut, damit der Fäkal- und Uringeruch nicht ganz so schlimm wäre, da die meisten Züge in Italien keine geschlossenen Abwassersysteme hätten. Und so würde halt vieles an Fäkalien und Urin in den Bahnhofsgleisen entsorgt. Also einen Meter Luftlinie von mir entfernt. Diese Erklärung gefällt mir nicht. Mein *Tramezzini* schmeckt ein wenig komisch. Marc sieht mir das wohl an, denn er setzt noch eins drauf: „Wenn du wüsstest, wie gut die Adria gedüngt ist, in die du dich genüsslich wirfst, dann würde dir das bisschen Kacke im Gleis nichts ausmachen." Mein *Tramezzini* schmeckt sehr komisch. „Und die vielen Kinder, die da reinpinkeln …", weiß Ina zu berichten. „Naja, nicht nur Kinder, und nicht nur pinkeln", fügt Sophie an. Mein *Tramezzini* begibt sich auf den Weg zu seinem neuen Zuhause, einem formschönen Behälter für nicht mehr benötigte Materialien aller Art.

Lara schenkt mir Wein nach: „Komm Tim, zur Desinfektion von innen." Nun, eigentlich wollte ich langsam kürzertreten mit dem Wein, aber wenn es denn medizinisch indiziert ist, dann kann man da nichts machen.

Marc hat auch einen Kassettenrekorder dabei. Einen, den man sogar so nennen darf und er dudelt nun zum zweiten Mal die Kassette von *Eros Ramazzotti*. Es gibt Schlimmeres, nein, genaugenommen hört es sich sogar gut an. *Eros* ist der richtige Mann, um unser Warten auf den Fliesen am Bahnsteig von *Bologna Centrale* musikalisch zu untermalen. Aber die Geschichte von Paolo und Lucia bekomme ich nicht mehr aus dem Kopf.

Es ist eine richtig schöne warme Sommernacht. Keine Ahnung, wie viel Grad wir haben, aber ich denke, es sind bestimmt noch über 20 Grad. Wir sitzen hier auf unseren Schlafsäcken im Halbkreis auf dem Bahnsteig und haben es uns gemütlich gemacht. Vor uns steht der Wein, wir haben Chips und italienisches Gebäck und Sophie hat tatsächlich zwei Kerzen mitgebracht. Auf so eine Idee wäre ich nie gekommen. Aber Sophie hat mit ihrem Marc schon viele solcher Nächte im Süden verbracht und mit der Zeit wissen sie einfach, was man braucht, um es sich an den Bahnhöfen so schön wie möglich zu machen.

Die dezente Beleuchtung an unserem Bahnsteig und das warme Licht der Kerzen tun ihr übriges und sorgen für eine entspannte Atmosphäre. Die Zeit steht still. Wir reden über Gott und die Welt. Irgendwann höre ich den anderen einfach nur noch zu, genieße die Stimmung, fühle mich leicht und frei, vor allem aber hundemüde. Eigentlich möchte ich noch gar nicht schlafen, denn ich befürchte, diesen schönen Augenblick loslassen zu müssen und mich in einem anderen wieder zu finden, wenn ich wach werde. Mit aller Anstrengung versuche ich den Gesprächen meiner Mitreisenden zu folgen, doch irgendwann fallen mir die Augen zu und ich befinde mich in einem angenehmen Halbschlaf.

Um zehn vor fünf weckt mich Marc, unser *Traino Regionale* nach Rimini müsste jeden Moment einfahren. Aber weit und breit ist nichts von ihm zu sehen. Die Durchsage verstehen wir nicht, anscheinend fällt der Zug heute aus. „Kein Problem“, sagt Marc und schaut auf den Abfahrtsplan, der nicht unweit von uns aushängt. Er studiert den Fahrplan. „Um diese Uhrzeit müsste ständig ein Zug an die Küste fahren. Ah, hier, der erste Nachtzug aus München kommt in einer halben Stunde an, den können wir nehmen.“

Eine halbe Stunde später fährt der Zug gemächlich in den Bahnhof von Bologna ein. Er ist gut belegt, die meisten schlafen noch. Wir steigen ein und werden gleich wieder heraus komplimentiert. „Liegewagen nur mit Liegewagenkarte“, blafft uns der deutsche Schaffner an. Dann eben nicht. Wir steigen wieder aus und gehen am Zug entlang und erreichen den Sitzplatzwagen. Hier ist es ziemlich voll, aber in einem Abteil finden wir noch vier Plätze. „Nehmt ruhig die Plätze, ich habe ja eben am Bahnsteig schon geschlafen. Weiter vorne war ein Speisewagen, da gehe ich einen Kaffee trinken, wenn ihr nichts dagegen habt." – „Ok, in Rimini steigen wir aus. Treffen wir uns dann am Bahnsteig?" – „Ja, ok, bis dann."

Ich muss durch fünf Wagen gehen, bis ich endlich im Speisewagen angekommen bin. „Noch geschlossen", blafft mich der nächste Schaffner an. Oder ist es der Koch, der Barmann oder wie auch immer man die Mitarbeiter eines Speisewagens nennt? Zwei Menschen halten sich hier dennoch auf. Ein Mann mit einer Flasche Bier in der einen, und einer Zigarette in der anderen Hand, sitzt an einem Zweiertisch. Schräg gegenüber sitzt eine Frau Mitte dreißig und schlürft ihren heißen Kaffee. „Moin", sage ich zum Mann, „wo bekommt man denn hier ein Bier her?" – „Ich bin noch Gast von gestern Abend", lacht der Mann, „aber die junge Frau hat gerade einen frischen Kaffee bekommen." Die Frau schaut zu uns herüber und grinst: „Soll ich ein gutes Wort für euch einlegen?" – „Das wäre nett, ein Kaffee würde jetzt gut tun." Der Zug fährt los und ich bekomme tatsächlich meinen Kaffee. „Eigentlich ist hier noch zu", giftet der Speisewagenmann. „Dürfen wir uns zu Ihnen setzen?", fragt der Mann die Frau am Nachbartisch. Die nickt und wir wechseln an den Vierertisch. „Damit das mal klar ist, ich fahre mit meinem Freund in den Urlaub. Der schläft noch." – „Keine Angst junge Frau, ich bin zu alt für Sie und er ist zu jung." – „Bevor Sie mich weiter junge Frau nennen, ich heiße Marie." – „Alfred. Wir können gerne beim Du bleiben", sagt Alfred. „Tim", sage ich. „Wo geht's hin?", möchte Marie wissen. „Ich besuche meinen Bruder in Pescara, er hat vor dreißig Jahren eine Italienerin kennengelernt und lebt seitdem dort." – „Ich fahre mit meinem Freund nach Pesaro, zwei Wochen Badeurlaub und ein paar Ausflüge ins Hinterland, Urbino, Assisi, die Grotten von Frasassi. Und du Tim, allein unterwegs?" – „Nein, wir sind zu fünft, aber es gab nur noch vier Plätze im Abteil, wir sind in Bologna zugestiegen und fahren nach Rimini." – „Ihr seid zugestiegen?" – „Ja, wir waren in Venedig." Alfred bestellt noch ein Bier. Es kommt schnell, aber nicht kommentarlos: „Hier ist geschlossen um diese Zeit“, beschwert sich Herr Maiberger, der mittlerweile sein Uniform-Jackett mit Namensschild angezogen hat. Ob die Öffnung der Lokalität etwa unmittelbar bevorsteht? „Sagens ma, Herr Maiberger, so ein schönes Rührei mit Speck für uns drei wär ja mal was Feines.“ Ich befürchte eine Explosion seitens Herrn Maiberger, der vor seiner Theke stehen bleibt und sich dann langsam zu uns umdreht. Schweißperlen glitzern auf seiner Stirn. Ob sie da schon waren oder erst während Alfreds Aussage entstanden sind? Herr Maiberger zupft und zerrt nervös an seiner Krawatte, sein Gesicht wird rot. Ich schaue beschämt aus dem Fenster, in dem sich zu allem Überfluss Herr Maiberger spiegelt. „Mit Speck? Dreimal oder was? Aber eigentlich …“ – „… ist noch zu, Herr Maiberger. Schon klar, wir geben Ihnen ein gutes Trinkgeld“, nickt Alfred. „Ab wann ist denn geöffnet?“, fragt Marie. „Ich muss jetzt die Eier machen und dann mache ich auf. Aber jetzt ist hier noch zu.“ Herr Maiberger ist ein Highlight der Bahn. Das ist sicher. Während unser Essen zubereitet wird, erzählt Marie uns aus ihrem Leben.

Unsere Eier kommen. Sie sehen erstaunlich gut aus, dafür dass noch geschlossen ist. „Sagens ma, Herr Maiberger, wir würden Sie gern auf einen Kaffee einladen. Kommens, setzens sich doch zu uns hin“, lädt Alfred den gestressten Speisewagenmann ein. „Ich muss jetzt aufmachen.“ Herr Maiberger nimmt die Formalien seines Dienstes sehr ernst. „Aber noch ist ja zu, Herr Maiberger“, fügt Marie an und lächelt. Er gibt sich einen Ruck, holt sich einen Kaffee und setzt sich zu uns. „Das ist nett von Ihnen. Das kommt selten vor“, sagt er anerkennend. „Sie haben mich die ganze Nacht in Ihrem Wagen geduldet und uns Frühstück gemacht, dafür möchte ich Ihnen herzlich danken.“ Herr Maiberger richtet sich stolz die Krawatte und es ist ihm offenbar ein wenig unangenehm. „Die Gäste müssen zufrieden sein“, sagt er. „Selbst, wenn geschlossen ist“, füge ich an, bevor ich einen leichten Tritt an meinem Schienbein verspüre. Das muss Marie gewesen sein, die sich ein Grinsen nicht verkneifen kann.

Das Rührei schmeckt gut. Alfred unterhält uns mit amüsanten Geschichten seines Bruders und dessen Erlebnissen als Deutscher in Süditalien. Selbst Herr Maiberger muss lachen, ein ungewohntes Bild. Gerade, als er etwas lockerer geworden ist, kommen die ersten Gäste. Sofort springt er auf: „Es ist geöffnet, die Herrschaften." Der Zug hält in Forli – wir kommen Rimini näher. Ich zücke meinen Geldbeutel, aber Alfred winkt ab. „Danke für die schöne Zeit, das geht auf mich."

Wenn ich mich in Hannover in ein Café setze, würde niemand mit mir reden wollen. Warum lernt man auf Reisen so viele unterschiedliche Menschen kennen? Warum sind alle so anders als im Alltag? Weil man reist. Weil Reisen wie Medizin ist. Rimini – ich verabschiede mich und steige aus.

Da sind wir also. Völlig verschlafen, und noch gar nicht im Vollbesitz ihrer Kräfte, treffe ich Ina, Lara, Sophie und Marc auf dem Bahnsteig. Ich fühle mich fit. Aber ich habe im Gegensatz zu den anderen auch schon Kaffee getrunken und ein herzhaftes Frühstück zu mir genommen. Vor mir liegt Rimini, die größte Touristenmetropole der Adriaküste, die Stadt *Federico Fellinis*, 130.000 Einwohner, Provinzhauptstadt und bekannt für sein Nachtleben mit unzähligen Bars und Diskotheken.

Die Uhr zeigt 6.55 Uhr. Sophie erklärt uns, dass wir nun mit dem Bus nach Riccione fahren werden. Dazu müssen wir auf den Bahnhofsvorplatz gehen. Am Kiosk besorgt uns Marc die Bustickets. Und es dauert nicht lange, bis ein orangefarbener Bus mit der Aufschrift *Linea 11 Riccione p. le Curiel* vor uns hält. Ein kurioser Anblick, denn dieser Bus ist elektrifiziert, er fährt unter einer Oberleitung und hat einen Stromabnehmer auf dem Dach. Sophie informiert uns, dass die Fahrt etwa eine halbe Stunde dauern wird. Meine Neugier auf Rimini wird immer größer. Ich sitze am Fenster und schaue mir die vorüberziehende Stadt an. Wir fahren an den Bahngleisen entlang, weiter durch eine Unterführung und biegen in eine lange Allee mit dem wohlklingenden Namen *Viale Principe Amedeo*. Etliche Schwarzafrikaner steigen hier ein, bepackt, als wären sie gerade bei einer Völkerwanderung und hätten ihr gesamtes Hab und Gut dabei. Sophie sieht meinen fragenden Blick: „Das sind Strandhändler."

Und da ist es endlich: das Meer! Wir fahren auf der Strandstraße, ein Hotel steht hier neben dem anderen. Unzählige Geschäfte, Bars, Restaurants, Eisdielen, Spielhallen, Kinderspielplätze und Geldwechselstuben reihen sich aneinander. Und immer, wenn es der Blick zulässt, sieht man vorne am Strand die aufgereihten Sonnenschirme in ihren bunten Farben und dahinter das azurblaue Meer, welches heute Morgen noch ganz ruhig vor uns liegt, als schnaufe es noch einmal durch, bevor sich Massen von Touristen in ihm abkühlen. „Der Küstenabschnitt von Rimini bis Gabicce Mare ist eine der größten zusammenhängenden Hotelmetropolen der Welt. So wie es hier aussieht, geht es noch viele Kilometer weiter, die Orte gehen direkt ineinander über", klärt mich Sophie auf. „Wahnsinn, die müssen doch auch alle überleben, die Geschäfte und Bars …" – „Nachher ist ja hier auch die Hölle los. Die Läden haben bis Mitternacht geöffnet, die Gastronomie oft die ganze Nacht." Tatsächlich kommen wir an mehreren Bars vorbei, in denen noch viele junge Leute sitzen, die offenbar keine Frühaufsteher sind, sondern ihren Ausflug in das Nachtleben noch längst nicht beendet haben. Die Händler steigen nach und nach aus, wir fahren durch die Stadtteile *Bellariva, Marebello, Miramare*. Diese Stadt scheint kein Ende zu nehmen. Irgendwann sehe ich aber auch das Ortsschild *Riccione*. Wir fahren an einem Wasserpark vorbei, der hier direkt am Strand errichtet worden ist. Und kurze Zeit später sind wir an unserem Ziel und steigen aus. In einer Seitenstraße, direkt neben der Bushaltestelle, sehe ich schon das Schild *Hotel Pasini* leuchten.

9

Das *Hotel Pasini* ist nicht groß, ich schätze, es hat maximal dreißig Zimmer und liegt in einer Nebenstraße etwa hundert Meter vom Strand entfernt. Es wirkt gemütlich mit der kleinen Rezeption, an die sich eine Bar anschließt, davor eine Sitzecke mit Fernseher, eine überdachte Terrasse zur Straße hin mit zehn Tischen, einer Spielecke für Kinder und einer Hollywoodschaukel. Marc und Sophie werden von der Chefin herzlich begrüßt. Küsschen rechts, Küsschen links, man kennt sich schon länger. Marc zeigt auf uns drei und fragt, ob sie noch ein Doppelzimmer und ein Einzelzimmer frei hat. Hat sie nicht, aber zumindest ein Doppelzimmer mit einem Beistellbett könnte sie uns anbieten. Wir müssen nicht lange überlegen und nehmen es. Wer als Backpacker durch die Welt reist, der ist froh, wenn er mal in einem richtigen Bett schlafen kann und Dusche und WC mit nur wenigen Leuten teilen muss, soviel weiß ich schon.

Die Chefin stellt sich als Viola vor, sie ist gut und gerne 60

Jahre alt und auch die Köchin des Hotels. Marc und Sophie kennen sich aus, sie bekommen ihren Zimmerschlüssel in die Hand gedrückt. Mit uns geht Viola aber hoch in den dritten Stock und zeigt uns unser Zimmer. Ein nettes Zimmer, sauber, einfach und zweckmäßig. Vom kleinen Balkon können wir hinunter auf die Straße schauen, und wandert der Blick nach rechts, dann sehen wir das tiefblaue Meer. Herrlich. Wir können unsere Sachen schon dort lassen, sollen aber noch einmal kurz mit nach unten kommen, weil das Beistellbett noch bereitgestellt werden muss.

Viola ist angenehm freundlich, sie wirkt interessiert und zuvorkommend. Sie scheint eine herzliche, gastfreundliche, lebensfrohe Italienerin zu sein und möchte uns zur Begrüßung einen Cappuccino ausgeben. Wir stehen an der Bar und schauen Viola zu, wie sie die riesige Espressomaschine in Gang setzt. Sie stellt drei Tassen mit Espresso auf die Theke, bestückt diese mit Löffel und Zucker und beginnt, Milch aufzuschäumen. Das Zischen der Espressomaschine beim Aufschäumen von Milch ist eines dieser Geräusche, die ich mit dem italienischen Lebensgefühl in Verbindung bringe: ein Klang des Urlaubs. Viola teilt die Milch gekonnt auf die Tassen auf, um den festen Milchschaum anschließend in Höhen zu türmen, wie ich es noch nicht gesehen habe. „Bene?", lacht sie. Hier kann man sich wie zuhause fühlen, wobei das in meinem Fall eigentlich kein Kompliment ist. Also sagen wir lieber, hier fühlt man sich einfach gut aufgehoben.

Ich sitze mit Ina und Lara auf der Terrasse des Hotels und betrachte die Urlauber, die mit bunten Strandtaschen, Sonnenschirmen und Luftmatratzen bepackt, an den Strand strömen. Ich frage mich, ob dies der beste Cappuccino meines Lebens ist, weil er wirklich so grandios schmeckt oder weil der Rahmen einfach der passendste ist, seit ich Kaffee konsumiere? Wie dem auch sei. Bald schon kommt Carla, das Zimmermädchen, zu uns und möchte wortreich etwas mitteilen. Unser Hinweis, dass wir kein Italienisch sprechen, wischt sie mit einem Lachen weg und nimmt nun lediglich die Hände zur Hilfe, die signalisieren, dass irgendwo oben irgendetwas Eckiges erledigt wurde. Scheinbar ist das Zimmer nun mit drei Betten versehen und bezugsfertig. Wir wollen gerade nach oben gehen, da begegnet uns Marc, der mich fragt, ob er mir die Gegend schon mal zeigen soll. „Wir Männer sind doch eh ruck zuck fertig, die Mädels sind bestimmt froh, wenn sie sich jetzt erstmal einen Arbeitstag lang frisch machen und restaurieren können." – „Restaurieren? Hey, pass bloß auf. Aber das ist eine gute Idee, Tim, geh ruhig mit Marc ne Runde und wir gehen erst mal duschen und so." Ina scheint es recht zu sein, wenn sie das Zimmer erstmal für Lara und sich alleine hat.

Ich gehe mit Marc wieder herunter. „Viola hat uns schon den ersten Cappuccino gemacht. Total lecker" – „Ja, hier gibt's den besten Cappuccino weltweit und Viola ist die gute Seele des Hotels. Ihr Mann macht abends die Bar, ihr Sohn und ihre Tochter sind beide Mitte zwanzig und helfen in den Sommermonaten im Hotel. Und dann gibt's noch zwei, drei Angestellte." – „Carla habe ich schon kennengelernt." – „Carla ist die Frau für alles, sie putzt die Zimmer, und wenn sie damit fertig ist, hilft sie in der Küche. Sie ist von morgens bis abends hier und das schon seit Jahren. Sie kann leider kein Deutsch, aber sie ist immer freundlich, egal wie stressig es auch gerade ist. Sag mal, willst du erstmal den Strand sehen?"

Es sind nur wenige Meter, denn als wir die Hauptstraße überqueren, liegt vor uns bereits die einladende Strandpromenade. Am Strand heißt uns ein großes buntes Schild willkommen: „*Benvenuti da Bagnino Giovanni*". Gemeinsam mit einigen anderen Hotels ist hier sogar das *Hotel Pasini* ausgeschildert. Dieser Strandabschnitt ist anscheinend für die Gäste der Pasinis vorgesehen. Farbenfrohe Blumenbeete flankieren den Weg zum kleinen Empfangsbereich des Bademeisters. Hinter einer Art Schreibtisch sitzt ein braun gebrannter, etwa sechzigjähriger Mann mit weißen Haaren. Kaum hat er uns gesehen, springt er auf und kommt freudestrahlend auf uns zu. Die beiden begrüßen sich, als wären sie alte Freunde. Marc stellt mir Giovanni vor, den Chef und Pächter dieses Strandabschnitts. Während sich Marc und Giovanni über die Neuigkeiten austauschen, sehe ich mich um. Alles erscheint perfekt organisiert.

Mir fallen als Erstes die weiß-roten Strandkabinen auf. Eine Tischtennisplatte lädt zum Spielen ein, es gibt einen Kinderspielplatz und ein Beachvolleyballfeld. Vor dem kleinen Bademeisterhäuschen liegen Zeitschriften aus, ein Plakat weist auf das Bocciaturnier am Nachmittag hin. Das Meer ist in einiger

Entfernung zu sehen, denn der Strand ist extrem breit. Marc wendet sich wieder mir zu: „Tja, das ist der Strand von *Bagnino Giovanni*. Sophie und ich haben unsere Liegen und einen Sonnenschirm direkt am Wasser reserviert. Wenn ihr auch Liegestühle mieten wollt, dann seid ihr hier richtig. Falls ihr euch lieber auf Handtüchern in den Sand legen wollt, dann findet ihr zwei Abschnitte weiter einen Freistrand, allerdings ohne Bademeister." – „Naja, ist ja schon ganz gut, wenn man hier seinen festen Platz hat." – „Ja, vor allem hat man hier Toiletten, Umkleidekabinen und vor allem Schatten. Und man kann seine Luftmatratze hier in der Kabine lassen und muss sie nicht immer mit ins Hotel schleppen" – „Meinst du bei euch ist noch Platz?"

Marc fragt Giovanni und der antwortet mit der typischen italienischen Gestik „Marce, eh, was du glauben? Haben Giovanni irgendwann gesagte nix haben Platze für Freunde von Marce? Ich immer haben Platze für dich und deine Freunde, iste keine Probleme."

Ich überlege mir, dass dies genau das passende Geschenk für Lara und Ina ist. Und so bestelle ich drei Liegestühle und einen Sonnenschirm. Giovanni setzt sich an seinen Schreibtisch und malt mit einem Bleistift drei Kreuze auf einen riesigen Plan des Strandes. „Maken un obrellone vicino al mare e tre lettini fur, wie iste deine Name?" – „Tim" – „Ah, okay, Tim, du haben drei Liegestuhle und haben eine Sonnenschirme in zwei Minute direkte neben dem Platze von Marce." – „Super, grazie!", sage ich und Giovanni klopft mir väterlich auf die Schulter und lacht: „Buone vacanze, meine Freund Tim!"

Wir folgen Giovanni Richtung Meer und Marc erklärt mir, wie der Strand aufgeteilt ist: „Hier hinten sind einige Reihen mit normalen Sonnenschirmen. Und was du hier siehst, sind die für Riccione so charakteristischen Sonnensegel." Marc zeigt auf fünf Textilbahnen, die als ständiger Sonnenschutz in Reihen über den Strand gespannt sind. „Das ist vor allem für Familien mit Kindern optimal. Und hier vorne stehen die Liegen ohne Sonnenschirm für alle, die sich in der Sonne brutzeln wollen. Nur da, wo wir liegen, sind noch mal einige Plätze mit Schirmen." Es ist noch leer heute Morgen, aber viele Liegestühle stehen bereit. Alle sind genau zur Sonne hin ausgerichtet. Giovanni schnappt sich drei der Aluminiumliegestühle und trägt sie zu den Sonnenschirmen: „Prego!" Ich stehe im feinen, goldgelben Sand und schaue die Küste entlang: „Das ist ja der Wahnsinn, das nimmt ja gar kein Ende.“ – „Der Strand von Riccione ist ja auch sieben Kilometer lang und es gibt 140 dieser Bademeisterzonen, plus die Freistrände.“ – „So volle, durchorganisierte Strände kenne ich nicht. Ich bin echt mal gespannt, wie das nachher aussieht, wenn es voller wird, aber ich glaube, hier kann man es aushalten“, stelle ich fest. „Das Beste kennst du ja noch gar nicht. Da hinten, wo die Fahnen wehen, ist die Strandbar. Da trinken wir erst mal was, ok?“ – „Na klar, gerne. Hunger habe ich auch langsam!“ – „Dann sind wir da genau richtig.“

Die Strandbar befindet sich zwischen den Zonen von *Bagnino Giovanni* und *Bagnino Mauro*. Etwa zwanzig Tische stehen hier im Außenbereich. Orangefarbene Sonnenschirme sorgen für Schatten. Wir gehen hinein und eine hübsche, schlanke Frau um die Vierzig, mit einem braunen Pferdeschwanz, begrüßt Marc freundschaftlich. „Buon giorno, Marc, tutto bene? So schnell geht ein Jahr vorbei, was für ein Glück!“, sagt sie in gutem Deutsch und lacht. „Wir kennen uns aber noch nicht? Ich bin Lina“, stellt sie sich mir vor. Lina ist die Chefin der Bar und ruft Pino, ihren Mann, der hinter der großen Theke aus einer Tür hervorschaut: „Ciao Marc, scusi. Ich mache gerade ein *Tirami su*, ich komme gleich bei dir vorbei.“ – „Alles klar, bring ein Stück mit“, ruft Marc und fragt mich, ob wir uns setzen wollen. „Warte mal, ich muss mir erst mal die Köstlichkeiten in der Vitrine ansehen.“

Neben der langen Theke steht eine Vitrine und in ihr entdecke ich bekannte Gaumenfreuden. Die *Bomboloni* lachen mich an. Aber auch die Pizzastücke sehen lecker aus und den italienischen Kuchen werde ich auch irgendwann kosten müssen. Ein großes Plakat über der Eistruhe weist auf die große Auswahl an Eis hin, viele Sorten kenne ich gar nicht. Neben der Kasse findet man Schokoriegel, in bunten Farben leuchten die verschiedenen Sorten des gefrorenen Eisgetränks *Granite* und an der Wand hängen Bilder von Speisen, die man in dieser Bar bekommen kann. Das Angebot ist riesig.

„Vielleicht liegt es daran, dass ich noch nicht gefrühstückt habe, aber ich hätte große Lust, hier mal alles durchzuprobieren. Das sieht alles so lecker aus“, schwärme ich. „Das Schlimme ist: Es schmeckt hier auch großartig. Ich will nicht wissen, wie viel Geld ich schon in dieser Bar gelassen habe“, lacht Marc. „Okay, setzen wir uns und fangen an. Mal sehen, wie weit wir kommen“, grinse ich und wir nehmen Platz. Wir blicken durch die schattigen Plätze unter den Sonnensegeln über zahlreiche Liegestühle auf das Meer, auf dem sich die ersten Surfer, Tretboot- und Luftmatratzenkapitäne tummeln. Lina nimmt unsere Bestellung entgegen: Cappuccino und *Bomboloni*, wie könnte es auch anders sein?

Eine Familie mit zwei Kindern erblickt Marc, bleibt erfreut stehen, begrüßt ihn und erkundigt sich, wo denn Sophie sei. „Sag mal, du bist hier echt Stammgast oder? Dich kennt ja hier jeder." Er erzählt mir, dass es in Riccione sehr viele Stammgäste gibt, die Jahr für Jahr ihren Urlaub hier verbringen. „Für viele ist das hier ein zweites Zuhause. Man kennt die anderen Stammgäste, kennt sich aus in der Stadt und weiß, was man hat. Tolles Essen, Sonnenschein, Meer und die Stadt bietet einfach für jeden etwas. Meine Eltern fahren seit Jahren hierher, seit meinem dritten Lebensjahr bin ich jeden Sommer in Riccione gewesen. Und mit Sophie schaue ich noch immer ab und zu mal hier vorbei. Nicht jedes Jahr, aber doch regelmäßig. Zum Glück mag Sophie diese Art von Urlaub auch ganz gern, tagsüber am Strand liegen, sonnen und lesen, abends einkaufen und bummeln und nachts in die Discos, die sind hier unvergleichlich."

Die Zeit vergeht wie im Fluge. Irgendwann stehen Ina, Lara und Sophie vor uns. Frisch geduscht und bereits mit den Strandutensilien bepackt, weiß Sophie gleich, wo sie uns finden kann. Wir gehen vor zum Wasser. Ina und Lara sind mehr als erfreut, als ich ihnen die Liegen mit Schirm als kleines Dankeschön präsentiere: „Dafür, dass ihr mich hier durch Italien schleppt." Sie freuen sich sichtlich über den unerwarteten Luxus und machen es sich sofort bequem, während ich mich mit Marc auf den Weg ins Hotel mache. Die Dusche tut gut, ebenso eine eigene Toilette, die man in aller Ruhe benutzen kann. Ich lerne auch gleich, dass die Reihenfolge der Tätigkeiten bei der Badbenutzung in Italien eine wichtige Rolle spielt. Denn es gibt keine Duschkabine, wie ich es von zuhause kenne. Der Abfluss befindet sich im Badezimmer auf dem Boden, es gibt keinen Duschvorhang oder irgendeine Abgrenzung. Man duscht mitten im Raum. Im Überschwang der Duschfreude schaffe ich es daher auch, sämtliches Klopapier, welches sich im Raum befindet, mit Wasser zu durchnässen. Würde ich mit Jungs das Zimmer teilen, würde ich das Problem des nun völlig unbrauchbaren Klopapiers wahrscheinlich verdrängen und ignorieren. Aber mit meinen beiden Mädels will ich es mir nicht verscherzen und so suche ich Carla auf, die im ersten Stock am putzen ist. Sie redet ohne Punkt und Komma, versteht aber kein Wort von dem, was ich sage. Ich versuche es mit diversen Klobeschreibungen: „Toilette, WC, Klo, äh, Restroom - Paper.“ Carla freut sich, dass ich mich so schön mit ihr unterhalte. „Äh. Paper finito. Paper alle. Ist nass geworden, zu viel water. Too much aqua.“ – „Aaaaaaah“, Carla hat verstanden, läuft los und steht dreißig Sekunden später mit zwei Flaschen Wasser vor mir: „Aqua minerale, gasata o naturale?“ – „No, no, no, grazie. No aqua, äh, Toilette …“

Mir bleibt nichts anderes übrig, als auf die einzige gemeinsame Sprache der Menschheit zu wechseln, die Zeichensprache. Ich bekomme es ganz gut hin, mir pantomimisch mit der Hand den Hintern abzuwischen und hoffe inständig, dass mich niemand dabei beobachtet. Carla scheint ausreichend Humor zu haben. Ich bin mit den Sitten und Gebräuchen der Italiener nicht vertraut, offenbar nehmen sie einem Derartiges aber schon mal nicht übel.

Sie lacht laut und klopft mir auf die Schulter, zwinkert mir zu und verschwindet, um nach zwei Minuten mit einer deutschen (!) Tube Hämorrhoidensalbe vor mir zu stehen. Oh mein Gott, welch ein Einstand! Ich gebe auf, bin mit der Situation überfordert, sage daher „Grazie“, nehme die Salbe an mich und verschwinde schnellstens. Auf dem Weg zum Zimmer komme ich an einem Schrank vorbei, der auf dem Flur steht. Ich öffne die Tür und mich lachen zig Rollen Klopapier an. Ein Problem gelöst.

Den Nachmittag verbringe ich am Strand. In den letzten Tagen habe ich so viel Neues erlebt, dass ich es genieße, hier einfach zu liegen, Leute zu beobachten, aufs Meer hinauszuschauen, zu lesen, zu schlafen und zwischendurch auf einen Espresso in die Bar zu gehen. Viel zu schnell ist der Tag am Strand vorbei.

Wir sitzen vor dem Hotel und warten ungeduldig darauf, dass es 19:30 Uhr wird, denn Sophie hat bereits mehrfach von Violas Kochkünsten geschwärmt. Und nach dem Strandtag knurrt uns allen schon der Magen. Marc stellt uns Sandro und Stefania vor, die Kinder der Pasinis, die gleich das Abendessen im Speisesaal servieren werden. Der ältere Herr, der gerade allerhand Flaschen auf den Servierwagen lädt, ist Pasquale Pasini, der Hotelchef und der Vater der Beiden. Sandro ruft ihn zu uns und von ihm werden wir so herzlich begrüßt wie zuvor von seiner Frau. Viola hat uns heute Mittag gefragt, was wir essen wollen. Zwei Menüs gibt es täglich zur Auswahl, als Vorspeise kann man wählen zwischen Suppe oder Nudeln. Keine Frage, dass ich mich für *Tagliatelle al pomodoro* und *Filetto di Manzo alla Boscaiola* entscheide. Mit Nudeln und Fleisch kann man nicht viel verkehrt machen, wie fremd es auch klingen mag.

Sandro hat etwas Geheimnisvolles mit Marc zu besprechen. Mit großen Gesten untermalt er seine Sätze. In Deutschland würde man denken, es sei etwas ganz Wichtiges passiert. Aber weit gefehlt: Sandro hat nur nachgefragt, ob es für uns in Ordnung wäre, wenn an unserem Tisch eine weitere Person sitzen würde. Marc fragt uns und wir schütteln mit dem Kopf. „Va bene, grazie, Ragazzi“, freut sich Sandro und ruft die Neuigkeit in Richtung Speisesaal, wo Stefania bereits um die Ecke lugt und freudig auf diese Nachricht reagiert und sogleich mit dem Umräumen beginnt. Mehr Informationen haben wir nicht über die geheimnisvolle weitere Person an unserem Tisch.

Aber natürlich schauen wir uns neugierig um: Neben uns am Tisch sitzt eine alte, aber sehr feine, vornehme italienische Dame, die genüsslich eine Zigarette mit Filteraufsatz raucht, an ihrem Weinglas nippt und uns zuzwinkert, als sie unsere Blicke auffängt. Auf der Straße steht ein Italiener, der mit seinem Telefonino wild gestikulierend telefoniert. Bei uns in Deutschland haben die wenigsten schon ein Handy, hier in Italien sind die kleinen Telefone weit verbreitet und werden überall genutzt, ob am Strand, im Bus, im Zug oder im Restaurant. Ob er bei uns sitzen wird? Oder doch eher der blonde junge Mann am Ende der Terrasse, vielleicht Mitte bis Ende zwanzig, der in sein Buch vertieft ist? Und dann wäre da noch der ältere Mann mit bemerkenswertem Bierbauch, der sich bereits vor dem Essen sein Bierchen an der Bar von Pasquale einschenken lässt und mit Muskelshirt, Goldkettchen und Sandalen mit Tennissocken genau dem Klischee des deutschen Urlaubers entspricht. Die Auswahl ist nicht berauschend. Oder sollte es sich um eine junge hübsche Italienerin handeln, die sich zu uns verirrt?

Während ich am Träumen bin, tritt Pasquale vor die Tür und führt in Italienisch und Deutsch sein Ritual aus: „Prego a tavola.

Bitte zu Tisch!"
Sandro zeigt uns unseren Tisch und wir nehmen Platz. Der Bierbauchmann kommt zielstrebig an unseren Tisch: „Tach. Ihr kommt auch aus Deutschland? Na, dann lasst es euch schmecken. Das Essen hier ist prima, aber das kennt man ja von den Mafia-Ganoven." Zum Glück dreht er ab und geht an den Nachbartisch, wo seine Frau bereits auf ihn wartet und viel zu laut flüstert: „Klaus-Hubert, quatsch die jungen Leute nicht immer an, du bist peinlich." – „Eleonore, kümmere dich um deinen Mist." Es waren die letzten Worte der nächsten halben Stunde am Nachbartisch.

Während mich Eleonores Mimik, die durch das viel zu dick aufgetragene Make-up nur vage erkennbar ist, noch irritiert und ich mich frage, wie viele Ehejahre dazu geführt haben müssen, dass sich ihr Gesichtsausdruck so faltenreich in ihre Haut gefräst hat, bekomme ich kaum mit, wie sich der junge Mann mit dem Buch sich an unseren Tisch begibt.

„Hallo, ich bin Daniel. Sandro sagt, ihr habt nichts dagegen, wenn ich mich zu euch setze?" Wir verneinen, stellen uns vor und er setzt sich. „Ich habe kein Problem damit, alleine zu sitzen, aber Viola und Sandro behandeln mich, als wäre ich krank, weil ich alleine hier bin." Daniel erzählt uns, dass er mit seiner Freundin kommen wollte, wie jedes Jahr zwei Wochen im Juni, aber Petra hätte im Mai eine neue Arbeitsstelle angetreten und konnte keinen Urlaub nehmen. Deshalb sei er alleine da, denn er brauche seine zwei Wochen Riccione. Für Petra wäre das ok. Daniel scheint ganz nett zu sein. Er ist 27 Jahre alt, kommt aus Frankfurt am Main und arbeitet dort am Flughafen für eine Airline.

Das Essen schmeckt wirklich fantastisch, ich bin begeistert. Die Pasinis sind sehr aufmerksam und wollen sicher gehen, dass wir satt werden. Sie fragen mehrfach nach, ob wir nicht noch einen Nachschlag haben wollen. Wir trinken Rotwein mit Wasser gemischt und zelebrieren unser Essen über eine Stunde lang, bevor wir den Nachtisch, für jeden eine Nektarine und eine Hand voll Kirschen, in einer mit Wasser gefüllten Schale, serviert bekommen.

Viola kommt mit besorgter Mine zu uns an den Tisch. „Tim, ich geben dir Adresse von Dottore? Ah, in Urlaube so grande Katastrophe mit deine, äh, problema…" Ich spüre, wie ich rot werde und die Hitze vor Scham in mir aufsteigt. Trotzdem bedanke ich mich höflich, nicht ohne zu erwähnen, dass es sich hierbei um ein Missverständnis handelt. Zum Glück gibt es nun keine große Diskussion. „Ah, ok“, sagt Viola und deutet mit ihren Händen und ihrer Mimik so etwas wie „ganz ruhig, schon verstanden, das bleibt unser Geheimnis“ an. „Geht's dir nicht gut?“, fragt Lara und zehn Augen schauen mich erwartungsvoll an. „Alles bestens, sie hat da etwas missverstanden.“ – „Nicht, dass es wegen deiner Hämorrhoiden ist, meine Mum hatte mal welche, das ist ja echt unangenehm, und vielleicht durchs Salzwasser ...“ – „Lara, woher weißt du von meinen, äh, also wie kommst du auf Hämorrhoiden, verdammt noch mal?“ – „Naja, wegen der Salbe, die auf deinem Bett liegt.“ Mist, ich habe sie da wohl im Eifer des Gefechts liegen lassen.

Wir setzen uns vors Hotel und ich erzähle die ganze peinliche Hämorrhoidengeschichte. Die anderen amüsieren sich köstlich. Thema erledigt. Ich will irgendwann auf die Toilette und Viola steht plötzlich vor mir, legt den Zeigefinger auf den Mund und entschuldigt sich flüsternd, dass sie vorhin so indiskret gewesen ist. Sie steckt mir einen Zettel mit der Adresse des Dottore zu und ist auch schon verschwunden, bevor ich ein Wort sagen kann.

10

Nach dem Abendessen gehen wir zu sechst durch die Stadt, Daniel hat sich uns angeschlossen. Die Geschäfte haben bis Mitternacht geöffnet, überall ertönt Musik und bunte Lichter werben für die Läden. Die Einkaufsmeile nimmt einfach kein Ende und so schlendern wir durch die Straßen. Neben kleinen preiswerten Boutiquen sind auch unzählige namhafte Designerläden für die sündhaft teure Garderobe vorhanden. Tüten tragende, müde Männer folgen mit Fortschreiten des Abends ihren nie müde werdenden, ausgabefreudigen Frauen. Während auch unsere drei Damen bereits seit einer guten halben Stunde in einem Schuhgeschäft verweilen und wir Männer uns die Beine in den Bauch stehen, haben wir uns darauf verständigt, dass wir es heute lediglich beim Bummeln belassen sollten, damit noch genug Zeit bleibt, den Ort besser kennenzulernen. Das intensive Shoppen wird also vertagt. Die Damen geloben

Besserung. Wir entspannen uns wieder und sind neu motiviert, denn jetzt wird es ganz sicher gelingen, mehr als 150 Meter in 45 Minuten zurückzulegen. Sehr gut.

Ich erstarre. „Oh, nur eine Sekunde! Was glitzert da im Schaufenster? Ich muss nur ganz kurz gucken gehen." Genau, Sophie. „Ähm, Jungs, sorry, aber da drüben gibt's *Pasadena*-Jeansröcke! So einen habe ich schon immer gesucht!"
Natürlich, Ina. „Guckt mal! Da gibt es die Schuhe wieder! Vorhin gab es sie nicht in meiner Größe. Ich hüpf nur mal eben rein, ich muss sie einfach anprobieren." Klar, Lara, nur mal eben. Wir ertragen es wie Männer.

Marc schlägt vor, dass die Männer jetzt in eine Bar gehen und die Frauen ihrem Rausch freien Lauf lassen können. Gegen shoppende Frauen ist sowieso kein Kraut gewachsen, soweit ist die Forschung noch lange nicht. Marc kann gerade noch sagen, wann wir uns wieder treffen, dann hören wir nur noch freudiges Quieken, ähnlich dem hungriger Meerschweinchen, und weg sind sie.

Wir nehmen Platz in der *Paradise-Bar*. Die Bar ist zur Straßenseite hin komplett offen und die Tische an der Straße sind so angeordnet, als säße man im Theater und die *Viale Dante* sei die Bühne. Auf Stühle mit der Rückenlehne zur Straße hin wird gleich ganz verzichtet, wer würde auch mit dem Rücken zur Bühne sitzen wollen? Es heißt: Sehen und gesehen werden. Unglaublich interessant, was man ganz ohne Eintritt in diesem Theater des Lebens geboten bekommt. Man sieht sie alle, die Stilvollen genauso wie die Stillosen, die Schönen wie die weniger von der Natur Bevorteilten, leider dennoch oft ähnliche Kleidung tragend. Und so ist es gleichzeitig eine Modenschau und eine Comedy-Show. Manchmal sogar in einem Paar vereint, wenn die hochgewachsene Blondine auf Highheels im Mini-Rock mit Magermodelfigur von ihrem glatzköpfigen, kleinen, dicken Mann begleitet wird, dessen Bauch sich den Weg unter dem letzten Knopf des Hemdes in die Freiheit bahnt.

Zwei ganze Stunden später bekommen wir Besuch von drei Frauen und acht Tüten. Wie viele Tüten schleppen Frauen erst an, die nicht mit Backpacker-Budget unterwegs sind? Natürlich, so Lara, haben sie ausschließlich Schnäppchen gefunden. Die es wahrscheinlich auch nur an diesem einen Abend in diesem Jahr und wahrscheinlich auch nur an genau diesem Ort auf der Welt gegeben hat. Es hat sich sozusagen ein einmaliges kleines Raum-Zeit-Einkaufsfenster geöffnet. Und dessen sind sich unsere drei Frauen auch bewusst, ihr Strahlen scheint wie in Stein gemeißelt. Mit Prosecco stoßen sie auf ihre Eroberungen an und machen aufgeregt eine detaillierte Nachbesprechung ihrer Konsumerlebnisse. Sie reden teilweise gleichzeitig, anders würden sie es zeitlich nicht schaffen. Die Adresse vom Dottore steckt in meiner Hosentasche, vielleicht benötigen wir drei Beruhigungsspritzen? Es ist kurz nach Mitternacht, die Läden schließen, die Bars werden voller. Shoppingmenschen werden auf den Straßen von Nightlifemenschen verdrängt.

Den Weg zurück zum Hotel legen wir am Strand zurück. Das Rauschen des Meeres ist kaum zu hören, denn erregt wird laut darüber diskutiert, wie man die gekauften Stöckelschuhe, T-Shirts und Accessoires in den ohnehin bereits überfüllten Rucksack kriegen soll, was es wohl kosten würde, die Sachen per Päckchen nach Deutschland zu schicken oder ob es sich lohnen würde, einen dritten Rucksack zu kaufen, den man dann sogar noch weiter füllen könnte. Diese Idee führt fast zu einem hysterischen Rauschzustand. Die Aufregung nimmt kein Ende bei unseren weiblichen Begleiterinnen.

Es ist fast zwei Uhr, als ich vor Müdigkeit ins Bett falle. Ich merke, dass die italienischen Betten auch als Trampolin benutzt werden könnten. Noch nie habe ich in einer Hängematte geschlafen, so in etwa muss es sich aber anfühlen. Die Mädels sitzen noch auf dem Balkon und besprechen zum erneuten Mal, was warum zu welchem Preis gekauft wurde und wie diese Sensation in der nach oben hin offenen Shoppinghitliste einzuordnen ist, als ich einschlafe.

11

Ich schlafe hervorragend, und als ich wach werde, wärmen Sonnenstrahlen mein Gesicht und etwas rüttelt sanft an mir. Ina und Lara sind längst wach und bereit, zum Frühstück aufzubrechen.

„Guten Morgen, Tim. Ich hoffe, es ist ok, dass wir dich wecken? Wir wollen jetzt runter, kommst du nach?“ Ich nicke, murmele ein „Ok“ und drehe mich wieder um, als die Tür zufällt. Aber ich besinne mich dann doch und quäle mich aus dem Bett.

Es ist neun Uhr, die Sonne scheint, der Himmel ist wolkenlos und vom Balkon aus sehe ich das Meer und den Strand. Da muss man aufstehen, wer weiß, wie lange wir in Riccione bleiben. Die Interrailer sind nicht dafür bekannt, tagelang an den Stränden herumzuliegen. Zehn Minuten später bin ich im Speisesaal, in dem Daniel, Ina und Lara beim Frühstücken sind. Daniel klärt mich darüber auf, dass die Italiener nicht viel Wert auf das Frühstück legen. Die meisten würden einfach einen Espresso in der Bar trinken. Der heißt hier nur *Caffé*. Dazu essen sie ein *Cornetto*, ein Hörnchen, oft gefüllt mit der *Crema*, die ich schon von den *Bomboloni* kenne. Daher gibt es hier auch nur seltsam harte, bröckelnde Brötchen, abgepackte Marmelade und Butterstückchen. Auf dem Buffettisch sind Teller mit Wurst, Schinken und dem typisch italienischen Frühstückskuchen angerichtet. Daneben stehen Karaffen mit leckerem Blutorangen- und Grapefruitsaft. Daniel trinkt nur einen Kaffee und will sich lieber später mit einem *Bomboloni con Crema* in der Strandbar stärken. Ich bin noch nicht lange in dieser Stadt, aber ich fühle mich, als ob es eine selbstverständliche Tradition wäre, genau das täglich zu machen: Sich auf einen Cappuccino und einen *Bomboloni* in der Strandbar zu treffen.

Eine halbe Stunde später liegen Ina und Lara auf ihrer Liege und beginnen mit ihrer Eincremeorgie, die Sophie schon hinter sich hat, denn sie ist mit Marc bereits seit über einer Stunde am Strand.

„Marc wartet schon sehnsüchtig auf euch", sagt sie und ich weiß auch gleich warum. „*Bomboloni*?", fragt Marc. Daniel lacht: „Klar, das hatten wir auch vor." Die Männerrunde nimmt Platz, frühstückt und fachsimpelt über Fußball, Formel 1 und die Strandbesucherinnen. Zumindest solange, bis ich zum Thema werde. Ich erzähle Daniel, wie es mich nach Riccione verschlagen hat und er kann es kaum glauben. Ich kann es selbst kaum glauben, denn was ich da von meiner Vergangenheit erzähle, die vor ein paar Tagen noch traurige Realität war, kommt mir unheimlich lang her vor. Die beiden erzählen zum Glück auch einiges über sich und beide kennen auch die Schattenseiten des Lebens. Vor allem Daniel, immerhin fast zehn Jahre älter als ich, hat schon einiges erlebt. Ob wir im Alltag in Deutschland auch so ein Vertrauensverhältnis hätten wie hier? Was ist der Urlaubsatmosphäre geschuldet und was liegt tatsächlich an den

Charakteren der Menschen, mit denen ich mich umgebe? Ich kann mir die Frage nicht beantworten, aber ich fühle mich wohl an diesen Orten, an denen ich in den letzten Tagen war und ich fühle mich wohl mit den Menschen, die ihr Leben gerade mit mir teilen.

Wir sitzen zwei Stunden in der Bar, und als wir zurückkommen, bin ich froh, mich endlich auch mal auf die Liege legen zu können. Soll ich einfach die Augen schließen und dem Rauschen des Meeres lauschen? Oder etwas ruhen, während ich das Stimmenwirrwarr aufnehme und das Treiben am Strand beobachte? Wir liegen fast direkt am Wasser und haben den perfekten Blick auf die vorbeispazierenden Strandschönheiten, die bei den schwarzen Händlern nach billigen gefälschten T-Shirts, Gürteln, CDs, Uhren, Trommeln oder Schmuck Ausschau halten. Oder greife ich zum Buch, welches mir Daniel eben rübergeworfen und wärmstens empfohlen hat. Es ist seiner Meinung nach die perfekte Urlaubslektüre, wenn man Italien und Fußball liebt: *Das Wunder von Castel di Sangro* von *Joe McGinniss*.

Ich entscheide mich vorerst für das einfache Herumliegen und Betrachten des Strandlebens. Wobei sich mein Interesse, wie ich zunehmend feststelle, vor allem auf die links vor mir liegende Lara konzentriert. Gespiegelte Sonnenbrillen sind zweifelsfrei eine segensreiche Erfindung für den modernen Mann. Ich kann sie nach Herzenslust anschauen und je länger ich sie ansehe, desto interessanter finde ich sie. Was für eine Frau. Hier wimmelt es von hübschen Frauen, aber Lara kann es meiner Meinung nach mit allen aufnehmen.

Der Nachmittag vergeht viel zu schnell. Ein Ausflug ins Wasser, ein Nachmittags-*Caffé* in der Strandbar mit Lara und Ina, ein paar Seiten lesen in Daniels Buch und schon ist es halb sieben und wir gehen zurück ins Hotel. Das Essen am Abend ist wieder ein Hochgenuss. Nach den *Penne Bolognese* gibt es heute *Scaloppina alla Romana*, Schweinelendchen in einer leckeren Soße.

Bisher haben wir überhaupt noch nicht darüber gesprochen, wie lange wir eigentlich hier bleiben wollen. Lara und Ina überschlagen ihre Finanzen. Vielleicht täuscht mich der Eindruck, aber Lara hat anscheinend nichts dagegen, noch ein wenig hier bei mir zu bleiben. Vielleicht hat es auch weniger mit mir zu tun als mit Riccione und der Aussicht, sich nach fast drei Wochen Herumreisen endlich einmal ausruhen zu können. „Lara, wir haben nur noch eine Woche Zeit, übernächstes Wochenende muss ich auf jeden Fall wieder in Köln sein. Ich fange Montag meinen Ferienjob an. Wir wollen noch Rom sehen, du hast die Amalfiküste mit Neapel eingeplant, wir wollen die Cinque Terre anschauen, wir haben uns Monte Carlo und Nizza noch aufgehoben. Lange können wir hier nicht bleiben. Es ist Freitag." Marc schaltet sich ein und gibt zu bedenken, dass man eigentlich Riccione nicht verlassen könne, ohne sich mal richtig ins Nachtleben gestürzt zu haben. Das findet auch Daniel: „Also, was gar nicht geht, ist, dass man die Adriaküste vorm Wochenende verlässt. Die Hauptabende sind hier Freitag, Samstag und Sonntag. Das darf man nicht verpassen."

Ina ist nicht abgeneigt. „Und was schlägst du vor, sollte man unternehmen?" – „Ganz in der Nähe ist ein Beachcafé, wo Livemusik gespielt wird und es coole Cocktails am Strand gibt, das wäre die ruhige Variante. Und natürlich sollte man die Top-Diskotheken besuchen. Da gibt es zig Möglichkeiten." – „Heute Strandbar, morgen und Sonntag Disco?", frage ich in der Hoffnung, dass ich das Wochenende noch mit den beiden verbringen kann. Lara und Ina schauen sich an. „Wir kämen dann erst am Montag hier weg, Lara, das ist zu spät." – „Also ich hätte echt Lust auf Disco und meinetwegen verzichte ich auch auf die Amalfiküste. Wir könnten zwei Tage in Rom bleiben und fahren dann die Küste hoch und schauen in der Cinque Terre vorbei und für Monte Carlo und Nizza reicht mir ein Tag. Ich will nur mal sehen, wie es dort so ist."

Sehr gut, das hört sich so an, als ob die Chancen gut stehen, dass sie bleiben. Aber Sophie mischt sich leider mit guten Argumenten ein: „Also wenn ihr noch nie in Rom wart, dann solltet ihr da nicht mit Zeitdruck hinfahren. Für Rom muss man sich einfach Zeit nehmen, das ist eine unvergleichliche Stadt, die man entdecken muss. Allein für den Vatikan sollte man einen Tag einplanen. Ich an eurer Stelle würde lieber auf das eine oder andere Ziel verzichten." – „Also mir gefällt es hier ja auch und wir sind seit drei Wochen ununterbrochen unterwegs und haben so viel gesehen, dass man schon langsam müde wird von den vielen neuen Eindrücken. Von mir aus können wir übers Wochenende bleiben und dann sehen wir mal weiter, ok?" Lara nickt und lächelt mich an, zumindest bilde ich mir das ein.

12

Einige Zeit später sitzen wir im Beachcafé *Beachvillage-Riccione* und trinken Cocktails. Das Café liegt nur 500 Meter von unserem Strandabschnitt entfernt, direkt vor dem Wasserpark am Strand, den ich vom Bus aus gesehen habe. Wir sind von der noblen Anlage beeindruckt: Unter großen Palmen, die abwechselnd mit pastellfarbenem Licht illuminiert werden, stehen moderne Rattan-Möbel mit weichen weißen Auflagen, überall brennen Fackeln. Neben der bastbehangenen Cocktail-Bar legt ein DJ auf einer kleinen Bühne Reggae-Musik auf. Etwas weiter abseits in der Nähe des Wassers liegen Sitzkissen, vor denen auf kleinen Tischen Kerzen für ein dezentes Licht sorgen. Auf gemütlichen Liegeschaukeln chillen entweder coole Typen vor sich hin oder Pärchen haben es sich hier bequem gemacht und kuscheln bei einem Cocktail mit dem Blick aufs Meer. Da würde man gerne tauschen, aber ich bin zufrieden, dass ich hier mit Lara, Ina, Sophie, Marc und Daniel sitzen kann. Wir sind froh, dass wir noch einen Tisch bekommen haben, denn mittlerweile wird es immer voller.

Es ist halb zwölf, als auf der kleinen Bühne ein Duo auftaucht und italienische Songs präsentiert, die den Romantikfaktor gleich noch mal erhöhen. Mir ist gar nicht so sehr nach Unterhalten zumute, ich liebe es, hier einfach nur zu sitzen und alles auf mich wirken zu lassen. Es wird getanzt, geschmust und gefeiert in einer Sommernacht, wie man von ihr träumt und sie in Deutschland doch so selten oder gar nicht erlebt.

Lara unterhält sich angeregt mit Daniel. Zusammen mit den Klängen der Musik löst das sentimentale Gefühle in mir aus. Hier mit seiner großen Liebe zu sitzen, dürfte das Größte sein. Lara lacht über die Geschichten, die Daniel erzählt. Klar, ich hatte keine große Lust auf Unterhaltung. Aber mir wäre es lieber, Daniel würde auch nur hier sitzen und nicht den Entertainer für Lara spielen. Lara ist meine …, ja was ist sie eigentlich? Eine Freundin, die ich seit fünf Tagen kenne? Eine Urlaubsbekannte, die ich noch ein Wochenende sehen werde und dann nie wieder? Eine Brieffreundin, mit der ich mir zu Weihnachten und zum Geburtstag eine Karte schreibe? Mit der ich mich einmal im Jahr treffe und mit ihr Jahr für Jahr lediglich unsere Urlaubserlebnisse aus der Vergangenheit durchkaue, weil wir uns ansonsten nichts mehr zu sagen haben? Sie ist nicht meine Freundin. Sie ist nicht das, was ich nur zu gerne in ihr sehen würde. Ich fühle mich hier so wohl, weil ich in einer Illusion lebe. Klar, das hier ist auch Realität. Aber es ist eine temporäre Urlaubsrealität.

„Ich schaue mich mal um", sage ich und gehe ein paar Schritte vor ans Wasser. Ich blicke hinaus auf das Meer. Ich fühle mich großartig und beschissen. Ich fühle mich geborgen in meiner Gruppe dort hinten am Tisch. Und ich fühle mich einsam. In mir sind viele Gefühle vereint und sie widersprechen sich. Ich bin auf einem ziemlich coolen Weg, aber mein Ziel kenne ich noch immer nicht. Doch es tut nicht gut, die Paare zu sehen, die hier Arm in Arm entlang schlendern oder knutschend im Sand liegen. Man kann nicht in die Köpfe der Menschen hineinschauen. Einige sind hier sicherlich nur auf der Suche nach einem oberflächlichen sexuellen Abenteuer. Sie kennen sich wahrscheinlich kaum und sind im Vorstadium einer heißen Nacht, in der sie sich einfach austoben. Aber ganz bestimmt sind unter ihnen auch die echten Liebenden, deren große, ehrliche Liebe im Alltag, fern ab von der ausgeglichenen Urlaubsstimmung, genauso stark und intensiv ist, wie hier am Strand von Riccione.

Spiagge von *Fiorello* ertönt und alle, die nicht mit Knutschen beschäftigt sind, singen mit. Man hört einen vielstimmigen Chor. Alle kennen den Song, sogar ich. Denn er wird hier in jeder Bar jeden Tag gespielt und er ist so etwas wie der Sound des Strandes und des Sommers 1996.

Ich stehe gedankenverloren am Wasser und bin hin- und hergerissen von meinen Gefühlen. Eigentlich bin ich melancholisch, aber das passt nicht zu der Musik und den ausgelassen feiernden Menschen wenige Meter von mir entfernt.

„Alles ok, Tim?" Lara steht auf einmal neben mir und legt ihren Arm um meine Hüfte. „Ich dachte, ich schaue mal nach dir. Du warst vorhin so ruhig und bist dann weggegangen." Sie ist so süß. Es tut gut, dass sie jetzt da ist. „Eigentlich geht es mir gut, aber es ist halt viel passiert in meinem Leben in letzter Zeit. Bei euch bin ich gut abgelenkt und so viele schöne Stunden, wie ich in den letzten Tagen erlebt habe, hatte ich in den ganzen letzten Jahren nicht. Aber natürlich denke ich auch nach, wie es weitergeht." Wir setzen uns in den Sand. „Vielleicht solltest du nicht zu viel nachdenken, sondern einfach die Zeit genießen. Du hast es dir verdient, erst mal wieder den Kopf ein wenig frei zu bekommen.“ – „Das versuche ich auch. Aber es wäre leichter, wenn ich nicht wissen würde, dass alles demnächst auch wieder zu Ende ist.“ – „Aber es geht weiter, Tim. Du wirst deinen Weg finden, auch wenn du momentan noch nicht so klar siehst.“ – „Hast du keine Angst, alleine nach New York zu gehen? Ich meine, New York! Das ist ja nicht gerade nebenan, wo man mal kurz ein Wochenende nach Hause kommen kann, wenn man das Bedürfnis hat.“ – „Natürlich ist das ein komisches Gefühl, aber es ist eine Mischung aus Respekt und Vorfreude. Ich habe mich dazu entschieden, als ich noch mit meinem Freund zusammen war. Dann wäre es für mich wahrscheinlich um einiges schwerer geworden, aber jetzt freue ich mich darauf. Ich muss kein schlechtes Gewissen haben, ich bin frei und mein eigener Boss.“ – „Fehlt dir dein Freund nicht? Ist es nicht schön, wenn man weiß, wo man hingehört?“ – „Ja, irgendwann will man wissen, wo man hingehört, aber ich bin 18. Jetzt muss ich doch erst mal herausfinden, was mir im Leben wichtig ist und was meine Ziele sind. In der Schulzeit läuft alles auf den Abschluss hinaus und man hat eigentlich kaum Zeit, sich wirklich zu überlegen, was man danach machen will. Es soll einem Spaß machen, man sollte gute Jobchancen haben. Reicht einem eine normale Ausbildung oder hat man dann das Abitur umsonst gemacht? Und wenn man studieren will, welche Richtung soll es sein und wie finanziert man das alles, wohin wird es einen verschlagen? Das sind alles Fragen, die mich überfordert haben, deshalb war für mich schnell klar, dass ich nach der Schule erst mal ein Jahr ins Ausland gehen möchte. Ich hoffe, dass ich dort ein paar Antworten finden werde.“ – „Tja, das ist schon alles schwierig, wir sind beide auf der Suche nach Antworten. Ich frage mich, warum andere diese Probleme nicht haben?“ – „Meinst du wirklich, den anderen geht’s besser? Manche stellen sich keine Fragen und suchen daher auch nicht nach Antworten, sie machen einfach irgendetwas, studieren BWL, weil die beste Freundin das auch macht. Oder machen eine Ausbildung zur Bankkauffrau, weil Papa Beziehungen zum Vorstand der Bank hat. Viele geraten auch irgendwie da hinein. Ich glaube gar nicht mal, dass es so extrem viele sind, die sich ihren eigenen Weg gründlich überlegt haben und den dann auch so realisieren können.“

„Bisschen schwere Kost an so einem schönen Abend, oder?“

Ina steht mit zwei Cocktails neben uns. „Ich dachte, ich versorge euch mal mit Nachschub." – „Hey danke, das ist voll lieb von dir", sage ich, während Lara ihr einen Kuss auf die Wange gibt: „Ina, du bist ein Schatz!" – „Und deshalb gehe ich auch wieder", zwinkert sie und schon ist sie weg. „Komm, lass uns den Abend genießen. Über unsere Zukunftsängste können wir ja im Kolosseum in Rom reden, da passt das thematisch besser hin", lacht Lara. „Du kommst doch mit, oder?" – „Wenn du möchtest, dass ich mitkomme, dann gern." Lara grinst und fragt, ob wir zu den anderen gehen wollen.

Die anderen tanzen mittlerweile und Lara zerrt mich auch auf die Tanzfläche. Ich bin aus ihr nicht schlau geworden. Sie mag mich, sonst würde sie nicht wollen, dass ich sie nach Rom begleite. Aber sie betont auch, wie froh sie ist, dass sie ungebunden nach New York gehen kann. Bei ihr ist derzeit kein Platz für einen Freund. Ich würde sie gerne länger umarmen, sie küssen und noch mehr Zeit mit ihr hier verbringen. Aber ich glaube, wenn ich das versuchen würde, dann würde ich unsere Freundschaft aufs Spiel setzen. Vielleicht mag sie mich deshalb, weil ich sie nicht anmache, sondern ein guter Kumpel für sie bin.

Es ist ein herrlicher Abend und irgendwann schlagen Sophie und Marc vor, dass wir uns langsam auf den Heimweg machen: „Es ist zwei Uhr, wollen wir langsam zurück ins Hotel gehen? Die nächsten Tage werden garantiert anstrengend, wenn wir nachts in den Discos unterwegs sind. Da sollten wir ausgeschlafen sein." Wir nicken und Daniel schlägt vor, den Rückweg nicht über die Straße zu nehmen, sondern am Strand entlangzulaufen.

13

Je weiter wir uns vom Beachcafé entfernen, desto dunkler und leiser wird es. Es ist spannend, man sieht nur die leichten Schatten der unzähligen Liegen. Hier und da hört man ein Flüstern, ein Schnarchen oder ein leises Stöhnen, was vermuten lässt, dass der menschenleere Strand gar nicht so leer ist. In der Ferne hören wir ein Gejohle und Gelächter, was uns neugierig macht. Eigentlich müssten wir hier bei Bagnino Giovanni in Richtung Hotel abbiegen, aber wir wollen wissen, was da los ist. Wir gehen weiter und kommen dem Treiben näher. Eine Gruppe von etwa zehn jungen Leuten feiert hier eine Strandparty am Freistrand in der Nähe unseres Hotels. Sie haben ein kleines Feuerchen gemacht, sitzen und stehen um es herum und lassen Flaschen herumkreisen, aus denen jeder einen Schluck nimmt. Ganz klar, man hört, es handelt sich um Deutsche.

Wir werden gleich angesprochen von zwei Jungs, bei denen ich zwangsläufig an Ische und Keks denken muss. Denn es riecht nach Joints und die beiden sind offenbar mindestens alkoholgeschädigt. Wir sollen doch auch mit dazukommen. Die Typen nehmen Marc, Daniel und mich wohl billigend in Kauf, um an die Gesellschaft von Sophie, Ina und Lara zu kommen. Ein bisschen vorbelastet sind wir durch die Cocktails auch schon und eigentlich ist es hier auch ganz cool. Ein weiterer Typ, der etwas älter als die anderen ist, hat eine Gitarre dabei und scheint sogar noch einigermaßen nüchtern zu sein. Er klärt uns auf: Sein Name ist Miko und er arbeitet als Reiseleiter für ein berüchtigtes Busunternehmen, welches Partyreisen in ganz Europa anbietet. Die Reisegruppe, die er derzeit zu bändigen versucht, ist eine Horde Sachsen aus Leipzig und stellt eine seiner größten Herausforderungen dar. „Die saufen wie Löcher. Sachsen sind echt keine Menschen."

Die Flasche mit Billigfusel wird herumgereicht und als gute Gäste trinken wir natürlich mit. Nun sind die Männer gefordert. Strichtrinken ist angesagt. Das mir bis dato unbekannte Spiel ist Saufen auf höchstem Niveau, vereint es doch Taktik und Trinkfestigkeit, meint zumindest Miko augenzwinkernd. Es geht um die Ehre, ein offenbar unglaublicher Anreiz für die vier Sachsenmänner. Miko lehnt dankend ab, er müsse ja für die musikalische Untermalung sorgen. Daniel, Marc und ich sind aber selbstverständlich dabei und lassen uns die Regeln erklären. Jeder erhält eine Flasche Wein, im unteren Drittel wird mit einem Stift gleichmäßig ein Strich auf alle Flaschen gemalt. Bis dorthin gilt es, auf Kommando auf Ex zu trinken. Das Schwierige dabei: Man darf nicht absetzen, sondern muss sich auf sein Gefühl verlassen. Setzt man ab und der Wein befindet sich noch über der Markierung, hat man verloren. Wer es zuerst geschafft hat, die Flasche in einem Zug bis unter den Strich zu leeren, hat gewonnen. Ich habe in meinem Leben schon einige Menschen Wein trinken sehen. Doch sie taten es nicht auf ex. Aber ich erweitere hier ständig meinen Horizont in jeglicher Hinsicht und spiele daher mit. Die erste Runde geht eindeutig an die Profis aus Leipzig. Die Reste werden an die Frauen weitergereicht, die die Pullen routiniert leeren. In der zweiten Runde belegt Marc immerhin den zweiten Platz und in der dritten Runde fällt mir das Zählen schwer. Ich habe aber keine Chance auf einen vorderen Platz.

Es wird eine wirklich lustige Nacht. Wobei man nach drei Runden Strichtrinken so ziemlich alles lustig findet, bevor es einem endgültig schlecht wird. Jessica sitzt neben mir und erzählt mir zum gefühlten zwanzigsten Mal, dass sie noch nie auf Alkohol kotzen musste. Darauf ist sie stolz. Miko spielt auf seiner Gitarre *Smells like teen spirit* von *Nirvana* und sieben Männer denken, *Kurt Cobain* wäre wieder auferstanden, um in ihrem Körper das neu erstandene Leben zu feiern. Jeder für sich ist in seinem Element und gibt sein Allerbestes, die Liedzeilen, wenn auch völlig fehlerbehaftet, lautstark herauszugrölen, während sich alle gegenseitig antorkeln und anrempeln. Lara meint später, sie habe Tränen gelacht, wir hätten ausgesehen wie eine Horde von Sektenjüngern. Der Refrainteil *Hello, Hello, Hello, How Low, Hello, Hello, Hello* tut unseren Köpfen nicht gut, die wir im Takt viel zu heftig umherwirbeln. Ein Sachse fällt dabei um und verfehlt zum Glück knapp das Feuer. Doch wir gönnen ihm, immerhin ist er Sieger von zwei Partien Strichtrinken, diese Auszeit.

Darko, der Obersachse und kaum zu verstehen, bleibt mir wegen seiner folgenschweren Ideen langwierig im Gedächtnis. Laut Übersetzung von Miko möchte der selbst ernannte Partymaster nun zum Tequila-Trinken übergehen. Dass es uns an Tequila, Salz und Zitrone mangelt, kann einen echten Sachsen davon nicht abhalten. „Do müs me wa intuinirisieren“, ruft er und ich vermute, er schlägt vor, etwas zu improvisieren. Gesagt, getan. Wir haben Plastikbecher, wir haben Butterkekse. Ja, wer denkt jetzt nicht an Keks, der mir tatsächlich etwas fehlt und wie die Faust aufs Auge zu dieser Gemeinschaft hier dazu gepasst hätte? Uns fehlt das Salz. „Hier Meer wie am Saaaaaaand“, schreit Darko. Ach so. Was meint er? Miko spielt unbeirrt Gitarre weiter: „Hier gibt’s Sand wie am Meer.“ Ah. Als Salzersatz. Jeder Zahnarzt würde uns davon abraten, genau wie jeder, der zuvor keine drei Runden Strichtrinken hinter sich gebracht hat. Aber echte Männer stellen sich der Herausforderung vor all den Frauen, die uns zujubeln und anfeuern. Jeder leckt seine obere

Handseite ab und streut Sand darauf. Los geht's: Sand ablecken, Becher austrinken, danach in den Keks beißen. Nun ja, eine Zitrone wäre jetzt sehr erfrischend. Aber ein staubtrockener Keks, der mit einem knirschenden Gemisch aus Wein und Sand untermalt wird, wirkt sich nicht gerade positiv auf unser Wohlergehen aus. Egal, drei Runden müssen drin sein. Die Frauen trinken mit, sie verzichten aber in der Damenversion auf den Sand.

Nach zwei Runden muss Jessica kotzen. Premiere. Glückwunsch. Jessicas Freundinnen kümmern sich rührend um sie und decken ihr Erstlingswerk großzügig mit Sand ab. Ich muss lachen. Vor meinem geistigen Auge sehe ich einen kleinen Jungen, der seinem Vater voller Stolz seine Sandburg präsentiert, die wie aus Stein gemeißelt am Strand emporragt und durch das Kotze-Sand-Gemisch jeder herannahenden Welle standhält. Jessica indessen meint, sie müsse dringend trinken, schließlich hätte sie viel Flüssigkeit verloren – und greift nach der nächststehenden Flasche Wein und setzt erneut an.

Auch Darko ist nicht totzukriegen. Laut Übersetzung von Miko möchte er einen Wettkampf durchführen. Mir ist schlecht. Das Fatale an schnell getrunkenem Wein ist das verzögerte Einsetzen der Folgen. Die Sachsenfrauen überzeugen uns, dass wir mitmachen müssen. Uns wird versichert, es geht dieses Mal nicht ums Saufen. Prima, dann bin ich dabei. Wir schreiten zu einem Rohr, welches im Boden steckt und tagsüber als Halter für den Sonnenschirm genutzt wird. Zwanzig Meter weiter steht ein weiteres Rohr. Darko zieht sein T-Shirt aus und hängt es über das entfernte Rohr. Er murmelt irgendetwas, was ich nicht verstehe, aber da er als Erstes an der Reihe ist, verfahren wir nach dem Motto: Lernen durch Zusehen und Nachahmen. Darko legt beide Hände auf das Rohr, dann seine Stirn darauf und fängt an, in, für den Umständen entsprechend, atemberaubendem Tempo um das Rohr zu kreisen. Das hält er erstaunliche dreißig Sekunden durch, bevor er abbricht und uns um ihn Herumstehenden empört anraunzt, wir müssten doch „Los“ rufen, irgendwann einmal. Ah, ok, nun haben wir es kapiert und lassen ihn weitere zwanzig Sekunden um das Rohr hechten, bevor sich Daniel erbarmt „Los“ zu rufen. Darkos Ziel ist das Rohr, auf dem sein T-Shirt hängt. Wie ein Hundertmeter-Sprinter rast er schnurstracks los, erstaunlich geschmeidig und aufrecht, doch dann, nach der Hälfte der Strecke, scheint ein imaginärer Steinzeitmensch seine Keule etwa in Höhe seiner Schienbeine zu schwingen. Es reißt ihm die Beine weg und er wird wie von einer unsichtbaren Faust nach rechts umgehauen. Doch Darko ist ein Kämpfer, wuchtet sich wieder auf, rennt los, hat jedoch die Orientierung verloren. Als er merkt, dass er sich dem Wasser nähert, bremst er kurz vorher ab. Er steht bereits, als ihn die imaginäre Faust wieder eine verpasst, diesmal von hinten, und es schleudert ihn direkt ins Wasser. Davon wenig beeindruckt rafft er sich wieder auf, hechtet weiter zum T-Shirt, zieht es vom Rohr, um dann nach kurzem Jubel endgültig umzufallen, und wie ein paniertes Schnitzel regungslos im Sand liegen zu bleiben.

Wir spielen nur eine Runde. Jeder ist einmal dran. Jedem reicht es danach. Jeder macht Bekanntschaft mit dem Boden, zum Glück fällt niemand mehr ins Wasser. Ich mache die wahrscheinlich und hoffentlich einmalige Erfahrung, wie es ist, wenn man in vollem Lauf die Beine weggezogen bekommt und sich dann mit dem Kinn voraus in den Sand bohrt. Ich kann es schwer beschreiben, wie es sich anfühlt, wenn sich der Raum zwischen Unterlippe und Zähnen mit Sand und Blut füllt, während der Kiefer gestaucht wird und die Lippe aufplatzt. Ich kann nur sagen, dass man auch beim Mittagessen am Folgetag noch Adriasand als Beilage genießen kann. Ich vermeide es, zu sprechen. Lara und Ina wissen auch so, dass ich gerne wieder zurück ins Hotel möchte. Die beiden unterstützen mich, indem sie mich rechts und links einhaken und ich vermute, dass ich das dumpfe Kichern ausgelöst habe, welches meine Ohren als eine meiner letzten aktiven Körperfunktionen noch zu hören imstande sind.

Ich verabschiede mich ins Delirium und hoffe, dass ich mein Bett dabei bereits erreicht habe. Ich träume von Frank, der als Osterhase verkleidet eine Raumfähre steuert, die sich ellipsenförmig vor meinen Augen fortbewegt und auf meinem Kopf landet. Außerirdische, die wie Weinflaschen mit Armen und Beinen aussehen, sind mit Miniatur-Presslufthammern ausgestattet und beginnen auf meiner Stirn mit ihrer Arbeit.

14

Es ist zwölf Uhr, als ich wach werde und alleine in unserem

Zimmer liege. Ich habe Kopfschmerzen und nicht nur einen miserablen Geschmack im Mund, sondern im wahrsten Sinne des Wortes auch Sand im Getriebe. Weit und breit ist keine Wasserflasche mehr zu sehen. Ich gehe ins Bad und nehme eine Dusche und putze mir mindestens zehn Minuten unter der Dusche die Zähne. Dabei frage ich mich, ob ich mich sehr schlimm benommen habe heute Nacht. Dummerweise kann ich mich an nichts erinnern ab dem Zeitpunkt, als mich Ina und Lara auf der Straße gestützt haben. Die anderen sind sicher schon am Strand, also packe ich meine Tasche und gehe hinunter.

An der Rezeption sitzt Sandro und fragt mich grinsend, wie es mir geht. „Buongiorno Tim, tutto bene? Geht es dir besser?" – „Ciao Sandro, woher weißt du, dass es mir nicht gut ging?" – „Oh, wir haben uns heute Nacht noch gesehen. Ich musste wach bleiben, bis ihr da wart, ihr hattet keinen Hotelschlüssel dabei." – „Ah, ok, ich hoffe, ich habe mich benommen?" – „Si, Tim, si. Du warst sehr müde, nachdem du die Sambuca-Flasche an der Bar geleert hattest." Ich laufe rot an und Sandro lacht: „No, no, no, Tim, ich mache Spaß. Du hast mich gebeten, dir noch ein Glas Wasser zu holen. Und als ich es dir geben wollte, warst du schon eingeschlafen. Deine Freundinnen haben dich dann ins Bett gebracht. Wie wäre es denn jetzt mit einem großen Glas Grapefruitsaft? Das macht dich fit, Tim." Sandro lässt sich davon nicht abbringen und es tut gut. Ich leere das Glas fast in einem Zug und mache mich auf den Weg zum Strand. Ina und Lara lesen, Sophie schläft, von Daniel und Marc fehlt jede Spur. „Hi Tim. Na, Kopfschmerzen?", lacht Ina und Lara grinst mich an. „Sandro hat mir gerade Vitamine spendiert, ich glaube jetzt geht es aufwärts. Wo sind die Jungs?" – „Also von Daniel haben wir noch nichts gesehen und gehört, aber Marc liegt wohl noch im Bett. Sophie hat ihn jedenfalls um elf Uhr nicht wach bekommen."

Wir gehen in die Strandbar und ich bestelle heute keinen Cappuccino mit *Bomboloni*. Ich trinke zwei doppelte *Caffé* und esse eine *Piadina*, eine Art italienischen Wrap mit Parmaschinken, Ruccola und *Stracchino*-Käse, eine romagnolische Spezialität. Anschließend stille ich meinen riesigen Nachdurst mit einem halben Liter Cola mit Eiswürfeln und Zitrone und kaufe noch eine Flasche Wasser für später.

Am Strand mache ich ein Nickerchen und schrecke auf, als

direkt neben meinem Ohr ein stark sonnengebräunter alter Italiener mit Strohhut aus voller Kehle ruft: „Cocco, Coccobello, Co-cccooo, vitamine cocco!“ In der Hoffnung, ihn zur Ruhe zu bringen, kaufe ich ihm zum Wahnsinnspreis von 3000 Lire zwei seiner geschnittenen Stücke Kokosnuss ab, welche durch Wasser, ähnlich funktionierend wie bei einem Schokoladenbrunnen, frisch gehalten werden. Ich frage mich, was eine ganze Kokosnuss kosten würde, wahrscheinlich könnte man sich dafür auch in einem Sterne-Restaurant ein Menü kredenzen lassen. Aber die *Vitamine cocco* tun meinem Körper gut, denn ich habe ihm ja gestern Nacht einiges angetan.

Das Häufchen Elend, welches sich plötzlich mühsam auf die Liege neben uns schleppt und sich mit einem leisen „Moin“ sogleich schnarchend wieder verabschiedet, muss wohl Marc gewesen sein. Er sieht schlecht aus und ich hoffe, er ist heute Abend wieder im Vollbesitz seiner Kräfte.

Eine halbe Stunde später steht ein fitter Daniel vor uns. Keine Kopfschmerzen, kein Jammern. Daniel lässt sich nichts anmerken. Er hat gut geschlafen und ist voller Tatendrang. „Ich mache einen Strandspaziergang zum Hafen, kommst du mit Tim?“ Ich will mich auch nicht hängen lassen, werfe mir mein T-Shirt über und gehe mit.

Nach zwanzig Minuten sind wir am Ziel angekommen. Eine Tafel informiert die Gäste dreisprachig über den kleinen Hafen: An der Mündung des Flusses *Rio Melo* ist ein schöner Kanalhafen für bis zu 500 kleine Schiffe entstanden, der längst mehr für den Tourismus als für den Fischfang genutzt wird. Neben den wenigen alten Fischerbooten liegen hier hauptsächlich Privatjachten, Segelboote und Ausflugsschiffe vor Anker. Zwei Restaurants haben sich auf den beiden Molen rechts und links des Hafenkanals angesiedelt. Ein kleiner Kiosk verkauft Tickets für Ausflugsfahrten und vor dem Restaurant steht ein großer Holzkohlegrill, auf dem Spieße mit Scampi und Sardinen zubereitet werden. Mit italienischem Optimismus hat man drei deutsche Wörter auf die Hausfassade gemalt: „*Morgen schönes Wetter!*“ Daniel führt mich zum Eingang des Restaurants, in dem Hunderte von Fotos an der Wand hängen. Gerade die deutschen Urlauber möchte man hier beeindrucken: der Chef in Pose mit Franz Beckenbauer, mit Horst *Derrick* Tappert, mit Lothar Matthäus, Fritz und Elmar Wepper und vielen anderen, auch

internationalen, Stars.
„Wollen wir noch mal rüber auf die andere Seite des Hafens? Dann müssen wir um das Hafenbecken herum zur Hauptstraße gehen. Über die Brücke kommen wir dann auf die andere Seite." Ich bin einverstanden. Kurz vor der Brücke befindet sich, direkt an der Straße gelegen, eine Bar. Und da Daniel großen Hunger verspürt, machen wir eine Pause. Das *Caffé del porto* ist keineswegs bekannt für Strand- und Hafenromantik. Die Sitzplätze bieten einem lediglich die Aussicht auf eine viel befahrene Straße. Vom Hafen ist nichts zu sehen. Aber diese Bar hat eine tolle Aussicht auch gar nicht nötig. So, wie es typisch für Italien ist, zahlt man als Erstes an der Kasse, indem man mitteilt, was man bestellen wird. Mit dem Kassenbon geht man dann zur großen Vitrine mit einer unglaublichen Auswahl an Mini-Brötchen, Backwaren und einer Vielzahl anderer Kleinigkeiten. Daniel schlägt zu, er bestellt sich je ein Mini-Brötchen belegt mit Thunfisch, Artischocke und Mayonnaise, eines mit gekochtem Schinken, Tomate, Käse und Salat und eines mit italienischer Salami. Eigentlich bin ich satt. Aber ich brauche doch noch meine tägliche Dosis *Bomboloni con Crema.* Ich glaube, dabei geht es weniger um das Stillen des Hungers, sondern es ist wohl eher ein Teil der Urlaubskultur.

Als ich dazu einen Cappuccino bestelle, klärt mich Daniel auf, dass ein Italiener niemals einen Cappuccino nach der Mittagszeit bestellen würde. Dank der Großbestellung von Daniel bringt uns die nette Kellnerin neben den obligatorischen Kleinigkeiten wie Zucker, Kakaostreuer und Serviettenspender, auch gleich noch einen Teller mit kleinen belegten Weißbrotschnitten, die mit einem Italienfähnchen dekoriert sind. „Das *Caffé del porto* dürfte wohl zu den beliebtesten Bars von Riccione gehören. Hier ist rund um die Uhr geöffnet und in den frühen Morgenstunden herrscht hier Hochbetrieb", erzählt mir Daniel.

Als wir fertig sind, besuchen wir noch die andere Hafenseite. Hier kann man fast am Ende der Mole direkt am Hafenkanal sitzen und hat eine tolle Aussicht auf das Meer und die einfahrenden Boote. „Na, passt noch ein Caffé oder reicht's mal langsam mit Koffein?", fragt mich Daniel. „Also hier müssen wir uns einfach noch mal hinsetzen. Und so ein kleiner Espresso geht immer." Selbstsicher bestelle ich beim Kellner auf Italienisch: „Buon giorno. Due caffé, prego." Kurze Zeit später werden uns zwei deutsche Filterkaffee gebracht: Ein Kännchen heißes

Wasser, eine Tasse mit einem Filteraufsatz, indem sich Kaffeepulver befindet. Ich bin verwirrt. Daniel lacht: „Tja, die haben gedacht, wenn Deutsche Caffé bestellen, dann meinen sie Kaffee. In Touristengebieten muss man manchmal falsch bestellen, um das Richtige zu bekommen. Also bestell das nächste Mal besser zwei Espresso."

Wir lassen uns das gewöhnungsbedürftige Getränk schmecken und genießen das muntere Leben am Hafen. Gut, dass ich kein Ranking erstellen muss. Die Bars in Italien haben fast alle ihren eigenen Charme.

Als wir wieder an unseren Liegeplätzen ankommen, sind nur noch Ina und Lara da. „Sophie ist mit Marc schon ins Hotel. Kurz, nachdem ihr weg wart, hat sich ein Händler mit afrikanischen Trommeln vor Marc niedergelassen und angefangen zu trommeln. Das hat ihm offenbar den Rest gegeben", amüsiert sich Lara. Wir gehen gemeinsam noch eine Runde schwimmen und schon ist es wieder Zeit für die Rückkehr ins Hotel, wo Marc und Sophie auf der Terrasse sitzen, *Aqua Minerale* trinken und die Zeitung lesen.

15

Der Samstagabend ist in Italien, genau wie in Deutschland, der Abend des Ausgehens. Die Region rund um Rimini ist bekannt für eine Vielzahl an Diskotheken, die sich vor allem darin ähnlich sind, dass sie hohe Eintritts- und Getränkepreise haben. Aber wir wollen uns endlich auch in das berühmte Nachtleben der *Riviera Adriatico* stürzen. Wir sind froh, dass sich Daniel auskennt, denn auf eigene Faust und auf gut Glück die richtige Location zu finden, ist nicht ganz einfach.

„Hier gibt's gerade im Zentrum von Rimini und Riccione viele Discos, die sauteuer, aber auch nicht besser sind als jede Dorfdisco in Deutschland. Die richtigen Hammer liegen fast alle außerhalb." Daniel will zunächst in eine Agentur gehen, die Tickets für Diskotheken und Ausflüge vertreibt. Dort will er sich informieren, was am Abend los ist in der Region. „Marc, kommt ihr auch mit heute Abend?", vergewissert sich Daniel. „Klar!", ist das zweite Wort, was ich heute von Marc höre. Als Daniel wiederkommt, hat er ein geniales Programm fürs Wochenende vorzuschlagen, dem wir begeistert zustimmen. Heute Abend holt uns ein Bus wenige Meter vom Hotel entfernt ab und fährt uns in die zwanzig Kilometer entfernt gelegene Disco *Baia Imperiale*. Im römischen Stil erbaut, gilt sie als größte Diskothek Europas und bietet sage und schreibe sieben Dancefloors und liegt dabei am Hang des *Monte Gargano* oberhalb des Touristenstädtchens Gabicce Mare. Der Bus holt uns um 23 Uhr ab, wir haben also auch nach dem Abendessen noch Zeit uns zu stylen.

Wir haben uns für Viertel vor elf vor dem Hotel verabredet. Ich bin viel früher fertig und setze mich auf die Hotelveranda und hole mir an der Hotelbar einen *Sanbitter*, den italienischen Kult-Aperitif. Er ist alkoholfrei und eine Komposition aus Zitrusfrüchten und Alpenkräutern.

Man merkt, es ist Wochenende, auf der Straße ist eine Menge los. Hier könnte ich stundenlang sitzen bleiben und Leute beobachten. Daniel gesellt sich kurze Zeit später auch zu mir. Wir sind beide noch etwas müde, wir reden nicht viel. Ich glaube, ihm gefällt es auch, dem Treiben auf der Straße einfach entspannt zuzusehen. Es ist halb elf, Ina taucht auf und kurz danach auch Lara. Und es haut mich fast um. Lara hat mir schon gefallen, als ich sie am Münchner Hauptbahnhof das erste Mal gesehen habe. Obwohl sie da ziemlich angeschlagen aussah, müde und übernächtigt. Die Haare zusammengebunden zu einem Pferdeschwanz. In Venedig habe ich sie dann schon mit offenen Haaren und im Bikini sehen können und was ich sah, gefiel mir sehr.

Heute sehe ich sie zum ersten Mal so richtig zum Ausgehen zurechtgemacht, und obwohl ich finde, dass sie ungeschminkt oder nur dezent geschminkt bereits toll aussieht, steht jetzt eine echte Traumfrau vor mir. Ganz ehrlich, diese Lara hätte ich wohl in einer Disco niemals anzusprechen gewagt. Auch Ina hat sich herausgeputzt, zwei wirkliche attraktive Reisebegleiterinnen habe ich. „Wow, ihr seht ja super aus“, bringe ich heraus, staune aber ansonsten recht sprachlos und kann nur mühsam verbergen, dass ich am liebsten minutenlang nur Lara anstarren möchte. „Danke“, sagt sie mit einem Lächeln, welches ganz deutlich die Schmetterlinge in meinem Magen umherschwirren lässt. Ich kann es nicht verleugnen: Ich habe mich verknallt. In ein Mädchen mit Humor, mit der ich aber genauso gut ernsthaft reden kann. Ein Mädchen, das für vieles offen ist und nicht vor den nicht immer einfachen Umständen einer Backpackerreise zurückschreckt. Sie weiß, was sie will oder wie sie es herausfinden wird, ist selbstbewusst, ohne dass ihr auch nur ein Hauch von Arroganz anhaftet. Sie sieht natürlich und hübsch aus, hat eine weibliche Figur, kleidet sich leger, aber ansprechend, und wenn sie will, kann sie unglaublich sexy aussehen. Dazu kommt eine Ausstrahlung, die mich immer öfter nervös werden lässt. Ich kenne Mädchen, die sehen klasse aus. Die würden aber ungestylt und ungeschminkt niemals vor die Tür treten. Lara ist von Natur aus hübsch. Sie legt keinen übertriebenen Wert auf ihr Äußeres und schafft den Spagat auch als Backpackerin ihre Reize genau im richtigen Maße zu zeigen. Aber wie sie nun hier vor mir steht …, wow. Ich glaube, sie gibt überall eine gute Figur ab. Als sexy Discogirl genauso wie im Abendkleid auf einem Ball. Im Bikini sowieso, in der Jogginghose mit T-Shirt aber eben auch. Ich kriege mich kaum ein, jetzt ist es aber auch mal gut.

Ich bin ja nicht von zuhause abgehauen, um eine Frau kennenzulernen. Schon allein deshalb hatte ich in München noch gar nicht den Sinn dafür, in Lara mehr zu sehen als eine supernette Reisebekanntschaft. Ich war einfach froh, dass es Menschen gab, die um mich herum waren. Egal, ob das ein verrückter Ische war oder ein ebenso komischer Vogel wie Keks. Oder auch Ina und Lara, zu allen habe ich eine warmherzige Nähe gefühlt. Klar, es war schön, wenn sich Lara mal bei mir angelehnt hat und ich ihr ganz nah war. Aber dann habe ich meist eher wehmütig zurückgedacht an die Zeit mit Sandy. Lara ist mir immer vertrauter geworden. Okay, ich gebe es ja zu, als ich am *Lido* in Venedig mit ihr im Wasser war und ich sie mit nur so wenig Stoff bekleidet sah, naja, da denkt man schon daran, wie es wäre, ihr näherzukommen. Meine Güte, ich kenne sie erst seit ein paar Tagen. Aber durch sie und all die Ablenkung hier denke ich kaum noch an Sandy. Ich glaube, langsam bin ich offen für etwas Neues.

„Hey Tim, sie gefällt dir, was? So wie du ihr auf den Arsch guckst." Daniel reißt mich aus meinen Gedanken, als wir vorlaufen zur Hauptstraße, wo uns der Bus gleich abholen wird. Ich habe ihr tatsächlich die ganze Zeit auf ihren Hintern gestarrt, während ich in Gedanken war. Ich grinse ihn nur an, nachdem ich meinen Blick endlich von ihr löse. Sie dreht sich um und bleibt stehen. Ob sie uns gehört hat? „Und, alles klar?", fragt sie. „Ja, ich freu mich, dass ich dich kennengelernt habe", höre ich mich in einer Betonung sagen, wie man sie selbst in einem Rosamunde-Pilcher-Drehbuch als viel zu schnulzig kritisiert hätte. Ich frage mich, wie ich aus der Nummer wieder herauskomme. Sie läuft neben mir, ihr Arm hat sich bei mir eingehakt, sie spürt also meinen Körper und der gehorcht mir nicht mehr. Puls: rasend! Blutdruck: erhöht! Schrittfrequenz: unkoordiniert! Gesicht: errötet! Sprache: zittrig! Magen: verkrampft! Gehirn: Blackout! „Du bist süß“, sagt sie und gibt mir einen Kuss auf die Wange. Ok, ich könnte auf der Stelle ohnmächtig umfallen und mich von ihr wiederbeleben lassen. Aber das wäre unmännlich. Und am Ende würde Daniel den Job erledigen. Komm, Tim. Sei ein harter Kerl. Sag ihr einfach „Danke“, wie es Sylvester Stallone machen würde, hart und männlich, kurz und knapp, prägnant, dazu ein kurzer lächelnder überlegener Blick in ihre Augen. Nur kurz, dann geradeaus blicken und absolut cool sein.

Stattdessen höre ich eine Mickey-Mouse-Stimme „Danke“ quietschen und fühle mich dadurch wie gelähmt. Verdammt, noch nie ist so ein Ton aus meinem Mund gekommen. Warum gerade jetzt? Ich könnte im Erdboden versinken. Nur gut, dass ich mich selbst nicht sehen kann. Ich muss wie ein erstarrtes Kaninchen aussehen, welches direkt vor einer züngelnden Schlange sitzt. Was ich aber eindeutig sehe, sind Laras Brüste, obwohl ich längst wieder auf die Straße vor uns schaue. Sie sind immer noch da! Oh mein Gott, ich muss ihr eben noch darauf gestarrt haben, ohne es zu merken, und nun hat sich das Bild in meinem Kopf festgebrannt. Ich wage nicht, sie anzuschauen. Vor Aufregung verschlucke ich meinen Kaugummi und kann den starken Hustenreiz nur mit großer Mühe unterdrücken. Es gilt weiterhin: Cool sein und lächeln. Ich konzentriere mich darauf einen Fuß vor den anderen zu setzen, und rette mich zur Bushaltestelle.

Der Bus, ein discoeigener 50-Personen-Bus mit dem Schriftzug der Diskothek, wartet schon, sehr gut. Mein Hirn arbeitet im Notprogramm noch einigermaßen korrekt, ich lasse Lara als Erste in den Bus steigen. Wir sitzen nebeneinander und ich beruhige mich langsam wieder. Aber es ist kein besonders schönes Gefühl. Als ganz cooler Typ habe ich vorhin noch vorm Hotel gesessen. Wie ein unerfahrener Teenager beim ersten Date sitze ich nun im Bus. Vor allem will ich nicht schweigen, mir fällt aber auch nichts ein. Und selbst wenn, am Ende versagt mir wieder die Stimme und die Helium-Mickey-Maus übernimmt das Gespräch. Im Bus herrscht eine lockere Stimmung, Musik läuft und wir werden von einem Guide mit *Baia-Imperiale*-T-Shirt auf Italienisch, Englisch, Französisch und Deutsch begrüßt. „Ich bin echt mal gespannt auf dieses *Baia*", unterbricht Lara das Schweigen und wir unterhalten uns dann doch recht entspannt über die bevorstehende Disconacht. Eine Gruppe Belgier ist kräftig am Feiern und verteilt kleine Schnapsfläschchen an alle. Vor uns sitzt ein italienisches Pärchen, welches sich so temperamentvoll unterhält, dass wir in Deutschland wahrscheinlich die Polizei rufen würden. Nach unzähligen Halten hat sich der Bus in Cattolica bereits so sehr gefüllt, dass selbst die Stehplätze im Gang knapp werden. Aber es ist nicht mehr weit und der Stimmung tut das keinen Abbruch. Irgendwelche italienischen Gesänge werden angestimmt und übertönen die Bordmusik. Die Belgier sind lernfähig und auch wir grölen bald mit. Der Text ist mit „Ooooooh, oh, oh, oh, oooooooh, oh" für den internationalen Gebrauch gut geeignet. Wir verlassen die Strandstraße und nähern uns durchs Hinterland der Diskothek. Auf einmal ertönt ein römischer Marsch. Wir sind da.

Der Anblick ist überwältigend. Das ist also das *Baia Imperiale*! Wuchtig thronen sechs marmorne Säulen über eine Höhe von vier Stockwerken. Davor stehen sechs schneeweiße Statuen neben einem riesigen Brunnen, aus dem ein goldener Neptun herausragt. Alles wirkt gigantisch, wir stehen vor einem Platz, auf dem Ferraris und Lamborghini geparkt sind. Von hier aus gehen schätzungsweise vierzig marmorne Stufen einer sich über die gesamte Breite des Gebäudes erstreckenden Treppe hinauf. Zwei Adler, das Wappentier der Diskothek, thronen auf Obelisken vor dem Eingang. Aus zwei riesigen Schalen brennen Feuer. Das Ganze wird durch Scheinwerfer in ein traumhaftes Licht gesetzt und oberhalb der Säulen strahlen Lichtkegel kreisend in den Himmel. Während man bereits die Lichteffekte im Inneren erkennen und die Beats der Musik hören kann, führt uns unser Guide durch die gusseisernen Tore auf den Vorplatz, wir müssen uns also nicht in die Schlange vor der Kasse einreihen. Alles hier ist auf römisch gemacht. Die Türsteher tragen römische Gewänder und Lanzen, sie begrüßen uns auf Latein.

Ich glaube, wir brauchen eine gute Stunde, bis wir uns diese beeindruckende Location angesehen haben. Die Einrichtung ist nobel, alle Servicekräfte tragen alte römische Gewänder. Es gibt Swimmingpools und die insgesamt sieben Dancefloors verteilen sich auf mehrere Stockwerke, sind aber alle miteinander verbunden, so dass man sich der Größe und Weite dieses Tanztempels immer bewusst ist. Auf dem Dach befindet sich die Piano-Bar. Hin und wieder bleibt dieser Bereich nur auserwählten Besuchern vorbehalten, zum Beispiel, wenn prominenter Besuch, wie beispielsweise *Luciano Pavarotti* oder *Alberto Tomba*, auftaucht, wie uns Daniel berichtet. Rund um das Gebäude ist eine parkähnliche Anlage am Hang angelegt, mit verschiedenen lauschigen Plätzen, von denen man die ganze Küste bis hinauf nach Rimini sehen kann. Neben der außen gelegenen Bar mit Terrasse, in der man etwas zu essen für den kleinen und großen Hunger erhält, ist ein großer Merchandising-Stand aufgebaut. Man kann so ziemlich alles mit einem *Baia-Imperiale*-Emblem kaufen und, aufgeputscht von den Eindrücken, mag man im Überschwang am liebsten alles aufkaufen. Auf jedem Dancefloor wird unterschiedliche Musik gespielt. Hier und da treten MCs, Master of Ceremony, auf, die auf den Podesten tanzen und die Stimmung aufheizen.

Es wird eine wahnsinnige Nacht, das Baia ist zwar gut besucht, aber es verläuft sich alles, so dass man genug Platz zum Tanzen hat. Wir trennen uns irgendwann und machen aus, dass wir uns immer zur vollen Stunde an einer Bar draußen am Pool treffen. Mit Ina und Lara bin ich die meiste Zeit im Bereich der *Musica progressiva*. Hier ist die Stimmung am ausgelassensten. Ina ist nicht kleinzukriegen, sie tanzt stundenlang ohne Pause. Lara und ich verschnaufen immer wieder, während wir zur vollen Stunde die anderen treffen. Erst gehen wir in den Chill-out-Bereich und trinken dort einen Wodka-Lemon (viel Wodka, wenig Lemon), beim zweiten Mal verbringen wir unsere Pause in der Freiluftbar, um einen Cheeseburger zu essen. Während sie da so sitzt und ihren Burger isst, fallen mir ihre vom Tanzen schweißgetränkten Haarsträhnen auf, die ihr nass an Stirn und Wange kleben. Ich finde das sehr sexy. Aber abgesehen davon könnte ich eine Abkühlung auch sehr gut vertragen und frage Lara, ob sie Lust hat, ein Stück mit mir spazieren zu gehen. Wir gehen den Hügel hinauf und finden eine freie Bank, umgeben von Palmen und Büschen, mit einem atemberaubenden Blick auf das Meer und die

Lichter von Gabicce Mare, Cattolica, Riccione und Rimini. Kleine Lichter bewegen sich auf dem Wasser, offenbar sind schon einige Fischer unterwegs. Lara ist es mittlerweile etwas kühl und ich rücke näher an sie heran und lege meinen Arm um sie, um sie etwas zu wärmen. In Filmen wäre jetzt der Zeitpunkt, sich zu küssen. In der Realität, zumindest in meiner, ist die Lage schon schwieriger und die Chancen stehen 50:50, dass ich mich nun gleich komplett lächerlich machen werde oder einen unvergesslichen Augenblick erlebe. Es sei denn, ich mache einfach gar nichts, gehe wieder zurück und tanze mir die Enttäuschung über eine vergebene Chance heraus. Ich neige zu Letzterem, habe aber die Schnauze von meiner Feigheit voll. Ich bin ausgerissen, habe mein Konto geplündert, bin planlos einfach in ein fremdes Land gefahren, habe bis hierher schon verrückte Sachen gemacht, zu denen ich mich eigentlich nie imstande gefühlt hätte. Was soll ich also hier und jetzt ein Angsthase sein?

Die Musik im Hintergrund wirkt wie eine Droge, ich fasse mir ein Herz. Sie hat ihren Kopf an meinen gelehnt. Ich löse mich langsam von ihr und …- küsse sie.

Mein Herz rast. Sie erwidert meinen Kuss. Wenn man ein solches Mädchen in einer solchen Situation, an einem solchen Ort, nach solch einer Vorgeschichte küsst, dann fehlen einem die Worte, um es zu beschreiben. Mir geht jegliches Zeitgefühl verloren, aber wir kommen kurz nach fünf noch relativ pünktlich an unseren Treffpunkt, wo die anderen bereits auf uns warten. Wir erleben den Sonnenaufgang noch im *Baia* und Daniel überredet uns, jetzt nicht mit dem *Baia*-Bus zurück nach Riccione zu fahren. „Wenn wir schon mal hier sind, dann richtig." Sein Plan ist, dass wir nun zu Fuß hinunter an den Strand gehen und dann in einer Bar in Gabicce Mare frühstücken, bevor wir mit dem Linienbus zurück nach Riccione fahren. Daniel war schon etliche Male hier, für ihn hat es Tradition, so zurückzukehren. „Bei meinem ersten *Baia*-Besuch haben wir hier gefeiert, bis wir rausgeschmissen wurden, wir waren die letzten Gäste, es war schon lange hell. Da fuhr kein *Baia*-Bus mehr und wir haben den kleinen Fußweg runter zum Strand entdeckt." Ich laufe mit Lara Arm in Arm hinunter und am Strand angekommen setzen wir uns alle auf die Liegen und betrachten das ruhige Meer und den noch menschenleeren Strand. „Welch eine Ruhe", stellt Ina treffend fest. Was für ein Morgen. Was für eine Nacht. Wir sitzen dort eine halbe Stunde, sind zwar total k.o., aber nicht unbedingt müde. Wir raffen uns auf und kehren in der erstbesten Bar ein. Uns tut der *Caffé* gut. Es gibt *Cornetti*, natürlich *con Crema,* und irgendwann sitzen wir im orangefarbenen Linienbus nach Riccione. Lara schläft an meiner Schulter, ich schaue aus dem Fenster und bin glücklich. Ich bin glücklich. Das kann ich kaum glauben. Glücklich und zwar ohne Wenn und Aber. Ohne ein dumpfes Gefühl, ohne dunkle Erinnerungen. Glücklich ist man nie für lange Zeit. Ich vertrete ja die These, dass Glück eine Art chemische Reaktion ist, die einen immer mal wieder kurz überkommen kann. Lang anhaltend kann man zufrieden sein. Sich richtig glücklich zu fühlen, das ist die Magie des Augenblicks. Ich weiß es zu schätzen. Ich könnte die Welt umarmen.

Draußen pilgern die Menschen an den Strand. Mit ihren Luftmatratzen und Strandtaschen, in bunten Klamotten, barfuß oder in Badelatschen. Meer und Himmel wetteifern um das schönste Blau. Segelschiffe mit strahlend weißen Segeln sind weit draußen vor der Küste zu sehen. Die vielen bunten Sonnenschirme der Bademeisterzonen lassen den Ausblick wie farbenfrohe Bilder wirken. Diese Welt ist schön.

Es ist kurz vor neun, als wir im Hotel ankommen. Lara gibt mir vor dem erstaunten Daniel einen Kuss und verabschiedet sich ins Bett. Ich trinke mit Daniel vor dem Hotel noch einen Grapefruitsaft zur Stärkung. „Hey, was läuft denn da bei euch?“ – „Keine Ahnung, jedenfalls haben wir uns im *Baia* geküsst.“ – „Hey, cool Tim. Glückwunsch, das ist ne super Frau. Tja, das *Baia* ist zauberhaft, in jeder Beziehung.“ – „Diese Nacht werde ich so schnell nicht vergessen, wie so vieles in den letzten Tagen“, lache ich. Als ich im Zimmer ankomme, schläft Lara bereits friedlich. Es ist schön, sie so da liegen zu sehen. Ina ist noch im Bad. Ich schlafe auch bald ein und Osterhasen-Frank lässt mich diese Nacht in Ruhe. Ich träume weitaus schönere Dinge.

16

Gegen 15 Uhr weckt mich Lara. Sie gibt mir einen Guten-Morgen-am-Nachmittag-Kuss. Ich muss wohl kaum erwähnen, dass sie wieder fantastisch aussieht. „Hi, du willst dich bestimmt noch mal zu mir ins Bett legen, stimmt’s?“, frage ich sie grinsend.

„Das hättest du wohl gern. Da kommen wir ja vorm Abendessen gar nicht mehr raus.“ – „Das wäre doch prima.“ – „Ich habe dich geweckt, weil ich dir sagen wollte, dass in einer Stunde gemeinsames Fußballgucken in der Strandbar angesagt ist. Daniel und Ina sind schon rübergegangen und sichern uns Plätze.“ – „Ach ja, Deutschland spielt heute gegen Kroatien.“ Das hatte ich fast vergessen, aber klar, heute steht das Viertelfinale der Europameisterschaft an. „Ok, ich komme gleich nach. Zuerst brauche ich aber eine Dusche.“

Eine halbe Stunde später sitze ich in der Strandbar, die schon gut besucht ist. Die Deutschen sind klar in der Überzahl, viele Italiener schauen zu, an einem Tisch haben es sich vier kroatische Jungs bequem gemacht. So richtig will bei den Italienern keine Stimmung aufkommen, nachdem sie schon aus dem Turnier ausgeschieden sind. Sie hatten sich als amtierender Vize-Weltmeister, der zwei Jahre zuvor erst im Elfmeterschießen im WM-Finale gegen Brasilien den Kürzeren gezogen hatte, mehr ausgerechnet. Nun drücken die meisten den Deutschen die Daumen. Gut gelaunte und zufriedene deutsche Urlauber sind besser für das Geschäft. Pino, der Chef der Strandbar gibt jedem Gast einen selbst gemixten Aperitif aus, der auf der Theke in einem riesigen Gefäß mit seinen Eiswürfeln und Zitronenscheiben ein bisschen wie Bowle wirkt. Ich muss erst einmal frühstücken und bestelle mir einen *Bomboloni*, der auch gleich mit einer deutschen Mini-Fahne serviert wird. Ansonsten muss ich heute mit Radler zurechtkommen, denn bei dem Andrang bringen die Kellner heute tablettweise Bier und Radler an die Tische. Sonderwünsche dauern lange und geraten gerne in Vergessenheit.

Das Spiel beginnt. Bereits in der 21. Spielminute bricht kollektiver Jubel aus. Nach einem Handspiel von Stanic gibt es Elfmeter für Deutschland. Als Klinsmann anläuft, jubelt die Bar 200 Meter neben uns bereits. Und dann sehen auch wir im deutschen Fernsehen wie Klinsmann trifft. Mir ist unglaublich warm und in der Halbzeit erfrische ich mich kurz im Meer. Welch ein Luxus. Millionen Menschen, die dieses Spiel gerade verfolgen, mögen in der Halbzeitpause eine Toilette aufsuchen. Immer noch Hunderttausende werden gerade eine Bratwurst vom Grill nehmen. Aber wie viele Fußballfreunde werden an diesem heißen Sommertag ein Halbzeitbad im Meer gemacht haben?

Ich bin pünktlich zurück und erlebe Jubel am Tisch der Kroaten. Davor Suker trifft zum 1:1-Ausgleich. Die Freude der feiernden Kroaten wird kurz danach zuerst durch einen Platzverweis für Stimac getrübt und das letzte bisschen Euphorie hält nur acht Minuten an, bevor Matthias Sammer mit einem Rechtsschuss zum 2:1 einnetzt. Gegen die dezimierten Kroaten bringen wir das Ergebnis über die Zeit und feiern den Einzug ins Halbfinale.

Der alte Italiener vom Nachbartisch hält mich vom Feiern aber weitgehend ab, indem er sehr ausdauernd mit mir die Frage diskutieren will, warum Franz Beckenbauer nicht mehr unser Nationaltrainer ist, sondern stattdessen Berti Vogts. Mit Beckenbauer würden wir sicher Europameister, mit Vogts nicht weit kommen und früh ausscheiden. „Wir sind im Halbfinale!“, sage ich, aber das beeindruckt ihn nicht. Was sei denn schon das Halbfinale? Die Italiener würden sich für die WM 1998 schonen, die sie gewinnen werden. Das sei viel klüger, als bei einer weniger wichtigen EM im Halbfinale auszuscheiden und dabei viel Kraft zu lassen. Ich weise freundlich darauf hin, dass keineswegs klar ist, dass wir im Halbfinale scheitern und außerdem seien ja noch zwei Jahre Zeit, sich auf die WM vorzubereiten. Ein Fehler, ich höre mir nun an, wie schnell zwei Jahre vorbeigehen können und er vertraut mir die geheimen Pläne des italienischen Fußballverbandes an und warum man in diesem Jahr auf einen Vorrundensieg gegen Deutschland verzichtet habe und in zwei Jahren dann endlich wieder mit vier WM-Titeln mit Brasilien gleichziehen werde. In einer kurzen Pause des Luftholens - und diese Pause ist bei einem waschechten Italiener kaum wahrnehmbar – bedanke ich mich für die exklusiven Informationen aus erster Hand. Der alte Mann freut sich, dass ich nun schlauer bin und die italienische Leistung bei dieser EM nun endlich auch einzuschätzen weiß. Irgendwie ist er sympathisch und vielleicht glaubt er, was er sagt. Vielleicht ist es ihm wichtig. Ich beuge mich noch mal zu ihm und flüstere ihm zu: „Mir war irgendwie klar, dass da mehr dahintersteckt. Italien spielt ja sonst immer erfolgreichen Fußball.“

Der alte Mann strahlt und streicht mir über den Arm und nickt zufrieden. Ich bin gerührt, wenn ich ehrlich bin. Er erhebt sich und versucht in den Chor der feiernden Deutschen mit einzustimmen: „Football is coming home.“ Wir feiern den Sieg der Deutschen und die Raffinesse der italienischen Fußballer und ihren ganz sicher bevorstehenden WM-Triumph.

17

Es ist ein absolut ungewöhnlicher Ausflug in eine Diskothek. Wir sehen eher aus, als ob wir zum Strand gehen wollen. Die Taschen sind genauso gepackt wie an einem gewöhnlichen Strandtag, außer dass wir unsere Disco-Klamotten auch mitgenommen haben. Aber Daniel hat uns beim Abendessen erzählt, dass wir heute nicht einfach in eine Disco gehen, nein, wir werden alles auf einmal erleben können. Deshalb sollen wir uns nicht groß stylen, sondern Badeklamotten mitnehmen und wer möchte, hat dort noch genug Zeit, sich für die Disco herzurichten. Den bis zum Rand vollgestopften Taschen von Lara, Ina und Sophie nach zu urteilen, haben sie vor, das auch umzusetzen. Wir fahren mit dem Bus der Linie 11 zur Endstation am *Piazzale Curiel* und steigen dort um in den Bus der Linie 45, der uns in den Wasserpark *Aquafan* bringen wird. Und tatsächlich, der Bus ist brechend voll und keiner würde vermuten, dass es sich um einen Discoausflug handelt. Irgendwie surreal, wie man sich am späten Abend mit einer Horde Badewütiger auf den Weg ins Hinterland macht.

Marc erzählt uns, dass das *Aquafan* 1987 eröffnet wurde und sozusagen eine Antwort auf die damals auftretende Algenpest in der Adria war. „Früher gab es an der adriatischen Küste noch viel mehr deutsche Urlauber. Es gab sogar Kinos, die deutsche Filme gezeigt haben, im Delfinarium wurde auf Deutsch moderiert. Aber die Gästezahlen waren stark rückläufig, eins kam zum anderen. Es wurde günstiger, Fernreisen zu machen. Und als es hier zu vermehrtem Algenwachstum gekommen ist, gab es in der deutschen Boulevard-Presse die Mega-Schlagzeilen von der Algenpest. Das hat der Region viele Urlauber gekostet. Ich war damals noch klein, meine Eltern sagen aber, dass es gar nicht so schlimm war. Es war aber nicht mehr in, hier seinen Urlaub zu verbringen. Jedenfalls wurde der Park gebaut, um den Leuten etwas zu bieten. Und viele Hotels haben Swimmingpools nachgerüstet. Ich bin froh, dass es das *Aquafan* gibt. Ihr werdet sehen, es ist der Hammer!“ Daniel kann dem nur zustimmen:

„Marc hat recht. Das ist mit das Beste, was das Nachtleben Europas zu bieten hat.“

Nach zwanzig Minuten kommen wir an und folgen Marc und Daniel, deren Vorfreude, uns endlich „ihren Wasserpark“ zeigen zu können, immer deutlicher zu spüren ist. Lara gibt mir einen Kuss und hakt sich bei mir unter. Die Schlange an den Kassen interessiert uns nicht, dank unserer Tickets von der Agentur können wir direkt zum Eingang gehen. Es ist kurz vor zehn und es stehen schon etliche junge Leute vor einem Rolltor und warten auf den Einlass. Mächtige Muskelmänner mit roten T-Shirts und der Aufschrift *Aquafan Staff* stehen auf der anderen Seite des Rolltors und tragen coole Sonnenbrillen. Die Sonne ist längst untergegangen, aber der Park erstrahlt trotzdem hell durch die Flutlichter, die den Park erleuchten. Ich schätze, es sind bereits 200 Menschen, die hier vor dem Tor warten und sie sind ausgesprochen gut gelaunt. Aus dem Nichts fangen sie an zu singen. Die gleiche Melodie, die bereits gestern im Bus zum *Baia Imperiale* zu hören war. Eine Art alles übergreifender Gesang, der überall ertönt, wo junge Leute feiern. Punkt 22 Uhr beginnt die wartende Meute, ihre Gesänge mit einem lauten Klatschen und Grölen zu untermalen. Und als sei dies das Zeichen für das Rolltor, beginnt es sich langsam und quietschend in Bewegung zu setzen, was seinerseits dazu führt, dass alle in einen Jubel ausbrechen, als hätte Michel Jackson höchstpersönlich die Bühne betreten. Ohne Frage, das *Aquafan* muss ein Star der Abendunterhaltung sein, wenn ich in die Gesichter der anderen schaue, die es kaum erwarten können, den Park zu betreten.

Am *Staff* vorbei gekommen, befinden sich rechts vom Eingang einige Geschäfte, links geht eine Treppe hinab in einen Bereich, in dem bereits Musik gespielt wird und zaghafte Lichteffekte auf einer Insel mit künstlichen Palmen eine Art Freiluftdisco darstellen. Vor uns taucht sie dann auf, die erste Attraktion: eine riesige Wasserrutsche, die keine Kurven kennt. Einfach steil bergab und geradeaus, das ganze schätzungsweise 100 Meter lang. Zwei Bahnen nebeneinander. Daniel freut sich: „Das ist die *Kamikaze*, eingeweiht 1991 von *Alberto Tomba*, hier erreicht man Geschwindigkeiten von bis zu 65 Kilometer in der Stunde.“ Es reicht nicht, sich hier nur hinunter zu trauen, nein, man soll auch noch schnell sein, denn eine Anzeigetafel zeigt an, wer wie lange dazu braucht. Wir gehen weiter und staunen: Hier hat man wirklich an alles gedacht. Neben Umkleidekabinen, Schließfächern und Duschen gibt es eine Art Friseursalon, in dem man sich nach dem Rutschvergnügen entweder selbst stylen kann oder sogar professionell frisiert wird. Wir ziehen uns erst einmal um und stehen nun in Badekleidung mitten am späten dunklen Abend in einem Park auf den Hügeln von Riccione. Im Hintergrund können wir die Musik aus den Discos hören. Marc zeigt uns einen weiteren Parkabschnitt. Er ist wunderschön. Ein grüner Park mit einer sehr üppigen Vegetation, die das Gelände außerordentlich romantisch-gemütlich wirken lässt. Man fühlt sich einfach nicht wie in irgendeinem Attraktionspark. Ein überdimensionales Wellenbad, angeblich das größte in ganz Europa, liegt mit seinem riesigen Strand voller Liegen und Palmen unterhalb der Disco *Walky Cup*. Auf dem gesamten Gelände gibt es diverse Rutschen für Groß und Klein, Wasserburgen für Kinder, ein Open-Air-Fitnessstudio, Bars, Restaurants und Liegen zum Ausruhen sind weitläufig auf den Wiesen verteilt. Kurz gesagt – es ist für jeden Besucher das Passende dabei.

Marc hat es eilig. „Die Rutschen sind nur bis Mitternacht geöffnet, wir sollten also einfach erst mal alles ausprobieren." Was folgt, ist eine Stunde voller Adrenalinschübe. Wir fangen langsam an und klettern über nicht enden wollende Treppen auf einen Turm, von dem mehrere Rutschen abgehen, darunter eine, die mit Reifen berutscht wird. Damit starten wir. Eine angenehme Fahrt, zumindest solange, bis sich mein Reifen dreht und ich rückwärts in die Tiefe rase. Das Schöne am Rutschen in der Nacht ist, dass man sich nicht erst an endlos langen Warteschlangen anstellen muss. Denn tagsüber, sagt Marc, sei es hier richtig voll und man müsse teilweise lange warten, bis man endlich wieder rutschen könne. Wir probieren alle Rutschen durch, zum Teil sind sie deutlich schneller als die, die ich bisher kannte. Herrlich ist auch die Aussicht vom Turm. Man kann hinunter auf das beleuchtete Riccione sehen und das Meer deutet sich vor allem durch die kleinen Lichter der Ausflugsschiffe an, die weit draußen langsam die Küste entlangfahren.

Als ich das fünfte Mal auf den Turm klettere, schwant mir Böses: Auf der Aussichtsplattform angekommen, gehen wir diesmal nicht nach rechts, sondern nach links: zum Startplatz der berüchtigten *Kamikaze*. Hier wimmelt es von Verbotsschildern.

Man muss liegen, die Arme auf dem Bauch verschränkt halten. Sitzen ist verboten, Arme auf dem Rutschenrand ebenso. So schlimm wird es nicht werden. Oder doch? Die eben noch so coolen Italiener vor uns schreien auf ihrem Weg nach unten. Daniel geht mit mir an den Start und gibt mir noch mit den auf den Weg: „Und Tim, Arschbacken zusammenkneifen." Halt eine Redensart. Wie „Augen zu und durch" oder auch „Hals und Beinbruch". Zwischen uns steht einer der sonnenbebrillten *Staff*-Hünen. Mit einer Pfeife im Mund wartet er, bis er die Bahn freigeben kann. Einen Pfiff und „Avanti, Ragazzi" später, lasse ich mich langsam auf die Rutsche gleiten, während Daniels Start eher an den Beginn eines Bobrennens bei den Olympischen Spielen erinnert. Doch meine Vorsicht bringt mir nichts. Kaum liege ich auf der Rutsche, reißt es mich in die Tiefe. Das Wasser spritzt, ich kann die Augen nicht mehr aufhalten und hoffe, dass der Höllentrip bald ein Ende hat. Abrupt bremst mich ein Schwall Wasser ab. Meine Badehose hat sich in einen String-Tanga verwandelt und ich bin zu allem Überfluss von einer analen Wassereinfuhr betroffen worden. Während ich mich noch frage, was das für Folgen auf den weiteren Verlauf der Nacht haben wird, rauschen auch schon die beiden hysterisch kreischenden Lara und Ina heran und haben mächtig Glück, dass ihre Bikinis halten. Der obligatorisch entstandene String steht ihnen aber gut. Es gibt Applaus von den zahlreichen Zaungästen im Zielbereich der *Kamikaze*.

Marc lässt uns keine Zeit zum Verschnaufen, schließlich möchte er uns alle Attraktionen zeigen. Jeder schnappt sich einen Reifen und wir erleben eine atemberaubende Fahrt durch eine Wildwasserbahn. Zur Entspannung lassen wir uns auf den Reifen eine Runde um die Insel treiben, auf der die Diskothek *Aquarius* sich langsam füllt. Die engen, dunklen und vollkommen geschlossenen Röhrenrutschen sind unangenehm heftig, umso schöner ist das langsame Hinabgleiten vom sogenannten *Surfing Hill*. Wir schwimmen durch die Wassergrotten und schmeißen uns im Wellenbad in die Fluten.

Es ist zwanzig vor zwölf. Daniel und Marc sind wild darauf, sich noch einmal auf der *Kamikaze* zu duellieren. Sophie und Ina wollen sich langsam umziehen gehen. Lara will sich ihnen anschließen, aber ich halte sie an der Hand und frage, ob wir noch einmal zu den Grotten gehen wollen. Sie lächelt mich mit ihrem traumhaften Lächeln an und sagt zu Ina, sie komme nach. Wir gehen Händchen haltend durch den Park zur Attraktion *Poseidon*. In diesen Grotten gibt es kleine Höhlen, Wasserfälle schießen aus den Felsen hervor und überall spürt man Whirlpooldüsen. Niemand ist mehr hier um diese Zeit. Und das ist gut so. Wir schwimmen unter dem Wasserfall hindurch. Lara umarmt mich und wir küssen uns. Es ist noch schöner als gestern Abend im *Baia Imperiale*. Sie ist unglaublich hübsch, wie sie dasteht mit ihren nassen Haaren und ihren funkelnden Augen. Das Wasser geht uns bis zur Hüfte und in ihrem Bikini ist ihr schöner Busen mehr als nur zu erahnen. Unsere Küsse werden leidenschaftlicher und ich wünschte, die Zeit bliebe stehen.

Wir schwimmen nach einiger Zeit wieder unter dem Wasserfall hervor und schmusen noch ein bisschen im Pool herum. Dann legen wir uns auf die Plätze mit den Massagedüsen und schauen in den Himmel. Es ist eine sternenklare Nacht. Senkt man ein wenig den Blick, dann sieht man die Silhouette von San Marino am Horizont, in einem zart orangenen Licht flimmern die Berghügel der kleinen eigenständigen Republik vor uns. „Die Welt kann so schön sein“, stelle ich fest. Was sich so platt anhört, ist eine erstaunliche Erkenntnis für mich. „Die Welt und das Leben haben viele Seiten“, sagt Lara, während sie ihren Kopf auf meine Brust legt. „Man muss die schönen Seiten aber auch zulassen.“ – „Ich habe schon ewig nicht mehr in den Sternenhimmel geblickt“, fällt mir auf. „Das sollte man aber tun, es ist faszinierend, oder?“ – „Ich habe einiges verpasst, glaube ich.“ – „Also nach dem, was du so erzählt hast, warst du wohl gefangen in deiner Welt.“ – „Ja, so kann man es ausdrücken.“ – „Viele sind gefangen in ihrem Leben. Sie sehen die schönen Kleinigkeiten nicht mehr, ein Sternenhimmel oder all die Wunder der Natur, die es gibt. Sie haben dafür keine Zeit und keine Ruhe mehr, weil sie anderen Zielen hinterherjagen: Geld, Macht, Prestige.“ – „Aber man wird in dieses System hineingeboren und es fällt schwer auszubrechen“ – „Man muss nicht immer komplett ausbrechen. Es tut schon gut, wenn man versucht, sich seine Freiheiten im Alltag zu bewahren. Wenn man nicht jedem Trend hinterherläuft und nicht dafür lebt, was andere von einem denken und welche Erwartungen andere an einen haben. Jeder Mensch ist für sich selbst verantwortlich und sollte vor allem erst mal auf sich selbst hören.“ – „Das hört sich bei dir alles so einfach an.“ – „Glaub mir, Tim, das hört sich so an, aber es ist schwer, sich immer wieder darauf zu besinnen. Glaub nicht, dass ich keine Zukunftsangst habe. Ich weiß nicht, was ich beruflich machen möchte. Nur vom Sterngucken kann man nicht leben. Und wenn man die schönen Seiten des Lebens genießen möchte, dann kostet das trotzdem Geld und das muss verdient werden. So naiv bin ich nicht, dass ich das nicht wüsste.“ Wir schweigen und schauen in die Sterne. „Es gibt Momente, in denen ich hier glücklich bin. Weißt du, dass das ein Gefühl ist, welches ich seit ewig langer Zeit nicht mehr hatte? Und doch ist es traurig, dass es nicht lange anhält, weil ich auch weiß, dass das alles hier ein Ende hat und ich wieder in eine andere Welt zurückkehren muss.“ – „Genieße einfach die schönen Stunden hier und warte mal ab. Vielleicht ist das alles ja wirklich der Aufbruch in eine neue Zukunft, mit der du zufrieden bist. Das Leben hält viele Überraschungen bereit. Oh je, Tim, jetzt werden wir aber schnulzig. Fehlt nur noch ne Sternschnuppe“, lacht Lara. Ich sage nichts, streichle ihr über den Kopf und denke nach. „Ich glaube, du hast recht“, sage ich nach einiger Zeit. „Warum musst du eigentlich in eine andere Welt zurückkehren? Du bist frei. Dir stehen alle Türen offen. Niemand zwingt dich, auf das doofe Internat zu gehen. Du musst dir überlegen, was du aus deinem Leben machen willst, ob du dafür das Abi brauchst und studieren willst und so. Aber jetzt musst du erstmal deinen Kopf vom Ballast der Vergangenheit befreien.“ – „Du könntest Wanderpredigerin werden“, muss ich lachen, „aber du hast ja recht“ – „Ja, so höre ich mich schon an.“

Die Musik aus den Discos wird lauter. Die Menge fängt an zu jubeln. Vielleicht ist der erste DJ aufgetaucht. Es wird Zeit zu den anderen zu gehen. Ich weiß das, aber ich sage nichts. Das macht dafür Lara: „Du, ich glaube, wir sollten mal langsam zurückgehen und uns umziehen.“

Die anderen warten schon fix und fertig gestylt auf uns. Sie gehen vor, hinüber zur Bar, während Lara und ich uns noch umziehen. Wir folgen ihnen, als wir auch fertig sind und unsere Badeklamotten in den Schließfächern verstaut haben. Die Nachtbar hat eine große Terrasse, auf der zwei italienische Musiker Livemusik spielen. Wir holen uns hier unsere Freigetränke, die im Eintrittspreis enthalten waren, und erholen uns erst einmal von den vielen neuen Eindrücken. Welch eine großartige Atmosphäre. Wir sind begeistert und Daniel und Marc freuen sich, dass es uns hier so gut gefällt. Es ist bereits kurz vor eins, als wir hinunter ins *Walky Cup* gehen. Diese Disco ist rund, hat ein weißes Dach in Form eines Zirkuszelts, aber es ist rundherum offen. Zur einen Seite begrenzt eine Bühne die runde Tanzfläche, die sich über drei Ebenen nach oben erstreckt. Daneben befindet sich eine lang gezogene Bar. Auf der anderen Seite ist ein Wiesenhang, auf den sich bereits diejenigen gelegt haben, die vom Rutschen ermüdet sind oder auf den Haupt-DJ warten. Von hier aus blickt man in die Disco und hinunter auf das Wellenbad, in dem sich immer noch einige tummeln. Gegenüber der Wiese liegt ein Hamburger-Restaurant, vielleicht 50 Meter von der Disco entfernt.

Das Publikum unterscheidet sich absolut von dem, welches im *Baia Imperiale* zu sehen war. Hier gibt es ganz verschiedene Typen und alle Altersgruppen sind vertreten. Der gelgestylte Italiener im Glitzermuskelshirt tanzt neben dem blassen, gerade aus dem Wasser entsprungenen Touristen, der noch immer seine Badehose trägt. Ein paar Meter weiter feiert eine junge Mutter ausgelassen neben ihrem Baby, welches im Kinderwagen von all dem Trubel nichts mitzubekommen scheint. Eine Gruppe Jugendlicher tanzt Hamburger essend vor sich hin. Es ist eine Party für alle. Alles ist in Bewegung und tanzt mit. Sitzplätze sucht man im *Walky Cup* vergeblich. Wir sind beeindruckt und die *Musica progressiva*, wie der MC auf der Bühne immer wieder ruft, ist erfrischend anders als das, was ich im *Max* zuhause gewohnt bin. Die Lichtanlage ist eher einfach gehalten, genau wie alles in dieser spartanischen Disco. Doch die Stimmung ist ausgelassen und ich fühle mich von Anfang an dazugehörig. Ein Gefühl, das man in Diskotheken nicht immer hat. Selbst der größte Tanzmuffel muss sich hier bewegen, es geht gar nicht anders. Und im Gegensatz zu den sonst üblichen Getränkepreisen in italienischen Discos kann man es sich hier gut gehen lassen. Denn es ist kein Problem, sich im nahen Fast-Food-Restaurant seine Getränke zu besorgen und mit ins *Walky Cup* zu nehmen. Wer eine Pause und Abkühlung braucht, der geht im nahen Wellenbad eine Runde schwimmen. Wo gibt es so etwas außer hier?

Wir wollen nicht weg von dieser Location, aber Daniel überredet uns, mit ins *Aquarius* zu kommen, damit wir es wenigstens einmal gesehen haben. Das, was leer vorhin noch nicht viel Charme versprühte, wirkt jetzt, mit vielen Leuten bevölkert, um einiges ansprechender. Man hat eine Insel mit Kunstfelsen so gestaltet, dass überall gemütliche Sitzecken entstanden sind. Mit Bast behängte Bars laden zum Cocktailtrinken ein, die Boxen sind wie Kokosnüsse an Palmen angebracht und rund um die Insel lassen sich noch einige Wasserratten chillend im Reifen auf dem Wasser treiben. Oberhalb davon verläuft ein Weg, auf dem wir stehen und hinunter auf die Tanzfläche schauen. Es läuft coole Housemusik, aber auch allerhand anderes, was zur Atmosphäre passt. Wir drehen uns um und blicken auf die blitzenden Lichter und den Nebel, der unter dem Zeltdach des *Walky Cup* hervorquillt.

Wir gehen wieder zurück und begeben uns durch die tanzenden Massen hinunter auf die Haupttanzfläche. Hier packt es uns sofort und ich glaube, es gab selten Nächte, in denen ich so von der Musik berauscht getanzt habe wie heute. Als dann auch noch *Prezioso* die Plattenteller übernimmt, schäumt die Stimmung über. Ich kann meine Augen nicht von Lara lassen, die hin und wieder an mich herantanzt, um mir einen Kuss zu geben. Die Zeit rast und als sich *DJ Giorgio Prezioso* nach 90 Minuten Scratchen und Mixen unter dem Kreischen der *Ragazzi* verabschiedet, ist es bereits vier Uhr nachts. Die zweite Disconacht in Folge fordert ihre Opfer, und obwohl es einfach nur grandios ist, wollen die anderen den Bus um 04.15 Uhr nehmen.

Daniel möchte noch bleiben. Ich eigentlich auch, aber mir ist es wichtiger, jeden Augenblick mit Lara zu genießen. „Hey, bleib ruhig, ich bin hundemüde und gehe eh gleich ins Bett. Genieß die Zeit und bleib bei Daniel", flüstert sie mir ins Ohr. Ich möchte nicht anhänglich wirken und wer weiß, ob ich jemals wieder eine Nacht in diesem Park verbringen werde. Ich bleibe. Marc ist zwar noch fit, aber er erklärt sich bereit, die Mädels nach Hause zu bringen. Wir haben mächtigen Hunger und deshalb ist es ein Glücksfall, dass wir im Fast-Food-Restaurant noch ordern können. Zwei Burger, eine Portion Pommes und sechs Chicken Nuggets später geht es zusammen mit einem halben Liter Vanille-Milchshake zum Endspurt ins *Walky Cup*, wo die Beats der Musik härter werden und uns noch einmal so richtig einheizen. Um kurz nach fünf ist der Zauber einer rauschenden Nacht dann aber endgültig vorbei. Die Musik geht aus, die Scheinwerfer gehen an. Der letzte Nebel dampft aus dem *Walky Cup* hervor. Wir holen unsere Sachen und Daniel fragt mich, ob ich noch Kondition für einen Spaziergang habe, denn die letzten Busse seien total überfüllt und eine Qual. Er würde immer laufen, das hätte Tradition. An Traditionen sollte man anknüpfen: „Ok, auf geht's.“

18

Wir treten den Heimweg zu Fuß an. Was sicherlich auch ganz toll wäre. Denn die Strecke ist traumhaft. Vom Wasserpark führt eine Nebenstraße vom Hügel hinunter in die Stadt, Pinien säumen den Weg. In der Ferne hört man die wummernden Technobässe aus den Diskotheken, die sich hier am Rande Riccione̲s im Hinterland niedergelassen haben und in denen bis weit nach Sonnenaufgang gefeiert wird. Doch so toll gefällt es mir nicht, denn wir sind noch Ewigkeiten von unserem Hotel und somit einer wichtigen Räumlichkeit zur Verrichtung dringender Geschäfte entfernt. Daniel lacht schon: „Na, nicht, dass was in die Buchse geht, dann lässt es sich unangenehm laufen.“ Ich versuche, mich abzulenken. Was mir mal mehr und mal weniger gut gelingt. Ich werde das Gefühl nicht los, dass sich die Burger mit Nachdruck einen Weg ins Freie suchen wollen, angefeuert von dem Milchshake. Daniel erzählt mir davon, wie er es in besoffenem Kopf mal nicht halten konnte, zum Glück sei er alleine zuhause gewesen und er hätte die Toilette fast noch erreicht. Aber eben nur fast. „Was aber die Aufräumarbeiten echt erschwert hat, war die Konsistenz, denn wenn du säufst und dann …“ – „Daniel, halt bitte den Mund, ich finde das echt nicht witzig.“

Ablenkung ist angesagt. Ich befürchte inzwischen aber das Schlimmste. Es kommt in Schüben. So in etwa stelle ich mir Wehen vor. Und auch bei mir wird es langsam schmerzhaft. Ich bekomme Bauchkrämpfe. Kann mich nicht entscheiden, ob ich schneller gehen oder stehen bleiben soll. Ob die Bewegung alles wieder einigermaßen in Ordnung bringt oder erst recht in Gang setzt. Die Toiletten des *Walky Cup* liegen inzwischen zu weit zurück. Die nächste Bar ist noch zu weit entfernt. Daniel kriegt sich kaum noch ein. „Es ist ja so geil, wenn man selbst nicht betroffen ist. Stell dir mal vor, du kackst jetzt ein. Ich meine, du hast vorhin in der *Kamikaze* einen ziemlichen Einlauf bekommen und was du dir dann eben noch hinterhergeworfen hast, mein lieber Schwan!" Er biegt sich vor Lachen. „Wir sind ne Stunde vom Hotel entfernt." Eine Stunde ist völlig illusorisch. Öffentliche Toiletten, in Bars oder wo auch immer, sind in Italien oft nur ein Loch im Boden. Die nächste Bar dürfte aber auch gut zwanzig Minuten entfernt sein. Zumindest eine, die morgens um halb sechs noch offen hat. „Also ich setze zehntausend Lire darauf, dass du es nicht in die *Viale Ceccarini* schaffst." Daniel ist einfach ein Mistkerl, aber ich muss selbst lachen. Das Lachen bleibt mir jedoch abrupt im Halse stecken. Alles hilft nichts. Ich schreie: „Taschentücher, her damit, schnell!" Daniel kramt in seiner Tasche herum, gibt mir die Packung Taschentücher und hat Tränen vor Lachen in den Augen. Ich sprinte ins Gebüsch, reiße die Hose herunter und höre Daniel auf der Straße rufen: „Nicht so laut, du weckst die ganzen Tiere." Nein, es wäre ja auch zu viel verlangt, dass er mal ein paar Schritte weitergehen würde.

Drei Minuten später fühle ich mich halbwegs wie neugeboren. Zwar immer noch in beklagenswertem Zustand, aber immerhin ist der erste Druck sozusagen entwichen. Daniel bedauert, dass er seinen Fotoapparat im Hotel vergessen hat. Bald ist der Vorfall vergessen, wir reden über Frauen, Discos, Musik und Urlaub und kommen bald an der *Bombo-Bar* in der noblen *Viale Ceccarini* an. Hier ist morgens um diese Zeit die Hölle los. Trance- und Houseklänge ertönen und verwandeln die Bar und ihre Terrasse in genau den richtigen chilligen Ort, an dem man nach der Disco die Nacht ausklingen lassen kann. Ich kann mir aber nicht vorstellen, jetzt irgendetwas zu essen. Daniel bleibt ernsthaft und versteht, dass wir auf diesen Stopp verzichten müssen.

Wir gehen weiter und biegen in die *Viale Dante* ein. Im Herzen der Stadt sind selbst um diese Uhrzeit noch einige Bars, Imbissbuden und Pizzerien geöffnet. Und als besonderen Geheimtipp kennt Daniel einen Bäcker, der zwar offiziell noch nicht geöffnet hat, den man aber durch eine kleine Seitengasse direkt vor seiner Backstube besuchen kann. Unglaublich, aber hier steht tatsächlich eine kleine Schlange vor dem Hinterhoffenster und lässt sich die kleinen Pizzastücke frisch vom Blech weg verkaufen. Und die *Bomboloni* werden hier vor unseren Augen frisch mit *Crema* gefüllt und sind noch warm. Frischer geht es nicht. Alles kostet einen Tausend-Lire-Schein. Wechselgeld gibt es nicht. Es handelt sich schließlich um einen illegalen Verkauf. Der Bäcker schafft es, den Jungs ihre *Pizzette* oder *Bomboloni* in die Hand zu drücken und trotzdem nebenbei weiterzuarbeiten. Freundlich ist er nicht, trotzdem ist man froh, dass man sein Kunde sein darf. Manchmal staut es sich, dann hat der Mann etwas Wichtigeres zu tun, als gefräßige Discobesucher glücklich zu machen. Aber Geduld zahlt sich aus, irgendwann geht es weiter. Daniel will sich eine *Pizzette* holen, hat aber kein Kleingeld parat. Kein Problem, ich weiß genau, dass in meinem Geldbeutel noch ein Tausend-Lire-Schein ist. Ich fasse an meine Gesäßtasche. Mein Portemonnaie ist weg.

„Scheiße!", fluche ich und merke schnell, dass ich damit der Lösung recht nahe bin. Verdammt, mir muss der Geldbeutel herausgefallen sein, als ich vorhin im Gebüsch war und meine Hose herunter gerissen habe. Die nächste halbe Stunde ist Wandern angesagt. So schön es sein mag, die Hügel des Hinterlandes herunter zu spazieren, bergauf hält sich das Vergnügen in Grenzen. Eine gefühlte weitere halbe Stunde sind wir mit dem Absuchen von Gebüschen beschäftigt. Denn wer merkt sich schon das Gebüsch, in das er sein Notfallgeschäft verrichtet hat. Alles sieht gleich aus, erst recht im Dunklen. Wären Taschentücher schwarz, dann wäre ich wahrscheinlich nie fündig geworden. Aber die noch überwiegend weißen Taschentücher reflektieren die Sonnenstrahlen, die längst die Nacht verdrängt haben. Dummerweise findet Daniel den Ort des Grauens. Er ruft mich: „Tim, ich habs." Er wartet in Ermangelung jeglichen Feingefühls am Ort des Geschehnisses und schaut auf mein Werk. „Tim, zwei Sachen: Erstens, das ist ja grauenhaft, ich würde das mal vom Arzt untersuchen lassen. Zweitens: Ich wollte heute einen Sonnenaufgang über dem Meer und nicht über deinem dampfenden Haufen sehen."

Das Schicksal hat mir genug eingebrockt in den letzten Stunden, nun werde ich belohnt: Mein Geldbeutel liegt da, und zwar unversehrt und unbefleckt. Das hätte auch anders ausgehen können.

Wir wandern ein zweites Mal, nun im Hellen, vom Hügel hinab in die Stadt, mein Herz schlägt wieder im ruhigeren Takt. Und mein Magen hat sich auch wieder beruhigt. Und so spricht nichts gegen Daniels Vorschlag: „Cappuccino und *Bomboloni* in der *Bombo-Bar*!“

Und so sitzen wir doch noch auf der Terrasse der Bar und staunen über die noch immer frisch aussehenden Girls, denen man die Strapazen einer Disconacht nicht ansieht, wenn sie auf ihren Stöckelschuhen leicht bekleidet die Bar stürmen. Die meisten sehen aus, als ob sie sich den Rest der Woche von Salatblättern ernähren. Und die Jungs sehen aus, als wären sie schwul. Sind die meisten aber gar nicht. Sie sind nur unglaublich gepflegt und gestylt. Man legt halt Wert darauf *Bella Figura* zu machen in Italien. Wir Deutschen sehen aus, als hätten wir eine Nacht in der Disco durchgemacht und dann kein Klo gefunden. So ist das Leben.

Um halb neun kommen wir im Hotel an und ich freue mich auf eine Dusche. Ich bin leise und die Mädels schlafen in aller Seelenruhe. Ich nehme noch eine kalte Dusche und lege mich ins Bett und schlafe gleich ein. Gegen elf Uhr werde ich wach, weil Ina über meine Tasche stolpert, die ich wohl mitten im Zimmer liegen gelassen habe. Ina verabschiedet sich schon mal an den Strand, Lara bleibt noch liegen.

„Darf ich zu dir rüberkommen?“, frage ich und Lara fragt zurück: „Warum, meinst du, liege ich noch hier und bin nicht mit Ina an den Strand gegangen?“ Ich wechsle in das Doppelbett und nehme Lara in den Arm. Sie liegt auf der Seite und ich habe mich eng an ihren Rücken gekuschelt. Die Sonne strahlt durch die Luken. Das ist gut so, denn so sehe ich Lara. Sie hat ein T-Shirt an und einen Slip. Ich streichle über ihren Arm und küsse sie im Nacken. Ich kann jetzt beim besten Willen nicht mehr einschlafen. Ihre Haut fühlt sich samtig weich an. Sie hat Sommersprossen. Ich genieße es, wenn meine Finger über ihren Arm gleiten. Lara richtet sich auf einmal auf und zieht ihr T-Shirt aus. Mir wird warm. Sie legt sich wieder in exakt die gleiche Position wie vorher. Sie genießt es, dass ich sie nun an ihrem ganzen Rücken streicheln kann und ich merke, wie ihr meine Küsse auf den Schultern gefallen. Sie hat nichts dagegen, als meine Hände zu ihrem Busen gleiten. Ich bin aufgeregt. Sie fühlt sich einfach traumhaft an. Sie merkt mit Sicherheit, wie erregt ich bin und offenbar ist ihr das keineswegs unangenehm, denn sie schmiegt sich fester an mich. So liegen wir eine ganze Zeit da, aber Lara macht keine Anstalten, die mir signalisieren, dass sie mehr möchte, als das, was gerade passiert. Lara ist mir wirklich ans Herz gewachsen und ich möchte auf keinen Fall, dass sie denkt, ich hätte es nur auf ein sexuelles Abenteuer abgesehen. Im Moment wünsche ich mir zwar nichts mehr, als mit ihr zu schlafen, um ihr ganz nah zu sein. Ich habe aber Angst, es mir damit zu versauen. Mensch Tim, diese Frau liegt mit dir im Bett, sie hat ihr T-Shirt ausgezogen, welche weiteren Signale brauchst du eigentlich noch? Wir liegen noch eine Ewigkeit so da und irgendwann dreht sich Lara um, gibt mir einen Kuss und sagt, dass es total schön war und sie mich sehr mag. Und ob wir langsam zum Strand gehen wollen? Ich flüstere „Nein". Wir müssen lachen. In diesem Moment ist uns klar, dass wir beide mehr wollen.

Eine Stunde später gehe ich mit dem Hochgefühl eines fantastischen Erlebnisses mit meiner Traumfrau Hand in Hand an den Strand.

Wo sonst, als in der Strandbar, sitzen Marc, Daniel, Sophie und Ina und haben offensichtlich ihren Spaß. Ihr Gelächter war schon von Weitem zu hören. Sie trinken *Granite*, ein körniges Eisgetränk, welches es in allerlei bunten Farben und Geschmacksrichtungen gibt. Trinkt man es mit dem Strohhalm zu schnell, dann entsteht ein äußerst unangenehmes Gefühl, ja eigentlich ein regelrechter Schmerz, in den Schläfen oder Nebenhöhlen. Daniel nennt das *Eis-Flash* und die Jungs und Sophie versuchen, sich einen solchen selbst zuzufügen. Wenn sie es schaffen, ist es ihnen zweifelsfrei anzusehen und alle amüsieren sich köstlich über die Reaktionen und das grandiose Gefühl, wenn sich der *Eis-Flash* wieder verflüchtigt. Nur Ina kann die Aufregung nicht verstehen. Sie ist immun gegen den *Flash* und bekommt es nicht hin, das zweifelhafte Vergnügen zu spüren. Daniel nimmt uns die Bestellung ab, zwei *Granite Amarena* sind längst bestellt und auch bei Lara und mir klappt es. Ich reiße die Augen auf, presse meine Hände unter die Augen und bereue es, dass ich hier in der Mittagssonne bei über 30 Grad im Schatten mit aller Kraft am Strohhalm gezogen habe. Die anderen lachen Tränen und können sich kaum einkriegen. Ich frage mich, ob es für den Körper schädlicher ist, aktiv an einer Strandparty mit Sachsen teilzunehmen oder mehrere Runden *Granite-Eis-Flash* zu spielen.

Am Nachmittag mieten Daniel, Ina, Lara und ich ein Tretboot. „Wollen es sich die Turteltäubchen gerne hinten bequem machen oder sind die Männer fürs Treten zuständig?“, fragt Daniel und Ina kommt mir zuvor. „Wir zwei treten, das junge Glück darf sich hinten sonnen.“ Und so liege ich mit Lara auf der freien Fläche des Tretbootes und schaue über die Weite der Adria und auf den sich immer weiter entfernenden Strand. Es ist heiß und bald brauchen wir eine Abkühlung und springen ins Wasser. Als wir wieder an Bord sind, tauschen wir und lassen Daniel und Ina ihr Bad im gar nicht mal so kühlen Nass nehmen.

Nach einer Stunde sind wir wieder zurück und ein wenig traurig, dass es unser letzter Tag am Strand von Riccione ist. „Ich glaube, ich wäre niemals hierhergekommen, wenn ich die Bilder von diesem überfüllten Strand gesehen hätte. Aber diese Stadt hat wirklich ihren Charme“, sage ich zu Lara, die neben mir auf der Liege liegt. „Ja, ich finde es auch voll schön hier. Man hat seine feste Liege am Strand, und eigentlich hat man trotz der vielen Leute auch genug Platz.“ – „Und die Strandbar ist Gold wert. Man kann seinen ganzen Kram hier in den Kabinen am Strand lassen, das Wasser ist cool, man kann hundert Meter ins Meer hinein gehen und immer noch stehen.“ – „Ja, und nachts geht hier die Post ab, man kann spitzenmäßig einkaufen, im Hotel fühlt man sich von Anfang an wie zuhause und das Essen ist Weltklasse.“ – „Und im Hotel wohnen traumhafte Mädchen“, grinse ich und Lara lacht „... die in den paar Tagen hier bestimmt zwei Kilogramm zugenommen haben.“ – „Steht euch gut“, sage ich und kneife sie in die Hüfte. Sie schreit, springt auf und jagt hinter mir her, bis ich als letzte Rettung im Sprint ins Wasser flüchte. Aber Lara ist nicht aus Zucker, sie verfolgt mich gnadenlos weiter, und als das Wasser zu tief zum Laufen wird, lasse ich mich fallen und eine Sekunde später wirft sich Lara auf mich. Wir tollen herum wie Kinder. Das Ganze endet in einem Kuss, der aber nicht lange dauert, da uns die Wellen gleich wieder auseinanderreißen.

19

Unser letzter Abend in Riccione steht an und uns ist klar, dass wir nach den langen Nächten der vergangenen Tage nun endlich etwas Schlaf brauchen. Ina schlägt vor, sich mit einer Flasche

Wein gemütlich vors Hotel zu setzen und einen ganz entspannten Abend zu haben. Die Idee finde ich gar nicht schlecht, im Gegensatz zu Lara: „Das können wir machen, wenn wir 50 sind. Ich hätte schon Bock, noch mal irgendwo hinzugehen, es muss ja nicht die ganze Nacht sein." – „Also in den Discos geht's erst ab Mitternacht richtig los, aber wenn ihr Lust habt, können wir ja in den *Luna-Park* gehen. Hier in der Nähe in Miramare ist einer der größten hier an der Küste." – „*Luna-Park*?", frage ich Daniel „Ja, ein Rummelplatz, wie eine Kirmes, laut und bunt mit cooler Musik." – „Ok, laut und bunt ist immer gut", freut sich Lara. Und so geht es also auf in den *Luna-Park* in Miramare. Marc und Sophie haben keine Lust mitzukommen, sie wollen in der Einkaufsstraße *Viale Ceccarini* bummeln gehen.

Wir vier nehmen den Bus, es sind nur einige Stationen und man kann ihn gar nicht verfehlen. Schon Hunderte Meter vor dem Eingang blinken Tausende von Lichtern auf und weisen unübersehbar auf den Park hin. Musik ist in der Ferne zu hören. Viele Eltern mit Kindern sind auf dem Weg dorthin, aber auch eine Menge Leute in unserem Alter. Der Park ist groß, laut und bunt. Sehr laut und sehr bunt. Nebelschwaden ziehen durch die Fahrgeschäfte, italienische Stimmen heizen die Stimmung an und werben um Kundschaft. Und von allen Seiten hört man die Beats des melodischen *Eurodance*. Bässe sind zu spüren, Stroboskop-Flashlights zucken durch den Abendhimmel. So etwas in der Art mag man bei uns zuhause Rummel, Jahrmarkt, Kirmes, Kerb oder Messe nennen, es kann nicht mithalten mit einem *Luna-Park* hier im Süden. Vielleicht ist es die Atmosphäre des Urlaubs, vielleicht klingen die italienischen Stimmen der Losverkäufer auch besser als das stupide, monotone deutsche „Ja, jetzt hier wieder mitmachen. Immer wieder mitspielen, immer wieder gewinnen, jedes Los gewinnt. Ja, jetzt wieder zugreifen hier, jetzt die Auswahl abräumen." Vielleicht ist aber tatsächlich alles eine Spur größer, bunter, lauter, losgelöster als zuhause. Obwohl wir in Hannover mit dem Maschseefest schon ein vergleichsweise atmosphärisches Volksfest haben. Natürlich könnte es auch einfach Lara sein, die ich im Arm habe und die in mir das gewisse Etwas an diesem Abend auslöst.

Wir schlendern durch die Reihen, vorbei an den üblichen Karussells, Imbissbuden und Verkaufsständen und stehen vor einem Irrgarten aus Glasscheiben, der sich wie auf einem großen

Teller angerichtet, ständig langsam dreht. Natürlich versuchen wir unser Glück und es ist nicht so einfach, wie man denkt. Lara und ich brauchen am längsten und sind noch immer am Suchen des Ausgangs, als sich Ina und Daniel draußen schon über uns amüsieren. Irgendwann sind aber auch wir frei und kaufen uns etwas zu trinken und stellen uns an den Autoskooter, wo *Rythm is a dancer* von *Snap* läuft. Lara steht vor mir, ich sitze auf der Metallbrüstung und habe meine Arme um sie gelegt und mein Kopf ruht auf ihrer Schulter. Es ist schön, ihr so nah zu sein. Niemand redet etwas, wir stehen hier, genießen die Musik und beobachten die meist sehr jungen Fahrer der Skooter und die Schauspiele kleiner herausgeputzter Diven und Gigolos um sie herum. Eine bunte Märchenwelt, schrill und ganz eigen.

Irgendwann, viel zu früh, gehen wir weiter. Daniel will unbedingt mit uns im *Magic Mountain* fahren. Eine Achterbahn ohne Loopings und ohne erkennbare spektakuläre Besonderheiten. Also kein Problem. Wir nehmen Platz und die Fahrt ist gemütlich. „Zehn Runden", grinst Daniel. „Prima", antworte ich und kuschele mich an Lara. Eine romantische Fahrt für Verliebte, eine nette Idee von Daniel. Wir scherzen über die Musik, denn es läuft *I can't stand it* von *Twenty for seven*. Im Hintergrund sind die stöhnenden Klänge einer Frau zu hören und wir versuchen zu zählen, wie viele Orgasmen die Computer-Backgroundstimme im Laufe des Songs denn so zu haben scheint. Während wir lachend laut mitzählen, wird die Fahrt zunehmend schneller und ungemütlicher. Wir müssen uns in Runde 4 schon gut festhalten. In Runde 6 ist uns der Backgroundorgasmus völlig egal, als uns Daniel fröhlich darauf hinweist, wie die Konstruktion des *Magic Mountain* doch bereits wackelt. In Runde 7 erklingt nicht nur *Gonna make you sweat* von der *C&C Music Factory*, sondern trotz des lauten Sounds hört man das Stahlgerüst krächzen. Das Stroboskop erleuchtet das zitternde Gebälk nur für Sekundenbruchteile und unsere Hände verkrampfen sich langsam an den Haltegriffen. Denn wir sind nicht angeschnallt. So etwas wie Anschnallgurte gibt es im *Magic Mountain* natürlich nicht. In Runde 8 treten Schweißperlen auf meine Stirn. Lara ist still geworden und hält sich krampfhaft fest. Uns ist das Lachen vergangen. In Runde 9 wackelt die Bahn, als würde unter uns gerade ein appenninischer Vulkan ausbrechen. Der Italiener im Kassenhäuschen amüsiert sich und feuert uns mit wilden Schreien in sein Mikrofon an. Runde 10 wird von den Umstehenden mit Applaus bedacht. Ich fühle mich wie mitten in einem Jahrhunderterdbeben. Lara sieht auch blass noch toll aus. Ich reiße mich zusammen und frage mich, ob mein verzerrtes Grinsen nicht eher in die Geisterbahn passen würde. Das Volk jubelt. Denn der Mann am Mikrofon hat uns soeben eine Zusatzrunde angekündigt. In Runde 11 beschleunigt der *Magic Mountain* auf Höchstgeschwindigkeit. Ich überlebe knapp. Die Bahn bremst abrupt ab, ich klettere aus dem Wagen und bin ein Held. Um mich herum steigen lachend kleine Knirpse aus den Wagen und eine kleine deutsche Göre sagt zu ihrem Vater: „Och Papi, das war ja gar nicht über Kopf, voll langweilig." Wenigstens Lara fand die Fahrt ähnlich abenteuerlich wie ich. Ina ist am Lachen, ihr hat das alles auch nichts ausgemacht. Daniel sowieso nicht, er zeigt uns zum Abschluss noch die unterschiedlichen Holzkeile, auf denen die Bahn aufgebaut ist und bei der nächsten Fahrt schaue ich beeindruckt zu, wie sich die Holzklötzchen biegen und unter der Belastung vor sich hin ächzen. Daneben liegt ein Stahlbolzen, der wohl übrig war.

Ina ist auf den Geschmack gekommen, sie möchte mit dem fliegenden Teppich fahren. Da hier sinnigerweise *Up n away* von *Mr. President* gespielt wird, lasse ich mich treiben und steige todesmutig ein. Und siehe da, es ist gar nicht so schlimm, auch wenn sich die Schmetterlinge in meinem Bauch beim Herunterfallen verdoppeln. Mit Lara an meiner Schulter ist einfach alles toll, außer vielleicht dem *Magic Mountain*, aber den haben wir ja hinter uns. Immer, wenn der fliegende Teppich seine höchste Position erreicht hat, können wir das Meer sehen. Es ist nur wenige Meter vom *Luna-Park* entfernt. Die Fahrt dauert lange und das ist gut so. *We are going on down* von den *Funky Beats* erklingt. Die Betreiber der Anlage haben einen Sinn für die passende Untermalung unserer Fahrt. Ich genieße jede Minute und jeden Augenblick.

Zum Abschluss wollen wir noch eine Runde mit der Berg- und Talbahn, dem *Musik-Express*, fahren. Das ist jene Raupenbahn, die während der Fahrt eine Abdeckung ausfährt, so dass die Fahrgäste im Dunkeln sitzen. Diese Art von Fahrgeschäft ist bei allen Pubertierenden grenzenlos beliebt. Das Rezept funktionierte mit 13 und es funktioniert auch heute noch: Man lade seine Auserwählte ein und setze sich auf die Außenposition.

Schüchtern beginnt die Bahn sich zu bewegen, die Hände liegen steif auf den eigenen Knien. Coole Musik ertönt, schließlich sind wir im *Musikexpress*. Blitze zucken, bunte Discolichter schnellen umher. Die Fahrt wird schneller. Die Fliehkraft arbeitet für einen und unterstützt das Projekt. Die Angebetete wird, ob sie nun will oder nicht, immer fester an einen gedrückt. Und es wird unbequem, der Arm drückt und stört, weshalb man ihn umplatzieren muss. Aber nirgendwo ist Platz für den überflüssigen Arm. Da kann man nur kurz mit den Schultern zucken und hat keine andere Wahl. Man muss den Arm letztlich um die Nachbarin legen. Wenn die Musik richtig gut ist, man das richtige Parfüm aufgelegt hat und das Mädchen neben einem nicht gerade wahnsinnig überrascht ist, weil es ihre erste Fahrt mit dem *Musikexpress* ist, dann kann nicht viel schiefgehen. Denn das Verdeck geht zu, es wird dunkel und nun kann der Angriff starten: der Kussversuch. Heute sind die Erfolgsaussichten besser als jene 30 Prozent, die ich sonst meist erwarte. Wir küssen uns schon lange, bevor das Verdeck schließt und daher kann ich die Fahrt auch ganz entspannt genießen. *Show me love* von *Robin S.* begleitet unsere Runde. Als wir aussteigen, fühlen wir uns wie nach einem Discobesuch, bei dem man zu viel getrunken hat, nur ohne Kopfschmerzen.

Gegenüber ertönen die Klänge von *Insomnia* von *Faithless* und etwas in mir zwingt mich, ohne ein Wort an die anderen zu richten, hinüber an das Kassenhäuschen des *Breakdancers* zu laufen und 40 Tickets zu kaufen. Die Bestellung erfolgt in drei Sprachen, da sich die Verkäuferin nicht vorstellen kann, dass ich das ernst meine. Tue ich aber und so drücke ich jedem zehn Tickets in die Hand. Die nächste Stunde verbringen wir in der Gondel des *Breakdancers*. Es ist nicht das erste Mal, dass ich mich sozusagen heimisch in einer *Breakdancer*-Gondel einrichte. Nach einer bösen Abfuhr - nein, nicht im *Musikexpress* - und reichlichem Alkoholgenuss habe ich mich vor einigen Jahren mal auf dem Hannoveraner Frühlingsfest für unzählige Fahrten in einer solchen Gondel niedergelassen. Keine Ahnung, wie viele Gettons ich mir damals kaufte, irgendwann ließ man mich einfach so mitfahren. Ich saß da, einsam in meiner kleinen Welt, und ließ mich durch den Abendwind wirbeln. Melancholisch ließ ich meinen Gedanken einfach freien Lauf. Versank gleichzeitig in

Selbstmitleid und hatte trotzdem Freude daran, mich rhythmisch durch die Nacht schaukeln zu lassen.

Heute ist das anders. Ich fühle mich, als wäre ich von einem auf den anderen Moment auf einen besseren Planeten geschossen worden. Die Welt, die eben noch dunkel und abstoßend war, zeigt sich seit einer Woche von einer ganz anderen Seite. Es ist dieselbe Welt, anders erlebt. Ich bin hier, weil ich es wollte. Ich habe mein Leben selbst in die Hand genommen und ich bin alleine dafür verantwortlich, was ich daraus mache. Und auch wenn ich eine Stimme in mir höre, die mir sagt: „Es ist nur Urlaub“, so lasse ich mir nicht einreden, dass das alles nur der Leichtigkeit und Unbeschwertheit des Urlaubs zu verdanken ist. Für mich ist das kein Urlaub, es ist mein Leben. Basta.

Die Gondeln, die wie auf einer rotierenden Schallplatte angebracht sind und sich zudem zusätzlich noch selbstständig drehen, schleudern durch die von Lichteffekten durchzogene Luft, untermalt durch die wummernden Beats aus den Boxen. Lara sitzt neben mir, Nebelschwaden wabern durch das Fahrgeschäft. Alles dreht sich, ich stecke voller Adrenalin. Die laute Musik und die Lichter katapultieren mich in eine andere Welt. Ich fühle mich wie berauscht, die Fahrt wirkt wie eine Droge. Unsere letzte Runde dauert besonders lange. Der Master of Desaster, wie sich der Mann am Mikrofon und Steuerungspult bei seinen Anfeuerungsrufen immer wieder nennt, lässt uns minutenlang im Dunkeln durch die Nacht rasen, bevor er zum Finale noch einmal alle Lichteffekte aktiviert, die der *Breakdancer* zu bieten hat.

Es ist halb eins, als wir den *Luna-Park* verlassen. An der Hauptstraße zwischen Miramare und Riccione stehen afrikanische Prostituierte und bieten ihre Dienste an. Lara und Ina haben sich bei mir eingehakt und Daniel geht vor uns. Das wird ihm zum Verhängnis, die kurz berockten geschäftigen Damen umwerben den armen Daniel handfest. Sie greifen ihm …, nun ja, genau in die Männlichkeit. Und Daniel hat große Mühe, sich zu verteidigen, da er seinen Geldbeutel mit einer Hand am Hintern festhält, während sich die andere Hand gegen die praktisch vorgezeigten Offerten zur Wehr setzt. Ein Bild für die Götter.

Nach einiger Zeit kommen wir an einer Bar vorbei, deren eine Seite an die Hauptstraße grenzt und deren andere Seite sich zum

Meer hin öffnet und am Strand einige romantische Plätze bereithält. Die Bar heißt *Grimaldi*, und als wir sie betreten, sehen wir auch warum: Überall hängen Fotos von den *Grimaldis*, der Fürstenfamilie Monacos. Die Prinzessinnen *Stephanie* und *Caroline* waren offenbar sogar schon hier zu Gast. Ihre hübsche Mutter *Gracia Patricia*, die als *Grace Kelly* eine bekannte Schauspielerin war und viel zu früh bei einem Verkehrsunfall an der Cote d'Azur ums Leben gekommen ist, ist allgegenwärtig. Ein riesiges Porträt des ein wenig grimmig dreinschauenden Fürsten *Rainier* wacht über das Lokal. Über die Musik lässt sich streiten. Im *Grimaldi* läuft in dieser Nacht die Endlosschleife von Prinzessin *Stephanies* musikalischen Versuchen irgendwann in den Achtzigern. Das mag nicht jedem gefallen, aber wer mit einer Frau wie Lara auf einem der gemütlichen Zweiersofas am Strand Platz genommen hat, der wird das gehauchte *One love to give* oder *Irrestible* sein Leben lang traumhaft finden.

Ina und Daniel haben sich an die Bar gesetzt und lassen uns Zeit für unsere Zweisamkeit. Der Cocktail schmeckt fast so süß wie die Lippen von Lara und eine weitere adriatische Traumsommernacht sorgt für genau die richtigen Temperaturen. „Ich bin echt froh, dass wir hier gelandet sind. So etwas wie hier in den letzten Tagen stellt man sich unter Interrail ja eigentlich nicht vor", sagt Lara zufrieden. „Ja, es ist traumhaft. Und uns hat der Zufall hierher geführt. Ich könnte ewig hier bleiben, aber ich verstehe, dass ihr noch etwas vom Land sehen wollt." – „Ich hoffe ja mal, dass du mitkommst, oder?" – „Das lasse ich mir nicht zweimal sagen." – „Super. Schön, dass du dabei bist." Die Schmetterlinge in meinem Bauch sind in Aufruhr, ganz ohne Fahrgeschäft.

Ich glaube, wir sitzen hier seit einer Stunde, kuscheln uns aneinander und schauen hinaus auf das Meer und lassen die Atmosphäre auf uns wirken, als Ina und Daniel zu uns kommen. „Ja, ja, ich weiß, hier könnte man ewig sitzen, aber nachher können wir ja leider nicht ausschlafen." Ina hat ja recht. Also brechen wir auf und bummeln zurück zum Hotel. Pasquale ist noch wach und wir kommen an ihm nicht vorbei. „Letzte Tag, letzte *Grappa*", weist uns Pasquale an und so nehmen wir noch einen Drink. Der *Grappa* ist schnell geleert, aber schon hat jeder von uns noch ein Glas Wein vor sich stehen. „Ah, eine bissken Benzina und ihr schlafen viel schneller." Pasquale muss es wissen und was soll man auch anderes machen? Eine halbe Stunde später liegen wir dann aber endlich im Bett. Die Uhr zeigt 3.20 Uhr an.

20

Die Nacht war kurz, der Wecker klingelt unerbittlich. Der Abschied von Riccione steht bevor. Viola und Pasquale, Carla, Marc, Sophie und natürlich Daniel sind alle bereits wach und wollen uns verabschieden. Daniel hat in der Bäckerei *Bomboloni* besorgt und wir frühstücken heute zum Abschluss auf der Hotelterrasse. Viola lässt es sich nicht nehmen, uns einen letzten grandiosen Cappuccino zu servieren.

„Ihr kommen als Fremde, ihr gehen als Freunde von Famiglia Pasini", sagt Pasquale feierlich. Wir bedanken uns für die schöne Zeit, verabschieden uns von allen und sind vor allem Marc und Sophie dankbar, dass sie uns mitgenommen haben in diese Stadt. Daniel kommt mit zum Bahnhof, wir fahren mit dem Bus bis zur Endstation und laufen die letzten Meter, bis wir am Bahnhof von Riccione angekommen sind. Es dauert nicht lange und wir verabschieden uns von Daniel, unser *Traino Regionale* nach Ancona fährt ein.

Die Strecke ist herrlich, die Bahnlinie verläuft direkt am Meer entlang und wir sehen viel Strand und spüren das Urlaubsfeeling. Pesaro, Fano, Senigallia und Falconara ziehen an uns vorbei, bevor wir unseren Umsteigebahnhof Ancona erreichen. Der Aufenthalt ist knapp und wir sitzen schnell im Zug nach Rom.

Der Zug setzt sich in Bewegung. Es ist einer dieser alten Regionalzüge ohne Abteile, was durchaus von Vorteil ist, denn so bekommt man auf der langen Fahrt durch das Gebirge der Apenninen umso mehr von seinen Mitreisenden mit. Und das kann hier im Süden schon recht interessant werden. Ina und Lara sitzen mir auf der Bank gegenüber. Ich sitze alleine, mein Rucksack hat nicht mehr auf die Ablage gepasst und steht deshalb neben mir. Es ist warm geworden und deshalb sind viele Fenster offen, der Zug fährt mit aller Ruhe aus dem Bahnhof von Ancona und es kommt nur ein kleines bisschen Sommerwind zu uns hinein.

Wenn ich das Meer da unten so sehe, dann würde ich am liebsten hineinspringen, doch für die nächsten Tage müssen wir ohne das kühle Nass auskommen. Aber die *Ewige Stadt*, Rom, ist keine schlechte Alternative.

Auf der anderen Seite des Ganges sitzt eine italienische Familie. Die Mutter, dem Anschein nach keine Kostverächterin, hat sich in ein sehr körperbetontes Outfit gepresst. Der helle Rosaton ihres Oberteils, kombiniert mit einer himmelblauen und viel zu engen Leggins, macht es einem nicht gerade leicht, woanders hinzuschauen. Im Gegenteil, die exorbitanten Kurven, die von dem knappen Stoff nur teilweise bedeckt werden, ziehen die Blicke der anderen Fahrgäste nahezu magisch an. Man kann nicht sicher sein, ob es ausschließlich auf ihre außergewöhnliche Garderobe oder ihr voluminöses schwarzes Haar zurückzuführen ist, welches oberhalb ihrer Stirn von einer Art Rundspoiler gehalten wird. Rechts und links von dieser Welle bahnen sich wirre Haarsträhnen ihren Weg in alle Richtungen, ohne dabei irgendwelchen Naturgesetzen oder Friseurvorgaben zu gehorchen. Hinzu kommt, dass sie einen riesigen Busen hat, der von einem ebenso riesigen Bauch gestützt wird. Dieser gigantische Körper wird von zwei winzigen Ballerinaschuhen ausgeführt, welche jeden Moment aus den Nähten zu platzen drohen.

Ihre Stirn runzelt sich etwa ein Mal pro Minute wulstartig. Nämlich immer dann, wenn eines der Kinder meint, genüsslich mit dem Finger in der Nase bohren zu müssen, um dann diese kleinen lästigen und durchaus klebrigen Errungenschaften an der eigenen Hose abzustreifen. Dem Stirnrunzeln folgt mit kurzem Abstand wahlweise ein lautes kurzes „Giancarlo!“ oder „Stefano!“ Sind die Kinder brav, ertönt hin und wieder ein fast schon schreiendes „Pierluigi!“ Sie unterbricht ihren Ehemann dabei, seine Essensreste mit weit aufgesperrtem Mund aus den Zähnen zu pulen. Ich warte nur darauf, dass sich Pierluigi so sehr erschreckt, dass er sich einen Finger abbeißt. Die drei männlichen Familienmitglieder sind keineswegs lernfähig und so geht das Schauspiel in der immer gleichen Aufführung in die nächste Runde. Wir verlassen gerade den Bahnhof von Chiaravalle, als Pierluigi zum ersten Mal den Versuch einer Kommunikation mit seiner Frau startet: „Eh, Marta …“. Doch er wird abrupt von einem kurzen knappen „Giancarlo!“ unterbrochen. Pierluigi zuckt zusammen und hält den Mund, obwohl er gar nicht gemeint ist. Ich erwische uns, wie wir alle drei die Familie anstarren, als wären wir Zuschauer in einem komödiantischen Theaterstück. Ich räuspere mich und lenke die Augen von Lara und Ina wieder Richtung Fenster. Wir haben Mühe, uns das Lachen zu verkneifen. Ich kann es nicht lassen und blicke noch einmal zu Marta. In ihrem engen Oberteil sieht sie aus, als säße sie nackt dort. Gerade als ich meine Augen wieder von ihr löse und in ein friedliches Wäldchen blicke, welches wir gerade durchfahren, passiert es plötzlich:

Marta schreit „TIM!!!“, gefolgt von einer ganzen Reihe italienischer Flüche. Ich denke, mein letztes Stündlein hat geschlagen. Nie wieder werde ich fremde Leute anstarren, die außergewöhnlich aussehen. Woher kennt diese Frau bloß meinen Namen? Ich bin der festen Erwartung, dass sich gleich mehrere Zentner Marta auf mich stürzen, um sich fürchterlich an diesem frechen Deutschen zu rächen. Mir wird heiß. Ina und Lara schauen bestürzt mit weit aufgerissenen Augen hinüber zu der Bedrohung, die sich sicher gleich über uns erheben wird. Auch ich werfe einen Blick in Richtung Marta, die aber nur wild mit ihrem Telefonino oder Cellulare, wie das Handy in Italien genannt wird, hantiert und wütend auf Pierluigi einredet.

Ina fängt laut an zu lachen. Sie hat begriffen, was hier vor sich geht. Als sie sich wieder eingekriegt hat, flüstert sie mir zu: „Die haben bloß keinen Handyempfang. Deshalb regt sie sich auf. Und nun rate mal, wie die Telefongesellschaft heißt: *TIM. Telecom Italia Mobile*. Das weiß ich von Viola, die hat mir ihr Cellulare vor ein paar Tagen gezeigt und im Display wurde groß T-I-M angezeigt, da musste ich schon an dich denken, Tim.“

Wir erreichen Fabriano und dort verlässt uns Marta mit ihren drei Männern, was mir sehr recht ist, denn mir sitzt der Schreck noch in den Knochen. Ina und Lara haben ihren Spaß, den Rest der Fahrt werde ich mit der Marta-Imitation von „TIM“ aufgezogen und aufgeschreckt.

Ein paar Minuten ist Pause in unserem exklusiven italienischen Zugtheater, aber der zweite Akt ist vielversprechend und steigt in Gualdo Tadino in Form einer Pfadfindergruppe in unseren Waggon ein. Der Lärmpegel steigt um ein Vielfaches, die kleinen Buben wuseln wie die Ameisen durch den Zug und nehmen jeden noch so engen Sitzplatz in Beschlag. Ich stelle meinen Rucksack vom Sitz in den Gang und zwei kleine Pfadfinder nehmen seinen Platz ein. Ganz im Gegensatz zu Martas

Popelmonstern legen sie ein astreines Benehmen an den Tag. Der Größere der beiden bedankt sich artig mit einem schüchternen „Grazie“, dem Kleineren muss durch den Blick des Gruppenbetreuers noch nachgeholfen werden. „Grazie“, sagt er dann aber doch noch kaum hörbar.

Der Betreuer ist ein junger Bursche, vielleicht Mitte zwanzig. Mit seinem wuscheligen Lockenkopf passt er aber gut in die Gruppe der Pfadfindertruppe. Er erinnert mich ein wenig an den jungen *Tommy Ohrner*. Und er ist nicht allein - er hat seine Gitarre dabei. Na, das kann ja heiter werden. Zehn Minuten später singen zwanzig kleine Italiener Pfadfinderlieder. Zehn weitere Minuten später singen alle Italiener im Waggon Pfadfinderlieder. Und weitere zehn Minuten später singen auch drei deutsche Touristen zumindest den Refrain italienischer Pfadfinderlieder.

Reisen bildet. Wir können uns dem allgemeinen Gesang nicht entziehen. Nicht singen zu können mag in Deutschland eine erfolgreiche Ausrede sein, in Italien kann man sich damit nicht drücken. Der kleine Knirps neben mir ist mittlerweile aufgetaut und sichtlich fasziniert von der singenden Lara und erweist sich als ihr persönlicher Vocalcoach. Mich missachtet er. Ich hätte es an seiner Stelle genauso gemacht.

Wir kommen in Spoleto an. Unser Chor erweitert sich durch fröhlich mitsingende Menschen am Bahnsteig. Sie winken und freuen sich und ich habe keine Ahnung, welchen Text ich ihnen entgegen töne. Aber es macht Spaß. Am Bahnsteig stehen auch zwei *Carabinieri*. Ein bisschen sehen sie aus wie die früheren Italo-Western-Helden Terence Hill und Bud Spencer, die ja auch beide italienische Wurzeln haben. Doch die Polizisten haben weniger Humor. Sie verziehen keine Miene und sehen Furcht einflößend aus mit ihren riesigen Gewehren, der Uniform und den Stiefeln. Sie tragen Sonnenbrillen und das verleiht ihnen ein absolut unnahbares Aussehen.

Das Konzert auf *Binario due* dauert exakt zwei Minuten, bevor der Schaffner seinen Gesang unterbricht und mit einem Pfiff die Weiterfahrt des *Traino Regionale* anordnet.

Der Zug setzt sich in Bewegung. Und ein Wunder geschieht. Der Bud-Spencer-Cop fängt an zu lächeln, winkt und stimmt in den Gesang ein. Sein Terence-Hill-Kollege schaut ihn an, als ob er nun ein Disziplinarverfahren gegen ihn einleiten muss. Bud Spencer verstummt und blickt wieder finster drein. Aber immerhin, die Erkenntnis bleibt: Es menschelt selbst bei den *Carabinieri*.

21

Die *Stazione Termini* ist riesig. Ich bin beeindruckt von der dynamischen internationalen Atmosphäre, die hier herrscht. Vor allem bin ich aber froh, dass sich Ina gut auf Rom vorbereitet hat. Denn als wir die Bahnhofshalle verlassen und den Vorplatz betreten, werden wir ein halbes Dutzend Mal angesprochen, ob wir eine Unterkunft benötigen. Von Vermittlern, die damit werben, sie seien „official" bis hin zu Gestalten, die mich an Schlehmil aus der Sesamstraße erinnern:

„Hey du." – „Wer, ich?" – „Pssst, genaaaau." – „Aber ich …" – „Pschschschschsch!!! Willst du ein A kaufen?" Die Schlehmils hier verkaufen keine Buchstaben und Zahlen, sondern wollen einem zwielichtige Privatunterkünfte vermitteln. Ina hat vor der Reise den Tipp bekommen, wo man gut und günstig übernachten kann. Das *Casa Trastevere* ist eine Jugendherberge im berühmten gleichnamigen Stadtteil. Das *Albergo Mancini*, ein Hotel, liegt zentral, ist etwas teurer, oft ausgebucht, aber besser ausgestattet als die Jugendherberge. Und etwas weiter außerhalb gelegen gibt es noch das *Youth Hostel San Michele*, welches günstig und sauber ist, aber man braucht ca. 30 Minuten bis ins Zentrum. Wir überlegen kurz und entschließen uns, es zunächst im *Mancini* zu probieren.

Wir fahren eine Station mit der Metro und laufen dann von der Station *Republicca* die *Via Nazionale* herunter und sind schon bald in der *Via delle Quattro Fontane*, in der sich das *Albergo Mancini* befindet. Wir haben Glück, es ist noch ein Doppelzimmer frei und es ist kein Problem, ein drittes Bett mit hineinzustellen. Ina überlässt uns sogar das Doppelbett. Bevor wir wieder aufbrechen, besorge ich uns im nahegelegenen Supermarkt noch Wasser und dann stürzen wir uns ins Römer Leben. Viel schaffen wir heute nicht mehr, deshalb wollen wir uns die Plätze ansehen, die man vor allem in der Dämmerung und im Dunklen mal gesehen haben sollte: die *Fontana di trevi*, also den Trevibrunnen und die Spanische Treppe. Wir laufen zu Fuß zunächst durch die Straßen auf der Suche nach einem der berühmtesten Brunnen der Welt. Und auf einmal stehen wir unvermittelt vor ihm. Auf einem Platz, den ich mir viel größer vorgestellt hätte. Es ist sehr voll und gar nicht so einfach, ein Plätzchen direkt an seinem Rand zu ergattern, um das obligatorische Ritual zu vollziehen: Es soll Glück bringen, wenn man hier Münzen mit der linken Hand über die rechte Schulter in den Brunnen wirft. Bei einer Münze, so sagt man, käme man irgendwann sicher nach Rom zurück, bei zwei Münzen würde sich der Werfende in einen Römer oder eine Römerin verlieben und bei drei Münzen diese Person sogar heiraten. Ich bin froh, dass Lara nur eine Münze wirft, und mache es ihr nach. Nach ein paar Minuten finden wir sogar einen Sitzplatz.

Die Dunkelheit bricht langsam über Rom herein und taucht den Platz und den Brunnen in ein romantisches Licht. So schön es hier auch ist, die ganz große Romantik kann bei diesem Menschenandrang nicht aufkommen. Vielleicht muss man nachts hierher zurückkehren, um den ganzen Zauber des Brunnens zu erleben, wenn man fast alleine vor ihm steht. Wir bleiben dennoch eine Weile hier sitzen, bevor uns der Hunger in die Gassen treibt, in denen wir wieder einmal fündig werden. An einem Stand werden lauter kleine Köstlichkeiten angeboten, die man sich selbst zusammenstellen kann. Fingerfood, wie man heute sagt. Ich lasse mir eine kleine Tüte zusammenstellen mit Pommes, kleinen *Salsiccia*, also italienischen Würsten, frittierten Artischocken, Zucchini samt Blüte und Scampi. Dazu gibt es eine Art Riesenzahnstocher und eine Knoblauchcreme, die es in sich hat. Es schmeckt fantastisch, wie auch nicht anders zu erwarten in diesem Land, welches kulinarische Enttäuschungen nicht oft zulässt. Es macht Spaß, durch die vielen kleinen Gassen zu gehen und ehrlich gesagt weiß ich schon nach wenigen Minuten nicht mehr, in welcher Richtung unser Hotel liegt oder wie ich zurück zum Brunnen kommen würde. Ina und Lara sind die Profis und sie stoppen nur alle zehn Ecken einmal, um einen kurzen Blick auf den Stadtplan zu werfen und sich dann zielsicher in die nächste Straße zu begeben.

Und schon bald stehen wir vor der zweiten wichtigen Sehenswürdigkeit Roms an diesem Abend: die Spanische Treppe. „Sie hat mal auf spanischem Hoheitsgebiet gelegen“, erzählt Ina, „hier war auch die spanische Botschaft des Vatikans, wer sich hier aufhielt, konnte zum Dienst in der spanischen Armee verpflichtet werden. Heute ist es ein beliebter Treffpunkt der jungen Leute und von ganz oben hat man eine traumhafte

Aussicht auf Rom.“ – „Na, dann testen wir die doch gleich mal“, meint Lara und nimmt mich an die Hand. Mir tun mittlerweile die Füße weh, aber der Aufstieg hoch zur *Trinita di Monti* lohnt sich. Man blickt von hier auf das spätabendliche Rom und das Einkaufsviertel rund um die *Via dei Condotti*, die vor uns liegt.

Aber lange halten wir uns hier nicht auf, obwohl die Aussicht auf das beleuchtete Rom traumhaft ist. Doch unsere Lust auf ein leckeres italienisches Eis ist größer. Wir werden in der nächsten *Gelateria* fündig und setzen uns in der Nähe eines Gitarrenspielers auf die Treppe. Er spielt ruhige Lieder, die wunderbar hierher passen. „Heute ist wohl der Gitarrentag“, lacht Lara und legt ihren Kopf an meine Schulter. Ich nehme sie in den Arm und wir sitzen schweigend da und atmen die Luft der Römer Sommernacht und lauschen den Klängen der Gitarre. Man möchte nicht müde werden in solchen Momenten, denn man weiß, dass sie im Leben nicht allzu oft vorkommen. Das zu wissen, während man es erlebt, ist ein seltsames Gefühl. Man hat Angst, dass die Minuten verrinnen. Wer weiß, ob ich in meinem Leben hier noch einmal sitzen werde? Und wer weiß, ob ich mit Lara noch einmal irgendwo so sitzen werde. Die Tage mit ihr werden weniger und ich habe keine Ahnung, wie es dann weitergeht. Ich weiß noch nicht einmal, was das mit uns beiden ist. Ich mag sie sehr, ich mag sie jeden Tag mehr und ich habe mich in sie verknallt. Keine Ahnung, ob es Liebe ist. Ja, ich spüre so etwas wie Liebe. Aber ist es die Liebe zu Lara oder ist es die Liebe zu diesem Augenblick des Lebens, der so kostbar ist und so anders als das, was ich bisher kennengelernt habe? Ich liebe dieses Leben. Unglaublich, wenn man bedenkt, wie lebensmüde ich vor zwei Wochen noch war. Lara hat einen großen Anteil daran. Als ich über all das gerade nachdenke, dreht sie ihren Kopf zu mir und ich spüre ihre zarten Lippen, die mich küssen. Der Gitarrenspieler spielt und singt *Wonderwall* von *Oasis*. Vielleicht hat *Noel Gallager* das Lied für mich für diese Nacht geschrieben.

Mit Lara im linken und Ina im rechten Arm schlendern wir in Richtung Hotel und machen etwa auf halben Weg in einer Bar noch einen Halt, wo wir noch eine eiskalte Cola trinken. Und dann sind wir letztlich doch froh, dass wir endlich wieder am Hotel angekommen sind. Es war ein toller Abend, aber auch ein anstrengender Tag mit vielen neuen Eindrücken.

22

Wieder einmal klingelt der Wecker viel zu früh, aber ausgerechnet in Rom auszuschlafen, ist keine gute Idee. Lara macht keine Anstalten auf den Wecker zu reagieren und ich stelle mich auch taub. Ina lässt uns aber keine Chance und treibt uns an: „Aufstehen, ihr Turteltäubchen. Der frühe Vogel fängt den Wurm!" – „Oh, Mann, Ina. Der frühe Vogel kann mich mal", jammert Lara und ich quäle mich aus dem Bett. Besonders lange haben wir nicht geschlafen. Es ist erst sieben Uhr. Aber heute steht der Vatikan auf dem Programm. Ina hat gelesen, dass lange Schlangen vorm Petersdom auf einen warten, wenn man zu spät kommt. Und sie möchte unbedingt die Kuppel besteigen. Das klingt vielversprechend und deshalb treten wir um kurz nach halb acht die Fahrt mit der Metro zum Vatikan an. Zuvor haben wir bereits ausgecheckt, denn am Abend müssen wir Rom wieder verlassen. Unser Gepäck dürfen wir noch im Hotel lassen.

Von der Station *Ottaviano* ist es noch ein Stück zu laufen, bis man an den Kolonnaden des *Piazza San Pietro* ankommt. Diese sind die Staatsgrenze von Italien zur Vatikanstadt. Nicht, dass man das in irgendeiner Weise bemerken würde. Ina übernimmt gerne wieder die Rolle der Reiseführerin. Als wir aus dem ersten Staunen über die Ausmaße des 240 x 340 Meter messenden Platzes herausgekommen sind, erklärt sie uns, dass die von *Bernini* geschaffenen Kolonnaden angeblich mütterlich ausgebreitete Arme symbolisieren sollen, die die Katholiken der Welt in sich aufnehmen sollen. Denn, so *Bernini*, die *Basilica di San Pietro* sei die Mutter aller Kirchen. Man kann sich kaum vorstellen, was hier los sein muss, wenn der Platz mit Menschen gefüllt ist, zum Beispiel zur Erteilung des päpstlichen Segens *Urbi et orbi*. Die Pflasterung des Platzes ist durch ein kaum sichtbares Gefälle so angelegt, dass man solch große Menschenmengen sogar überblicken kann. Bis zu 300.000 Menschen sollen auf diesen Platz passen. Man kann sich das genauso wenig vorstellen, wie das Fassungsvermögen des Petersdoms. 60.000 Menschen finden in ihm Platz, also so viel wie ein großes Fußballstadion.

So schön der Platz auch ist und so gerne man auf ihm verweilen würde, Ina drängt uns, endlich den Petersdom zu besuchen und als Erstes auf die Kuppel zu steigen, solange sich der Andrang noch in Grenzen hält. Und zum Glück geht es um diese Zeit noch schnell, bis wir eintreten und dieses gigantische Bauwerk bewundern dürfen. Ich muss zugeben, dass ich mich für Kirchen nie wirklich interessiert habe. Aber das Zentrum des Vatikans zu betreten, den Mittelpunkt einer der wichtigsten Religionen der Welt, fühlt sich ganz besonders an. Aber viel Zeit lässt uns Ina nicht. Der Aufstieg auf die Kuppel, übrigens das größte freitragende Ziegelbauwerk der Welt, erweist sich schwieriger als gedacht. 510 Stufen führen hinauf und zum Teil ist es im Inneren äußerst eng und stickig, die Treppen sind steil und die Wände krümmen sich dermaßen, dass man zeitweise nicht aufrecht laufen kann. Aber kurz bevor uns die Puste ausgeht, erreichen wir die Plattform, die *Laterne* genannt wird, und der Ausblick von hier oben auf das morgendliche sonnenüberflutete Rom ist überwältigend. Es gefällt uns hier oben so gut, dass wir über eine Stunde bleiben. In dieser Stunde ist noch nicht allzu viel los, aber vom Gefühl her wurde in dieser Zeit das gesamte japanische Volk durch die *Laterne* geschleust. Mit einer äußerst kurzen Verweildauer schien es den meisten nur um einen Schnappschuss zu gehen. Den machen wir natürlich auch, bevor wir uns an den Abstieg machen. Ich hätte es hier oben sicher auch noch länger ausgehalten, aber man merkt, dass nun immer mehr Menschen die *Laterne* bevölkern und alles hektischer wird. Als wir wieder im Kirchenschiff ankommen, hat sich der Dom gut gefüllt. Ohne all der Kunst und Kultur, die es hier in den Vatikanischen Museen noch zu sehen gibt, die Ehre zu erweisen, machen wir uns auf den Weg zur Engelsburg, die wir aber nur von außen bestaunen.

Wir haben noch nichts gegessen und sind froh, dass wir auf dem Weg zum *Campo di Fiori* einen Laden finden, in dem es vorzügliche Pizzastücke gibt. Wagenradgroß liegen sie in den unterschiedlichsten Variationen aus. Wir entscheiden uns für die Variante mit Ruccola, Tomate, Parmesan und rohem Schinken. Man zahlt hier nicht pro Stück, sondern nach dem Gewicht. Wir wittern schon den südländischen Touristennepp, aber der Preis hält sich erstaunlicherweise in Grenzen. Wir sehen einen großen Palazzo mit Innenhof, von dem offene Treppenhäuser ins Innere führen. Hier machen wir es uns gemütlich, denn es ist schattig und wir haben unsere Ruhe. Gerade als wir fertig gegessen haben, bittet uns der hauseigene Sicherheitsdienst höflich, aber bestimmt, das Gelände des Palazzo zu verlassen. Aber wir sind satt und sowieso längst fertig und es gibt ja noch allerhand zu sehen. Vor einem Imbissstand fällt uns ein Bettler auf, der die Touristen anspricht. Auch uns bittet er freundlich um eine Gabe und bleibt auch dann noch höflich, als wir mit dem Kopf schütteln und ihm nichts geben. Wir schauen noch einmal zurück und er tut uns leid, wie er auf Krücken gestützt, keine Beachtung bei den vorbeilaufenden Passanten findet. Ina hat Mitleid mit ihm: „Wollen wir ihm nicht doch etwas geben? Er tut mir so leid." Wir gehen zurück und sind uns einig, dass wir ihm kein Geld geben möchten, sondern ihm am Imbiss etwas zu essen und zu trinken kaufen werden. Ich spreche ihn an und signalisiere ihm, dass er sich etwas aussuchen kann. Er zeigt auf ein Baguette und eine Dose Cola. Der Verkäufer gibt ihm die Ware und ich bezahle. Der arme Mann bedankt sich und wir gehen mit einem guten Gefühl weiter. Als wir noch einmal zu ihm blicken, tauscht er seine Cola gegen Bargeld. Der Verkäufer hatte ihm die Dose geschlossen gegeben und ganz offensichtlich machen die beiden häufiger solche Geschäfte.

Vom *Campo di Fiori* hat man schon so viel gehört. Als wir ihn endlich nach der ganzen Lauferei erreicht haben, sind wir aber enttäuscht. Es ist nett hier, aber auch nicht umwerfend. Und daher bummeln wir nur kurz über den Markt und schlendern hinüber zur *Piazza Navona*, die sich genau so präsentiert, wie man es sich von einer italienischen Piazza erwartet. Brunnen, Straßenmaler, Bars, Souvenirhändler, antikes Flair. Hier hocken wir uns mit einer Dose *Aranciata* mitten auf den Platz und ruhen uns vom Fußmarsch aus, während uns Ina aus dem Reiseführer vorliest, dass an dieser Stelle, wo wir sitzen, bereits *Julius Cäsar* ein Stadion für Wettkämpfe errichtete. Kurz danach geht es weiter ins *Pantheon*. Eine erfrischende Angelegenheit, denn es ist heiß geworden an diesem Mittag in Rom und das *Pantheon* bietet im Inneren eine angenehme Kühle. Beeindruckend ist diese Kuppel, die nicht komplett geschlossen ist, sondern eine Öffnung an seiner obersten Stelle hat. „Es ist bestimmt irre, hier drin zu sein, wenn es regnet. Das Loch da oben nennt man übrigens *Opaion*", klärt uns Lara auf. Ina schaut mich überrascht an und Lara lacht: „Tja, da staunt ihr was? Geschichtsreferat in der elften Klasse. Und ich weiß auch, dass wir uns im ältesten erhaltenen Gebäude Roms befinden." – „In etwa genauso alt fühlen sich meine Füße an", stelle ich fest.

Und da es uns allen so geht, schonen wir uns etwas und kaufen ein Ticket für die Stadtrundfahrt mit einem gelben Doppeldeckerbus. Wir steigen in der Nähe der *Piazza Navona* ein und bekommen sogar noch einen Platz auf dem Oberdeck in der ersten Reihe. Es ist angenehm, sich durch den chaotischen Römer Verkehr kutschieren zu lassen und die Sehenswürdigkeiten entspannt aus dieser Perspektive ansehen zu können. Wir sind vor allem vom Kolosseum beeindruckt und überlegen, ob wir hier noch einen Zwischenstopp einlegen sollen. Aber leider ist die Zeit etwas knapp. Und ich zweifle keinen Moment daran, dass ich noch einmal nach Rom zurückkehren werde.

Wir fahren am *Circus Maximus* vorbei, steigen am Denkmal von *Vittorio Emmanuele* aus, besuchen kurz den Kapitolsplatz und machen uns auf den Heimweg in unser Hotel. Mit unserem Gepäck geht es dann wieder zum Bahnhof. Rom im Schnelldurchgang war anstrengend.

23

An der *Stazione Termini* herrscht das Chaos. Ein Streik hat den Fahrplan durcheinandergewirbelt. Einige Züge sind ausgefallen und daher sind jede Menge Menschen am Bahnhof. Hinzu kommt, dass auf einer Leinwand gerade live das Elfmeterschießen des EM-Halbfinals zwischen England und Deutschland gezeigt wird. Es herrscht also aus ganz unterschiedlichen Gründen helle Aufregung. Wir beobachten aus der Ferne, wie das deutsche Team das Spiel für sich entscheidet. Bezüglich des Streiks laufe seit 18 Uhr wieder alles nach Plan, hat man uns gesagt.

So ganz richtig ist das nicht. Eigentlich wollen wir mit dem Nachtzug 800 *Roma – Torino* bis *Genova* fahren. Doch dieser Zug ist ersatzlos gestrichen worden. Die nächste Möglichkeit ist der Nachtzug 368 von Rom nach Nizza. Dieser steht schon einige Zeit bereit und ist hoffnungslos überfüllt. „Kein Problem“, sagt seelenruhig der Deutsch sprechende Bahnangestellte am Schalter. Der Nachtzug 806 von *Napoli* nach *Torino* fahre heute außerplanmäßig über die *Stazione Termini*. Eigentlich hält dieser Zug nur im Vorortbahnhof *Roma Ostiense*. Wir sind froh, dass die italienische Bahn nach ihrem Streik so flexibel reagiert. Aber die

Freude währt nicht lange, denn der Bahnsteig wird nach jeder Durchsage voller und wir befürchten schon das Schlimmste. Um 0:30 Uhr fährt der Zug endlich ein und man sieht bereits, wie überfüllt er ist. Ich habe die Hoffnung, dass Rom heute Abend das Ziel vieler Reisenden ist, aber dieser Wunsch wird nicht erfüllt. Es steigen viel weniger Menschen aus, als in den Zug hinein drängen. Mich macht das nervös, Ina und Lara bleiben dabei viel gelassener. Sie scheinen Erfahrungen mit solchen Situationen zu haben, ich hatte bisher offenbar einfach Glück bei meinen wenigen Fahrten in den letzten Tagen, als mir solche Zustände erspart geblieben sind. An einen Sitzplatz ist überhaupt nicht zu denken und Ina drängelt sich in Richtung Wagenmitte eines Abteilwaggons und wir folgen ihr.

„In der Wagenmitte kann man sich auf den Boden setzen, da ist weniger Bewegung als außen an den Türen, wo immer Unruhe herrscht, wenn der Zug hält. Hier können wir uns wenigstens hinhocken und werden nicht dauernd aufgescheucht.“ Wir schaffen es wirklich bis fast in die Mitte des Wagens und setzen uns in den Gang, der sicher schon bessere Zeiten erlebt hat und schmuddelig wirkt. Selbst hier haben wir kaum Platz, um uns herum stehen die Menschen und nehmen das alles erstaunlich gelassen hin. Direkt vor uns blicken wir durch die Scheiben der Tür in die Abteile, die wie Inseln der Glückseligkeit für privilegierte Reisende wirken.

Wer morgen früh aus seinem Schlafwagen steigt, der mag mitleidig auf die Gäste der Liegewagenabteile schauen. Diese wiederum werden Mitleid haben mit den armen Seelen, die die ganze Nacht in ihrem Abteilsitz ausharren mussten. Und die Sitzenden im Abteil schauen beschämt von unserer Lage im überfüllten Gang in die andere Richtung. Ina und Lara sind froh, dass wir hier auf dem Gang das Beste aus unserer Situation gemacht haben. Wir sind zu dritt und haben uns aus unserem Gepäck eine kleine Trutzburg gebaut. Lara und ich lehnen uns an der Außenseite an, Ina an der Abteiltür. Unsere Beine haben wir irgendwie miteinander verknotet, so dass man es hier einigermaßen aushalten kann. Ich sehe nicht besonders glücklich aus und kann mich mit meiner Situation noch nicht anfreunden. „Du darfst nicht darüber nachdenken, wie lang die Nacht noch ist. Denk immer nur von Augenblick zu Augenblick. Es kann auch leerer werden, jeden Moment kann jemand aus dem Abteil aussteigen und wir können die Sitze übernehmen.“ Das ist ein guter Tipp. Auch wenn ich von Minute zu Minute mehr darüber nachdenke, ob meine Beine das noch lange aushalten. Frauen mögen das können. Sie sitzen stundenlang mit verknoteten übereinandergeschlagenen Beinen herum und machen dabei noch eine elegant-grazile Figur. Ich höre in mir eine Stimme, die mich immer wieder darauf hinweist, dass ich das nicht mehr lange aushalte und mich bewegen muss. Aber mit bewegen ist hier nicht viel. Also hoffe ich ununterbrochen, dass gleich die Abteiltür aufgeht und mir jemand einen Sitzplatz anbietet. Den ich, der Gleichberechtigung zum Trotz, natürlich erst mal den Damen anbieten muss. Also müssen drei aufstehen, damit auch ich etwas davon habe. Das sind 50% des Abteils. Man könnte sich auch einen Sitz teilen und immer mal wechseln. Das nährt die Hoffnung, dass sich hier etwas an der Situation ändert. Mh, aber was ist mit den anderen, die hier warten? Sind darunter Leute, denen man ein Vorrecht auf den Sitz einräumen muss? Ältere, Behinderte, Schwangere, Kranke? Zum Glück stehen keine älteren Reisenden in unserer Nähe, sonst wäre der Traum vom eigenen Sitzplatz gleich geplatzt. Also ist Hoffnung angesagt. Das klappt hervorragend, für die nächsten drei Minuten. Dann meldet sich die innere Stimme mit Nachdruck: „Du, Tim, entschuldige, dass ich schon wieder störe. Also, nicht dass dich das beunruhigen müsste, aber dein rechtes Bein stirbt gerade ab. Aber kein Problem, bleib ruhig so sitzen, du hast ja noch eins.“

Im Abteil wird bestimmt gleich etwas frei. Mein Bein kribbelt, als hätte ich es in einem Ameisenhaufen abgelegt. Vielleicht herrscht gleich schon Aufbruchstimmung im Abteil. Fünf Personen schlafen friedlich. Aber da, die Person hinten am Fenster, ein Mann, steht auf und greift zu seiner Tasche, die über ihm auf der Ablage steht. Wunderbar, jetzt heißt es schnell sein und zuschlagen. Herrlich, dieser Platz ist der beste. Man kann sich anlehnen, anders als in der Mitte. Niemand stört einen dort, und wenn man nicht schlafen kann, dann schaut man hinaus in die gebirgige Welt des *Latium*. Es ist nicht das kleine Glück der Nacht, es ist ein riesiges Glück, was sich da anbahnt.

Der Mann holt einen bestimmt tausendseitigen Schmöker heraus, macht seine Leselampe an, setzt sich und beginnt zu lesen. Die Hoffnung zerplatzt wie eine Seifenblase. Meine nervige innere Stimme lacht: „Äh, Tim? War wohl nix, was? Übrigens, dein rechtes Bein kann nun amputiert werden. Das linke hält noch durch - ich schätze so fünf bis zehn Minuten, also bloß keine Eile."

Ich versuche mich zu bewegen. Mein rechter Fuß ist eingeschlafen. Ich bewege ihn hin und her. Dabei erwische ich wohl immer wieder Inas Po. Sie war eingedöst und schaut mich etwas verwirrt an. „Sorry, mein Fuß ist eingeschlafen." Ich wechsele die Stellung und kuschele mich mehr an Lara. Für den Moment ist das eigentlich recht angenehm. Die stickige Luft nimmt man mit der Zeit kaum noch wahr. Der Tag in Rom mit all seinen vielen Eindrücken hat mich betäubt, die Müdigkeit überlagert vieles. Und so schlafe ich tatsächlich nach einiger Zeit ein.

Irgendwann wache ich auf und bin froh, dass ich die Nacht bald hinter mir habe und einen Großteil verschlafen habe. Das denke ich zumindest. Ich schaue auf die Uhr. Es ist 01:20 Uhr, ich habe gerade einmal zwanzig Minuten geschlafen. Wir haben zwischenzeitlich in Civitavecchia gehalten und hier sind tatsächlich einige Leute ausgestiegen, die vorher im Gang standen. Ein klein bisschen mehr kann man sich ausdehnen und ich kann mit angewinkelten Beinen sogar liegen. Mein Kopf liegt auf meinem Rucksack. Im Vergleich zu meiner Strandliege in Riccione ist es eine Höllenposition, in der ich mich befinde, aber im Vergleich zu eben fühlt es sich wie eine Erlösung an, prima. Im Gegensatz zu meinem neuen Nachbarn, der gerade in Grosseto eingestiegen und weder zu übersehen noch zu überriechen ist. Er begrüßt mich auf Englisch und ist völlig betrunken. Die Mischung aus Alkohol und Schweiß, die er ausdünstet, ist unerträglich und ich frage mich, ob das hier auch zu der romantischen Vorstellung des Reisens mit Nachtzügen gehört. Ich soll ihn in La Spezia wecken, lallt er. Lara wacht auf und rümpft die Nase. Auch Ina wird wach, als das Schnarchen meines neuen Nachbarn die Fahrtgeräusche mühelos übertönt. „Wo ist La Spezia?", frage ich Lara flüsternd. „Warum? Das dauert noch." – „Da will der Typ hin." – „Scheiße, dann haben wir den noch ein paar Stunden bei uns. Mir wird schlecht." Nach zehn Minuten frage ich mich, ob sich mein Geruchssinn schon etwas an die neue Herausforderung gewöhnt hat und langsam aufhört, seine Eindrücke bewusst an mein Gehirn zu senden.

Irgendwann wird er aufhören zu stinken, weil ich mich daran gewöhnt habe. Die Hoffnung ist unbegründet, wie der Wunsch nach einem Sitzplatz im Abteil vor uns. Ich versuche krampfhaft einzuschlafen. Das gelingt mir in etwa so gut, wie nicht an einen kleinen rosa Elefanten zu denken, wenn man an keinen denken möchte. Die Probleme hat der betrunkene Stinker nicht. Er schläft offenbar ganz hervorragend.

Der Zug bremst im Bahnhof von *Livorno Centrale* ziemlich abrupt ab und alle werden wach. Sogar der dampfende Fleischberg neben mir schreckt auf und fragt mich verdattert, wo wir sind. „La Spezia", platzt es, ohne zu überlegen, aus mir heraus und ich bereue es schon im selben Moment. Das gibt bestimmt mächtigen Ärger. Es ist ja nicht so, dass man im Bahnhof von Livorno nicht ganz besonders viel Wert auf eine übersichtliche und große Beschilderung gelegt hätte. Selbst von meiner sitzenden Position hier im Gang sehe ich die große Schrift weiß auf Blau leuchten: *Livorno Centrale*. „Oh shit, oh shit, shit, shit, shit", höre ich ihn panisch neben mir stammeln und mit großer Mühe rappelt sich das muffelnde Etwas auf und rumpelt sich ganz wie ein Footballspieler auf seinem Lauf in die Endzone in Richtung Tür. Ich richte mich auf und schaue aus dem Fenster. Da steht er, seine Jeans hängt auf halb acht und legt seinen Hintern unnötigerweise frei. Der Rucksack hängt ihm an einer Schulter herunter und sein Haar ist wirr und verschwitzt. Sein Blick geht hinauf auf das Bahnhofsschild, unter dem er unmittelbar steht. Ich kann förmlich sein Hirn rattern hören. „Livorno? Mh. Livorno ist nicht La Spezia. Mh. Aber der Typ hat doch gesagt, das sei La Spezia. Mh. Aber da steht Livorno." Er hat es verstanden. Gleich werde ich von ihm zu Hackfleisch verarbeitet. Sein Blick löst sich vom Schild. Schweiß tritt auf meine Stirn. Ich habe Scheiße gebaut! Er dreht sich um und blickt mir direkt in die Augen.

In dem Moment schließen die Türen. Ich glaube, mein Herz hat ausgesetzt. Nein, er schaut mich nicht aggressiv an, eher wie ein treudoofer Dackel, der sich fragt, warum ich ihm sein Leckerli geklaut habe. Der Zug fährt an und er blickt uns fast regungslos mit seinen großen Augen hinterher und steht dabei einsam und verloren mitten in der Nacht auf diesem Bahnsteig. Er tut mir fast ein bisschen leid. Nein, er tut mir nicht fast leid, er tut mir wirklich leid. Aber er hätte sich ja mal Mühe geben können mit der Körperpflege, dann hätte er heute Nacht nicht hier im Provinzbahnhof von Livorno übernachten müssen. Ina und Lara sind begeistert von meiner Heldentat. Sie feiern mich, indem sie augenblicklich einnicken. Ich verzichte auf den neu gewonnenen Platz. Dafür höre ich meine innere Stimme, die sagt: „Ach komm, Tim, leg dich mit dem Kopf doch ruhig dahin, wo er eben mit seinem Hintern saß. Komm, mach schon. Tu es deinen Beinen zuliebe, du kannst sie dann ausstrecken." Ich denke mir: „Du kannst mich mal!", und genieße die stickige, aber weniger stinkende Luft und den wenigen Platz, der sich viel besser anfühlt als vor unserer Ankunft in Livorno.

Es ist kurz nach vier, als wir Pisa erreichen. Pisa besitzt nicht nur einen schiefen Turm, was mich nicht weiter stört, sondern auch einen zu vollen Bahnsteig. Warum auch immer, Pisa ist die Hölle. Hier steigen Massen ein und verwandeln unseren Wagen in eine Sardinenbüchse. Was machen bitte schön all diese Menschen mitten in der Nacht in dieser Stadt? Es ist so voll, dass wir so eng zusammengepresst werden, dass an Schlafen nicht mehr zu denken ist. Wir müssen uns hinstellen, es ist schlicht kein Platz zum Sitzen, geschweige denn Liegen, vorhanden. Es ist kaum auszuhalten in dieser Enge. Ewigkeiten dauert es, bis der Zug endlich wieder hält. Ausgerechnet in La Spezia. Und kurz entschlossen verlassen wir den Zug. Was gar nicht so einfach ist, denn mit unseren großen Rucksäcken passen wir kaum durch den Gang. Kurzentschlossen streichen wir Genua und wollen direkt in die Cinque Terre fahren. Die ist nur wenige Minuten von hier entfernt. Aber es ist erst kurz vor fünf am Morgen. Ina schlägt vor, die gewonnene Zeit für eine Busfahrt nach Portovenere zu nutzen oder hier am Bahnhof noch ein Stündchen zu schlafen. „Also gegen Schlafen habe ich nichts, aber ehrlich gesagt, möchte ich hier nicht pennen. Irgendwann wird der stinkende Typ nämlich hier auftauchen und dann möchte ich möglichst weit weg sein." – „Ok, dann fahren wir nach Portovenere, das soll sehenswert sein. Der Bus fährt unten im Stadtzentrum ab, steht im Reiseführer."

Ina ist immer top vorbereitet, sie ist der perfekte Travelguide. Wir müssen eine Weile suchen, bis wir die Bushaltestelle finden. Aber bald sitzen wir im Bus und bewundern die großen Militärschiffe, die hier im Hafen liegen. Portovenere liegt auf einer Halbinsel vor der Bucht von La Spezia. Wir sind ziemlich k.o. und können das tolle Panorama der bunten Häuser gar nicht so richtig genießen nach dieser harten Nacht. Aber es ist schön hier. Die Häuser leuchten in den ersten Sonnenstrahlen des Tages in den traditionellen Gelb-, Rot- und Umbratönen. Direkt davor liegen die Fischerboote, die längst wieder von ihrer Tour zurückgekommen sind. Die ersten Bars haben geöffnet und die Souvenirläden bauen ihre Waren langsam vor ihren Geschäften auf. Wir gehen auf der Hafenpromenade weiter in Richtung der grau-weiß gestreiften Kirche, die ganz vorne auf der Landzunge den Abschluss des Ortes bildet. Hierher haben sich um diese Zeit kaum Menschen verirrt und wir finden eine ruhige Ecke, wo wir uns niederlassen und es uns gemütlich machen. Es dauert nicht lange, bis mir die Augen zufallen.

Nach einiger Zeit wird es deutlich zu warm und wir wachen auf, Ina müssen wir wecken. Wir gehen in der nächstbesten Bar frühstücken und stärken uns mit einem *Caffé doppio*, um endlich wach zu werden und essen ein *Crostini*. So schön die Kulisse auch ist, wer so eine Nacht hinter sich hat, fühlt sich nicht gerade berauschend. Wir haben keine Lust, jetzt wieder mit dem Bus nach La Spezia zurückzukehren, um dann mit der Bahn nach Manarola weiterzufahren. Nicht, dass wir unseren müffelnden Freund noch einmal wiedertreffen.

Das Reisen mag meistens Spaß machen, aber an Tagen wie diesem möchte man einfach nur an seinem Ziel ankommen. Vor uns liegt ein kleines Boot mit einem Plakat, auf dem individuelle Fahrten angeboten werden. Transfers nach La Spezia, Rundfahrten um die drei vorgelagerten Inseln in der Bucht von La Spezia, Fahrten in die Cinque Terre und sogar bis Portofino und Genua. Ein junger Mann mit Sonnenbrille spritzt das Boot gerade mit Wasser ab. „Es wäre natürlich äußerst bequem, wenn wir uns von hier direkt nach Manarola bringen lassen würden“, sagt Lara und Ina merkt an: „Das wäre klasse, ich hoffe, wir sind alle seetauglich.“ – „Keine Ahnung, ich habe so was noch nie gemacht, aber wir können es ja ausprobieren“, antworte ich und bin gespannt, ob ich empfindlich sein werde gegen den durchaus vorhandenen Wellengang.

Ina steht auf und geht zum Italiener, um ihn nach dem Preis zu fragen. Anscheinend können sie sich verständigen, denn sie reden einige Minuten miteinander. Ina kommt zurück und macht nicht den Eindruck, dass sie etwas Positives zu berichten hat.

„Das können wir abhaken, der Kerl will 70.000 Lire für die Fahrt von hier nach Manarola. Und er lässt nicht mit sich handeln, weil heute das Meer zu unruhig ist." – „Schade, ich hatte mich mit der Idee schon angefreundet." Wir brechen auf und gehen in Richtung Bushaltestelle, als ein älterer Mann sich um sein kleines Boot kümmert. Ina spricht ihn an, aber der Mann versteht nur Italienisch und hat auch wenig Interesse mit uns in Kontakt zu kommen. Ein anderer jüngerer Mann kommt dazu und sagt, dass er etwas Deutsch könne und übersetzt Inas Frage, ob es möglich wäre, uns nach Manarola zu bringen und was es kosten würde. Angeblich wäre der Seegang heute zu heftig, man könne unmöglich in Manarola anlegen bei diesen Wellen.

Wir müssen also tatsächlich mit Bus und Bahn weiterfahren. Kurz vor der Bushaltestelle sehen wir noch einen Mann, der auf seinem Boot sitzt und die Zeitung liest. Er ist recht jung, vielleicht Anfang dreißig. Ina fragt ihn, ob er Deutsch oder Englisch spreche. Er spricht Englisch und lacht, als wir ihn fragen, ob er uns nach Manarola bringen könne. Dafür gebe es doch den Shuttleservice des Kollegen weiter vorne. Ihm ist schon klar, dass der uns zu teuer war und er macht uns ein besseres Angebot. Für 30.000 Lire nimmt er uns mit, denn er muss sowieso nach Monterosso. Und so bezahlen wir und nehmen Platz auf seinem kleinen Boot. Der Mann stellt sich als Salvatore vor. Es wackelt beachtlich, als wir losfahren und als wir die geschützte Bucht verlassen, wird es recht unangenehm. Für Salvatore ist das kein Problem. Ihm scheint es sogar Spaß zu machen, die Wellen so anzufahren, dass es richtig schaukelt. So schön die Küste vom Meer betrachtet auch aussehen mag, ich bin froh, wenn wir endlich wieder an Land sind. Ich liebe das Meer und ich könnte sicher ewig mit einem Boot über das Wasser schippern, aber so ganz traue ich unserem Kapitän nicht.

Salvatore versucht an die Anlegestelle heranzufahren, an der die großen Ausflugsschiffe anlegen. Eigentlich ist es eine Art Betonsteg, der ungeschützt ins Meer ragt. Salvatore manövriert sein Boot vor und zurück, aber er schüttelt mit dem Kopf: „No chance!" Und nun? Müssen wir mit ihm nach Monterosso fahren? Ich hatte so auf eine Dusche und eine Toilette innerhalb der nächsten Stunde gehofft. Wir hätten besser auf die erfahrenen Seeleute hören sollen, die es abgelehnt haben, uns heute hierher zu bringen. Salvatore fährt ein Stück weiter und nun bemerken wir, dass Manarola auch noch über einen geschützten Naturhafen verfügt. Salvatore nutzt eine Welle, um neben den aufgeschütteten Steinen in den kleinen, malerischen Hafen einzufahren. Der Wellengang hier im Hafenbecken ist aber noch heftig genug. Salvatore fährt an die Hafenmauer heran. Ich habe keine Ahnung, wie er uns hier absetzen will, ohne dass er sein Boot gefährdet.

Ein alter Mann kommt angelaufen und hat zwei orangefarbene Kugeln bei sich, die wie Bojen aussehen. Salvatore winkt ihm und der alte Mann macht sich an die Arbeit und befestigt die Bojen vor der Hafenmauer. Salvatore kann nun anlegen und uns absetzen. Aber er hat es auch eilig, das unruhige Hafenbecken zu verlassen. Der alte Mann verabschiedet sich und wir gehen ihm nach. Der Anblick wirkt von hier unten wie eine unwirkliche Filmkulisse.

24

Manarola - das ist eines der fünf Dörfer, die unter dem Namen Cinque Terre bekannt geworden sind, als Geheimtipp für Wanderer und Liebhaber italienischer Ursprünglichkeit. Wobei das mit den Geheimtipps so eine Sache ist, wenn sie als solche übermäßig publiziert werden. Daher kann man in den fünf Dörfern in der Hochsaison von regem Betrieb ausgehen. Da es kaum Hotels und, außer in Monterosso, auch keine Sandstrände gibt, sind es vor allem Tagestouristen und Wanderer, die man in dieser Region antrifft. Autos sucht man hier vergeblich. Kleine Elektrobusse und hin und wieder mal Lieferantenwagen sind die einzigen Fahrzeuge, die sich hier durch den Ort schlängeln. Es gibt sowieso nur eine Straße, die diesen Namen auch halbwegs verdient. Der Rest der Ortschaft besteht aus Gassen und vor allem Treppen. Unzählige Treppen in den unterschiedlichsten Varianten. Schachtelförmig wurden die Häuser hier an die schroffe, steil abfallende Felsküste gebaut und verleihen dem malerischen Dorf ein Panorama, wie es südländisch-ursprünglicher nicht sein könnte. So stellt man sich die Fischerdörfer des Südens vor, wenn man sie selbst erschaffen müsste. Der Ort fängt erst oberhalb des Hafens an, die ersten Häuser stehen vielleicht 20 Meter über dem Meer und schützen sich so vor den Launen der Natur. Ina hat mal einen Bericht im Fernsehen über diese Region gesehen und sich im Vorfeld ihrer

Reise gut informiert. Daher weiß sie, dass man hier in Manarola über eine Vermittlungsagentur Zimmer anmieten kann. Zur Not verfügt Manarola aber auch noch über zwei Hotels, in denen wir vielleicht unterkommen könnten. Die Treppenstufen führen uns direkt vor eine Bar. „Ihr könnt euch ja hier hinsetzen, ich schaue mal, ob ich ein Zimmer bekomme. Irgendwo weiter oben muss die Zimmervermittlung sein. Ich hole euch dann hier ab, ok?" Das ist mehr als ok und so lasse ich mich zusammen mit einer noch müden Lara nieder, nachdem ich uns zwei Cappuccini an der Bar besorgt habe.

Eine halbe Stunde später gesellt sich Ina strahlend zu uns. „Ich habe ein Zimmer für uns gefunden. Meinen Rucksack habe ich schon hingebracht, das Zimmer ist der Hammer." Sie ist ganz aufgeregt und will sich nicht noch mal zu uns setzen. Wir quälen uns eine nicht enden wollende Treppengasse hinauf in den oberen Teil des Ortes und irgendwann sind wir da. Ina schließt die Haustür eines alten Steinhauses auf, durch die unsere großen Rucksäcke gerade so passen, wenn man sie hindurch drückt. Im Haus selbst müssen wir über eine sehr steile und nicht minder enge Treppe noch zwei Stockwerke nach oben klettern, bevor wir unser kleines Appartement erreicht haben. Ein Bad, eine einfach eingerichtete Küche mit einem großen alten Holztisch sowie ein Schlafzimmer mit Doppelbett und einem kleinen Schlafsofa. Einfach, aber passend für dieses kleine Dörfchen. Und nun weiß ich auch, warum Ina noch immer strahlt. Ina zeigt auf die Tür hinaus auf den Balkon, und als ich heraustrete, fehlen mir die Worte: Wir sind hier hoch über den Dächern Manarolas und haben einen traumhaften Blick über die Küste der Cinque Terre und hinaus auf das Meer. Höhenangst darf man allerdings keine haben, denn unser Balkon thront hier in luftiger Höhe und macht nicht unbedingt den vertrauenerweckendsten Eindruck.

Ich nehme meine beiden Mädels in den Arm und wäre wahrscheinlich völlig euphorisiert, wenn ich nicht wüsste, dass die beiden übermorgen wieder zurück nach Deutschland müssen. Ina und Lara wollen sich noch „ein wenig frisch machen", wie es in der weiblichen Sprache so belanglos heißt. Gemeint ist aber wohl eher eine zeitlich sehr aufwendige Generalinspektion. Es mag unerfahrene oder naive Männer geben, die dann meinen, sie könnten in Aufbruchstimmung im Stehen an der Tür warten. Aber ich bin mittlerweile Lara- und Inaerfahren. Ich darf als

Erstes unter die Dusche hüpfen, das geht schließlich schnell bei mir. Anschließend sitze ich auf dem Balkon und lese im Reiseführer, wohin es mich hier eigentlich verschlagen hat. Direkt vor meiner Nase fliegen die Möwen an mir vorbei und prüfen mit interessiertem Blick, ob bei mir etwas Fressbares zu holen ist. Die Sonne scheint, das Meer glitzert, während unten im Dorf immer mal wieder Reisegruppen auftauchen, die im Schnelldurchlauf Manarola als Museumsdorf nutzen und nach einigem Staunen und noch mehr Fotografieren eilig weiterziehen.

Aus Inas Reiseführer lerne ich, dass man die Gegend am besten wandernd kennenlernen kann. Alternativ gibt es gute Zugverbindungen zwischen den Orten, jedes der Dörfer hat einen eigenen Bahnhof. Und jetzt, im Juni, verkehren natürlich auch ständig Ausflugsschiffe, zumindest wenn es nicht zu stürmisch ist, wobei Corniglia keinen Hafen hat. Als die beiden fertig sind, schlage ich vor, dass wir wandern gehen. „Also, so wie das hier im Reiseführer klingt, müssten wir es heute eigentlich noch schaffen, zwei weitere Orte zu besuchen."

Gesagt, getan. Wir brechen auf, marschieren hinunter ins Dorfzentrum, wo wir auch noch einmal in Ruhe den Naturhafen Manarolas ansehen. Die Boote der Einheimischen werden bei unruhigem Wetter über einen Flaschenzug hinauf geholt und in der unteren Dorfstraße gelagert, was dem Ganzen einen äußerst romantischen Fischerdorfcharakter verleiht. Wir decken uns im kleinen Supermarkt mit Wasserflaschen ein und marschieren den gut befestigten, aber auch gut frequentierten Küstenweg entlang. Unser Ziel ist Corniglia, was wir nach einer guten Stunde und einem heftigen Endspurt über eine Treppe der besonderen Art auch erreichen. Wenn ich vorhin schon von einer „nicht enden wollenden Treppe" berichtet habe, dann auch nur, weil ich den Treppenweg der *Lardarina*, der Ziegelsteintreppe, noch nicht kannte, der den auf Meereshöhe liegenden Bahnhof mit der Ortschaft verbindet. Corniglia liegt nämlich im Gegensatz zu den anderen Orten nicht direkt am Meer, sondern auf einem Bergvorsprung in luftiger Höhe mit einer steilen Klippe zum Meer. Hier oben im Dorf machen wir gleich zwei Pausen. Zum einen setzen wir uns einige Minuten auf die Mauer der Aussichtsplattform am Ende der Hauptgasse mit einem herrlichen Blick entlang der Küste auf Manarola. Und zum anderen lassen wir uns auf einen *Caffé* nieder auf der schattigen

Piazza im Dorfinneren. Wir stärken uns noch mit einem Toast und begeben uns nun auf den schweren Teilabschnitt zu unserem nächsten Ziel: Vernazza.

Für viele ist dies der vielleicht schönste Ort der Gegend, wenn nicht sogar einer der schönsten Flecken Italiens. Aber zunächst ist der Weg das Ziel. War der Weg bisher noch gut ausgebaut, wandern wir nun durch die Natur. Die Wanderer werden weniger, die Ausblicke hinunter auf das Meer werden schöner und sind zum Teil atemberaubend. Wir durchstreifen Olivenhaine, Macchialandschaften und Pinienhänge und bleiben immer wieder stehen, um die Aussicht zu genießen. Es geht auf und ab, starke Steigungen wechseln sich mit engen Trampelpfaden und Abstiegen ab. Es ist anstrengend, aber jeder einzelne Schritt lohnt sich und ich hätte nie gedacht, dass mich „Wandern" begeistern würde. Aber hier wandert es sich wirklich traumhaft.

Auf halber Strecke, neben einem aus Holz gefertigtem Wegweiser, der nach Vernazza zeigt, sitzt ein alter Mann. Er hat schneeweiße, längere Haare, die nahtlos in seinen ebenso weißen und dichten Bart übergehen. Er sieht sehr freundlich aus. Und sein Hund empfängt vorbeiziehende Wanderer schwanzwedelnd. Der alte Mann spricht nur Italienisch, aber wir sehen, dass er selbst gemachten *Limoncello*, einen Zitronenlikör, verkauft. Er lächelt und reicht jedem von uns einen kleinen Becher zum Probieren. Es schmeckt unglaublich. Ich kaufe eine Flasche. Als wir wieder aufbrechen wollen, greift er in einen riesigen Weidenkorb, der hinter ihm steht und randvoll mit frisch gepflückten Zitronen ist. Er schneidet sie auf, entfernt gekonnt die Schale mit seinem kleinen Messer und reicht uns die köstlich duftende, saure Erfrischung als Stärkung für den nächsten Streckenabschnitt.

Nach über zwei Stunden taucht vor uns Vernazza auf und der Blick auf das Dorf kommt einem bekannt vor. Dieses Motiv, was wir hier sehen, wurde schon oft von der Werbung genutzt. Es ist auch ein sehr bekanntes Puzzlemotiv und viele der Reiseführer über Ligurien ziert dieses Foto auf dem Titel, welches nun im Hintergrund unseres ersten Kussfotos zu sehen ist, was Ina von Lara und mir macht. Wir steigen die Treppen hinab in den Ort, welcher leider von Touristen überschwemmt wird und in einer anderen Jahreszeit vielleicht noch mehr Charme zu bieten hat.

Aber davon lassen wir uns nicht beeindrucken und steigen sogar noch hinauf auf den alten Turm, der uns Dreien für einige Minuten ganz alleine gehört. Und als Ina ihren bereits zweiten Film an diesem Tag verfotografiert hat, verabschiedet sie sich. „Bleibt ruhig noch hier, ich gehe unten im Dorf noch Filme kaufen und setze mich dann an den Hafen, da findet ihr mich irgendwo. Lasst euch Zeit.“ Ina ist wirklich unbeschreiblich. Sie sieht immer zu, dass Lara und ich ein bisschen Zeit alleine miteinander verbringen können. Und so sitzen wir auf der Mauer des alten Turmes, der Vernazza überragt. Uns gehört die Welt in diesem Moment. Es ist traumhaft, ihre Haut zu spüren, ihre Küsse zu schmecken, ihr süßes, von Sommersprossen gesäumtes, Gesicht zu betrachten und das alles bei diesem atemberaubenden Ausblick unter der mediterranen Sonne. Ich streichle ihr durch das Haar und ich wage nicht zu fragen, was aus uns wird. Wenn sie mir auch nur das kleinste Zeichen gibt, werde ich mit ihr nach Deutschland zurückkehren. Mir schießen die Gedanken in den Kopf, dass sie dort nicht bleiben wird, sondern weiter nach Amerika ziehen wird. Ich möchte daran nicht denken, ich verdränge alles, was mich herunterziehen könnte und genieße nur den Augenblick. Ich bin wirklich kein egoistischer Typ, aber wahrscheinlich hätte ich Ina stundenlang unten am Hafen warten lassen, wenn nicht irgendwann eine Gruppe amerikanischer Touristen den Turm gestürmt hätte. Wir schlendern gemütlich Hand in Hand hinunter und finden Ina, die hier am Hafenbecken sitzt und sich sonnt.

Wir sind nun doch ziemlich kaputt und einigen uns daher darauf, auf andere Verkehrsmittel umzusteigen und das Wandern für heute sein zu lassen. Mittlerweile hat sich das Meer beruhigt und die Ausflugsschiffe pendeln wieder zwischen den Dörfern, so dass wir ein Schiff nehmen können. Eine gute Idee, denn vom Wasser aus kann man das Küstenpanorama noch einmal ganz anders betrachten. Das Sitzen tut genauso gut wie der Fahrtwind hier draußen auf dem Meer. Viel zu schnell legen wir in Monterosso al Mare an. Dieser Ort ist ein bisschen gewöhnlicher als die anderen Dörfer. Dafür gibt es hier einen Sandstrand und wir bummeln durch die kleinen interessanten Geschäfte der Altstadt. Schön ist es hier, auch wenn wir zum ersten Mal am heutigen Tag Autos sehen. Wir gehen in einer kleinen Pizzeria essen und fahren dann mit dem Zug zurück nach Manarola.

Am Abend sitzen wir gemeinsam auf dem Balkon, als uns Ina ihre Idee für den nächsten Tag eröffnet: „Ich habe mir gedacht, ich lasse euch mal alleine. Ich würde morgen früh gerne mit dem Zug rüber nach Monterosso fahren und mich dort an den Strand legen. Abends treffen wir uns dann wieder hier und ihr habt mal ein bisschen Zeit für euch." Ina lässt auch nicht groß mit sich diskutieren, worüber ich, ehrlich gesagt, auch sehr froh bin. Mir ist aber auch bewusst, dass morgen der Tag der Entscheidung ist. Wir werden wohl klären müssen, ob das mit uns ein schöner Ferienflirt war oder ob wir eine gemeinsame Zukunft haben und es etwas Ernsteres ist. Ich kann mit Lara über alles reden, kann mit ihr Spaß haben, kann mit ihr lachen, aber ich kann nicht einschätzen, wie sie wirklich zu mir steht. Wir haben uns nie etwas wie „Ich liebe Dich!" ins Ohr gesäuselt und wir haben noch nie darüber gesprochen, was das mit uns beiden eigentlich ist. Alles ist einfach so gekommen, vor ein paar Tagen in der romantischen Atmosphäre des *Baia Imperiale*. Ich habe gleichzeitig Angst und freue mich auf den morgigen Tag. Ina schläft auf der Couch und überlässt uns wieder einmal das Doppelbett, wo ich viel zu schnell mit Lara in meinem Arm einschlafe.

25

Um sieben Uhr stehe ich leise auf und gehe hinunter ins Dorf, um im kleinen Supermarkt Brötchen, Wurst und Käse zu holen. In der Bar nehme ich noch zwei *Bomboloni* mit und mache mich auf den Rückweg.

Es ist noch angenehm kühl und Manarola ist um diese Zeit wie ausgestorben, nur ein paar Einheimische trinken in der Bar ihren *Caffé*, lesen die Zeitung und tauschen die Neuigkeiten des Tages aus. In unserer Wohnung angekommen, frage ich mich, wie ich nun einen Kaffee kochen kann. Zwar finde ich im Schrank einen der typischen italienischen Espressokocher und auch Espressopulver, aber ich traue mich nicht, den Gasofen zu benutzen. Der ist für mich ein Buch mit sieben Siegeln. Aber scheinbar hatten schon andere Bewohner das gleiche Problem und so finde ich im Schrank einen Wasserkocher und löslichen Kaffee. Im Land, in dem es den besten Kaffee der Welt gibt, sich einen solchen Kaffee zusammenzubrauen, ist fast schon eine Sünde. Aber egal.

Die Damen wachen pünktlich auf und sind sehr erfreut, als ich das Frühstück auf dem Balkon angerichtet habe. Zum Glück scheint die Sonne genauso wie gestern, so dass sich Ina tatsächlich einen Tag am Strand gönnen wird. Das Wetter auf der Apenninenhalbinsel ist eine wahre Wonne, die Sonne brutzelt hier Tag für Tag, die Temperaturen haben eine erstaunliche Konstanz zwischen 25 und 32 Grad. Den Alpen sei Dank. Das schmuddelige Wetter kann auf der Nordseite hängen bleiben und uns Deutschen auf den Geist gehen. Die Italiener freuen sich sogar über Regen, so selten kommt er in den Sommermonaten hier vor.

Ina bricht gegen zehn Uhr auf und wir sind endlich alleine. Wir legen uns wieder ins Bett und genießen unsere neuen Freiheiten mit allem, was dazugehört. Auch wenn es Abend für Abend traumhaft ist, mit Lara zu kuscheln und mit ihr einzuschlafen, so ist es noch mal etwas Anderes, ihr körperlich so nah zu sein wie jetzt. Wir schlafen miteinander, liegen danach noch lange eng umschlungen beieinander und es fällt uns extrem schwer, uns aufzuraffen, und aus dem Tag mehr als einen Betttag zu machen. Aber um 14 Uhr verlassen wir die Wohnung und bummeln gemütlich Arm in Arm durch Manarola. Wir wissen beide aus dem Reiseführer, wie der Wanderweg heißt, den wir nun entlang schlendern werden.

Es ist die *Via dell' Amore*, die Straße der Liebenden, die direkt über dem Meer am Felsen entlang verläuft. Die Romantiker sagen, dieser Weg wäre entstanden, damit sich die frisch verliebten jungen Leute aus Riomaggiore und Manarola treffen konnten. In Wahrheit ist dieser Weg ein Produkt der Tunnelarbeiten für die Bahnstrecke Manarola - Riomaggiore um 1900. Hier mussten leicht erreichbare Wege errichtet werden, um die Pulverkammern für die Minen bauen und erreichen zu können, die für die Arbeiten notwendig waren. Aber schnell hatten die Einwohner ihren eigenen Nutzen für diesen Weg entdeckt und der romantische Weg wurde zum Treffpunkt der Liebespaare. Heute sind in den Galerien, die vor Steinschlag schützen sollen, etliche Liebesschwüre aufgemalt. Auf dem Rückweg werde ich wissen, ob es sich lohnt, uns hier auch zu verewigen. Am Ende des Weges, direkt oberhalb des Bahnhofs von Riomaggiore, entdecken wir eine nette Bar, deren Terrasse malerisch auf einem Felsvorsprung liegt. Wir setzen uns und bestellen zwei Cappuccini. Eigentlich ist die Zeit für ein ernsthaftes Gespräch gekommen, aber offenbar haben wir beide Angst davor. Wir verstricken uns in Small Talk und ich finde nicht den richtigen Einstieg, unsere Zukunft anzusprechen. Vielleicht ist mir das sogar ganz Recht.

Wir erkunden Riomaggiore, das südlichste Cinque-Terre-Dorf, schauen uns den Hafen an, und bummeln durch die Hauptgasse hinauf, bis wir an den Resten einer alten Burganlage angekommen sind. Wir haben uns mit Pizzastücken und belegten *Panini* versorgt. Ganz wie man es sich von Italien vorstellt, fährt eine alte, blaue Ape knatternd an uns vorbei. Eine Ape (italienisch für Biene) ist dieses urige dreirädrige Gefährt, welches in Italien als Kleintransporter benutzt wird. Die Ape hält wenige Meter von uns vor einem Haus und ein älterer Mann mit einer alten Arbeitshose und einem Unterhemd bekleidet, entlädt drei große Weinballons und schleppt sie in das Gebäude. Als er wieder herauskommt, setzt er sich auf die Mauer, zündet sich eine Zigarette an und macht erstmal eine Pause.

Mir kommt eine Idee. „Lara, warte bitte einen Moment, ich bin gleich wieder da." Ich habe keine Ahnung, wie ich es bewerkstelligen soll, aber wenn ich diesen Pritschenwagen so da stehen sehe, dann habe ich das unglaubliche Bedürfnis, mich mit Lara eine Runde herumkutschieren zu lassen. Der alte Mann versteht weder Deutsch, noch Englisch und die wenigen Worte Italienisch, die ich mir in den letzten Tagen habe aneignen können, reichen bei Weitem nicht aus, um klar zu machen, was mein Anliegen ist. Der alte Mann ruft nach Massimo, der auch gleich aus dem Haus kommt und Gott sei Dank ein paar Brocken Deutsch versteht. Ich zeige auf Lara und frage, ob mich der alte Mann eine Stunde über die kleinen Straßen oberhalb der Cinque-Terre-Dörfer fahren könne. Ich habe im Reiseführer gelesen, dass es im Hinterland oberhalb der Dörfer ruhig und idyllisch sein soll. Ich biete ihm dafür 50.000 Lire an, also ca. 50 Mark. Massimo lacht. Ich bin mir nicht sicher, ob er mich auslacht oder ob er meine Idee sympathisch findet. „Francesco fahren dich auch für 20.000 Lire, Amigo." Francesco freut sich und klopft mir lachend auf die Schulter und nickt mit dem Kopf Richtung Lara und zwinkert mir zu: „Bella donna, bella donna." Massimo ist ins Haus gelaufen und kommt mit einer Flasche Wein und zwei Gläsern zurück. „Ist Vino della casa, iste perfetto fur hubsches Signorina und du. Francesco fahren an beste Platze von Kuste. Grande Romantik, du verstehen?“ Massimo zwinkert mir zu, drückt mir Wein und Gläser in die Hand, aber laut diskutierend nimmt mir Francesco diese wieder ab und verstaut sie voller Heimlichkeit im Führerhaus der Ape. „Ah, si, Francesco, si. Amigo, iste besser wenn iste Veraschung“. Ich hoffe, er meint Überraschung. Francesco ist noch nicht zufrieden. Er diskutiert mit Händen und Füßen mit Massimo. Ich frage mich, was nicht in Ordnung ist. Immer wieder zeigt er mit ausgestreckten Händen auf die leere Ladefläche der Ape. Vielleicht gibt es ein Sicherheitsproblem, schließlich kann man sich nicht anschnallen. Aber so ganz kann ich mir das nicht vorstellen, wir sind in Italien. Schließlich scheint Massimo etwas eingefallen zu sein. Er sagt zu mir: „Allora. Du kommen in dieci minuti mit bella donna zuruck. Dann fertig für Fahrt grande.“

Ich gehe zurück zu Lara, die mich erstaunt anschaut: „Was wolltest du denn von denen?“ – „Nichts“, lache ich und setze mich zu ihr. „Du hast doch irgendeinen Blödsinn im Kopf, Tim.“ – „Ich doch nicht.“ Ich nehme sie in den Arm und wir schauen auf das Meer und ich weiß, dass Lara dieses herrliche Land morgen verlassen wird. Und das vielleicht ohne mich. Ich kann mich gegen diesen Gedanken nicht wehren und zum Glück werde ich durch einen lauten Pfiff erlöst, der von Francesco kommt und der mich zu sich winkt.

„Komm mit! Ich habe eine kleine Überraschung für dich.“ Ich gehe mit Lara zu den beiden Männern. Und jetzt sehe ich auch, warum sich unsere Abfahrt noch verzögert hat. Massimo hat die Pritsche mit Heu beladen und hilft Lara auf die Ladefläche. Es ist zwar nur eine Mini-Ladefläche, aber durch das Heu ist es angenehm weich und bequem. Francesco hupt zweimal und fährt los. Massimo steht an der Straße und winkt.

Wir fahren kleine Straßen und Wege, teilweise muss sich die arme Ape mit ihrer dreifachen menschlichen Ladung ganz schön quälen, um langsam die Steigungen zu nehmen. Aber es lohnt sich, Francesco fährt uns durch Pinienwälder, an den Aussichtspunkten fährt er extra ganz langsam und singt italienische Lieder in seinem Führerhaus. Nach einer halben Stunde hält er an einer ganz besonders schönen Stelle weit oben in den Hügeln. Man sieht ganz unten die verschwindend kleinen Dörfchen liegen und hat einen Blick über die ganze ligurische

Küste weit über die Cinque Terre hinweg. Francesco steigt aus und reicht Lara und mir ein Glas Wein und zieht sich dann wieder dezent zurück. Lara ist schwer beeindruckt. „Du kennst die doch gar nicht, das hast du eben alles organisiert?" – „Ja, hier ist die Wahrscheinlichkeit größer, an die richtigen Menschen zu geraten als bei uns zuhause. Denk mal an Venedig." – „Da hast du recht. Die Menschen hier sind einfach toll."

Irgendwann bricht Francesco wieder auf und fährt mit uns atemberaubende Strecken, bis wir schließlich an einer kleinen Wallfahrtskirche halten, die hier mitten in der Wildnis steht. Francesco bittet uns mitzukommen. Er redet mit uns, als könnten wir perfekt Italienisch, aber wir verstehen kein Wort. Ein Phänomen, was ich in Italien nun schon oft erlebt habe. Fremde Sprachen sind hier kein Kommunikationshindernis. Aber es ist nicht schwer zu verstehen, was er uns mitteilen will. Er zündet vier Kerzen an. Zeigt auf sich, auf Lara und auf mich. Wartet einen Augenblick und zeigt dann in den Himmel: „Mia moglie Annamaria." Francesco kniet sich nieder und betet einen Augenblick und bittet uns zurück auf die Ape und wir setzen unsere einzigartige Fahrt durchs Hinterland der Cinque Terre fort. Wir sind insgesamt fast zweieinhalb Stunden unterwegs, und als ich auf einem Schild entdecke, dass wir direkt oberhalb von Manarola sein müssen, bitte ich Francesco anzuhalten. Wir steigen ab und verabschieden uns von Francesco, der kein Geld von mir annehmen will, aber ich setze mich durch und kann ihm zumindest zwei Zehntausend-Lire-Scheine zustecken.

Wir befinden uns in Volastra, der Ortschaft oberhalb von Manarola. Leider verschwindet die Sonne hinter den aufziehenden Wolken und wir fangen an, langsam bergabwärts durch die Weinberge zu marschieren. Nach einer halben Stunde sind die Wolken dunkler geworden und die ersten Regentropfen fallen. Wir beeilen uns, aber es ist noch ein gutes Stück hinunter ins Dorf. Entweder wir werden nass oder wir versuchen uns irgendwo unterzustellen. Der Regen wird stärker und stärker, es wird immer dunkler. Hier in den terrassenförmigen Weinbergen stehen überall kleine Steinhäuschen, die den Weinbauern als Zuflucht vor schlechtem Wetter gedient haben oder als Unterstellmöglichkeit für diverse Gerätschaften. Wir haben Glück und gleich das erste Häuschen ist unverschlossen und so setzen wir uns hinein. Es besteht nur aus diesem einen Raum, auf der einen Seite dient der Hang als Wand, alles andere ist mit Natursteinen aufgeschichtet und nach vorne ist ein kleines Loch als Fenster offen geblieben. Beugt man sich ein wenig vor, kann man sogar die ersten Häuser von Manarola erkennen. Draußen regnet es mittlerweile wie bei einem Wolkenbruch, es donnert und grollt und wir sind froh, hier Zuflucht gefunden zu haben.

„Lara, ich glaube, wir müssen mal reden." – „Ja, Tim, ich denke, dafür ist es wahrscheinlich Zeit." – „Tja, also ich weiß nicht, wie du das alles siehst mit uns beiden …" – „Wie siehst du es denn?" – „Du bist mir wirklich wichtig geworden. Natürlich sind wir hier im Urlaub und da mag alles ganz einfach sein, aber ich finde, dass wir gut zueinanderpassen. Ich habe mich in dich verknallt. Ich denke, das weißt du auch. Ich würde gerne mit dir zusammen sein." – „Tim …, du weißt, dass ich bald nach New York gehe?" – „Lara, das ist für ein Jahr, wir können telefonieren, uns schreiben, vielleicht kann ich dich sogar mal besuchen kommen." – „Kannst du dich daran erinnern, dass ich gesagt habe, ich wäre froh, dass ich ungebunden weggehe?" – „Ja, aber da war das mit uns ja schließlich noch nicht."

Lara hat Tränen in den Augen. Ich weiß, dass die Unterhaltung genau so läuft, wie ich es befürchtet habe. Aber ich möchte es nicht wahrhaben. „War das für dich alles ein einfacher Ferienflirt?" – „Ich weiß nicht, Tim. Ich möchte dir nicht wehtun, es waren wunderschöne Tage. Und ich habe jede Minute mit dir genossen." – „Wir können das Leben auch in Deutschland genießen. Du machst dein Jahr als Au-pair, ich mache mein Abi im Internat und danach steht uns alles offen, Lara." – „Tim, bitte. Es tut mir so leid. Ich kann und will mich nicht festlegen. Ich will jetzt einfach frei sein und es war vielleicht ein Fehler von mir, dass ich es so weit habe kommen lassen. Ich mag dich total, sonst hätte ich das alles ja auch nicht gemacht. Ich werde die Zeit hier mit dir nicht vergessen, und vielleicht merke ich irgendwann, dass es ein Fehler war, aber ich bin jetzt nicht so weit. Ich kann nicht." – „Also endet das mit uns so, wie auch dein Urlaub endet?"

Ich kann es nicht verhindern, dass auch mir Tränen über die Wange laufen. Ich habe es gespürt in den letzten Tagen, ich wollte es mir nicht eingestehen. Ich hatte Angst davor, dass es so kommt. „Es tut mir leid, Tim, aber es ist besser so. Einerseits war es der richtige Zeitpunkt, aber irgendwie war es auch der falsche

Zeitpunkt, an dem wir uns kennengelernt haben. Ich wollte dir nicht wehtun. Schon gar nicht nach allem, was du hinter dir hast. Aber ich muss ehrlich zu dir sein, sonst tue ich dir noch viel mehr weh. Sei mir bitte nicht böse. Und so blöd sich das anhört, bitte lass uns gute Freunde bleiben." – „Ich bin dir nicht böse, ich kann dir nicht böse sein. Aber du wärst der einzige Grund für mich gewesen, zuhause wieder neu zu beginnen. Das mit dir hat mir Hoffnung gegeben. Und ehrlich gesagt habe ich Angst, wieder alleine zu sein. Ihr wart meine Familie, ihr alle." Lara drückt mich fest an sich, uns rinnen die Tränen herunter. Es hat aufgehört zu regnen und die Sonne kommt wieder langsam zum Vorschein. Nein, das ist kein Zeichen dafür, dass es uns jetzt wieder besser geht.

Die Sonne kann die Schmerzen nicht lindern. Ich habe Lara verloren, auf andere Weise wie Sandy. Nicht so endgültig, sie bleibt in meinem Herzen, sie ist eine Freundin von mir. Aber nur eine, nicht meine. Irgendwie habe ich das alles gewusst und ich hätte jederzeit die Klärung suchen können. Aber dazu hatte ich nicht den Mut. Ich habe mich einfach treiben lassen. Es hat mir die schönsten Tage meines bisherigen Lebens beschert und ich bin ein anderer Mensch geworden in dieser kurzen Zeit. Nicht nur durch Lara. Auch durch Ische und Keks, durch Ina, Marc und Sophie, durch Daniel, aber auch durch Francesco, Massimo, Maurizio aus Venedig, Paolo aus Bologna oder die Familie Pasini aus Riccione. Sie alle haben mir einen anderen Blick auf das Leben ermöglicht. Ich habe den Eindruck, dass ich in einer sehr eingeschränkten Welt gelebt habe. Ich habe viel dazugelernt und Erfahrungen gesammelt, die mich weiterbringen werden. Ich war am Ende und ich bin stärker geworden. Es ist erst wenige Tage her, da war ich so lebensmüde, so hoffnungslos, dass ich fast eine Dummheit begangen hätte, eine unwiderrufliche und endgültige vermeintliche Lösung meiner Probleme. Zum Glück bin ich einfach „nur" geflohen. Und heute weiß ich, dass ich bereit bin für einen Neuanfang. Bis eben habe ich gehofft, dieser Neuanfang wäre gemeinsam mit Lara möglich. Die Rückkehr nach Hause, zwei Jahre im Internat und dann mit Lara eine Zukunft aufbauen. Ok, diese Möglichkeit hat sich erledigt. Ich werde mich jetzt nicht hängen lassen. Das Leben lohnt sich. All die Leute, die mein Leben in den letzten Tagen mitbestimmt haben, würden mir kräftig in den Hintern treten, wenn ich jetzt in meinem Selbstmitleid versinke. Es tut verdammt weh. Morgen wird Lara nicht mehr bei mir sein. Aber ich werde weiterkämpfen. Und ich werde hier bleiben. Das Land tut mir gut und es wird mir helfen, über Lara hinwegzukommen.

„Ich bringe euch morgen an den Nachtzug in Florenz. Aber ich komme nicht mit. Ich bleibe hier." Lara nickt. Sie presst die Lippen aufeinander. Die Tränen füllen langsam wieder ihre Augen: „Es tut mir so leid." – „Es ist ok. Ihr alle wart unheimlich wichtig für mich. Ihr habt mir die Augen geöffnet und ich bin jedem von euch sehr dankbar. Und das mit dir war ein Traum, den ich ein paar Tage gelebt habe. Ich werde die Zeit nie vergessen." Wir drücken uns fest. „Was wirst du machen?" – „Ich glaube, ich fahre erst einmal zurück nach Riccione. Da fühle ich mich im Augenblick am ehesten zuhause. Ich werde wohl bei den Pasinis einchecken, mir einen Liegestuhl am Strand mieten und mir solange Gedanken machen, bis ich schlauer bin und weiß, was ich will." – „Fühlst Du Dich jetzt allein?" – „Mh, schwer zu sagen. Schon ein wenig, natürlich. Aber auch nein. Ich kannte keinen von euch vor zwei Wochen. Es gibt noch Menschen, die es wert sind, sie kennenzulernen. Ich hoffe mal, ihr wart nicht die Ausnahmen." Wir müssen grinsen. „Tim, ich bin fest davon überzeugt, du gehst deinen Weg." – „Ja, mittlerweile glaube ich das auch. Ich bin auf dieser Reise selbstständig und mutig geworden, ich habe viel gelernt und ich werde noch viel mehr lernen. Es war wichtig, dass ich all diese Erfahrungen gemacht habe. Aber den einzigen Weg, den ich jetzt erst mal gehe, ist der nach Manarola." – „Und da nehmen wir erst mal eine heiße Dusche oder?" – „Gemeinsam? Ich meine, so als gute Freunde …" Lara lacht: „Heute sind wir noch ein Paar, da dusche ich liebend gerne mit dir." – „Na, dann, auf geht's!"

Eine halbe Stunde später kommen wir an unserer Wohnung an, Ina ist noch nicht wieder zurück. Wir genießen die gemeinsame heiße Dusche, und gerade als wir fertig sind, kommt auch Ina zurück. Lara weiht sie ein, dass wir geredet haben und auch wenn ich mir etwas anderes gewünscht hätte, sind wir alle drei froh, dass alles geklärt ist. „Wollt ihr den Abend gerne alleine verbringen? Das wäre kein Problem für mich", fragt Ina. „Nein, Ina. Ich finde, du hast schon genug für uns getan. Ich würde euch heute Abend gerne zum Essen einladen. Und wir sollten den Abend noch mal so richtig genießen, und zwar zu dritt."

Eine Stunde später sitzen wir im *Ristorante da Luigi* und lassen uns die Empfehlungen des Kellners servieren und gönnen uns eine Flasche Wein aus der Region, den bekannten *Sciacchetra*. Wir sind pünktlich mit dem Essen fertig, um den Sonnenuntergang am Hafen zu erleben. Wir setzen uns auf die Mauer knapp über dem Wasser und sind froh, dass die Wolken wieder verschwunden sind und den Blick freigeben. Die Sonne versinkt am Horizont und taucht in das Meer ein. Ich habe Lara in meinem rechten Arm und Ina in meinem linken. Beide haben ihren Kopf an mich gelehnt. Es gibt unangenehmere Situationen. Das denkt sich auch so mancher Beobachter der Szenerie, da bin ich mir sicher. Wir schauen aufs Meer, beobachten die Wellen, schauen in die Sterne, als es langsam dunkel wird.

Wir setzen uns noch auf den Balkon, als wir wieder in unserem Appartement angekommen sind. Es ist dunkel, Wolken sind wieder aufgezogen. Man kann auch in Italien nicht jeden Abend die Sterne leuchten sehen. „Sag mal Tim, wir bleiben aber in Kontakt oder?" – „Das hoffe ich doch." – „Und wie kann ich dich erreichen, unter welcher Adresse? Du wirst ja nicht ewig bei den Pasinis bleiben?" – „Ich weiß es noch nicht, im Moment kann ich mir nicht vorstellen, wieder zuhause zu leben. Wenn etwas ist, dann kannst du mich nächste Woche erst mal im *Hotel Pasini* erreichen. Und ich schreibe dir einfach meine Adresse, wenn ich weiß, wo es mich hin verschlägt. Ich halte dich auf dem Laufenden und werde dir bestimmt mal schreiben. Und falls du schon weg bist, können dir deine Eltern den Brief ja nachsenden." – „Ja, ok, so machen wir es. Ich würde mich wirklich freuen, wenn du mir schreibst."

Ruhe ist eingekehrt in Manarola. Man hört nur noch die Wellen, die kraftvoll an die Felsen klatschen. Ganz selten sieht man unten in der Dorfstraße noch Leute aus der Bar kommen. Für einen Moment überlege ich, ob ich hier in dieser Stille nicht besser über meine Zukunft nachdenken kann als im pulsierenden Riccione. In den beiden Tagen, hier in diesem Dorf, habe ich nichts mitbekommen von der Welt da draußen. Die ganzen medialen Reize, die einen im Alltag überfluten, sind hier wie ausgeschaltet. Unsere Wohnung hat keinen Fernseher, hier bekommt man nirgendwo eine deutsche Zeitung. Die großen Konsumtempel fehlen, man ist froh, dass man unten im kleinen Supermarkt das Lebensnotwendige einkaufen kann. Autos und

Lärm gibt es nicht. Der Puls der Zeit schlägt hier langsamer und das tut gut. Und würden die Tagestouristen nicht morgens in die kleine Oase der Ruhe einbrechen, dann wäre das hier wie eine antike Insel im Ozean der Moderne.

„Woran denkst du?“, reißt mich Lara aus meinen Gedanken. „Ich habe mich gefragt, ob ich hier in Manarola bleiben soll. Ich mag es, wenn am Abend das Dorf immer ruhiger wird und so friedlich an der Küste liegt. Dann ist das hier wie Urlaub vom Alltagstrubel.“ – „Das hättest du gestern Nachmittag in Vernazza aber nicht gesagt“, lacht Ina. „Ja, da magst du recht haben. Die Dörfer hier ertragen den Tag und atmen in der Nacht tief durch. Eines Tages möchte ich mal im Januar hier sein. Das ist bestimmt fantastisch.“ – „Wir können uns ja hier zur Millenniumfeier in dreieinhalb Jahren treffen“, amüsiert sich Ina. „Gerne“, sage ich ganz ernsthaft und möchte nicht weiter denken, aber es lässt sich nicht vermeiden, dass ich das Bild von Lara mit einem fremden Mann und einem kleinen Kind im Kopf habe und wie sie mich mit den Worten, „Wir haben uns ja ewig nicht gesehen“, als alte Urlaubsbekanntschaft aus längst vergangenen und halb vergessenen Tagen vorstellt.

„Ich komme morgen erst mal mit nach Florenz und bringe euch an den Zug. Und dann schaue ich, wie es weitergeht. Ich bin ein freier Mann und da muss ich meine Freiheit ausnutzen.“ Lara schaut mich traurig an. Der Satz hat wohl anders geklungen, als er gemeint war. Lustig hat es sich nicht angehört. Uns allen ist klar, dass das morgen ein schwerer Abschied für mich wird. Wenn man sich in anderen Situationen von irgendjemandem oder irgendetwas verabschiedet, dann ist man dabei entweder zuhause, wo man hingehört oder hat jemanden dabei, der zu einem gehört und irgendwann wieder zurückkehrt. Morgen aber werde ich alleine an einem Ort zurückbleiben, den ich heute noch gar nicht kenne. Und das ohne ein Ziel vor Augen zu haben. Mit einem Rucksack aus Erinnerungen und Erfahrungen, die mir in Zukunft vielleicht den Weg leichter weisen werden, aber dennoch zunächst erst mal verlassen und alleine. „Ich finde es mutig, dass du hier in Italien bleiben möchtest. Aber meinst du nicht, dass du mit nach Deutschland kommen und ein Gespräch mit deinen Eltern suchen solltest? Vielleicht ist ihnen in der Zeit ohne dich auch einiges klar geworden. Und zuhause kannst du auch über deine Zukunft nachdenken.“ – „Welches Zuhause meinst du denn, Ina? Das Zuhause, wo meine Sachen lagern oder das Zuhause, was ich im Gefühl habe? Ich habe nur Ersteres. Und ich möchte nicht mit meinen Eltern sprechen, bevor ich nicht selbst klar sehe. Was soll ich ihnen denn sagen? ‚Hallo, da bin ich wieder. Keine Ahnung, was ich so vorhabe, ich lege mich erst mal zum Nachdenken zwei Wochen ins Bett.‘ Mein Leben ist lange genug beeinflusst und fremdbestimmt gewesen. Ich bin noch nicht bereit zurückzukehren. Das alles war der Anfang und ich bin auf meinem Weg erst ein paar Schritte gegangen. Das Leben kann morgen vorbei sein und ich habe schon genug Zeit einfach so verschenkt. Man kann nicht früh genug damit anfangen, sein Leben so zu gestalten, dass es sich möglichst jeden Tag zu leben lohnt. Mein bester Freund ist tot. Er hat uns gezeigt, wie schnell alles vorbei sein kann, auch wenn wir uns das in unserem Alter kaum vorstellen können. Aber keiner von uns weiß, wann seine Zeit zu Ende ist. Ich kann und will nicht so weitermachen. Und genau deshalb kann ich nicht zurückkehren. Ich werde darum kämpfen, den richtigen Weg für mich zu finden. Und ich werde es auch alleine schaffen. Es war toll mit euch allen, aber jetzt muss ich alleine weitermachen. Und ich werde das auch hinbekommen.“ – „Ich drücke dir die Daumen und ganz ehrlich, ich habe großen Respekt vor dir“, sagt Ina.

Ich habe mich eben kämpferischer angehört, als ich mich fühle. Aber es tut gut, es so gesagt zu haben. Was bringt es mir, wenn ich nun den Eindruck mache, in Selbstmitleid, Liebeskummer und Ratlosigkeit zu zerfließen? Ina hat Respekt vor mir. Respekt. Sie sieht eine gewisse Stärke in meinem Handeln. In MEINEM Handeln. Ich habe entschieden, nach München zu fahren. Ich habe entschieden, mich den anderen anzuschließen auf ihrer Fahrt nach Italien. Ich entscheide für mich und mein Leben. Ich bin mein eigener Chef. Mit meinem 18. Geburtstag mag der Gesetzgeber mir das Recht dazu gegeben haben, aber ich glaube, so richtig bewusst wird mir das erst heute und hier auf diesem Balkon, 1500 km von meiner alten Welt entfernt. Als ich ins Bett gehe, brodelt so ein kleines bisschen das Feuer einer Aufbruchstimmung in mir. Bin ich vielleicht sogar ein klitzekleines bisschen stolz auf mich? Ja, ich bin stolz auf mich. Wir schlafen heute zu dritt im Doppelbett. Ina kuschelt sich an meinen Rücken und vor mir habe ich Lara in meinem Arm. In meiner letzten Nacht mit ihr.

26

Es ist kurz nach fünf Uhr, als ich aufwache. Ich habe meine Probleme damit, so aufzustehen, dass Ina und Lara nicht wach werden. Aber ich schaffe es und gehe auf den Balkon. Hinter den Bergen geht gerade die Sonne auf. Ein warmes Morgenrot begrüßt den Tag. Die Wolken haben sich über Nacht wieder verzogen und die Wahrscheinlichkeit ist groß, dass wir in Florenz noch einen sonnigen Tag erleben werden.

Ich gehe ins Bad, ziehe mich an und schlendere durch das Dorf. Es ist halb sechs und ich nehme nicht den direkten Weg, sondern schaue mich im oberen Dorfviertel noch ein wenig um, bleibe immer mal wieder stehen und bestaune die alten Häuser und die engen Gassen. Allein die alte Architektur dieses Ortes vermittelt einem eine gewisse Geborgenheit. Alles ist klein, eng beisammen und miteinander verbunden. Auf einfachem Niveau ohne Schnickschnack, ohne Luxus. Man könnte sich einreden, hier sei die Welt noch in Ordnung. Das wäre ein romantischer und schöner Gedanke. Aber ich habe im Reiseführer von Ina viel gelesen über die Schattenseiten, die es auch hier gibt. Viele Leute nutzen die Wohnungen in den alten Häusern nur noch als Ferienwohnung. Der Tourismus ist die Haupteinnahmequelle. Es gibt kaum noch Weinbauern und Fischer. Die jungen Leute wandern in die Städte ab, wohnen zum Beispiel im nahen La Spezia, einer wenig charmanten Großstadt mit großen Wohnhäusern, vor denen man mit dem Auto parken kann, wenn man seine Einkäufe aus dem Großmarkt nach Hause bringt. Die alten Leute bleiben, aber sie sterben nicht nur irgendwann aus, ihnen fällt das Leben hier auch schwer. Sie quälen sich durch die Gassen und die Treppen, sie können keinen Nutzen mehr ziehen aus den vielen Besuchern, die in ihre Dörfchen einfallen. Aber sie freuen sich, wenn man sie freundlich grüßt und mit Respekt behandelt. Doch nachher werden auch wieder Touristenkameras Fotos von ihnen aufnehmen, wenn sie wie Ausstellungsstücke auf ihren malerischen Terrassen sitzen. Und kaum jemand fragt sie, ob es für sie in Ordnung ist.

An jeder Ecke gibt es etwas zu entdecken. Wer hier schnell durchhastet, verpasst die Kleinigkeiten, die es ausmachen. Ich komme irgendwann am Hafen an und hole mir in der Bar einen Cappuccino und setze mich vor der Tür an einen Tisch. Ich bin hier draußen der einzige Gast. Drinnen stehen einige Männer an der Theke und lesen die rosafarbene *Gazetto dello Sport* und diskutieren die Ergebnisse der Fußballeuropameisterschaft. Wenn ich auf den nächsten Hügel schaue, sehe ich den Friedhof.

Als ich ausgetrunken habe, gehe ich die paar Meter hinauf und betrete den Friedhof von Manarola. Wenn der Ort schon eine friedliche und besinnliche Stimmung ausstrahlt, dann übertrifft ihn sein Friedhof noch um einiges. Im Gegensatz zu Deutschland, wo die Verstorbenen unter der Erde begraben werden, liegen die Toten hier übereinander in Fächern. Die Front dieser Grabfächer ist jeweils mit der Aufschrift versehen, wer hier seine letzte Ruhe gefunden hat. Und besonders schön sind all die Fotos, die auf Marmor oder Stein verewigt sind und die dieser Stätte eine ganz persönliche Note verleihen. Die Bilder der Menschen strahlen eine Sympathie und Wärme aus. Die Menschen auf diesem Friedhof, sie sind bei ihrem Meer und ihrem Dorf. Sie haben ihren Platz gefunden und das selbst nach dem Ende ihres Lebens. Sicher sind sie tief verwurzelt in ihrem christlichen Glauben gewesen. Das und das Wissen, hier für immer einen festen Platz finden zu werden, verlieh ihnen bestimmt ein beruhigendes Gefühl.

Auf dem Rückweg kaufe ich unser Frühstück in der *Focacceria da Manfredo*. Eine riesige Auswahl von verschieden belegten *Focaccias*, der ligurischen Fladenbrot-Spezialität, liegen hier in der Vitrine und ich kann mich kaum entscheiden, was ich mitnehmen soll. Ich entscheide mich für eine *Focaccia Salsiccia*, der würzigen italienischen Bratwurstart, eine *Focaccia* mit Kräutern der Region und eine *Focaccia* mit verschiedenen Käsesorten. Außerdem nehme ich noch einige *Dolci* mit, kleine Miniaturausgaben von Windbeuteln, Gebäckstückchen und Mini-Kuchenstücken. Auf dem Rückweg gehe ich nicht die Treppengassen hinauf, sondern laufe die Dorfstraße außen herum und biege dann in eine schmale Gasse ein, die ebenfalls zu unserer Wohnung führt. Es ist kurz vor halb acht, als ich wieder ankomme. Die beiden schlafen noch, ich schneide die *Focaccia* in Viertel, richte alles an und koche mir schon mal einen Kaffee und setze mich auf den Balkon. Irgendwann sind auch Lara und Ina wach. „Wow, was für ein Service. Danke sehr!" Lara freut sich und gibt mir einen letzten Guten-Morgen-Kuss. Wir frühstücken über den Dächern Manarolas und verlassen unsere Wohnung eine halbe Stunde, bevor unser Zug abfährt. Riccione zu verlassen war schon mit Wehmut verbunden. Manarola zu verlassen ist auch nach zwei Tagen schon sehr schwer. Die beiden Orte unterscheiden sich in so ziemlich allem, was man sich vorstellen kann. Aber beide haben sich einen Platz in meinem Herzen gesichert.

Der Regionalzug bringt uns ins nah gelegene La Spezia. Dort steigen wir um in einen Zug nach Florenz und sind froh, noch einen Sitzplatz zu bekommen. Wir sind nicht die Einzigen, die auf dem Weg in die toskanische Hauptstadt sind. Wir verlassen Ligurien und kommen in der Küstenregion der Toskana an den berühmten Marmorsteinbrüchen von Carrara vorbei, sehen das Meer bei den bekannten Urlaubsorten Forte di Marmi und Viareggio. Während Ina und Lara die Augen zufallen, schnappe ich mir den Reiseführer und informiere mich über Florenz. Mir ist klar, dass *Firenze* eine gewisse kulturelle und kunsthistorische Bedeutung hat, aber viel mehr fällt mir dazu nicht ein. Ich bin überrascht, welchen Stellenwert diese Stadt einzunehmen scheint und bin gespannt, was mich erwartet. Ich hätte zum Beispiel nie gedacht, dass hier mit nur knapp 400.000 Einwohnern wesentlich weniger Menschen leben als in meiner Heimatstadt Hannover.

Es ist kurz vor 14 Uhr, als unser Zug die *Stazione Santa Maria Novella* erreicht und wir zum ersten Mal florentinischen Boden betreten.

27

Wir steigen aus und suchen die Gepäckaufbewahrung, denn wir haben nur etwas mehr als sechs Stunden Zeit, um uns einen Eindruck von dieser imposanten Stadt zu verschaffen. Wir werden schnell fündig, am Ende des breiten Querbahnsteigs geben wir unser Hab und Gut ab. Es ist immer wieder ein befreiendes Gefühl, wenn man sich von seinem schweren Gepäck trennen und sich endlich wieder luftig frei bewegen kann. Vor allem, weil es extrem heiß geworden ist. Das merken wir, als wir auf den Bahnhofsvorplatz kommen und die Sonne fast senkrecht auf uns herab brutzelt. Der Bahnhof liegt zentral in der Innenstadt und es scheint nicht weit zu sein zu den Sehenswürdigkeiten der toskanischen Stadt.

„Also, ich würde sagen, wir gehen erst mal zum Dom und dann sehen wir weiter?“, fragt uns Ina und wir haben nichts dagegen.

Der Weg führt uns durch eine viel befahrene Einkaufsstraße. Irgendwo müssen die Autos ja auch hin, denn der Großteil des historischen Zentrums ist für den Verkehr gesperrt worden. Wie könnte es auch anders sein? Alle paar Meter überbieten sich die Händler mit allerlei kulinarischen Köstlichkeiten. Kaum zu glauben, dass die Italiener in der Rangliste der fettesten Menschen nicht auf den vorderen Plätzen zu finden sind. Aber offenbar ist die Esskultur hier vor allem vom qualitativen und weniger vom quantitativen Denken bestimmt. Die italienische Küche soll traditionell aufgrund der Geschichte der Apenninenhalbinsel so gut sein. Schließlich haben die Römer schon früh eine Fülle an Zutaten aus Asien und Griechenland mitgebracht. Man sagt - oder besser gesagt, schreibt das der Autor meines Reiseführers - ‚selbst die für ihre Küche so berühmten Franzosen hätten ihre Kochkünste vor allem ihren Lehrmeistern aus Italien zu verdanken. Es waren *Katharina* und später *Maria von Medici*, die im 16. Jahrhundert eben hier von Florenz aus mit ihren Meisterköchen Frankreich bereisten und die italienische Küche zum ersten Mal außerhalb des Landes verbreiteten.

„Alles ok, Tim? Woran denkst du?“, reißt mich Lara aus meinen Tagträumen. „Och, ich dachte nur an Katharina.“ – „Wer ist das denn?“, schaut mich Lara skeptisch an. Ob ich da einen Hauch von Eifersucht in ihr erkennen kann? „Ach, die kam aus Florenz, ist aber irgendwann nach Frankreich ausgewandert.“ – „Mh, und die kennst du?“ – „Kann man so sagen“, grinse ich und wahrscheinlich glaubt Lara, es handele sich um eine verflossene Liebschaft aus vergangenen Tagen. „Und die findest du toll, oder was?“, wird Lara ein bisschen zickig, was ich sehr amüsant finde. „Naja, die hatte es schon drauf …“ – „Schön für dich. Aber so genau will ich es gar nicht wissen.“ Lara ist stinkig. „Lara, mit Nachnamen heißt sie *Medici* und sie hat im 16. Jahrhundert gelebt, ich habe vorhin im Zug von ihr gelesen.“ – „Du bist so doof“, lacht Lara.

Plötzlich stürzt etwas direkt vor uns auf den Bürgersteig. Es ist eine alte Dame. Sie war anscheinend im *Supermercato* einkaufen und ist beim Herausgehen gestolpert. Der ganze Inhalt ihrer Einkaufstasche hat sich auf dem Bürgersteig verteilt. Die Frau liegt auf dem Bauch und streckt alle Viere von sich. Nach dem ersten Schock fängt sie lauthals zu fluchen an:

„Porca miseria. Madonna puttana. Ah. Porco dio!" Lara und ich beugen uns zu ihr herunter. Sie ist auf das Gesicht gefallen und blutet am Kinn. Wir helfen ihr vorsichtig auf und Ina sammelt ihre Einkäufe auf. Ein nicht enden wollender Schwall aufgeregtes Italienisch wird uns entgegengeworfen. Wir verstehen kein Wort. „Scusa, non capisco, sono tedesca", sagt Lara und die alte Dame legt ihre Stirn in Falten, während ich sie noch stütze, denn sie zittert noch ganz aufgeregt. „Tedesci? Eh. Madonna!" Es folgen weitere italienische Sätze, von denen wir nichts verstehen. Aber die Dame ist noch sehr schwach auf den Beinen. Inas Versuche auf Deutsch und Englisch zu fragen, ob es ihr gut gehe, misslingen. „Signora, tutto bene?", versuche ich es auf Italienisch und die alte Frau sieht mich an, als wolle ich sie verarschen. Wild fuchtelt sie mit ihren Armen herum und zeigt auf ihre aufgescheuerten Knie und flucht vor sich hin. Ina reicht ihr ein Taschentuch und stimmt die grimmige Dame damit etwas freundlicher. Sie zeigt immer wieder in eine bestimmte Richtung und redet dabei über „da casa". Offenbar wohnt sie in der Nähe und wir sollen sie nach Hause begleiten. Was wir natürlich gerne machen, denn sonst kümmert sich niemand um uns und unser Unfallopfer. Die Frau hört nicht auf, uns auf Italienisch, was auch immer, zu erzählen. Wir haben aber aufgehört, ihr zu signalisieren, dass wir es nicht verstehen, denn das beeindruckt sie nicht im Geringsten. Wir laufen sehr langsam und sind nach etwa zehn Minuten, in denen Ina ihren Einkauf getragen hat und Lara und ich sie gestützt haben, an ihrer Wohnung angekommen.

Es ist ein sehr altes Haus in einer Nebenstraße der Altstadt, in das sie uns führt. Es ist dunkel und eng im Treppenhaus. Wir werden in die kleine Wohnung im ersten Stock gebeten. Die Stimme der Dame ist nach wie vor kraftvoll und sie ruft nach Felice und Silvia. Und sogleich eilt ein etwa vierzigjähriger kleiner Mann herbei. „Oh, Madonna mio, Mamma!" Die beiden tauschen sich auf Italienisch aus, und als die alte Frau etwas von *Tedesci* erwähnt und dabei auf uns zeigt, bemerkt uns Felice endlich auch: „Ihr kommt aus Deutschland? Vielen Dank, dass ihr meine Mutter nach Hause gebracht habt. Ich bin Felice." Wir stellen uns auch ihm vor. Nun kommt auch eine junge Frau die Treppe herunter geeilt. Sie bekommt von Felices Mutter die Geschichte ebenfalls zu hören. Sie heißt Silvia und spricht kein Deutsch. Wir werden an den großen Küchentisch gebeten und bekommen etwas zu trinken gereicht. Silvia scheint Felices Frau zu sein und kümmert sich um dessen Mutter, während er uns erzählt, dass er so gut Deutsch spricht, weil er in Deutschland zwei Semester studiert hat und oft deutsche Reisegruppen durch die Stadt führt. Es stellt sich heraus, dass seine Mutter nur leichte Schürfwunden hat, es ist also nichts Schlimmeres passiert. Wir erzählen, dass wir nur kurz einen Stopp in Florenz machen, dass ich weiter an die Adriaküste fahre und Ina und Lara heute ihren letzten Tag ihrer Interrailreise haben.

„Ihr habt nur ein paar Stunden für unser traumhaftes *Firenze*, die schönste Stadt der Welt?“, staunt Felice überrascht. „Wie wollt ihr denn da alles sehen?“ – „Naja, alles werden wir in der Kürze nicht sehen können, aber wir wollen uns einen ersten Eindruck verschaffen.“ – „Also, ich habe heute frei. Wenn ihr wollt und als Dank dafür, dass ihr meiner Mama geholfen habt, zeige ich euch gerne mein *Firenze*.“ Ich muss sofort an Maurizio und Venedig denken. Als wir von einem venezianischen Einheimischen mit dem Boot im Dunkeln durch die Lagunenstadt gefahren worden sind und die Gastfreundschaft der Italiener erleben konnten. Das waren meine ersten Erfahrungen in Italien. Und es war traumhaft! Lara und Ina nicken ebenfalls und deshalb nehmen wir das Angebot dankend an.

Für einen Italiener scheint es vollkommen klar zu sein, dass man einen Motorroller fahren kann. Daher ist es für Felice auch gar keine Frage, dass wir mit seiner und Silvias Vespa unsere *Tour de Firenze* absolvieren. Ich habe noch nie auf einer Vespa gesessen und auch Ina hat keine Ahnung, wie man einen Roller fährt. Zum Glück kann Lara mit dem italienischen Kultgefährt umgehen und so sitzt Ina auf Felices cremefarbener Vespa, während ich mich hinter Lara auf Silvias rote Vespa setze. Felice weist sie kurz ein, vor allem, dass sie ausreichend Gebrauch von der Hupe machen muss. „Damit die Fußgänger wissen, dass du da bist, das dient nur zu ihrer Sicherheit“, argumentiert er ganz im Stile eines Italieners. Auf Helme wird verzichtet, denn Felice besitzt nur zwei und es wäre ungerecht, wenn nur zwei von uns einen hätten. „Außerdem sieht es blöd aus“, sagt er, zieht sich seine Sonnenbrille auf und braust aus dem Innenhof hinaus auf die Straße. Zum Glück fährt Lara erstaunlich gut und man könnte sie mit ihren Fahrkünsten glatt für eine Italienerin halten. Felice hat versprochen langsam zu fahren und ich möchte gar nicht wissen, wie er fahren würde, wenn er normal fährt. Für mein Empfinden ist die Fahrt durchaus rasant, aber Lara scheint es Spaß zu machen. Sie bewegt unser *Motorino* sicher und voller Eleganz über das Kopfsteinpflaster und umkurvt die Hindernisse ganz wie eine Florentinerin.

Unser erstes Ziel ist die *Piazza del Duomo*, wo wir kurz halten und absteigen. Felice erzählt uns von der Bedeutung des Doms und des angrenzenden *Campanile*. „Man kann natürlich auch hoch laufen und hat dann einen tollen Blick über das *Centro Storico* von *Firenze*. Aber ihr habt ja viel zu wenig Zeit." Und schon geht es weiter durch die engen Altstadtgassen, kreuz und quer zur *Piazza della Signorina*, wo *Michelangelos David* vor dem *Palazzo Vecchio*, dem Rathaus von Florenz, thront. Gleich daneben ist die *Galleria degli Uffizi*, die man einmal in seinem Leben besucht haben muss, wenn man kein Kunstbanause sein will. Sagt zumindest Felice. „Wie oft besucht man denn als Florentiner die *Uffizien*?", möchte Lara wissen und Felice zieht seine Sonnenbrille ab, seine funkelnden Augen beginnen verschmitzt zu lachen und er sagt: „Bisher hat es sich noch nie ergeben …"

Kaum hat er es gesagt, wird er von einer Politesse in rauem Ton angesprochen. Für Vespas ist der Platz ebenso gesperrt wie für Autos. Aber Felice erklärt ausschweifend, welche besondere Situation vorherrsche. Die *Tedesci* haben die *Mamma* gerettet, hätten so wenig Zeit und es sei seine Pflicht als Florentiner, ihnen die stolze Hauptstadt der Toskana vorzustellen. Und in der Kürze der Zeit sei das nur mit dem *Motorino* möglich. Eine Pflicht der Menschlichkeit sei das. Die Politesse ermüdet zunehmend. Felice redet ohne Punkt und Komma auf sie ein. Es hat wohl seine Wirkung nicht verfehlt und wir sind fortan mit dem Segen der italienischen Verkehrspolizei unterwegs. Das denkt zumindest Felice, der es sich nicht nehmen lässt, mit den Vespas die überfüllte *Ponte Vecchio* zu überqueren, die als eine der bekanntesten Brücken der Welt gilt und den *Arno* überspannt. Wir halten und Felice erklärt uns auch dieses Bauwerk.

Was folgt, ist ein Ausflug hinauf auf einen Berg mit einem Aussichtspunkt, dem *Piazzale Michelangelo*, von dem aus wir ganz Florenz überblicken können. Es ist schon beeindruckend, wie diese schöne Stadt mitten in den Bergen der Toskana in eine faszinierende Landschaft eingebettet liegt und wie charmant die historische Altstadt mit ihrer engen Bebauung und ihren

Ziegeldächern einen von sich einnimmt. Und jetzt, wo wir das große Ganze betrachten, wirken die Ausführungen von Felice zur historischen Bedeutung der Stadt zu Zeiten der *Medici* umso imposanter. Und ich frage mich, wie ein Land eine solch geschichtliche Bedeutung, eine solch zeitlose Anziehungskraft auf Besucher aus der ganzen Welt, eine so abwechslungsreiche und traumhafte Landschaft, Menschen mit einer so lebensfrohen Mentalität haben und dann auch noch über eine schier unglaubliche Küche verfügen kann. Ich versuche, das Felice gegenüber in Worte zu fassen. Felice strahlt und sagt: „Ja, das ist eben Italien und das sind halt die Italiener." Ich hätte mich mit dieser Antwort zufriedengegeben, aber Felice fügt nachdenklich noch etwas hinzu: „Italien ist nicht nur schön. Und die Italiener sind auch nicht immer lebensfroh. Es ist schön, wenn wir und unser Land so gesehen werden, aber auch hier hält der Alltag seine Probleme bereit. Wie überall auf der Welt. Manchmal wären wir gerne organisiert wie die Deutschen. Unsere Politiker sind eine Katastrophe. Die Bürokratie ist unfassbar. Habt ihr Lust, ein Stück Italien zu sehen, wie es kaum ein Tourist zu sehen bekommt? Ihr habt ja bestimmt Hunger, dann könnten wir das miteinander verbinden." Wir sind einverstanden, denn in der Kürze der Zeit werden wir Florenz sowieso nicht mehr intensiv kennenlernen.

Auf unseren beiden Vespas fahren wir die *Viale Michelangelo* wieder hinunter zum Arno-Ufer, der Fahrtwind tut nun richtig gut und wir schlängeln uns durch den Stau, machen sogar noch einen Umweg über die *Ponte alle Grazie*, damit wir die *Ponte Vecchio* auch noch einmal aus der typischen Postkartenperspektive bewundern dürfen. Weiter geht es am nördlichen Arno-Ufer vorbei an den großen Florentiner Hotels. Ich lege meinen Kopf auf die Schulter von Lara, die uns nach wie vor mit beeindruckender Sicherheit durch den italienischen Verkehr steuert. Die Uferstraße ist hier eine Allee, die saftig grünen Bäume werfen ihren Schatten auf die Straße und nur hin und wieder glitzert die Sonne durch die Baumkronen. Wir stehen an einer Ampel. Man kann hinunter auf den Arno blicken, sieht eine Gruppe von Menschen im Kreis am Ufer im Kies sitzen, einer von ihnen hat eine Gitarre und man hört sie leise singen. Vögel zwitschern, das Wasser funkelt auf dem Fluss. Florenz mag hier auf dem Asphalt der Straße, im Verkehr der Rushhour, genauso stressig sein wie jede andere Großstadt dieser Welt auch. Aber es ist die Ruhe abseits der Straße, das Spüren einer lange währenden Tradition, die in der Luft liegende Bedeutung dieser Kunst- und Kulturmetropole, die einen auf wundersame Art erfasst. Florenz braucht nicht viel Zeit, um den Besucher zu beeindrucken. Ich bin mir bewusst, was für Augenblicke ich hier erlebe. Lara so nah zu sein, diese faszinierende Stadt zu spüren, es ist schade, dass das alles so endlich ist. Ich muss mich zwingen, diese wenigen Stunden noch so gut es geht zu genießen. Und doch ist das alles auch schön. Aber wie schön wäre es erst, wenn man eine gemeinsame Zukunft vor sich hätte. Ich beneide die Paare, die Händchen haltend durch die Stadt laufen und für die der Trip in die Toskana nur eines von vielen hinter und vor ihnen liegenden Kapiteln ist.

Wir verlassen die Stadtgrenze und erreichen die ländlichen Hügel außerhalb *Firenzes*. Wir kurven durch kleine Straßen, die umgeben werden von Weinbergen und Olivenhainen, bis wir nach einer ganzen Weile das Dörfchen Settignano erreichen. Hier ist es genauso, wie man sich die Toskana vorstellt, nur mit weniger Touristen. Die scheinen sich selten hierher zu verirren. Wir halten vor der *Caffé Bar Desiderio*. Benannt nach dem bekannten Bildhauer, der hier einst geboren wurde, wie uns Felice beim Absteigen erklärt. Wir betreten die Bar, Felice bestellt uns *Caffé* und wir warten geduldig, bis er alle seine Freunde und Bekannte begrüßt hat und ihnen die Geschichte von der Rettung seiner *Mamma* durch die *Tedesci* erzählt hat. Uns wird anerkennend zugenickt und auf die Schulter geklopft. Wir haben Durst und ordern Cola und bekommen gleich eine ganze Flasche mit drei Gläsern auf den Tisch gestellt, an den wir uns mittlerweile begeben haben. Felice ist noch immer beschäftigt, aber den Italienern beim Kommunizieren zuzusehen ist ein Erlebnis.

Nach einer Weile hebt die Frau hinter der Theke auf einmal die Stimme und ruft etwas laut in den Raum. Sie zeigt auf eine Tür im hinteren Eck der Bar und allgemeine Aufbruchstimmung kommt auf. „Ihr habt sicherlich Hunger“, stellt Felice fest, steht auf und bittet uns mit einer einladenden Handbewegung in Richtung der ominösen Tür. Wir kommen in einen Nebenraum, spartanisch eingerichtet mit mehreren zusammengerückten Tischen, auf denen für ungefähr 20 Personen eingedeckt ist. In der Mitte des Tisches stehen dampfende Schalen mit *Pasta*. Daneben Krüge mit Wein und einige Flaschen *Aqua Minerale*. Wir staunen nicht schlecht. Die Wirtin kommt direkt auf uns zu und zeigt auf die Nudeln und erklärt uns, um was es sich handelt: „Questo *Trenette al Pesto*, questo *Penne con Salsiccia*, questo *Spaghettini Aglio, Olio e Peperoncino* e questo *Conchiglioni da casa*. Buon appetito, Ragazzi."

Wir nehmen Platz und zwei alte Männer fragen Felice lautstark etwas und regen sich allem Anschein nach über irgendetwas auf. Felice zeigt auf uns, zuckt mit den Schultern und scheint sich zu entschuldigen. Die Männer nicken, sagen „Ah" und „Oh" und widmen sich beruhigt der *Pasta*. Ich frage Felice, ob alles in Ordnung ist. „Na klar, die beiden haben nur gefragt, warum heute so früh gegessen wird. Eigentlich sind wir zwei Stunden zu früh, aber ihr müsst ja zum Bahnhof." – „Heißt das, dass hier alle wegen uns zwei Stunden früher zu Abend essen?", fragt Ina ungläubig. „Es ist keine feste Verabredung, wann und ob wir hier in der Bar essen. Wenn jemand Lust auf *Pasta* hat, dann sagt er Franca Bescheid, so wie ich vorhin. Sie fragt herum, wie viele Personen mitessen wollen. Dann wird serviert und wer will, isst mit und am Ende bekommt er einen Teil davon auf seine Rechnung geschrieben. Franca schreibt zum Beispiel Pepe, dem armen Rentner nur einen symbolischen Betrag auf und wenn Alfonso, der Chef einer großen Textilfabrik dabei ist, dann zahlt er meist die Hälfte des Essens. Das ist hier alles ganz zwanglos und hat sich im Laufe der Jahre so eingebürgert." – „Und Alfonso hat sich darüber nie beschwert, dass er hier die halbe Bar durchfüttert?" – „Nein, warum? Er verdient doch gut. Aber wir reden da nie drüber, es ist, wie es ist. Und wenn einer mal knapp bei Kasse ist, dann weiß das Franca doch sowieso und berücksichtigt das bei der Rechnung. Aber für euch drei geht das Essen heute sowieso aufs Haus, hat Franca vorhin schon klargestellt." – „Das ist Italien", lacht Lara und wir lassen es uns schmecken.

Irgendwie möchte ich es nicht dabei belassen, dass wir hier einfach ohne Grund eingeladen werden. Ich gebe vor, auf die Toilette zu müssen und gehe an die Theke zu Franca. Ich sage ihr in einem Mix aus Deutsch, Italienisch und Englisch, dass ich den Bargästen gerne einen Aperitif ausgeben möchte. Ich zücke meinen Geldbeutel und zahle pauschal 20.000 Lire.

Zehn Minuten später steht Franca mit einem riesigen Tablett vor uns. Sie hat uns einen *Prosecco-Aperol* gezaubert, angerichtet in einem großen Gefäß mit Eiswürfeln, Orangen- und Zitronenscheiben garniert. Mit einem großen Schöpflöffel portioniert sie die Gläser und erklärt den erstaunten Gästen, dass die jungen deutschen Freunde dafür verantwortlich sind. Wer nun Applaus erwartet, der täuscht sich. Einzeln treten die Männer nach vorne, nehmen sich ein Glas und bedanken sich mit einem Wangenkuss bei jedem von uns Dreien. Dass sie das bei Ina und Lara ausführlicher genießen als bei mir, kann ich ihnen nun wirklich nicht übel nehmen. Der Aperitif reicht für die meisten sogar noch zu einer zweiten Runde. Wir bekommen noch ein gemeinschaftliches Lied vorgetragen, von dem wir den Text aber leider nicht verstehen. Felice übersetzt uns den Text auch nicht. „Ein altes Lied aus der Region, im Dialekt gesungen", sagt er nur. Es ist schade, aber wir müssen viel zu früh aufbrechen.

Wir setzen uns auf unsere Vespas und fahren den Hügel hinunter. Die *Viale Gabriele D'Annunzio* führt uns wieder in die Innenstadt. Wir stellen die Motorroller bei Felice ab, verabschieden uns und danken ihm für den netten Nachmittag. „Ihr habt viel zu wenig von *Firenze* gesehen, meldet euch doch, wenn ihr mal wieder in der Stadt seid, es gibt hier noch so viel zu sehen", gibt uns Felice noch mit auf den Weg. Und ich bin sicher, dass ich das Angebot inklusive eines Ausflugs nach Settignano irgendwann in meinem Leben gerne noch einmal in Anspruch nehmen werde.

Ina und Lara wollen sich noch ein Eis holen, ich warte auf einer Bank auf die beiden und betrachte meine Uhr. Ich schaue dem Sekundenzeiger zu, wie er in jeder Sekunde einen Millimeter nach vorne hüpft. Das dauert erstaunlich lange. Und eine Minute sind sagenhafte sechzig Zeigerbewegungen. Eigentlich wahnsinnig viel Zeit. In einer Stunde macht der Sekundenzeiger 3600 Bewegungen. Und doch ist Zeit so relativ. Sie verfliegt, wenn man sie am liebsten aufhalten möchte und sie zieht sich wie Kaugummi in die Länge, wenn man es gar nicht gebrauchen kann.

Die beiden lassen sich ihr Eis schmecken.. Übrigens in Florenz eine teure Angelegenheit. Aber ihr Urlaubsbudget darf nun auch erschöpft sein, es bricht die letzte Stunde ihres Italienaufenthalts an. Langsam weht der Abschiedswind durch Florenz, spätestens als wir am Bahnhof angekommen sind. Das war es dann also? Ina und Lara holen sich ihr Gepäck, wir gehen zum Gleis, auf dem bald ihr Zug einfahren wird, der sie wieder zurück in den Alltag ihres Lebens zuhause bringen wird. Ob wir uns je wiedersehen? Keiner weiß, was passieren wird. Natürlich wollen wir Kontakt halten, aber sagt man das in solchen Situationen nicht immer? Wie viele der Urlaubsbekanntschaften halten über viele Jahre? Na klar, das mit Lara war etwas Besonderes. Aber sagen das nicht auch alle, die Gefühle in ihren Ferienflirt investiert haben? Ich versuche mir ein „Alles wird gut!“ in meinen Kopf zu pflanzen. Aber ich bin kein guter Gärtner.

Lara und ich sitzen auf einer Bank am Bahnsteig, Ina hockt vor uns auf dem Boden. Wir sind müde, haben uns nicht viel zu sagen. Die Leichtigkeit der letzten Tage ist verflogen. Am Nachbargleis ist ein Zug angekommen. Ein junger Mann begrüßt überschwänglich seine Freundin, die gerade angekommen ist. Sie küssen und umarmen sich, gehen glücklich, Arm in Arm, in Richtung Bahnhofshalle. Ein Wiedersehen. Das Ende eines Wartens, sie haben sich beide auf diesen Moment gefreut, wo auch immer sie gerade herkam. Ein Abschied tut weh. Selbst wenn man ein Wiedersehen erwartet. Ein Abschied ohne ein Wiedersehen ist wesentlich schlimmer und hinterlässt eine große Leere. Es wird nie wieder so sein, wie es war. Selbst, wenn wir uns irgendwann doch noch einmal treffen.

Ich habe Angst. Angst, dass ich ein Leben kennengelernt habe, was ich nicht konservieren kann. Ich möchte mich nie wieder so fühlen wie früher. Lara nimmt meine Hand. Manchmal ist sie mir unheimlich. So, wie sie mich anschaut, könnte man meinen, sie könne Gedanken lesen. Noch bist du da, Lara, sag doch endlich, dass wir vielleicht doch eine Zukunft haben. Sie sagt nichts. Wäre ich nicht so ein Realist, der diesen Gedanken nicht zulassen will, dann würde ich jetzt denken: Lara ist die eine große Liebe meines Lebens, an die niemals wieder eine andere Frau heranreichen wird. Mit ein bisschen Abstand werde ich anders denken, anders fühlen. Aber jetzt und hier, da merke ich es, da weiß ich es: Ich liebe sie! Ich sage es ihr nicht und sie sagt „Danke für alles“. Der Zug fährt ein. Sie gibt mir einen Kuss. Ich umarme Ina. Ich umarme ein letztes Mal Lara. Sie presst die Lippen zusammen. Lara, es fällt dir doch auch schwer. Gib mir doch ein Zeichen. Ist das jetzt ein Moment, dem man sein ganzes Leben nachtrauern wird, weil man alles hätte anders machen müssen? Soll ich doch mitfahren? Sie steigt ein. Sie sucht ihr Abteil, verstaut ihre Sachen. Ich stehe vor dem Fenster und bin der einzige Mensch hier draußen weit und breit. Zurück gelassen. Allein. Nicht mitgenommen. Ina und Lara kommen ans Fenster. Lara läuft eine Träne die Wange herunter. Ich fühle mich leer. Kann nichts mehr sagen. Ina kommt ans Fenster. „Machs gut Tim, pass auf dich auf!“ Die Durchsage kommt, die Türen verschließen Lara vor mir. Sie winkt mir, ich winke ihr.

Es ist 20.43 Uhr. Der *Italia-Express D 288* von Rom über Florenz nach Dortmund setzt sich pünktlich in Bewegung. Ihre dunklen Haare fliegen durch den Wind. Meine Augen werden feuchter, aber ich werde mich hier und jetzt zusammenreißen. Lara wird immer kleiner, der Zug immer schneller. Und schon sehe ich nur noch die roten Rückleuchten des Nachtzuges, der Lara nach Hause bringt. Er schlängelt sich über die Gleise und schon bald verschwindet er hinter den Häuserschluchten. Das war es also.

Ich drehe mich um und gehe langsam den Bahnsteig entlang. Nun ist sie also weg. Sie entfernt sich mit jeder Sekunde weiter von mir und die Erinnerung an mich wird mit jedem Meter mehr verblassen. So etwas muss man wohl denken in solchen Momenten. Ich fühle mich seltsam und kann mit der Situation nicht so recht etwas anfangen. Das letzte Mal, dass ich alleine war, ist mittlerweile zwei Wochen her. Die Zwischenzeit war sehr intensiv und ich habe den Eindruck, es ist schon viel länger her. Nun stehe ich in der *Stazione Santa Maria Novella* mitten in Florenz und habe lediglich die flüchtige Idee, nach Riccione zurückzukehren. Ein öffentliches Telefon steht vor mir, einfach so. Was will es mir sagen, wen soll ich anrufen? Ich krame das Prospekt vom *Hotel Pasini* heraus und wähle die Nummer.

28

„Pronto! *Hotel Pasini.*“ Viola meldet sich am Telefon. „Buona sera, Viola. Hier ist Tim. Ich bin gerade in Florenz und möchte ab morgen wieder bei euch wohnen. Hast du noch ein Zimmer frei?“ – „Ah, Tim, come stai? Si, si, haben Zimmer noch frei, keine Probleme, Tim.“ – „Schön, ist Daniel in der Nähe?“ Ist er, und eine Minute später ist er am Telefon. „Hey Tim, was für eine

Überraschung. Ich wollte gerade los und habe nur noch einen Espresso vor dem Hotel getrunken. Wo steckst du? Was ist los?" – „Hi Daniel, ich komme morgen früh irgendwann wieder zu euch ins Hotel. Ich habe die Mädels gerade hier in Florenz zum Zug gebracht. Du bist noch da, ja?" – „Ja, noch bis Dienstag. Das ist ja klasse. Dann sehen wir uns ja morgen, jetzt fahre ich ins *L'Altro Mondo Studio* nach Rimini." – „Ok, ich freu mich. Cool, dass du noch da bist, viel Spaß heute Nacht." Ich lege auf und fühle mich schon besser.

Ich mag alleine in Florenz in diesem Telefonhäuschen stehen. Aber morgen werde ich wieder ein bisschen Heimat finden, auch wenn es nur für ein paar Tage ist. Immerhin habe ich jetzt erst mal ein Ziel, das macht es etwas einfacher. Eigentlich hätte ich mit Lara und Ina bis Bologna mitfahren können, aber was hätte es gebracht? Wir hätten den Abschied noch ein wenig hinausgezögert. Es war besser, hier in Florenz einen Schlussstrich unter das Kapitel Lara zu ziehen.

Hätte sie mir auch nur einen noch so kleinen Hinweis gegeben, dass wir eine gemeinsame Zukunft hätten haben können, dann würde ich jetzt bei ihr im Zug sein. Bin ich aber nicht und deshalb bringt es auch nichts, mich mit dem Gedanken daran weiter zu quälen. Ich muss sehen, dass ich heute Nacht nach Riccione komme. Das ist erst einmal meine neue Aufgabe und die gehe ich jetzt an.

Vor mir zeigt die Anzeigetafel die Destinationen der Züge an, die Florenz heute Abend noch verlassen. Es sind viele und sie fahren in alle Richtungen. Eine Direktverbindung an die Adriaküste gibt es nicht. Ich werde umsteigen müssen. Soweit ich mich mittlerweile schon auskenne, ist es erneut Bologna, wo ich den Zug wechseln muss. Dann komme ich irgendwann in der Nacht in Riccione an. Natürlich könnte ich mich auch in irgendeinen Nachtzug setzen und bis zum nächsten Morgen irgendwohin fahren. Ich könnte fragen, ob ein Liegewagenplatz frei ist und mich ausschlafen. Aufwachen in Sizilien, mit einem Brustbeutel, in dem noch über 19.000 Mark sind. Und am nächsten Tag müsste ich Hunderte von Kilometern zurück nach Riccione reisen und das bei den Sommertemperaturen.

Nein, ich werde so schnell es geht nach Riccione fahren. Daniel ist nur noch drei Tage dort und es ist schon gut, wenn ich noch ein bisschen Zeit mit ihm verbringe. Das lenkt mich von

Lara ab. Ob sie schon auf ihrer Liege liegt? Ob sie dabei an mich denkt? Oder bin ich schon Vergangenheit?

Die Uhr an der Anzeigetafel zeigt 21.08 Uhr an. Der nächste Zug in Richtung Bologna ist der *Brennerexpress 288*, der um 21.30 Uhr nach München fährt. Kurz danach fährt der Nachtzug *234 Remus* um 21.52 Uhr nach Wien. Prima, ich habe somit noch Zeit, um den obligatorischen Proviant einzukaufen. Ich komme um kurz vor halb zehn am Bahnsteig an. Der Zug ist gut gefüllt, offenbar haben viele Leute an diesem Samstagabend ihren Urlaub in der Toskana beendet und wollen zurück nach Deutschland fahren. Wie viele der Reisegäste werden wohl am Montag wieder in ihrem Arbeitsalltag gefangen sein und nur noch von den Erinnerungen an die schöne Zeit zehren? Ich finde noch einen Sitzplatz in einem Abteil, in dem schweigsam eine Nonne, ein älteres deutsches Ehepaar und zwei deutsche Jungs sitzen, etwa Anfang zwanzig. Bis auf die Nachtfahrt von Rom nach La Spezia hat mich die *FS*, die *Ferrovie dello Stato* (die italienische Staatseisenbahn), durch ihre Pünktlichkeit verwundert. Aber hier in der *Stazione Santa Maria Novella* habe ich kein Glück. Um 21.40 hört man ein kollektives österreichisch-deutsch-italienisches Stöhnen am Bahnsteig. Der Nachtzug *Remus* hat sich auf seiner zweieinhalbstündigen Fahrt aus Rom kommend tatsächlich eine Verspätung von 75 Minuten eingefangen. Eigentlich sollte er in diesem Moment auf dem Nachbargleis einfahren.

Kurz entschlossen strömen noch einige hektische Zeitgenossen in unseren Zug, dessen Gang sich schnell füllt. Es ist bereits kurz vor zehn, als wir uns gemächlich in Bewegung setzen. „Hauptsache, wir kommen noch nach Hause. Ab morgen wird hier wieder gestreikt", sagt der ältere Herr an mich und die zwei Jungs gerichtet. „Ihr Urlaub ist auch zu Ende?" – „Jo, right, sieht so aus, was?", nuschelt einer der beiden. „Nein, ich fahre nur bis Bologna und dann weiter an die Adriaküste", sage ich freundlich. „Da werden Sie aber nicht fündig werden", wirft seine Frau ein und ich frage mich, was genau sie damit meint. „Beeindruckend, die Kunst und Kultur, die Architektur und Bedeutung von Florenz, nicht wahr? Mein Mann schwärmt so für die *Uffizien* und die *Galleria dell' Accademia*, wir besuchen sie alle zwei Jahre. So etwas finden Sie nicht an der Adria." – „Dafür findet er da was zum Poppen", sagt der andere und die beiden amüsieren sich köstlich. Fremdschämen ist angesagt. Ich vergesse völlig zu antworten und staune nicht schlecht, als die Nonne sich ins Gespräch einschaltet: „Die jungen Leute haben offenbar andere Interessen." Peinliche Stille beherrscht das Abteil. Leider nur zu kurz. „Da kennen Sie als Pinguin sich nicht so gut aus, was?", sagt der Typ, der sich eine Dose Bier aufmacht und sich offenbar selbst ganz toll findet.

Ich bin froh, dass ich in einer Stunde das Abteil wieder verlassen kann. Hier hat sich ganz offensichtlich keine gute Mischung zusammengefunden. Nach gut fünf Minuten hakt der ältere Mann nach, scheinbar lässt ihm das Benehmen der Jungs keine Ruhe: „Haben eure Eltern euch keine Manieren beigebracht?" – „Lass gut sein, Georg." – „Lass mich Hedwig!" – „Hedwig, lass ihn doch", äfft der ungehobelte Witzbold ihn nach. Und auch der zweite Halbstarke meldet sich zu Wort: „Nein, Georg, haben sie nicht. Und haben dir deine *Uffizien* nicht beigebracht, dass du uns nicht blöd von der Seite anmachen sollst?" Der andere rülpst und stichelt weiter: „Und Hedwig, bist du sicher, dass dein Georg nur die *Uffizien* regelmäßig besucht?" Sein Kumpel lacht: „Wahrscheinlich steht er auf Nutten im Nonnenkostüm!"

Da möchte man einfach ein Stündchen in Ruhe in diesem Zug sitzen und kommt in so eine Situation. Der Zug ist so voll, dass sich alle wohl oder übel bis München miteinander arrangieren müssen. Jetzt ist Zivilcourage gefragt und zwar von mir. Alles schweigt. Mir fällt nichts ein. Was sagt man in solchen Momenten? Wenn ich die beiden jetzt anspreche, eskaliert dann die Situation? Oder hören sie auf die Worte eines 18jährigen, bringe ich sie zum Nachdenken? Das kann ich mir nicht vorstellen und halte meinen Mund.

Nach fünf Minuten, niemand hat seitdem irgendetwas gesagt, rede ich mir ein, es sei ja alles wieder in Ordnung. Ich fühle mich aber überhaupt nicht wohl dabei. Ich stehe auf und verabschiede mich auf die Toilette. In Wahrheit gehe ich zum Schaffner. Er spricht zum Glück Deutsch und ich schildere ihm, was im Nachbarwaggon eben passiert ist. Ich bitte ihn, das Abteil im Auge zu behalten und ab und zu nach dem Rechten zu schauen. Er kann das Abteil durch die Nonne ja recht leicht erkennen. Der Schaffner wirkt bemüht, meinem Wunsch nachzukommen, aber der Zug ist so voll, dass er sicherlich nicht oft nach dem Rechten schauen wird. Als ich zurückgehe, kommt mir Hedwig auf dem

Gang entgegen. Ich erzähle ihr, dass ich den Schaffner informiert habe und im Abteil nichts gesagt habe, weil ich die Jungs nicht noch provozieren wollte.

„Vielen Dank, junger Mann. Kurz, nachdem Sie eben draußen waren, hat sich einer der jungen Männer bei uns entschuldigt. Ich denke, dass jetzt nichts mehr passieren wird. Aber vielen Dank für Ihr Engagement." Die letzte halbe Stunde bis Bologna herrscht Frieden im Abteil und ich kann mit halbwegs gutem Gewissen aussteigen. Einen Vorteil hatte das Ganze, ich bin nicht zum Nachdenken gekommen.

Das ist jetzt hier in Bologna anders. Vor einigen Tagen haben wir auf diesem Bahnsteig gesessen und hatten alles noch vor uns. Ich weiß, dass Lara jetzt irgendwo im Norden von Italien im Zug sitzt und sich von mir entfernt. Es tut weh. Mir tut aber auch die Erinnerung an Paolo weh, den alten Mann, den Lara und ich letzte Woche hier in der Bahnhofshalle getroffen haben. Ich habe ihn einfach gehen gelassen und war nicht in der Lage, ein paar tröstende Worte für ihn zu finden. Denkt er jetzt, wir jungen Leute hätten kein Empfinden für das, was ihm widerfahren ist? Glaubt er vielleicht, wir wären desinteressiert gewesen und hätten ihn nicht ernst genommen? Es wäre schön, wenn Paolo heute wieder auf der Bank vor der Gedenktafel sitzen würde, auf der der Name seiner Frau verewigt ist. Ich gehe die Stufen hinauf und betrete den Wartesaal. Heute sind mehr Menschen hier als letztes Mal. Es dauert einen Moment, bis ich den Saal komplett abgesucht habe. Die Menschen kaufen noch Fahrkarten, sind in Unterhaltungen vertieft, sie schlafen oder sie lesen Zeitung. Niemand nimmt Notiz von der Gedenktafel. Und Paolo ist nicht hier. Ich bin enttäuscht und setze mich genau auf den Platz, auf dem Paolo saß. Ich muss noch warten, bis mein Zug nach Rimini ankommt. Ich werde hier warten und hoffen, dass der alte Mann noch einmal wiederkommt. Ich habe keine Ahnung, was ich ihm dann sagen werde. Aber ich will ihm zeigen, dass ich mit ihm fühle, dass mir seine Geschichte nah gegangen ist. Ich bin es ihm schuldig. Paolo taucht nicht auf.

Bologna Centrale. Ein Ort, der in mir etwas auslöst. Er ist für mich das Symbol, wie nah Glück und Pech, Liebe und Einsamkeit, Leben und Tod zusammen liegen können. *Bologna Centrale*. Ich bin nicht gläubig, aber sollte ich irgendwann einmal meine ganz eigene Pilgerreise unternehmen, vielleicht dann an diesen Ort, die Bahnhofshalle von Bologna. Sie erinnert mich an eine der großen Kirchen, die auf mich einerseits auch bedrückend, düster und fremd wirken, zugleich aber Orte der Ruhe, der Hoffnung und des Glaubens sind. Und dieser Bahnhof ist auch so eine Kathedrale der zwiespältigen Gefühle.

Die nächste Möglichkeit in Richtung Rimini ist der *Espresso del Levante*. Der Nachtzug von *Milano Centrale* ist auf dem Weg in den Süden nach Bari und fährt um 23.41 Uhr ab. Er ist pünktlich und ich setze mich in den Speisewagen, wo ich einen Moment warten muss, bis ich einen Sitzplatz an einem Zweiertisch bekomme. Ich bestelle mir ein Bier und schaue mich um.

Ich fühle mich wohl in diesen Zügen. Vielleicht, weil man sich hier in diesem nicht unangenehmen Schwebezustand befindet, ein rasendes Dazwischen. Gestartet, aber noch nicht angekommen. Die Landschaft und das eigene Leben ziehen an einem vorbei, wenn man gedankenverloren aus dem Fenster blickt. Man ist im Unterwegs zuhause, gleichberechtigt mit den anderen Mitreisenden. Fremdsein ist hier eine relative Größe in dieser Heimat der Heimatlosen. Ein Bahnübergang huscht an uns vorbei. Autos warten, ihre Insassen sehen uns nach. Nur Sekunden waren wir zu sehen. Wir schießen als Gemeinschaft von tausend kleinen verborgenen Geschichten, Hunderten von geheimnisvollen Schicksalen und lauter unterschiedlichen Individuen vorbei. Wer im Startbahnhof schon an Bord war, der darf sich fast schon als Gastgeber und Hausherr fühlen, wenn nach und nach weitere Menschen zusteigen. Und als Zugestiegener muss man nur lange genug reisen, um in der Hierarchie aufzusteigen. So ein Zug ist ein Zufluchtsort, wenn man nicht sicher ist, wo sein Platz im Leben ist.

Ich nehme ein zweites Bier und frage mich, ob ich nicht einfach Bari kennenlernen möchte. Und den Speisewagen nach und nach zu meinem Speisewagen mache. Mein Bier war aber das letzte, was in dieser Nacht hier erhältlich war. Der Speisewagen schließt seine Pforten. Ich darf sitzen bleiben, aber das Gefühl ändert sich. Die faszinierende Geborgenheit dieses Ortes ist verschwunden, eine eigenartige Stimmung macht sich breit. Der Speisewagen leert sich und mit jedem, der geht, fühle ich mich verlassener.

Um ein Uhr in der Nacht erreichen wir den Bahnhof von Rimini und ich steige aus.

29

Ich erwische noch einen Bus, der nach Riccione fährt. Die Buslinie 11 kenne ich noch von meiner morgendlichen Ankunft vor ein paar Tagen. Und doch ist die Fahrt heute anders, man könnte meinen, es sei eine andere Welt. Die Strecke ist faszinierend, das Leben ist bunt und schrill um diese Uhrzeit. Die Geschäfte haben bereits geschlossen, aber in den Diskotheken, Bars, Restaurants, Spielsalons und vor den unzähligen Hotels pulsiert das Leben in dieser Samstagnacht.

Hier irgendwo muss auch Daniel unterwegs sein. Er wollte heute Nacht ins *L' Altro Mondo Studio* hier in Rimini. Ich denke kurz darüber nach, ob ich mich von einem Taxi in die Disco fahren lassen soll. Nach einem Tag Sightseeing in Florenz, vielen Stunden im Zug und mit einem großen Rucksack als Gepäck ist das aber sicher keine gute Idee. Mit meinem Outfit würde ich wohl grandios am Türsteher scheitern. Und meinen Rucksack werde ich kaum mit auf die Tanzfläche nehmen können. Egal, ein bisschen Ruhe tut mir auch gut. Die Glitzerwelt des adriatischen Nightlifes zieht am Fenster vorbei. Ich bin schon ewig unterwegs, aber Rimini hört nicht auf. Irgendwann erkenne ich das Beachcafé, in dem wir letzte Woche waren und ich weiß, dass ich gleich am *Hotel Pasini* ankommen werde. Mittlerweile ist es schon fast zwei Uhr nachts und wie erwartet ist niemand mehr wach.

Das Hotel hat eine Klingel und sicher wäre mir niemand böse, wenn ich sie jetzt benutzen würde. Aber eigentlich klingelt hier niemand. Einer aus der Familie bleibt wach, bis der letzte Gast am Abend wieder eingetroffen ist. Die Stammgäste und Nachtschwärmer erhalten einen Hotelschlüssel und können kommen und gehen, wann sie wollen. Ankömmlinge um diese Zeit sind selten.

Die Nacht ist warm und der Strand so nah, dass ich mich entschließe, dort zu schlafen. Ich lege mich auf die Liege, auf der sich vor Kurzem noch Lara gesonnt hat. Es ist hier vorne am Wasser aber doch recht frisch und so kommt mein Schlafsack mal wieder zur Verwendung.

Lange kann es nicht gedauert haben, bis ich eingeschlafen bin. Wach werde ich, als ich unsanft durchgerüttelt werde und auf Italienisch beschimpft werde. Irgendjemand rupft an meinem Schlafsack und hebt dann die Liege an, um mich herunter zu kippen. Ich kann gar nicht so schnell reagieren und mir ergeht es ähnlich wie vor ein paar Tagen, als ich bei der Strandparty in angetrunkenem Zustand den Sand von seiner kulinarischen Seite kennenlernen durfte. Ich knalle mit dem Kopf in den kalten Sand und fürchte, dass man mir bei diesem nächtlichen Überfall meinen Brustbeutel klauen will. Als ich mich umdrehe, blicke ich in das Gesicht von *Bagnino* Giovanni, der ziemlich sauer ist. Aber er erkennt mich und hilft mir hoch: „Ah, du? Mamma mia, entsuldigone. Porca miseria, was machen du hier? Ich denken, wäre betrunkene Nixenutze." – „Buongiorno Giovanni, ich bin heute Nacht wieder angekommen und das Hotel hatte schon zu. Da habe ich gedacht, ich kann hier schlafen." – „Iste eigentlich verbote. Kannste nix schlafe an spiagge, außer du sein amigo von Giovanni. Also du konnen immer schlafe bei alte Giovanni seine spiagge." Der Bademeister lacht, drückt mich fest an sich und lädt mich auf einen ersten Caffé ein. „Ich haben immer Ärger in Sommer mit Ragazzi, die hier an Strand maken Party mit Alkohole und maken wilde Saken, maken Müll und maken durkeinande ganze spiagge von Giovanni." Ich schüttele mit dem Kopf: „Unglaublich, was es doch so für Ragazzi gibt." – „Si, si, ungelaublige, aber du sein gute Junge."

Ich lasse ihn in diesem Glauben und buche bis Mittwoch einen Liegestuhl mit Schirm direkt am Wasser. „Frag nicht warum, aber ich hätte gerne den mit der Nummer 78." – „Meine gute Junge, ich musse nix fragen. Alte Giovanni maken *Bagnino* seit viele Jahre. Kennen alle Forme von amore. Da haben legen schöne donna mit dunkle Haare, deine amiga und nun du bist hier ohne amiga, wollen aber haben Liegestule von donna. Perfetto. Keine Probleme, meine gute Junge."

Der gute Junge macht sich auf den Weg ins Hotel, was mittlerweile eigentlich geöffnet haben sollte, aber ich komme nicht weit. Die Bar an der Straßenecke wird gerade mit frischen *Cornetti* und *Bomboloni* beliefert. Soviel Zeit muss sein, eine kurze Nacht im Freien, da muss man sich danach vernünftig stärken. Zwei Cappuccini, ein *Bomboloni* und ein *Cornetto* später gehe ich die wenigen Schritte hinüber ins Hotel.

Carla ist schon fleißig am putzen und steht vor der Tür um einen Teppich auszuklopfen. Als sie mich die Straße entlangkommen sieht, lässt sie den Teppich fallen, schreit und kommt auf mich zugestürmt, um mich in ihre Arme zu schließen.

Sie redet auf Italienisch auf mich ein. Ich verstehe, wie immer, nichts, aber es kommen so viele „bene's" darin vor. Da es, der Betonung nach zu urteilen, Fragen sind, antworte ich freundlich mit „Tutto bene, grazie, si, bene, grazie." Sie ist ganz aufgedreht. Wenn ich mich an meinen ersten Tagen in diesem Land gefragt habe, ob die Italiener einfach nur unglaublich clevere Geschäftsleute sind, die wissen, dass ihre professionelle Gastfreundschaft sich durchaus in Barem auswirken kann, dann glaube ich heute zu wissen, dass die meisten einfach wirklich so sind. Man kann gar nicht anders, als sich hier wohlzufühlen. Ich habe den Eindruck, als sei ich hier seit Jahren Stammgast, wenn ich Giovanni und Carla so sehe. Sie machen es einem einfach, an diesem Fleckchen Erde gerne seine Zelte aufzuschlagen.

Viola ist auch schon wach und kommt zu uns auf die Terrasse. Auch sie nimmt mich in die Arme, begrüßt mich mit Küsschen auf den Wangen, wie es Italiener mit Freunden machen. Sie gibt mir den Schlüssel für mein Einzelzimmer und fragt, ob es mir recht sei, mit Daniel bei einem deutschen Mann und seiner Tochter am Tisch im Speisesaal zu sitzen. Das ist mir recht, die Pasinis lassen es nicht zu, dass man hier im Hotel vereinsamt.

Ich habe ein Einzelzimmer im obersten Stockwerk bekommen, leider ohne Meerblick, aber das ist egal. Wichtiger ist das Bett, und das probiere ich gleich aus. So romantisch es auch klingen mag, wenn man eine Nacht am Strand geschlafen hat, nichts geht über ein Bett. Es ist halb eins, als ich wieder aufwache. Eine halbe Stunde später bin ich am Strand und freue mich, dass ich Laras Liege tatsächlich bekomme. Der Nachmittag ist ruhig, ich schlafe schon wieder, schaue eine ganze Zeit lang aufs Meer und gehe einen *Caffé* trinken in der Strandbar. Die Inhaberin Lina erkennt mich gleich wieder und freut sich, dass ich wieder da bin. Kein Wunder, ich habe schließlich einen großen Teil meiner Zeit in Riccione in der Bar verbracht. Bisher habe ich hier immer jemanden Bekannten getroffen, außer heute. Klar kenne ich das eine oder andere Gesicht noch vom Sehen, aber mehr auch nicht. Von Daniel fehlt auch jetzt um halb fünf jede Spur.

Lina spricht mich auf das Finale heute Abend an. Ach ja, stimmt, heute findet das Finale um die Europameisterschaft in England statt. Deutschland spielt gegen Tschechien, fast hätte ich es vergessen. Was wäre hier wohl los, wenn das italienische Team das Finale erreicht hätte, so wie zwei Jahre zuvor bei der Weltmeisterschaft, als sie aber gegen Brasilien das Nachsehen hatten und nur Zweiter wurden.

Ich gehe noch eine Runde schwimmen, und als ich vom Abduschen komme, hält mich *Bagnino* Giovanni an: „Tim, du maken mit bei Tippe von grande Finale oggi? 5000 Lire inne dene Topfe. Tippe iste riktig, dann alle kriegen Gelde, die haben riktige getippt. Sind mehr als nur eine, dann teile …“ – „Ok, ich bin dabei, Giovanni. Schreib die 5000 auf die Rechnung, ich tippe 1:0.“ – „Allora, für wen, mein Freund?“ – „Giovanni, für wen denn wohl?“ – „Ich nikte weiß, iste nikte mehr die Zeit von Loddar Maddaus, iste nikt mehr Trainer Franze Peckepauer.“ – „Wir gewinnen das Ding, ist doch klar.“ – „Si, si, 1:0 Deutschelande, Tim, ich tragen ein in Liste.“

Ich will gerade wieder zum Liegestuhl gehen, da fällt mir Daniel um den Hals. „Hey, cool, dass du wieder da bist. Sorry, ich war die ganze Nacht unterwegs und habe den ganzen Tag gepennt.“ – „Kein Problem, ich muss ab Mittwoch ja auch ohne dich auskommen.“ – „Naja, gerade deshalb wäre ich eigentlich gern heute Nachmittag mal zum Strand gekommen, aber ich kam echt nicht aus dem Bett. Und heute Abend will ich fit sein. Weißt du Bescheid, dass es heute schon um 19 Uhr Abendessen gibt im Hotel?“ – „Nein, Viola hat mir nichts gesagt.“ – „Ok, dann ist es ja gut, dass ich noch mal rübergekommen bin. Um 19 Uhr ist Abendessen, danach ist gemeinsames Fußballgucken vor dem Hotel angesagt, nach dem Finale macht Viola dann noch Pizza für alle.“ – „Wow, prima, hört sich gut an, dann komme ich am besten gleich mit ins Hotel.“ Daniel wird von Giovanni auch noch zum Tippen verpflichtet. Er tippt 4:0. Was die um die Liste herumstehenden Italiener und Deutschen zu der Diskussion veranlasst, ob ein solcher Tipp politisch korrekt oder stillos arrogant ist. Ein alter Italiener zeigt auf den Tipp eines gewissen „Karl-Heinz“, der ein 6:0 getippt hat und fragt, ob die Deutschen vergessen haben, dass sie gegen die Dänen, die zur Vorbereitung Urlaub statt Training gemacht haben, das letzte Finale 1992 verloren haben. „Wo waren denn die Italiener in den beiden Finals?“, fragt Daniel scheinheilig. „Wir maken Kondensatione auf Finale von *Coppa del Mondo*, von Weltemeisterschafte“, argumentiert Giovanni lautstark. Diese Sichtweise ist scheinbar weit verbreitet. „So wie 1990?“ – „No, no, no, so wie 1982, Paolo

Rossi, gegen wen wir habe gleike noke mal gewonne? Ah, Deutschelande…"

Wir entziehen uns der Diskussion, ich hole meine restlichen Sachen vom Strand und wir gehen zurück zum Hotel, wo Pasquale bereits zwei Fernseher aufgebaut und die Tische und Stühle so gestellt hat, dass alle Hotelgäste heute Abend das Spiel hier verfolgen können. Viola schmückt die Terrasse mit kleinen Deutschlandfähnchen. Auf der Straße spielen Kinder in Deutschland- und Italientrikots noch mal das Vorrundenspiel nach. Eine gewisse Spannung liegt in der Luft. Wie schön wäre es gewesen, wenn die Italiener unser Finalgegner wären.

Daniel stellt mir vor dem Essen noch Karl-Heinz und Laura vor, mit denen ich, zusammen mit Daniel, an einem Tisch sitzen werde. „Karl-Heinz? Haben Sie am Strand 6:0 getippt?", frage ich grinsend. Karl-Heinz lacht: „Also erst mal, ich bin der Karl-Heinz und du kannst mich natürlich duzen. Und ja, ich musste die Italiener doch mal schocken. Laura hat 2:1 für Tschechien getippt, das ist schon blamabel genug." Laura ist vielleicht 13 oder 14 Jahre alt und hört uns gelangweilt zu.

Pasquale hat einen riesigen Weinballon vor der Terrasse platziert, auf einem Tisch steht ein großes Gefäß mit einem selbst gemixten Aperitif, irgendetwas bitter Erfrischendes mit einem Hauch Alkohol. Vielleicht eine Campari-Orange-Zitrone-Mischung mit irgendwelchen weiteren Zusätzen, die ich nicht herausschmecke. Während die Gläser verteilt werden, überrascht uns der Hotelchef mit einer kurzen dreisprachigen Ansprache. Zuerst auf Italienisch, dann auf Deutsch und dann sogar noch in gut klingendem Französisch erklärt er uns, dass er sich freue, heute Gastgeber des EM-Finales zu sein. Ok, so kann man es auch ausdrücken. Er gibt den Ballon Wein und den Aperitif aus, außerdem würde Viola nach dem Finale Pizza vom Blech servieren. Sollten „unsere deutschen Freunde" das Finale gewinnen, würde er die alte 15-Liter-Flasche Rotwein opfern, die er sich unmittelbar nach dem Finale 1982 für solche Fälle gekauft hat. Pasquale zeigt auf den Eingang, aus dem sein Sohn Sandro stolz mit der überdimensionalen Flasche kommt. Beifall brandet auf und wir werden zum Abendessen in den Speisesaal gebeten.

Nach den *Penne tedesca con wurstel* überrascht die Küche mit einem kleinen Eisbein mit Sauerkraut. Danach gibt es noch ein Eis in den deutschen Nationalfarben Schokolade, Erdbeere und

Vanille, wobei wir unseren Gastgebern verzeihen, dass die braune Schokolade nicht ganz den Nationalfarben entspricht. Am Nachbartisch sieht das Klaus-Hubert anders, er winkt Pasquale zu sich heran: „Paskaaaale, komm ma her, alter Italiener! Ist das ne Reminiszenz an alte Zeiten?“ Pasquale schüttelt den Kopf: „Ick nikt verstehe.“ Klaus-Hubert lacht und Eleonore schaut peinlich berührt unter den Tisch. „Naja, der Adolf und der Duce waren ja in der braunen Zeit auch schon Freunde, so wie wir heute, stimmt’s Paskaaaale?“ – „Also, Klaus-Hubert!“ – „Eleonore, kümmer dich um deinen eigenen Mist.“ – „Stimmt doch, Paskaaaale?“ – „Ick abe kein schwarzes Eis, scusi. Aber so ist auke gut, oder? Nikte perfetto, aber dunkel, iste fast swarz.“

Wir erlösen den armen Pasquale von Klaus-Hubert und bestellen noch eine Flasche *Aranciata* bei ihm. Am Nachbartisch wird das Schweigen durch böse wechselseitige Blicke angereichert. Doch die Ehe funktioniert offenbar. Als Klaus-Hubert sein Deutschlandtrikot mit Schokoladeneis besudelt, reagiert Eleonore schon den Bruchteil einer Sekunde später, feuchtet ihre Serviette mit Speichel an und rubbelt an ihrem Ehemann herum, der das kommentarlos über sich ergehen lässt.

30

Nachdem wir uns auf der Terrasse gute Plätze, also möglichst nah am Fernseher und möglichst weit von Klaus-Hubert entfernt, gesichert haben, kann das Finale so langsam losgehen. Pasquale lässt auf der einen Seite die deutsche Fassung mit der Liveübertragung des *ZDF* laufen, während auf der anderen Seite auf dem zweiten Fernseher die *RAI*-Übertragung der Italiener läuft.

Kurz vor den Nationalhymnen wittern die, im doppelten Sinne, schwarzen Händler ihr Geschäft und bieten uns gefälschte deutsche Fanartikel an, die wir im Eifer des Gefechts auch kaufen. Ok, das Deutschland-Cap muss sein. 10.000 Lire oder 25.000 Lire für Trikot und Cap zusammen. Wir handeln ihn auf 15.000 Lire für beides herunter. Der Händler aus Ghana kommt richtig in Stress, denn ich bestehe darauf, kein Klinsmann-Trikot mit der Nummer 18 und auch keines von Bierhoff mit der 20, und schon gar nicht eines von Matthäus anzunehmen, der gar nicht im Kader ist, sondern lieber via Bild-Zeitung von seinen geheimen Tagebüchern berichtet. „Häßler, number ten", sage ich mit Nachdruck. „Oh, no, nix Haseler, Maddaus number ten". Mein Blick ist eindeutig, ich will ein Häßler-Trikot. Der Händler sprintet zum Kollegen, der das Hotel auf der Gegenseite beackert und kommt mit einem Scholl- und einem Möller-Trikot zurück. „Moller, good for you, good for me. Moller, best player today, my friend." – „I want Häßler. Only Häßler." – „Scholl, Scholl is the best player of the world in the future." – "Häßler!" So richtig weiß ich nicht, warum ich so stur bin, aber ich mag ihn nun einmal. Ein weiterer Kollege kommt die Straße entlang und siehe da, er ist im Besitz eines Häßler-Trikots, welches er seinem Kollegen auch gleich überlässt. „Haseler, here is the one and only Haseler in this town, it's expensive, it cost 20.000 Lire, because Haseler is the godfather of soccer." Die Hymne beginnt, ein schlechter Zeitpunkt für Verhandlungen und ich zahle tatsächlich 20.000 und lege noch 5.000 für das Cap drauf. „Na, ich hoffe, er schießt heute das entscheidende Tor, mir hat er den Bierhoff angedreht, der spielt gar nicht mit", sagt Daniel.

Wir erheben uns wie die gesamten Hotelgäste, stehen stramm und lauschen der Hymne. Klaus-Hubert legt seine Hand auf die Brust und singt voller Enthusiasmus mit, Gott sei Dank die richtige Strophe, das war nach seinen Einlassungen beim Abendessen nicht unbedingt zu erwarten.

Das Spiel beginnt. Bei jeder Torchance geht ein Raunen durch die Straßen. Vor allen Hotels sieht es gleich aus, kaum jemand läuft durch die Straßen, alles hat sich vor den Fernsehern versammelt. Die erste Halbzeit ist zäh, beide Mannschaften scheinen vor allem Angst vor einem Gegentor zu haben. Die deutsche Mannschaft versucht anzugreifen, doch die Tschechen sind mit ihren Kontern gefährlich. Andi Köpke im Tor reagiert immer wieder glänzend. Und so geht es torlos in die zweite Hälfte. Deutschland stellt noch offensiver auf, bringt Bode für Eilts, bleibt überlegen, doch die Tschechen kontern weiter gefährlich. Die 59. Spielminute läuft, Sammer foult Poborsky im Strafraum. Ein Pfiff ertönt und man hört aus allen Richtungen den Aufschrei des Entsetzens. Natürlich wird der Schiedsrichter übel beschimpft. Der Mann heißt Pierluigi Pairetto und ist Italiener. Die italienische Fraktion der Zuschauer hat einen klaren Elfmeter gesehen, wir Deutschen regen uns auf und hoffen auf Andi Köpke. Doch Patrik Berger verwandelt sicher. Manche jubeln, die meisten schlagen die Hände über dem Kopf zusammen. Noch dreißig Minuten bleibt Zeit, dieses Finale zu drehen.

Alle werden nervös. Die Deutschen, weil sie Angst vor einer Niederlage haben. Diejenigen, die zu den Tschechen halten, weil sie wissen, dass deutsche Mannschaften erst geschlagen sind, wenn abgepfiffen ist. Und Pasquale, weil eine deutsche Niederlage geschäftsschädigend sein wird. 69. Spielminute: Scholl geht, Bierhoff kommt. „Der Chancentod, wat willste denn mit der Null?“, mault ein sichtlich genervter Klaus-Hubert. „Iste gute Spieler, pass auf, schießt noch Tor, hat er gelernt bei Udinese von uns Italiener“, meint Pasquale. Vier Minuten später flankt Christian Ziege auf den Kopf von Oliver Bierhoff und der trifft zum Ausgleich.

Wir hüpfen jubelnd über die Straße und umarmen sogar Klaus-Hubert, der schon immer wusste: „Der Bierhoff hat es drauf, der hat dat Näschen!“ Pasquale ist stolz wie Oskar, er hat das Tor vor fünf Minuten schließlich vorhergesagt.

Das Spiel bleibt spannend, Köpke muss noch einige Male eingreifen und das Spiel wird abgepfiffen. Noch einmal Zeit zum Durchatmen. Die Regeln werden besprochen, wer das nächste Tor erzielt, hat gewonnen, das sogenannte *Golden Goal* könnte entscheiden. Die Verlängerung beginnt und fast ist das Finale verloren, als Smicer einen gefährlichen Schuss aufs deutsche Tor abfeuert. Köpke hält. Es sind fünf Minuten gespielt, als Bierhoffs abgefälschter Schuss aus der Drehung langsam Richtung Tor kullert. Wir springen auf, der Ball rollt in Richtung Torlinie und … Toooor! Schluss! Aus! Vorbei! Deutschland ist Europameister!

Daniel reißt sich sein Trikot vom Leib, legt es auf die Straße und wir huldigen dem deutschen Joker, der das Spiel entschieden hat. Und in all dem Jubel blicke ich wie in Zeitlupe hinüber zu Karl-Hubert, der seine Eleonore in den Arm genommen hat und zum ersten Mal in diesem Urlaub sehe ich sie lächeln.

Auf den Straßen läuft die deutsche Jugend mit schwarz-rot-goldenen Fahnen umher und Pasquale legt *We are the Champions* auf. „Eine Mann aus Udine gewinnt Finale, forza Bierhoff“, ruft er und widmet der Nummer 20 die 15-Liter-Flasche, mit deren Öffnung er aber eine schwierige Aufgabe zu bewältigen hat. Wildfremde Menschen, die oft gar kein Deutsch können, kommen auf uns zu und gratulieren zur Europameisterschaft.

Das fühlt sich seltsam an, aber ich nehme die Glückwünsche an. So verrückt das sein mag, aber so ein bisschen fühle auch ich mich wie ein Europameister, als Kapitän Klinsmann den Pokal in die Höhe stemmt.

Während die deutschen Spieler im Wembley-Stadion von London ihre Ehrenrunde drehen, stehen wir in der Schlange, um uns von Viola saftige Pizzastücke vom Blech geben zu lassen. Wir recken sie wie den Pokal in die Höhe, bekommen dafür Applaus der Hotelgäste und lassen uns von Pasquale Rotwein aus der Riesenflasche einflößen. Es ist, das kann man sich vorstellen, ein feuchtfröhlicher Abend. Irgendwann gegen halb zwei ziehen Daniel und ich noch einmal los. Überall wird gefeiert, man prostet sich zu und immer wieder müssen wir stehen bleiben, um mit den deutschen Touristen anzustoßen, deren durchschnittlicher Alkoholpegel schon kritische Dimensionen erreicht hat.

Irgendwann kommen wir auf der *Viale Dante* an, die fest in deutscher Hand ist. Aber auch die Italiener feiern oftmals mit und scheinen sich ehrlich über den Sieg der Deutschen zu freuen. Die schwarzen Händler erleben gerade ihr Verkaufshoch und verkaufen T-Shirts mit der Aufschrift: *Deutschland – Europameister 1996*. „Oliver-Bierhoff"-Sprechchöre werden irgendwo angestimmt und bahnen sich ihren Weg durch die Bars, Pubs und Restaurants. Eine Pizzeria verschenkt Pizzastücke in den Landesfarben mit Oliven, Tomaten und gelber Paprika. Hier und da wird Wein gratis ausgeschenkt und die kleine Gruppe von Tschechen feiert ausgelassen mit. Immer wieder kommen Leute auf uns zu, die uns die Hand geben und anerkennende Worte in diversen Sprachen finden. Fast habe ich den Eindruck, ich hätte den Siegtreffer selbst eingenetzt. Dass wir ausgerechnet bei einer Gruppe Engländer hängen bleiben, die ihren Frust, als Gastgeber gegen die ungeliebten Deutschen ausgeschieden zu sein, mit Guinness in einem Pub bekämpfen, ist etwas überraschend, aber die Jungs aus Manchester verhalten sich fair und sind erstaunlich lustig. Sie sind stolz, Gastgeber der EM gewesen zu sein. Und singen ausgelassen *Football is coming home*.

Irgendwann nach Aufgang der Sonne komme ich in einem Paul-Gascoigne-Trikot wieder im Hotel an und brauche dringend mein Bett.

31

Es ist kurz nach zwei Uhr am Mittag, als ich aus gegebenem Anlass den Kauf einer Familienpackung Aspirin in der *Farmacia* tätige. Das ist bitter nötig. Am Strand angekommen, lässt es sich *Bagnino* Giovanni nicht nehmen, uns mit über Holzkohle gegrillten Sardinen und Wein zu begrüßen, um mit uns die Europameisterschaft zu feiern. Die Italiener sind zufrieden, ein fantastischer Schiedsrichter hat das Finale geleitet, in dem ein Spieler von Udinese Calcio der umjubelte Star war. *Forza Italia*, da ist man sich einig.

Nach einer Stunde können wir uns endlich bis zu unserer Liege vorkämpfen und ein Bad im Meer nehmen. Ich fühle mich wie ein Oscargewinner am Tag nach der Verleihung und dem Besuch unzähliger Aftershowpartys. In der Strandbar gibt es heute den *Caffé* für uns Europameister gratis und unbestellt erhalten wir den Europameistercocktail, auf dem eine Ananas mit Deutschlandfähnchen steckt. Der ganze Tag steht noch im Zeichen des Fußballs und ganz ehrlich, so langsam bin ich froh, wenn wieder die Normalität einkehrt. „Sag mal, hast du Lust, heute mit mir nach San Marino zu fahren?“, fragt mich auf einmal Daniel. „Ja, klar, von mir aus, was gibt es da zu sehen?“ – „San Marino ist ein Traum, lauter kleine alte Gassen, viele Geschäfte, und ganz oben auf dem Gebirgskamm ist eine beeindruckende Festung. Und es ist nicht weit von hier entfernt.“ – „Ok, ich bin dabei. Wie kommen wir hin? Mit dem Zug?“ – „Das wird schwierig“, grinst Daniel, „die Bahn fährt seit zig Jahren nicht mehr. Die haben den Betrieb nach Bombardierungen im Zweiten Weltkrieg eingestellt und das ist bis heute so. Es fahren Busse, aber so richtig cool wäre es natürlich, wenn wir uns ein Auto besorgen und ich dir die Gegend ein bisschen zeige.“ – „Das wäre natürlich der Hammer, das machen wir. Wo kriegen wir das Auto her?“ – „Viola hat mir ihren Golf schon mal geliehen, aber das Ding ist so alt, da passieren dir unglaubliche Sachen. Das letzte Mal hat er bei scharfen Rechtskurven gehupt. Das war am Anfang ja ganz lustig, aber mit der Zeit ist es megapeinlich und nervt. So wie das Wetter heute aussieht, wird es nicht regnen. Wir könnten uns also einen Buggy mieten, das sind die offenen Cabrios, die bei den Verleihern vor der Tür stehen, hast du bestimmt schon mal gesehen.“

Kurze Zeit später sitzen wir in einem roten Buggy. Man könnte sagen, es ist ein überdimensionales Kart für zwei Personen. Viel mehr ist nicht dran an dieser Art von Auto. Aber so ist es wie mit dem Interrailen, man erlebt die Fortbewegung in vollem Bewusstsein, beziehungsweise dem, was der Vorabend noch übrig gelassen hat. Wir fühlen uns cool, als wir, mit unseren Sonnenbrillen bewaffnet, durch die Straßen von Riccione cruisen. „San Marino ist 35 km entfernt über die Schnellstraße, aber mit diesem Gefährt sollten wir vielleicht die Nebenstraßen benutzen, dann siehst du auch mal was von der Gegend." – „Daniel, du machst das schon, du kennst dich hier aus."

Wir verlassen Riccione und fahren in die Hügel des Hinterlandes. „Ich habe Pasquale und Viola auch schon im Winter besucht, wenn die Hotels geschlossen haben. Da war ich mit Pasquale hier in der Gegend unterwegs, wir haben *Porchetta* gekauft, das sind die Spanferkel, die an den Verkaufsständen auf den Märkten oft zu sehen sind. Damit sind wir in Bars gegangen, haben unser mitgebrachtes Essen gegessen. Hier irgendwo ist auch das Weingut, von dem Pasquale seinen Wein bezieht. Touristen trifft man hier so gut wie keine. Und wenn, dann kennen sie sich gut aus und wissen, dass man hier zum Beispiel sehr gut und günstig essen und einkaufen gehen kann."

Wir kommen durch unzählige Dörfer, halten kurz in Morciano an, wo mir Daniel eine dieser ländlichen Bars zeigt, in der wir kurz einen *Caffé* am Tresen trinken, aber gleich wieder weiterfahren. Unser Buggy fährt nicht sonderlich schnell, wir werden laufend überholt, aber ich genieße es, mir diese unbekannte Gegend anzusehen. Wir verlassen die *Emilia-Romagna* und kommen in die *Marché*, wo wir in Mercatino Conca in Richtung San Marino abbiegen. Nun wird es immer gebirgiger und schon erreichen wir mit Fiorentino das erste Dorf hinter der Landesgrenze von San Marino. „Wir schleichen uns jetzt sozusagen von hinten an. Die Hügelkette vor uns ist der *Monte Titano*, an seinem Hang zieht sich die Hauptstadt hinauf, und zum Meer hin fällt der Berg stark ab. Es gibt sogar eine Seilbahn. Kannst du dich erinnern, vom *Aquafan* aus hat man diesen Berg von der anderen Seite aus gesehen?" – „Ah ja, alles war gelb-orange beleuchtet und hat geflimmert, da war ich mit Lara im Pool, ich kann mich gut erinnern." – „An den Ausblick auf San Marino oder Lara?" – „Beides!", lache ich. Wir kommen langsam unserem Ziel näher, dem Zentrum von San Marino-Stadt. Daniel sucht einen Parkplatz, was sich aber als sehr schwierig erweist. „Eigentlich schade, dass wir schon da sind, das Rumfahren hat Spaß gemacht“, bemerke ich beiläufig. „Ja, sag das doch gleich, es ist noch früh genug. Ich würde dir gerne San Marino im Hellen zeigen und dann oben die Aussicht genießen, wenn es dämmert und die Sonne untergeht. Aber da haben wir noch etwas Zeit. Wir können gerne noch weiterfahren.“

Gesagt, getan. Wir fahren weiter ins Landesinnere und Daniel entführt mich auf immer abgelegenere kleine Straßen, die sich durch die Apenninen schlängeln. In der Ferne sieht man eine eindrucksvolle Festung auf einem Berg thronen. „Das ist San Leo. Eine beeindruckende Festung, vor allem am Abend, wenn sie beleuchtet wird.“ Und tatsächlich, die alte Burganlage hätte einen längeren Besuch verdient, aber wir bleiben nur kurz und werfen einen Blick in die Anlage, die in früheren Jahren fast uneinnehmbar schien. Der Ausblick bis zur Adriaküste ist atemberaubend. „Millionen von Besuchern kennen San Marino und die meisten wissen gar nicht, welche Perle wenige Kilometer weiter wartet.“ – „Also ich bin echt froh, dass wir noch ein Stück gefahren sind, das hat sich gelohnt.“

Wir brechen wieder auf und kommen durch die kleinen sehenswerten Städtchen Novafeltria und Pennabilli. Dort machen wir eine Pause und setzen uns auf die Piazza, essen ein *Panini* und trinken eine herrlich eiskalte Cola. „Ich wünschte, Lara hätte das noch sehen können.“ – „Du redest, als wäre sie tot.“ – „Naja, sie ist weit weg und zwar für immer. Wir haben keine Zukunft miteinander, sie geht nach Amerika und du glaubst doch nicht, dass sie nach einem Jahr noch ernsthaft an irgendeine Urlaubsbekanntschaft denkt?“ – „Das weiß man nie. Manchmal merkt man ja erst im Nachhinein, wer und was einem wichtig ist. Es kann ja auch sein, dass du sie in ein paar Monaten schon fast vergessen hast. Du darfst nicht vergessen, dass du in einer Ausnahmesituation warst und wir alle waren für dich wahrscheinlich schon ein gewisser Halt. Was auch immer du so in Zukunft machen wirst, du wirst neue Leute kennenlernen und dann ist das alles hier nur noch eine schöne Erinnerung.“ – „Ich glaube, mir ist das zeitweise noch nicht klar, dass es nicht ewig so weitergehen wird wie im Moment. Das checke ich wohl erst, wenn du morgen abreist. Aber was soll ich mir jetzt Druck machen? Ich genieße die Zeit so, wie sie kommt und irgendwann werde ich schon eine Entscheidung treffen, wie es weitergeht. So, und jetzt lass uns einfach hier sitzen und diese coole Piazza betrachten." – „Ok, du alter Verdrängungskünstler. Vorhang auf für das *La dolce vita* in Pennabilli."

Eine Stunde später haben wir das Glück, unterhalb des Regierungspalastes von San Marino einen Parkplatz für unseren Buggy zu finden. Daniel macht eine kleine Stadtführung für mich und erzählt mir einiges zu San Marino.

In den kleinen Gassen gibt es unzählige Andenkenläden, Technik-, Schmuck- und Spirituosengeschäfte. Ich bleibe an einem Schmuckladen stehen, der viele ausgefallene Kettenanhänger in seiner Auslage liegen hat. „Ich habe noch nie eine Kette getragen. Meinst du, das wäre was für mich?" – „Klar, ich habe ein kleines Schwert um den Hals, ein Geschenk meiner Freundin. Ohne den würde ich mich nackt fühlen, das ist mein Glücksbringer. Kauf dir einen, der begleitet dich dann bei deinem Neuanfang und erinnert dich an den Start in dein neues Leben, an die Zeit mit Lara und uns allen." Ich finde Daniels Idee wirklich gut und mir sticht ein kleiner silberner Gecko ins Auge, dessen Schwanz sich goldfarben abhebt. „Wie wäre es mit dem?" – „Der ist perfekt, nimm ein Kautschukband dazu. Und kaufe einen Zweiten. Für den Fall der Fälle." – „Falls ich den Ersten verliere?" – „Nein, falls das mit Lara doch anders kommt als du denkst." – „Nee, der Drops ist gelutscht, Daniel." – „Man sieht sich im Leben immer zweimal, mein Freund." Ich kaufe einen Gecko und zehn Minuten später kehre ich zurück und erkläre dem verdutzten Verkäufer, dass ich noch einen zweiten Gecko haben möchte. Man weiß ja nie.

Die Aussicht von hier oben ist fast noch beeindruckender als zuvor von der Festung von San Leo. Denn das Meer ist hier viel näher, es sind vielleicht 20 Kilometer Luftlinie bis zur Adriaküste. Das Wetter ist herrlich klar und man erkennt alles wunderbar: das Hochhaus am Bahnhof von Rimini, die Küstenorte Riccione und Cattolica und den *Monte Gargano*, an dessen Hang das *Baia Imperiale* liegt. Der Ort, an dem ich Lara zum ersten Mal geküsst habe. Wir sitzen hier auf der Steinmauer und blicken einfach hinaus in die Ferne und schauen der Seilbahn zu, die immer wieder zwischen der Talstation unten in Borgo Maggiore und dem *Monte Titano* pendelt. Langsam setzt die Dämmerung ein und die vielen Lichter zeigen an, welch turbulentes Leben an der Küste herrscht. Als es dunkel ist und wir durch die Gassen schlendern, hat San Marino tatsächlich ein anderes Gesicht bekommen. Ähnlich wie es in Venedig und der Cinque Terre der Fall war. Die Touristenmassen werden weniger, das Leben hier gemütlicher, romantischer, geborgener. Wir setzen uns vor die *Trattoria Casa Piadina* und bestellen *Lemon Soda* und zwei *Piadine Salsiccia*. Im Hintergrund läuft die Musik von *883*, einer der erfolgreichsten italienischen Bands, die in den Neunzigern zahlreiche Sommerhits herausgebracht hat. Als wir wieder aufbrechen, haben sich die Gassen bereits geleert. Wir sind auf dem Weg zurück zu unserem Auto, als wir aus der Ferne einen leisen Chorgesang wahrnehmen. Das macht uns neugierig. Wir versuchen der Richtung zu folgen, aus der er kommt. Der Gesang ist nun noch deutlicher zu hören, und als wir um eine Ecke biegen, stehen wir plötzlich auf einem kleinen Kirchenvorplatz, auf dem sich viele Menschen versammelt haben und einen Freiluft-Gottesdienst feiern. Es ist ein ergreifender Augenblick. Wortlos verweilen wir noch ein paar Minuten, bis wir weitergehen. Es ist mittlerweile recht frisch geworden in unserem gut belüfteten Buggy und so fahren wir auf direktem Weg zurück nach Riccione, wo wir unser Gefährt bei der Verleihstation abgeben.

„Sag mal, wann fährst du morgen eigentlich?", frage ich Daniel auf dem Rückweg ins Hotel. „Mein Zug geht abends um 22.25 Uhr, ich nehme den Nachtzug nach München. Ich bin also noch den ganzen Tag da." – „Ok, prima, hast du irgendetwas Bestimmtes vor oder machst du einfach noch einen Strandtag?" – „Nichts Bestimmtes, ich packe morgen Abend vor dem Essen. Tagsüber können wir an den Strand gehen und noch einmal in die Strandbar natürlich."

32

Es ist kurz nach Mitternacht und vor dem Hotel sitzt eine illustre Mischung Menschheit, bestehend aus Karl-Heinz, Pasquale, Klaus-Hubert und Eleonore sowie zwei italienischen Gästen. So wie es aussieht, haben die drei nüchternen Italiener ihren Spaß an den drei Deutschen, die offenbar gut gebechert haben. Die fast leere Flasche *Sambuca* und eine fröhliche Eleonore mit eingemeißeltem Lächeln lassen das Schlimmste befürchten. Wir nehmen uns einen Stuhl und ich erschrecke fürchterlich, als Eleonore deutlich zeitverzögert, aber dafür umso lauter, unsere Gesellschaft bemerkt:

„Ahhh, ah ja, die deutschen Jungs. Aber hallo aber auch an die attraktiven deutschen Jungs, aber hallo!" Sie bricht in Gekicher aus. „Deutsche Jungs, gute Jungs. Prost. Salute, Paskaaaaaaaale, alter Italiener", prostet Klaus-Hubert zu. „Klaus-Hubert, zeig den Jungen wie man Sam.., Sam …, wie man dat Zeug trinkt" – „Aber sischer, Schatzelein", ist seine Antwort und wir schauen uns verwundert an. Karl-Heinz ist mittlerweile eingenickt. Pasquale besorgt uns zwei Schnapsgläser, die Klaus-Hubert umgehend füllt, während Eleonore sie aufgeregt mit je drei Kaffeebohnen bestückt. „Karl-Heinz, Feuer frei, alter Kamerad!", schreit Klaus-Hubert und Karl-Heinz zückt im Halbschlaf erschrocken sein Feuerzeug und entzündet die Kaffeebohnen, die auf dem *Sambuca* schwimmen. Die beiden Italiener lachen und es fehlt nur noch, dass sie zu applaudieren anfangen. Die Freiluftvorführung deutscher Verhaltenskultur scheint ihnen zu gefallen, während sie an ihrem *Aqua Minerale* naturale nippen.

Karl-Heinz ist gerade wieder am einnicken, als Laura aus dem Hotel kommt und sich ihrem Vater an den Arm hängt: „Papa, darf ich mit Alessandro noch kurz zum Strand gehen?" Er murmelt ein „Ja, ja", und Laura verschwindet in Windeseile aus seinem Blickfeld. „Äh, Karl-Heinz ...?" Ich rüttle ihn an. „Karl-Heinz. Alessandro? Laura? Strand? Dir ist schon klar …" – „Hä? Was? Laura?" – „Wir kümmern uns drum", sagt Daniel. Wir leeren den Sambuca aus, bedanken uns bei Eleonore und Klaus-Hubert, der wenig begeistert ist, dass wir schon wieder gehen. „Lass dat Kind doch ficken", sagt er eine Spur zu laut und ordinär. Eleonore entgleiten die Gesichtszüge wieder in gekannte Normalmaße. „Karl-Hubert!" – „Eleonore, kümmere dich um deinen …, äh, Eleonorelein, wollen wir nicht lieber nach oben gehen?" Eleonore strahlt: „Aber sischer dat doch! Aber hallo!" Himmel, ich versuche, mir das nicht vorzustellen!

Wir konzentrieren uns auf Laura, die gerade am dunklen Strand verschwindet. Wir pirschen uns langsam an den Strand. Die beiden sind leider nicht an den Strandabschnitt von *Bagnino* Giovanni gegangen, an dem wir uns auskennen. Sie sind abgebogen zu *Bagnino* Mauro, wo es wie in einem Irrgarten aussieht. Wir haben das junge Glück aus den Augen verloren. Obwohl es eigentlich die Aufgabe von Lauras Vater gewesen wäre, es gar nicht soweit kommen zu lassen. Aber jetzt liegt es in unserer Verantwortung. Wir schleichen lautlos durch die Reihen von Liegestühlen und da sind sie auch schon. Wild herumknutschend haben sie es sich etwa 20 Meter vor uns auf einem Liegestuhl bequem gemacht. Und wenn ich es im Dunkel der Nacht richtig erkennen kann, ist Lauras Oberteil schon Alessandros Gelüsten zum Opfer gefallen. Die beiden haben es aber eilig. Mein Gott, das Kind ist 13. Wir müssen sie vor einem großen Fehler bewahren. Wir müssen eingreifen. Das sind wir Karl-Heinz schuldig. Daniel winkt und wir robben uns in unmittelbare Nähe des Liegestuhls. Alessandro bearbeitet gerade stöhnend Lauras Oberkörper und, du meine Güte, nicht nur den. Schnelles Handeln ist geboten. Laura ist 13! Und dieser Lüstling von Alessandro dürfte höchstens 15 sein. Daniel ergreift die Initiative und wir bauen uns mit verschränkten Armen laut räuspernd je einer rechts und links vorm Liegestuhl auf. Alessandro zuckt zusammen, Laura schreit und bedeckt eilig ihre Brüste. Wir sind Helden. Für einen kurzen Augenblick, bevor Alessandro Daniel mit einem heftigen Faustschlag niederstreckt und sich dann in meine Richtung dreht. Ich erkenne nun das eigentliche Problem: Alessandro ist Mitte zwanzig, blond und muskulös. Laura ist blond, Anfang 20 und ein bisschen hysterisch. Sie schreit wie am Spieß. Wir haben die Falschen beim Liebesspiel erwischt.

Der falsche Alessandro entscheidet sich glücklicherweise dafür, seine Freundin zu beruhigen und wir nutzen diesen Moment, um uns so schnell wie möglich vom Acker zu machen. Wir flüchten Richtung Wasser und haben Glück: Vor uns läuft der echte Alessandro mit der echten Laura in gebührendem Abstand zueinander am Strand entlang. Die beiden machen offenbar einfach einen kleinen Spaziergang und unterhalten sich. Wir beruhigen uns und folgen ihnen in sicherer Entfernung und drehen uns alle paar Meter um. Aber unser verschrecktes Liebespaar scheint uns nicht zu folgen. Zum Glück drehen die beiden nicht um, sondern biegen zur Strandpromenade und dann in die *Viale D' Annunzio*, die Strandstraße, ab. Alessandro kauft, in einem romantisch-pubertären Akt, der ihn anschmachtenden Laura ein Eis.

Daniel schaut mich seufzend an: „Ist das jetzt gut oder schlecht, dass wir so etwas hinter uns haben?“ – „Daniel, ich bin 18, ich mache so was auch noch!“ Wir lachen und folgen den beiden weiter. Sie sind auf dem Weg zurück zum Hotel. Karl-Heinz ist noch wach und freut sich, als er seine Laura wieder bei sich hat. Wir warten noch einen Moment an der Straße und kommen dann ganz unschuldig angeschlendert. „Wo wart ihr denn?“, fragt Laura erstaunt. Ob sie etwas ahnt? „Wir waren mal kurz am Strand, frische Luft schnappen.“ – „Da müsst ihr aber aufpassen. Irgendwelche Idioten hatten da gerade voll den Ärger.“ Ich kann nicht einschätzen, ob diese kleine Göre uns jetzt frech angrinst oder ob das dem „Alessandro-hat-mir-ein-Eis-spendiert“-Glück geschuldet ist. Daniel verdreht die Augen und geht seinen Kiefer kühlen. Und ich verabschiede mich auch.

„Hat die Kleine etwa was gemerkt?“, fragt mich Daniel. „Keine Ahnung, aber was soll‘s. Alle sind wieder heil zuhause. Also, fast alle …“ – „Sehr witzig. Aber was für ein Glück, dass der Typ uns nicht noch nachgekommen ist. Hast du den richtig gesehen?“ – „Ich habe von dem mehr gesehen, als mir lieb war, Daniel.“ - „Oh Mist, beim Lachen tut der Kiefer weh.“ – „Na dann wünsche ich dir eine ernsthaft gute Nacht, wir sehen uns am Strand morgen früh?“ – „Ok, gute Nacht, bis morgen.“

33

Es ist kurz nach sieben, als es an meiner Zimmertür klopft und mich aus dem Schlaf reißt. „Tim. Tim?“, höre ich es dumpf hinter der Tür. Ich stehe auf und öffne die Tür. Daniel steht vor mir. „Moin, ich dachte schon, ich krieg dich gar nicht mehr wach.“ Ich reibe mir die Augen. „Was um Himmels willen ist denn passiert, Daniel?“ – „Heute ist mein letzter Tag, ich dachte, wir machen noch mal ne Schiffstour heute Morgen.“ – „Das ist nicht dein Ernst, oder? Wir sind gerade erst ins Bett gegangen, da hast du von dieser großartigen Idee noch nichts gesagt.“ – „Das ist vier Stunden her, Tim.“ – „Ok, gib mir fünf Minuten, ich komme runter.“ Daniel nickt zufrieden: „So kenn ich dich, bis gleich!“

Wir spazieren am Strand in Richtung Hafen. Daniel meint, dort würden um neun Uhr verschiedene Ausflüge mit dem Schiff angeboten. Er hätte da heute Lust drauf, das mache er in Riccione eigentlich immer, aber dieses Mal hätte es bisher nicht gepasst. „Naja, und schlafen konnte ich eh kaum mit meinem Kiefer.“ Man sieht ihm äußerlich nichts an, aber der falsche Alessandro von gestern Abend hat wohl doch ganze Arbeit geleistet. Es ist schön, heute Morgen hier entlang zu laufen. Einige Spaziergänger sind schon unterwegs, aber die Sonnenanbeter haben den Strand noch nicht in Beschlag genommen. Das Wasser hat sich noch einige Meter ins Meer zurückgezogen, eine Art Mini-Ebbe und Flut, der Strand wirkt breiter und ganz anders als am Nachmittag, wenn hier das Leben tobt.

Natürlich sind wir viel zu früh am Hafen. Aber wir sehen uns schon mal das Plakat an, auf dem die *MS Marinella* ihr Ausflugsfahrtenangebot vorstellt. Heute Vormittag geht es an den Miesmuschelbänken vorbei, an der Küste entlang zu einem Ort mit dem Namen Portoverde, was übersetzt „Der grüne Hafen“ bedeutet und sich vielversprechend anhört. „Ok, ist doch cool, ein bisschen übers Meer zu schippern.“ Die Kasse ist noch nicht geöffnet und deshalb ist klar, was Daniel vorschlägt: „*Caffé del porto*?“

Es ist mal wieder unfassbar schwer, sich für irgendetwas zu essen zu entscheiden. Ich nehme ein Mini-*Panini* mit Thunfisch und eines mit Parmaschinken und den obligatorischen Cappuccino.

Fünfzehn Minuten vor neun kaufen wir uns am kleinen Kiosk die Tickets für die Schifffahrt und gehen an Bord der *MS Marinella*, ein typisches Ausflugsschiff mit einem großen Innenraum mit Bar und Tanzfläche. Vorne und hinten kann man ins Freie gehen. Eine Treppe führt nach oben, dort ist ebenfalls eine kleine Bar und es stehen reichlich Tische auf dem Oberdeck an der freien Luft zur Verfügung. Wir setzen uns dort an einen Tisch in die bereits intensiv scheinende Sonne und hoffen auf etwas Abkühlung durch den Fahrtwind. Viele Passagiere sind an diesem Morgen nicht an Bord und so macht die Bar auf dem Oberdeck auch gar nicht erst auf. Wir holen uns zwei Dosen *Aranciata* und genießen die Fahrt aus dem Hafen hinaus auf das Meer. Die *Marinella* fährt langsam, schließlich ist unser Ziel, Portoverde, gar nicht weit entfernt. Und so dauert es lange, bis wir weit draußen auf dem Meer den Kurs parallel zur Küste einnehmen und nun in Richtung des *Monte Gargano* zusteuern. Ich werfe einen Blick in das Programmheft. „Kennst du

Portoverde?“, frage ich Daniel. „Ja, klein, aber fein. Wir haben da eine Stunde Aufenthalt und können ein bisschen bummeln und noch nen *Caffé* trinken.“ – „Ok, dann lese ich dir jetzt mal das Programm vor, du wirst staunen“, lache ich und fange an, die deutsche Übersetzung unseres heutigen Ausflugs vorzulesen:
„Portoverde ist beliebt bei Familien von Kindern, die Ruhe suchen. Es gibt schöne Sand- und Kiesstrände. Nachbarschaftszentrum Portoverde zieht Radtouren oder Ausritten. Es gibt sogar Tennisplätze und ein Golfplatz. Natürlich gibt es ein breites Angebot an Wassersportarten, die solche enthalten Wasserski, Windsurfen oder Tauchen. Auf seinem Liebhaber der Fischerei. Die Wanderung ist der ideale Ort Mall, die über Rimini, Riccione, Cattolica und Misano Adriatico erstreckt sich die Stadt von Gabicce Mare. Zentrum Portoverde bilden den inneren Hafen Darsena. Festgemachten gibt es viele Luxusyachten. Center bietet auch schöne Architektur, viele Geschäfte, Bars, Restaurants und mehrere Diskotheken von Boutiquen. Darsena lebendig mit dem Kommen des Abends und der Nacht, wie auch am Morgen des Mittags. Es gibt sicherlich einen Besuch wert, wenn haben Aufenthalt von Stunde einer. Genießen Spaß!“

Wir „genießen Spaß“ im außergewöhnlich schönen Fischerdörfchen mit seinem auffallenden, mitten im Hafenbecken stehenden, runden Hotel. Rund um das ovale Hafenbecken, wo tatsächlich viele Yachten liegen, sind Appartementanlagen und Grünanlagen angelegt, und eine Reihe Geschäfte, Bars und Restaurants laden zum Flanieren ein. Die Stunde vergeht schnell und schon bald sind wir wieder an Bord unseres Schiffes. Wir werden dreisprachig aufgeklärt, dass sich die Rückfahrt um zehn Minuten verzögern wird, wir warten auf ein Ausflugsboot, was heute Morgen bereits um sieben Uhr von Riccione nach Pesaro ausgelaufen ist und nun nur noch bis Portoverde fährt. Einige Passagiere werden nun also umsteigen und mit der *Marinella* zurück fahren.

Kein Problem, wir haben noch genug Platz. Mehr als 30 Personen sind ohnehin nicht an Bord. Interessiert beobachten wir die Ankunft der *MS Calimero*, die direkt vor uns anlegt.

Und nur ein halbes Dutzend Passagiere steigen auf unser Schiff um. Mir dreht sich der Magen um. Auch Daniel wird plötzlich blass: Wir kennen zwei von ihnen. Es sind der falsche

Alessandro und die falsche Laura vom Abend zuvor, die wir durch eine Verkettung unglücklicher Umstände mitten im Liebesspiel gestört haben. Wir sitzen auf dem Deck und sind den Neuankömmlingen schutzlos ausgeliefert, wenn sie die einzige Treppe benutzen. „Ach du Scheiße, was machen wir jetzt?" – „Verdammt, uns bleibt nichts anderes übrig, als es ihnen zu erklären." – „Erklären? Du standest unmittelbar neben ihm, als er es mit seiner Freundin getrieben hat. Wie, verdammte Axt, willst du das erklären?"

Die *Marinella* legt ab, die ersten neuen Gäste betreten das Deck. Die beiden sind nicht dabei. „Sie setzen sich unten hin. Die sind sonnenempfindlich." Daniels Hoffnung klingt gut. „Wir reden mit denen, Kommunikation ist immer gut. Was heißt Verwechslung auf Englisch? Changing, Verchanging, ach scheiße aber auch." Kaum habe ich das gesagt, erscheint ein mächtig großer, von Muskeln bepackter Körper am Aufgang zur Treppe, in seinem Arm seine hübsche Begleiterin. Sie nehmen keine Notiz von uns, setzen sich auf die andere Seite, leider mit dem Blick in unsere Richtung. Ich überlege gerade, ob ich mich schnell neben Daniel setzen soll, so könnte er uns nur noch von hinten sehen, aber dann haben wir ihn auch nicht mehr im Blick. Die Frage stellt sich nicht mehr, er hat mich entdeckt.

Seine Adern schwellen an, er sieht jetzt sehr ungesund aus. Sein Kopf wird rot, er springt auf und wirft seinen Stuhl dabei um. Er ist außer sich, schreit und tobt. Ok, er hatte einen kleinen Penis, aber ich hatte nicht vor, das in der Welt zu verbreiten. Und ja, wir hatten exklusive Einblicke in, Entschuldigung, auf seine nackte Freundin. Warum regt er sich so auf? Es kann doch mal passieren, dass man beim Sex verwechselt wird. Er stampft auf uns zu, mir wird ganz anders. „Sorry, wir können das erklä…", setze ich gerade an, aber mir ist klar, ich kann mir meine Worte sparen. Daniel bekommt Panik: „Weg hier!", schreit er und springt über die Reling. Ich stehe da, der Muskelmann kommt auf mich zu. Als Kind hatte ich Angst, vom Dreimeterbrett zu springen, wurde aber dazu von meiner Sportlehrerin gezwungen. Ich habe nie verstanden warum, so etwas braucht man doch nie im Leben. Braucht man doch! Im allerletzten Moment ergreife auch ich die Gelegenheit und springe. Seine Faust verfehlt mich nur um Zentimeter.

Als ich wieder auftauche und mich wieder orientieren kann, treibe ich im Hafenbecken von Portoverde neben Daniel. Und ihm ist schon wieder nach Lachen zumute: „Geile Aktion, Tim!“ Das Lachen bleibt ihm im Hals stecken, die *Marinella* stoppt die Maschinen, ein Mann im schicken Matrosenkostüm wirft Rettungsreifen ab, ein schriller Alarm ertönt, die *Marinella* legt den Rückwärtsgang ein. Der aufgebrachte Typ wird von seiner Freundin zurückgehalten, sonst wäre er wohl längst auf dem Weg zu uns.

„Scheiße, nichts wie weg!“ Daniel merkt, dass schnelles Schwimmen angesagt ist. Mit Kleidung und vor allem Schuhen zu schwimmen ist gar nicht so einfach. Wobei ich bemerke, dass ich nur noch im Besitz eines Schuhs bin. Wir erreichen die Hafenmauer, klettern hinauf und laufen so schnell wir können weit weg vom Hafen.

In einer Grünanlage bleiben wir völlig außer Atem stehen und machen eine Bestandsaufnahme: Daniel fehlt der Geldbeutel, mir ein Schuh. „Gott sei Dank war da nur Geld drin, meinen Pass und alles andere habe ich im Hotel.“ Wir sind völlig durchnässt und legen uns nur mit der Unterhose bekleidet auf den Rasen und trocknen unsere Klamotten und mein Geld in der Sonne. „Meine Güte, was für ein Typ, der war ja auf 180, der hätte uns alle gemacht.“

Eine Stunde später sitzen wir im Linienbus nach Riccione und sehen die *Marinella* friedlich an ihrem Ankerplatz liegen, als wir am Hafen vorbeifahren.

Am Nachmittag steht unser letzter gemeinsamer Gang in die Strandbar an. Wir haben lange überlegt, ob wir es wagen können, denn wir fürchten eine erneute Begegnung mit unserem speziellen Freund. Schließlich war er in der Nacht zuvor bei unserer folgenschweren ersten Begegnung auch hier an diesem Strandabschnitt. Da Daniel felsenfest davon überzeugt ist, dass „man nachts nicht da poppt, wo man sich tagsüber sonnt“, wagen wir es schließlich. Es ist viel los und wir sitzen ewig, bis die Inhaberin, Lina, an unseren Tisch kommt.

„Scusi, dass es so lange gedauert hat. Aber uns sind zwei Kellner abgesprungen am Wochenende und mitten in der Saison findet man so schnell keinen Ersatz.“ – „Kein Problem, wir haben Zeit“, sage ich und Daniel schaut mich mit großen Augen an, als ich zwei Cola mit Eis für uns bestelle. „Was ist? Du wolltest doch ne Cola?“ – „Mensch Tim, denen ist Personal ausgefallen, überleg doch mal.“ – „Ja, so ist das halt. Naja, aber kein Thema, warten wir halt fünf Minuten länger, ab morgen kann’s dir eh egal sein.“ – „Ey, du raffst aber auch gar nichts. Was machst du denn morgen so, wenn ich weg bin?“ – „Tja, keine Ahnung … - ah, du meinst ich soll hier arbeiten?“ – „Genau das meine ich. Wenn du dich entschieden hast, das nächste Schuljahr nicht aufs Internat zu gehen und nicht nach Hause zurückzukehren, dann hast du alle Zeit der Welt. Aber dann solltest du nicht alle finanziellen Reserven aufbrauchen, sondern auch Kohle verdienen. Und wo wäre das cooler als hier? Du kennst mittlerweile die Karte auswendig, du kennst die Chefin und den Chef und weißt, wie der Laden läuft. Und du tust denen hier sogar noch einen Gefallen.“ – „Mh, ich kann kein Italienisch, Daniel.“ – „Macht sie den Eindruck, als ob sie darauf Wert legt in der aktuellen Situation?“ Daniel schaut hinüber zu Lina, die von einem Tisch zum nächsten hetzt und mit den Bestellungen kaum noch nachkommt. „Naja, wäre ne Möglichkeit. Zumindest solange, bis sie jemand Neues gefunden haben.“

Ich finde Daniels Idee gar nicht schlecht. Während wir heute so hier sitzen, stelle ich mir immer wieder vor, wie ich hier arbeite und Gäste bediene. Es sind erstaunlich viele Deutsche hier, wenn man mal genauer darauf achtet. Ich traue mir den Job durchaus zu. Man hat viel mit Leuten zu tun, vielleicht lernt man so auch das ein oder andere Wort Italienisch und meine Geldreserve nimmt nicht noch weiter ab. „Frag sie!“, drängelt Daniel. „Ich spreche morgen früh mit ihr, wenn sie aufmacht. Jetzt hat sie doch eh keine Zeit und heute Abend, wenn sie zumachen, bringe ich dich an den Bahnhof.“ – „Ok, ich verlass mich auf dich. Ich rufe morgen Mittag an, wenn ich zuhause angekommen bin und dann hast du den Job, klar?“ – „Si, si, signore Daniel“, lache ich und ich glaube, ich werde es tatsächlich versuchen.

34

Es ist ein seltsames Gefühl, wenn ich daran denke, dass ich nachher schon wieder am Bahnhof stehen werde und es dieses Mal Daniel ist, der mich verlässt. Bei Lara war es ein ganz flaues Gefühl im Magen, eine Art Liebeskummer. Und ich weiß, dass es mich ziemlich erwischt hat, denn ich muss immer und immer wieder an sie denken und ich versuche es zu verdrängen, dass ich sie nicht wiedersehen werde und dass die tolle Zeit mit ihr vorbei ist. Mit Daniel ist es anders. Das mit ihm ist eine richtige Männerfreundschaft geworden in den paar Tagen. Ich bin mir ziemlich sicher, dass ich ihn in Deutschland hin und wieder besuchen werde. Und wer weiß, vielleicht verbringen wir irgendwann auch mal wieder zusammen ein paar Tage in Riccione. Das wird mit Lara nicht so einfach gehen. Sie wird irgendwann einen neuen Freund haben. Die Liebe kann so schön sein, sie kann aber auch so kompliziert sein und sie kann wehtun.

Wir sitzen nach dem Abendessen noch vor dem Hotel und trinken einen letzten Abschiedsdrink, den uns Pasquale ausgegeben hat. Karl-Heinz und Laura haben sich zu uns gesellt und wir plaudern locker über die vergangenen Tage. Daniel ist froh, dass er den Urlaub auch alleine angetreten hat und nicht zuhause geblieben ist. Der Nachtzug nach München geht um 22.22 Uhr. Daniel ist mehr als ein Hotelgast, er ist schon ein Freund der Familie Pasini geworden. Deshalb lässt es sich Viola auch nicht nehmen, uns zum Bahnhof zu fahren, zumindest fast. Denn die Taxifahrer sehen es mehr als ungerne, wenn die Hoteliers ihre Gäste persönlich am Bahnhof abliefern. Und so lässt uns Viola in einer abgelegenen Seitenstraße des Bahnhofs aussteigen und düst eilig wieder davon.

Wir setzen uns auf die Bank am *Binario 1*, der sich langsam aber sicher mit heimkehrbereiten Touristen füllt. „Ich hoffe, wir sehen uns mal wieder, es war ne coole Zeit mit dir, Daniel." – „Ja klar, du kannst uns jederzeit besuchen kommen, sag vorher nur kurz Bescheid. Und vielleicht passt es ja sogar mal, dass wir gleichzeitig in Riccione Urlaub machen. Du hast ja gesehen, es gibt viele Stammgäste, die man immer mal wieder trifft, wenn man ins *Hotel Pasini* kommt." – „Ich bin mir ziemlich sicher, egal, wohin mich das Leben so führt, ich werde bestimmt mal nach Riccione zurückkehren." – „Denk dran, morgen nach dem Job in der Strandbar zu fragen." – „Mach ich, versprochen!"

Der Nachtzug D1288 von *Pescara Centrale* nach München Hauptbahnhof wird angekündigt und eine hektische Aufbruchstimmung kommt auf. Schließlich tauchen die Lichter der Lok auf und dann geht alles ganz schnell. Daniels Liegewagen ist viel weiter vorne als erwartet und wir sprinten mit seinem Koffer den Bahnsteig entlang und verabschieden uns schnell,

bevor Daniel im Wagen 15 verschwindet und sich kurz danach noch einmal am Fenster blicken lässt: „Halt die Ohren steif und melde dich mal, meine Nummer und Adresse hast du!" – „Gute Fahrt, und grüß unbekannterweise deine Freundin."
Der Zug setzt sich in Bewegung und ich stehe auf dem eben noch gut besuchten Bahnsteig alleine da. Nun reicht es mir erstmal mit Abschieden und dem Blicken auf sich entfernende Züge. Die Sonne ist längst untergegangen, die Nacht bricht über Riccione herein und nun fängt ein neues Kapitel an. Ich muss alleine klarkommen.

Ich nehme den direkten Weg zur Strandpromenade. Er führt mich durch die *Viale Ceccarini*, wo sich die Designerläden aufreihen und noch mächtig geschäftiges Treiben herrscht. Hier war ich auch mit Lara bummeln und ich wünschte, sie wäre jetzt hier. Ich gehe über die Brücke am Hafen direkt am *Caffé del porto* vorbei, welches sich am Abend zu einer schicken Cocktailbar gewandelt hat. Ich gehe vor an den Strand, spaziere direkt am Wasser entlang und lege mich irgendwann auf einen Liegestuhl und schaue auf das dunkle Meer und den sternenklaren Himmel.

Ich frage mich, ob Jan jetzt bei mir ist. Ich wünschte, ich könnte fest daran glauben, dass er jetzt da ist. Glauben können hilft einem, aber wie sehr kann man das beeinflussen? Kann man sich den Glauben an Gott oder ein Leben nach dem Tod einreden? Sind die Gläubigen felsenfest überzeugt oder haben sie es einfach beigebracht bekommen? Wächst man in einen Glauben hinein? Soll man es überhaupt zulassen, sich zweifelnde Fragen zu stellen? Eigentlich hilft einem das nicht weiter. Wer glaubt, der hat zumindest die Hoffnung, dass sein Glaube richtig ist. Das gibt Kraft und Zuversicht. Der Glaube an etwas, das größer ist, als man sich vorstellen kann. Etwas, das einen leitet und einem Orientierung gibt. Ja, ich wünschte, ich könnte glauben. Ich möchte daran glauben, dass es Jan gut geht. Dass er in einer besseren Welt ist und dass er sieht, dass ich aus meinem Leben endlich mehr mache als in den ersten 18 Jahren. Ich schaue den hellsten Stern am Himmel an und in Gedanken bedanke ich mich bei Jan. Ich weiß zu schätzen, was es heißt, einen echten Freund gehabt zu haben, auf den man sich immer verlassen konnte. Ich frage mich, ob das den Menschen eigentlich immer bewusst ist oder ob sie Freundschaften, Gesundheit und was sie so aus ihrem Leben machen können, viel zu selten zu schätzen wissen. Wahrscheinlich geht es den meisten so, dass sie alles solange für selbstverständlich halten, bis es zu spät und nicht mehr vorhanden ist. Mir ging es ja genauso. Wäre nicht alles so krass gekommen in meinem Leben, dann wäre ich immer noch in meinem Mikrokosmos eingesperrt. Ich wäre ein Spielball des Lebens, statt dessen Regisseur. Keine Ahnung, ob ich die richtigen Entscheidungen treffe oder die falschen. Aber es macht keinen Sinn, Angst davor zu haben, etwas falsch zu machen. Erfahrung ist vor allem auch die Summe der Fehler, die man gemacht hat und man entwickelt sich dadurch weiter. Ich glaube, das sagte mal mein Fußballtrainer nach einer deftigen Niederlage. Warum sollte man nicht den Mut haben, einfach etwas zu wagen? Ich habe nichts zu verlieren und ich habe schon so vieles gewonnen. Ich sitze hier und merke, dass ich stolz darauf bin, dass ich mein Leben selbst in die Hand genommen habe. Glücklich bin ich nicht. Traurig, dass ich nur so kurze Zeit das Glück hatte, mit Lara mein Leben zu teilen. Unsicher, wie es weitergeht, jetzt, wo ich auf mich alleine gestellt bin. Aber meine Empfindungen sind nicht zu vergleichen mit der Zeit zuhause in Hannover. Ich bin ein anderer Mensch geworden, in mir ist viel passiert. Und im Gegensatz zu damals - meine Güte, es ist gerade erst zweieinhalb Wochen her – herrscht jetzt keine Leere mehr in mir. Nein, es ist vielmehr eine Aufbruchstimmung, ein neugieriges Interesse an der Zukunft. Und das zu spüren, gibt mir Kraft. Es geht immer weiter, das habe ich erkannt. Immer weiter, genau, wie die Wellen niemals aufhören, Wasser an den Strand zu spülen, mal mehr und mal weniger kraftvoll, aber nie versiegend. Egal, was auch passiert, welche Stürme das Leben für einen auch bereithalten mag, man darf nicht aufhören, an sich und seinen Weg zu glauben. Denn den Glauben an sich selbst hat man in der Hand. Man ist der Chef seines eigenen Lebens. Und die Kunst besteht darin, Vorschläge und Ratschläge anderer ernst zu nehmen, aus seinen eigenen Erfahrungen zu lernen, ein richtiges Gespür zu finden, wann man auf den Verstand und wann man auf das Gefühl hören sollte und dann seine Entscheidungen eigenverantwortlich zu treffen. Ohne in ein fremdbestimmtes Leben zu geraten und das hohe Gut der Selbstbestimmung aufzugeben. Sollte ich eines Tages einmal Kinder haben, dann wird es mir wichtig sein, ihnen genau das von Anfang an beizubringen, in der Hoffnung, dass sie mich als wichtigen

Ratgeber akzeptieren. Es ist eine schöne Sache, dass mir das klar geworden ist und genau deshalb verbiete ich es mir, jetzt Trübsal zu blasen. Ich klatsche in die Hände und mache mich auf den Rückweg ins Hotel.

Hier am Strand ist es mir jetzt aber doch etwas zu einsam, ich gehe vor zur Strandstraße, wo die Geschäfte noch geöffnet und die Restaurants und Bars noch gut besucht sind. Ich hole mir ein *Deutsches-Mädchen-Eis*. Davon hat mir Daniel erzählt. Er nennt es so, weil hier zwei deutsche Girls in einer *Gelateria* in der Nähe des Hotels arbeiten. Zwei ganz junge Aussteigerinnen, vielleicht spreche ich sie irgendwann einmal an und frage sie danach, wie es sie hierher verschlagen hat.

Das Eis schmeckt grandios. Italien hat ein grundlegendes Problem. Es gibt hier zu viele kulinarische Genüsse. Aber wahrscheinlich ist das eher mein Problem. Zum Glück habe ich keine Waage zur Verfügung, aber ich merke an meinen Hosen, dass ich zugenommen habe. Vielleicht klappt es ja mit dem Job, dann bin ich wieder mehr in Bewegung.

Als ich im Hotel ankomme, sitzen Pasquale und Karl-Heinz noch immer bei einem Glas Wein und *Aqua Minerale* entspannt auf der Terrasse. Ich setze mich dazu und Pasquale fragt, ob wir noch Hunger hätten. Haben wir nicht, aber das hindert uns nicht daran, noch eine *Piadina* zu essen. Pasquale ist ein echter Chef, er gibt uns einen aus und delegiert mir die Aufgabe, das Essen zu besorgen. Ich soll vorne an der Straße einen Gruß von Pasquale bestellen und Franco, der Wirt, soll die *Piadina* anschreiben. Wie soll man sich hier einsam und alleine vorkommen?

Es ist die Mischung aus der Warmherzigkeit der Italiener und die Vertrautheit der deutschen Touristen, die Pasquale und Karl-Heinz stellvertretend für viele andere widerspiegeln. Diese Stadt hat mich aufgenommen, ich fühle mich nicht als Urlauber, ich merke, wie ich langsam aber sicher ein Teil von ihr werde. Ein gutes Gefühl. Nach der *Piadina* verabschiedet sich Karl-Heinz ins Bett und ich plaudere noch ein wenig mit Pasquale und erzähle ihm von meiner Idee, auf unbestimmte Zeit zu bleiben und mich um den Job in der Strandbar zu bemühen.

Es ist ein schönes Gespräch. Pasquale erkundigt sich, warum ich das machen will und ob nichts und niemand in Deutschland auf mich wartet. Ich erzähle ihm meine ganze Geschichte. Als ich fertig bin, ist Pasquale beeindruckt und nachdenklich. „Familie sein wiktig, Tim. Iste gut, was du makst, aber schließe Friede mit deine Papa und Mama. Dann alles leikter, für Papa, Mama und fur dik. Egal, was alle haben gemakte in Vergangeneheite. Kanne man immer neue beginne.“

Ich nicke und wir schweigen. Irgendwann sagt Pasquale, sein Bruder Silvio hätte ein kleines Appartement, was leer stehe, seit seine Tochter geheiratet habe und mit ihrem Mann zusammengezogen sei. Silvio hätte keine Lust, in seinem Haus ständig Urlauber zu beherbergen, aber sicher bestehe die Möglichkeit, dass ich dort eine Bleibe finden könnte. „Du konnen naturlike auk gerne bleiben hier in Hotel, aber wenn du bleiben langer, dann iste vielleikte angenehmer, wenn du mehr Platz haben und habe eine Kuke. Wenn du wollen, du konnen trotzedem zum Essen komme hierher. Und nakste Woke ick dir helfen bei Formalitate, wenn du wollen arbeite und leben in Italia.“

Meine Augen werden glasig, ich bin gerührt von seinem Angebot. Mir fehlen die Worte. Außer einem „Grazie“ kriege ich kein Wort heraus. „Du uberlegen in Ruhe. Wir sind da fur dik, immer wenn du uns brauken.“ Pasquale klopft mir auf die Schulter. „Rufe an deine Papa und Mama die naksten Tage. Du nehmen dir Zeit, Telefonat geht auf Koste von mir.“ Ich nicke, umarme ihn und verabschiede mich mit einem dankbaren „Buona notte“ ins Bett. Ich liege noch lange wach und denke über die weisen Worte meines Herbergsvaters nach, bis ich irgendwann einschlafe.

35

Mein Wecker klingelt. Es ist halb sechs. Ich rasiere mich heute besonders sorgfältig, denn ich will gut aussehen, wenn ich gleich in der Strandbar auftauche und meine Hilfe anbiete. Ich bin ein klein wenig nervös, wobei das natürlich Blödsinn ist. Die Inhaber kennen mich und ich kenne sie. Zum Glück habe ich mich immer einigermaßen benommen, obwohl ich nicht ahnen konnte, dass ich dort einmal nach einem Job fragen würde.

Als ich an der Bar ankomme, ist noch niemand da. Außer *Bagnino* Giovanni, der mich natürlich fragt, was ich um diese Zeit schon alleine hier am Strand mache. Ich erzähle ihm von meinem Plan, in der Bar zu arbeiten und noch etwas hier zu bleiben. „Ah, in Agosto ick haben auch Arbeit für du. Iste keine Probleme, in Agosto ick brauchen junge Mann, fur mir helfe mit Sonneschirme, Liege, saubamake, Blume gieße. Ick haben, aber in Agosto besser haben due persone, capice?" – „Gerne, Giovanni, aber wenn ich solange überhaupt hier bleibe, dann ist in der Bar ja auch die Hölle los." – „Ah, keine Probleme, aber du wissen."

Die Chefin, Lina, kommt mit ihrer Vespa um die Ecke und begrüßt uns. Ich muss gar nichts sagen, Giovanni macht das alles ungefragt für mich. Lina ist begeistert. Ich habe den Job. Sie ist der Meinung, dass ich sehr schnell Italienisch lernen werde, wenn ich dort arbeite. Das wäre natürlich prima. Bis September könnte sie mich gut gebrauchen, meint sie. Heute ist Mittwoch und ich solle mir ruhig noch einen Tag Ruhe gönnen, ab morgen würde es wieder voller und dann wäre es klasse, wenn ich ab neun Uhr da wäre. So einfach ist es also. Ein komisches Gefühl, mein erster echter eigener Job sozusagen. So richtig haben wir aber auch nichts abgeklärt. Mit dem Lohn, da würden wir uns schon einig. Was für Unterlagen sie von mir brauche, das würden wir dann später sehen. Wann ich arbeite, da würden wir uns auch schon einig. Und morgen früh würde sie mir noch ein paar Sachen erklären, alles sei aber gar kein Problem. Na dann ist ja alles gut.

Ich gehe zurück ins Hotel und erzähle Viola von meinem neuen Job und Pasquales Angebot vom Vortag. Sie freut sich aufrichtig für mich und drückt mich. Sie nimmt sich die Zeit, auf der Terrasse einen Cappuccino mit mir zu trinken. Ich werde zwei Wochen lang testen, wie mir der Job gefällt. In dieser Zeit bleibe ich im Hotel. Wenn ich mich dann entscheide, länger hier zu bleiben, bekomme ich das kleine Appartement von Pasquales Bruder Silvio. Erst mal soll ich schauen, was ich dort verdiene und dann können wir über den Mietpreis reden.

Ich will es hinter mich bringen und rufe zuhause an. Mein Vater ist schon im Büro, meine Mutter geht ans Telefon und sie ist froh, dass es mir gut geht. Wir reden lange und sie kann mich schon auch verstehen, sagt sie. Aber ich solle doch zurückkommen und mein Abitur machen. Die Stimmung ist den Umständen entsprechend wieder besser als vor einer Woche, als ich mich kurz gemeldet hatte, um zu sagen, dass es mir gut gehe und ich weiterhin in Italien sei. Kurz danach rufe ich meinen Vater im Büro an. Er kann mich nicht verstehen und ist ziemlich sauer. Ich müsse nicht glauben, dass er mein Lotterleben weiter finanzieren würde. Er erwarte von mir, dass ich augenblicklich zurückkomme und bei ihm in der Firma arbeite, bis das neue Schuljahr im Internat beginne. Er klingt hart und kalt. Er klingt, wie er eigentlich immer klingt. Ich glaube, er hat gar nichts verstanden. Sollte ich länger hier bleiben, dann werde ich ihm wohl einen Brief schreiben. Vielleicht versteht er dann, worin mein und unser Problem liegt. Die nächsten beiden Wochen bleibe ich auf jeden Fall und dann entscheide ich mich, ob ich den Sommer hier verbringe oder nach Hannover zurückkehre. Das Telefonat mit meinem Vater hat meine Zweifel, ob es richtig ist, hierzubleiben, kleiner werden lassen.

Die letzten Wochen waren aufregend. Aber sie waren auch hart. Ich habe wenig Schlaf abbekommen, so viele neue Eindrücke sind auf mich eingeprasselt. Ich esse noch ein Brötchen, trinke eine heiße Schokolade, die dickflüssig eher an warmen Pudding erinnert, und lege mich dann schlafen. Einfach mal ausschlafen, das ist auch ein Luxus. Morgen will ich fit sein.

Es ist 15 Uhr, ich stehe auf und schaue am Strand vorbei. Ich bestelle meinen Liegestuhl ab morgen ab und bezahle bei Giovanni. Ich schwimme eine Runde, lege mich noch ein wenig hin und genieße das Strandleben. Nur in der Strandbar lasse ich mich heute nicht blicken. Es wäre etwas komisch, wenn ich mich dort heute bedienen lasse und morgen bin ich Mitarbeiter. Ich mache deshalb einen Spaziergang zum Hafen und trinke dort einen Caffé und gönne mir einen Spieß *Gamberetti*, natürlich über Holzkohle gegrillt.

Ich sitze beim Abendessen bei Karl-Heinz und Laura, als mich Pasquale ans Telefon ruft. Daniel ist gut angekommen in Frankfurt. In Deutschland regnet es, es sind 18 Grad. Daniel freut sich, dass es mit dem Job bei Lina und Pino geklappt hat. Wir wollen hin und wieder mal telefonieren. Nach dem Essen verabschieden sich Eleonore und Klaus-Hubert. Auf sie wartet ein Taxi vor der Tür. Sie nehmen den letzten Flieger in die Heimat vom *Aeroporto Rimini-Miramare*. Es ist kein Gast mehr übrig geblieben von jenen, die bei meiner Ankunft mit Lara und Ina da waren. Und langsam bekomme ich ein Gefühl dafür, dass ich hier etwas anderes bin als ein gewöhnlicher Urlaubsgast.

Karl-Heinz merkt mir an, dass ich nachdenklich bin. „Alles klar bei dir?“ – „Ja, eigentlich schon. Hast du heute Abend etwas vor?“ – „Nein, ich wollte mit Laura eine Runde bummeln gehen.

Danach hab ich nichts vor.“ – „Ok, ich würde gerne mal mit dir reden.“

Während Karl-Heinz und Laura unterwegs sind, setze ich mich vor das Hotel und schreibe Lara einen Brief: „Liebe Lara, ich hoffe, du bist wieder gut angekommen in Köln und hast dich gut eingelebt. Ich wollte mich einfach noch einmal bei dir bedanken für die schöne Zeit, die ich auch wegen dir in den letzten Wochen erleben durfte. Ich werde mich mein ganzes Leben gerne daran erinnern. Mit Daniel habe ich noch ein paar schöne Tage hier verlebt. Gestern musste er auch wieder zurück. Übrigens habe ich einen Job in der Strandbar angenommen und bleibe erst einmal hier. Du wolltest mich in Deutschland ja nicht :-) Schade, ich wünschte, wir könnten die Zeit hier gemeinsam verbringen, aber es soll nicht sein. Ich würde mich freuen, wenn du mir zurückschreibst. Ich bin hier im Hotel die nächsten zwei Wochen erreichbar und Pasquale wird mir die Post sicher nachsenden, falls ich danach nicht mehr hier bin. Ich wünsche dir noch ein paar schöne Wochen, bevor du nach New York aufbrichst. Viele liebe Grüße auch an Ina. Ich vermisse dich noch immer. Tim.“

Ich erzähle Karl-Heinz meine Geschichte. Er hört sich alles interessiert an und wirkt dabei sehr nachdenklich. „Weißt du, Karl-Heinz, vor ein paar Wochen habe ich andere Leute für mich denken lassen, ich habe meine Zukunft von anderen planen lassen. Es ist mal an der Zeit, mein Leben selbst in die Hand zu nehmen. Und auf meiner Reise ist mir bewusst geworden, dass es mehr gibt als die Welt, in der ich mich bisher bewegt habe. Es gibt hier draußen viel mehr zu erleben“ – „Tim, ich bin Vater, ich habe die Verantwortung für meine Tochter und dann sieht man das alles aus einer anderen Perspektive. Ich würde nicht wollen, dass Laura eines Tages die Schule kurz vor dem Ende schmeißt und zur Lebenskünstlerin wird. Ich kann gut verstehen, dass du jetzt mehr vom Leben kennenlernen willst. Junge Leute sollen auch ruhig ihre Erfahrungen sammeln und den Verstand mal beiseitelassen. Aber alles zu seiner Zeit.“ – „Ich habe das Gefühl, dass ich schon genug Zeit verschwendet habe.“ – „Tim, du bist 18 Jahre alt. Du hast alles noch vor dir. Da kommt es auf ein Jahr mehr oder weniger nicht an. Aber wenn du das nächste Jahr einfach so verstreichen lässt, durch die Suche nach irgendeiner Weisheit, die du glaubst, finden zu müssen, dann könnte das für deine Zukunft große Nachteile haben. Glaub mir, ich habe schon einige Menschen kennengelernt, die zum falschen Zeitpunkt den Pfad der Vernunft verlassen haben und Jahre später darunter leiden mussten. Du hast momentan weder einen vernünftigen Schulabschluss noch eine Ausbildung. Du wirst mal eine Familie haben, du willst ihr etwas bieten und da ist es notwendig, einen guten Job zu haben, mit dem man das Geld dafür verdient." – „Du meinst also, ich soll zurückkehren, mich mit meinen Eltern versöhnen, aufs Internat gehen und dann neu entscheiden?" – „Ja, gar keine Frage, natürlich. Dann hast du zumindest dein Abitur in der Tasche. Danach kannst du immer noch deine Freiheit ausleben. Wäre ich dein Vater, würde ich dir wahrscheinlich sogar raten, eine Ausbildung zu machen. Was man hat, das hat man. Studieren kann man auch danach noch." – „Mein Problem ist, dass ich nicht weiß, was ich machen will. Diese Frage stellte sich für mich auch nicht. Für mich haben ja andere Leute geplant und entschieden. Und ich will mich nicht mehr in die Abhängigkeit meiner Eltern begeben. Das Internat kostet ja auch Geld. Und ich weiß, dass ich nicht den Weg gehen möchte, den mein Vater für mich vorgesehen hat. Wenn ich ins Internat gehe, dann komme ich mir dabei schäbig vor, als nutze ich ihn nur aus, obwohl ich etwas ganz Anderes vorhabe als er." – „Dann musst du offen und ehrlich mit ihm reden. Ohne ihn zu kennen, glaube ich, dass er dir trotzdem dein Abitur auf dem Internat ermöglichen wird. Wenn du aber jetzt hier bleibst, dann wird es immer schwerer, noch mal einen Anlauf mit dem Abitur zu versuchen. Noch hast du das Wissen in dir, noch bist du nicht raus aus dem Lernprozess. An deiner Stelle würde ich das noch durchziehen. Ansonsten wäre es wirklich verlorene Zeit gewesen, so lange auf die Schule zu gehen, ohne dann den Abschluss zu haben." – „Ja, das wäre das Vernünftigste." – „Na also, siehst du, ich habe recht. Schön, dich überzeugt zu haben." – „Ich war viel zu lange vernünftig. Ich bin seit drei Wochen unvernünftig und seitdem geht es mir gut." – „Das Leben besteht nicht nur aus Urlaub. So geht es ja nicht weiter." – „Aber das Leben ist eine Art von Reise. Und wenn man sich auch mal für die Gegend abseits der Route interessiert, dann führt einen das in Ecken, die man sonst nie gesehen hätte." – „Sind wir hier jetzt in der philosophischen Runde? Ich wünsche mir, dass meine Tochter ihren Schulabschluss macht, dann kann sie von mir aus ein Jahr im Ausland ihre Erfahrungen sammeln und dabei deine komischen Ecken finden und dann würde ich mich freuen, wenn sie eine Ausbildung oder ein Studium beginnt. Heutzutage ist das einfach notwendig, wenn man sein Leben meistern will." – „Genau, so wie es jeder machen muss in unserer Gesellschaft, so wie es vorgegeben ist. Bloß nicht aus dem Rahmen fallen." – „Weil es einen Sinn macht, Tim. Man muss doch erst mal die Grundlagen legen. Und dann kann man sich ja meinetwegen selbst verwirklichen, oder wie auch immer man es nennen mag." – „Hast du dich selbst verwirklicht?" Karl-Heinz schaut mich verwirrt an. „Oder ist es wie bei den meisten: Ein Zehntel des Lebens ist so, wie man es sich macht und neun Zehntel sind so, wie man es nimmt?" – „So einfach war das nicht für mich, Tim. Das war damals alles etwas anders bei mir und heute habe ich meine Verpflichtungen. Aber um mich geht es hier nicht." – „Ja, doch, auch. Ich höre und sehe überall, wie die Menschen einfach so in ihr Leben hineinschliddern. Und wie sie sich vornehmen, später, wenn dieses und jenes erledigt ist, mit dem Leben anzufangen. Aber sie leben alle in der Zukunft und nicht in der Gegenwart."

Karl-Heinz nimmt einen großen Schluck Wein und wirkt zunehmend angestrengter. „Ich weiß gar nicht, wo das Problem ist: Mach dein Abitur und dann kannst du deine Freiheit ausleben. Ihr jungen Leute wollt das Leben genießen, habt aber noch nichts geleistet. Wie wäre es denn, erstmal was zu leisten und sich dann an die Verwirklichung von Träumen, oder was auch immer, zu machen?" – „Ja, hört sich so einfach an. Aber jetzt bin ich hier und jetzt habe ich hier sogar eine Arbeit gefunden, mit der ich mein eigenes Geld verdiene. Ich könnte hier eine kleine Wohnung haben und mir mein ganz eigenes selbstbestimmtes Leben aufbauen. Und mir klar darüber werden, wo und wie ich leben will. Und für das Scheiß-Abitur soll ich das aufgeben? Ohne zu wissen, ob ich je wieder die Chance bekomme, hier spontan etwas auszuprobieren?" – „Und irgendwann bereust du es, dass du dir Chancen verbaust, weil du die Schule nicht zu Ende gemacht hast. Bist Hilfsarbeiter, verdienst zu wenig Geld, um dir mal die kleinen Träume zu ermöglichen. Aber klar, du warst von 18 bis 20 mal frei und davon zehrst du meinetwegen noch bis Mitte zwanzig. In meinem Alter wirst du es bereuen. Dann sitzt du da und erzählst, ach, wie war das schön, als ich 18 war. Und heute muss ich das ganze Jahr sparen, damit ich zwei Wochen irgendwo billigen Pauschalurlaub machen kann, wenn überhaupt." – „Vielleicht. Vielleicht aber auch nicht. Das ist halt das Risiko." – „Richtig, und dieses Risiko kann man eingehen, wenn man schon etwas vorzuweisen hat. Und das hast du nicht." – „Das sind ja auch deine Spielregeln, Karl-Heinz." – „Ok, was würdest du denn deinem Kind raten, wenn du Vater wärst?" – „Wahrscheinlich: Mach erst mal dein Abitur!" – „Na also …" – „Ich bin aber nicht mein Vater." – „Ich auch nicht. Gott sei Dank."

Wir stoßen mit einem neuen Glas Rotwein an und schweigen. „Tim, ich wüsste auch nicht, was richtig wäre, wenn ich du wäre." Wir schweigen weiter und nippen an unserem Wein. „Irgendwie haben wir alle auch Angst vor der Ungewissheit. Wir wollen Sicherheit. Wir wollen einen möglichst sicheren Weg gehen, um unsere Existenz zu sichern. Das mag nicht besonders kreativ sein, aber es ist wohl auch unsere Mentalität." – „Die Mentalität von wem? Von uns Deutschen? Vielleicht macht das meine Entscheidung leichter. Ich möchte nicht so einer werden, dem es wichtig ist, ein größeres Auto zu fahren als der Nachbar. Ich bin auch keiner, der unbedingt Karriere machen möchte. Ich brauche keine Macht und irgendetwas, das andere beeindruckt. Ich will auch nicht ständig meine Ellenbogen ausfahren. Ich bin gar nicht der Typ für diesen ganzen Konkurrenzkram." – „Hier in Italien ist auch nicht alles toll. Sei da mal nicht so naiv." – „Das erwarte ich auch nicht." – „Was erwartest du denn?" – „Nichts. Was soll ich denn erwarten? Ich bin auf der Suche danach, mit welchem Inhalt ich mein Leben fülle. Warum muss eigentlich jeder Abitur haben, studieren und Karriere machen, wenn er kein Versager sein will? Ist es nicht auch ehrenhaft, beim Bäcker Brötchen zu verkaufen, Busfahrer zu sein oder Leuten in Bars ihre Getränke zu servieren? Geht es ohne diese Menschen? Sind das alles Versager? Ich glaube einfach, dass ich momentan hier besser aufgehoben bin als woanders. Das kann sich morgen schon wieder ändern. Ich bin zufrieden über jeden Tag, an dem ich mich wohlfühle. Und das tue ich im Augenblick. Ich habe keinen Bock auf dieses ewige Streben nach Höherem. Warum soll ich daran also etwas ändern? Ich habe auch keine Deadline, bis zu welchem Tag ich irgendeine Erkenntnis gefunden haben muss. Vielleicht habe ich die nie und alles entwickelt sich einfach so.

Und wenn es mir dabei gut geht, dann ist mir das recht. Es gibt genug Leute, die sind unglücklich, weil sie auf der Suche nach dem Sinn des Lebens nicht fündig geworden sind. Ich will mich da ungern einreihen." – „Ah, du kennst meine Ex-Frau", lacht Karl-Heinz. „Das Glück muss entlang der Straße gefunden werden, nicht am Ende des Wegs." – „Mensch Karl-Heinz, welch kluge Worte. Habe ich dich überzeugt?" – „Nein, das stand auf irgend so einem Buddha-Bild, was meine Ex-Frau irgendwann ins Schlafzimmer gehängt hat. Weißt du, was ich hoffe?" – „Nein, was denn?" – „Dass ich mit Laura niemals so ein Gespräch haben werde. Hier stoße ich an meine Grenzen." – „Also soll ich hier bleiben?" – „Nein, dein Abitur machen."

Wir müssen lachen und schauen auf die Straße, wo gerade eine Gruppe Jugendlicher mit Bierdosen in der Hand laut grölend herumstolpert. „Wenn ich dein Vater wäre, dann wäre ich so oder so stolz auf dich. Du wirst deinen Weg schon gehen." – „Es tut gut, so etwas zu hören, Karl-Heinz." – „Tja, wenn ich mich frage, was ich heute anders machen würde in meinem Leben, dann wäre es wohl, dass ich irgendwann einfach mal etwas mehr hätte wagen müssen. Aber Träume zu träumen ist leichter als Träume zu leben." – „Heute ist der erste Tag vom Rest deines Lebens. Es ist nie zu spät. Fang an, bleib hier", sage ich und Karl-Heinz guckt mich mit einem Stirnrunzeln an. „Schwätzer! Ich lasse mich doch hier nicht von so einem jugendlichen Nichtsnutz verunsichern, ob mein Leben ok ist." Karl-Heinz lacht. Gott sei Dank, ich wusste für einen Augenblick nicht, ob er es ernst meint. „Nichtsnutz ohne Abitur noch dazu", merke ich an.

36

Vierzehn Jahre sind seitdem vergangen, welch eine lange Zeit. Nun sitze ich hier vor dem Fenster und starre ins Leere. Sehe die Regentropfen an der Fensterscheibe entlangrinnen. Doch Regen kommt selten vor. Meist blicke ich von hier oder meiner Terrasse, bei strahlendem Sonnenschein hinaus auf das Meer. Ich finde, dass es keinen besseren Ort zum Nachdenken gibt, als einen Platz, von dem aus man das Meer beobachten kann. Denn es strahlt etwas ganz Gewaltiges aus. Etwas so Einzigartiges, dass es schwerfällt, es zu beschreiben. Ich kann es stundenlang betrachten. Die unendliche Weite hinaus bis zum Horizont, die

Brandung, wie sie mal sanft und mal heftig gegen die Küste trifft. Mal ruht das Meer in sich selbst. Mal ist es aufbrausend und voller Kraft und Stärke. Man weiß, dass unglaublich viel Leben unter der Oberfläche vorhanden ist, doch man sieht es selten. Nur ab und zu zeigen sich springende Fische oder Delfine. Wenn man viel Glück hat, sieht man in der Ferne kurz einen Wal auftauchen. Doch meist bleibt das Leben im Wasser ein Geheimnis, eine eigene Welt, die verborgen bleibt. Es ist ein faszinierendes Element, diese unvorstellbare Menge an Wasser. In die man manchmal eintauchen kann, auf der man sich mit Booten und Schiffen fortbewegen kann und dabei diese Freiheit der Weite noch besser fühlen kann, da man dem Medium so nah ist. Aber wenn das Meer es nicht will, kann man es nicht beherrschen. Es zeigt einem, welch kleines unwichtiges Etwas man als Mensch in dieser Welt doch ist. Dass es keinen Sinn macht, sich so unglaublich wichtig zu nehmen. So mancher Sturm tobt und dann wird einem anders, man traut ihm alles zu. Auch hier oben, fünfzig Meter über dem Wasser auf einem Jahrtausende alten Felsen. Geht man bei allzu hohem Wellengang im geschützten Hafenbecken ins Wasser, dann lässt es einen spüren, wer die Macht hat. Ich habe Respekt vor dem Meer, ich liebe es und nutze es als inspirierende Quelle für meine Gedanken.

Ich lebe seit geraumer Zeit am Meer, und ich möchte es nicht missen. Es gibt mir so viel Kraft. Zum Glück tritt keine Gewöhnung ein, ich stumpfe nicht ab und nehme das Panorama noch immer so intensiv wahr, wie an jenem Tag, als ich hier eingezogen bin.

Damals, als ich vor 14 Jahren nach meinem Interrail-Abenteuer in Riccione geblieben bin, habe ich gedacht, dass ich irgendwann die entscheidende Antwort auf die Frage bekomme, was ich aus meinem Leben machen möchte. Wie oft habe ich mir Gedanken gemacht und auf eine Eingebung gewartet? Aber so einfach war es nicht. Mich hat die Erkenntnis nicht auf einen Schlag blitzartig getroffen. Ich habe von Tag zu Tag gelebt, habe keine großen Zukunftspläne verfolgt, sondern zugesehen, dass mir das, was ich mache, Spaß macht. Ich habe versucht, jeden Tag, so gut es geht, zu genießen. Vielleicht ist das der ganz profane Sinn des Lebens. So viele zufriedene Tage wie möglich zu sammeln, auch wenn einem der große Masterplan fehlt. Mir ist das gut gelungen, die normalen Höhen und Tiefen, die jeder erlebt, sind auch mir nicht fremd. Aber dass ich so falsch nicht lag, das merke ich meist dann, wenn ich mich mit Leuten unterhalte, die einem anderen Lebensentwurf gefolgt sind.

Vor einiger Zeit kam ich mit Joachim ins Gespräch, der das Appartement neben mir bewohnte. Er kommt jedes Jahr für zwei Wochen nach Manarola, um seinen Akku aufzutanken, wie er sagt. Er arbeitet für eine große deutsche Bank in Frankfurt. Eines Abends saßen wir mit einem Glas Rotwein auf der Terrasse, als er mir sein Herz ausschüttete:

„Weißt du, Tim, meine Frau hat mich vor drei Jahren wegen eines anderen Mannes verlassen, meinen achtjährigen Sohn hat sie mitgenommen. Ich wollte ihr etwas bieten, habe gearbeitet wie ein Verrückter, um meiner Familie materiellen Reichtum zu bescheren: Haus, Auto, Urlaub, Schmuck, Kleidung. Ja, ich war zu selten zuhause. Ich bin daran gescheitert, dass der Tag nur 24 Stunden hat. Hätte ich weniger Zeit und Kraft im Job eingesetzt, dann wäre ich auf der Karriereleiter nicht nach oben gekommen. Aber was hatte ich für eine Wahl: Stagnation galt als Rückschritt. Vielleicht wäre es besser gewesen, wenn mir das egal gewesen wäre, aber jetzt nutzt mir das auch nichts mehr. Ich sehe meinen Kleinen alle zwei Wochen für zwei Tage. Und weißt du was? Das ist alles, was mir geblieben ist. Ich drücke jeden Monat Kohle ab für meine Ex-Frau. Meine Karriere ist längst gelaufen. Ich muss jeden Tag kämpfen, dass ich überhaupt noch meine Position halten kann. Die Welt da draußen ist völlig aus dem Ruder gelaufen. Man kann sich heutzutage keine Schwächephase mehr erlauben. Die Konkurrenten sind wie Hyänen, sie wittern jede Schwäche, sie nutzen jeden Fehler von dir gnadenlos aus. Du musst die Kunden übers Ohr hauen, die Ergebnisse müssen stimmen, egal wie. Es ist eine unbarmherzige Kälte, eine Jagd und eine Gier nach Macht und Geld. Ich habe keine Ahnung, wie ich das noch aushalte. Eigentlich kann ich schon lange nicht mehr. Ich kann sonntags nicht einschlafen, der Job ist die Hölle für mich. Diese ganze Welt ist eine einzige Hölle. Du wirst Tag für Tag mitten in der Nacht aus dem Schlaf gerissen, du quälst dich über die Autobahn durch eine Horde von aggressiven Autofahrern, die keine Zeit haben, sondern rücksichtslos über die Straßen rasen. Du machst das Radio an, hörst kreischende Gewinnspiele und nervende Werbung. Es stinkt in der Stadt nach

Abgasen, die Hektik frisst dich auf. Du wirst von all den Reizen überflutet. Kommst ins Büro und kannst niemandem trauen, musst alles wissen, musst funktionieren und Stärke zeigen. Du arbeitest, bis es dunkel wird, und kannst dich am Abend noch mit dem ganzen Müll beschäftigen, den dir die moderne Welt vor die Füße wirft. Du hast Hunderte von Fernsehprogrammen, du darfst nichts verpassen, musst jeden Trend kennen. Du musst das neueste Handy haben, dein Notebook ist ständig online, du musst Kontakte knüpfen über soziale Netzwerke in der virtuellen Welt, weil du sonst den Anschluss verlierst. Du bist immer und überall erreichbar über mehrere Telefone, über Emails, du bekommst SMS und Nachrichten, stehst nachts auf für Videokonferenzen mit Sydney, Tokio, Boston. Es ist eine ständige unaufhaltbare Reizüberflutung. Die Welt rast, sie dreht sich so schnell, dass du es kaum noch aushalten kannst. Der Mensch ist dafür nicht gemacht. Er wird permanent überfordert. Du hast den Eindruck, dass dein Kopf vom ständigen Input platzen wird, du schleppst immer mehr Ballast mit dir rum. Du kannst nicht mehr nachdenken, dir fehlt die Zeit dazu. Die Menschen verlieren ihre Fantasie, können gar nicht mehr in die eigene Gedankenwelt abtauchen. Tim, es saugt dir Tag für Tag die Kraft aus deinem Körper. Der Geist wird labiler. Die psychischen Krankheiten nehmen rasend zu, die sozialen Bindungen werden gesprengt. Die Welt wird zur Einzelgängerwelt. Familien zerfallen, jede zweite Ehe wird geschieden. Der moderne Mensch tätigt unentwegt materielle Anschaffungen und versucht in der Konsumwelt den harten Alltag zu kompensieren. Er strebt in der Anonymität nach Anerkennung, manche leben nur noch virtuell und haben vergessen, sich in der Realität zu sozialisieren. Alles ist maßlos geworden, es gibt keine Abenteuer mehr. Meine Eltern fuhren mit dem Käfer über die Alpen nach Italien und es war für sie ein atemberaubendes Erlebnis. Und heute? Kann jeder Teenager jede Ecke der Welt bereisen. Ist das so toll? Muss es immer mehr werden? Verdammt noch mal, niemand findet den Knopf, um die Welt zu entschleunigen. Der Punkt ist erreicht, an dem man mal mit dem Erreichten zufrieden sein muss. Aber die Antwort auf alle Probleme heißt ja nach wie vor nur Wachstum. Noch mehr Wachstum, immer mehr, immer schneller, immer moderner. Höhere Erträge, nie zufrieden sein. Und gleichzeitig verhungern auf der gleichen Erdkugel noch Menschen, weil ihnen das

Lebensnotwendigste fehlt: ein bisschen Nahrung. Das ist zum Kotzen. Wir zerstören die Natur, wir quälen die Tiere, wir sind ja so unglaublich zivilisiert, aber ziehen in Kriege und töten uns gegenseitig, weil wir an unterschiedliche Götter glauben und verschiedene Märchenbücher der Weltreligionen vertreten. Tim, was soll ich meinem Sohn sagen? Wie soll er sich in dieser Welt denn zurechtfinden? Wenn doch noch nicht einmal ich mich zurechtfinde?“

„Das tut mir leid, Joachim“, sagte ich vorsichtig und war schockiert, wie verzweifelt er war. „Warum änderst du nichts an deiner Lage, es geht doch nicht allen Menschen so.“ – „Tim, ich kann nicht. Soll ich kündigen? Ich bin über fünfzig, was soll ich machen? Ich lande in der Gosse. Ich bin gefangen, das Leben hat mich verschluckt. Warte mal ein paar Jahre ab. Der Mensch ist all dem nicht mehr gewachsen. Einer nach dem anderen wird es merken. Wir rasen immer weiter in die falsche Richtung und es wird ein böses Ende nehmen.“ – „Mh, aber wenn es so schlimm ist, dann muss man doch was ändern, Joachim.“ – „Ich habe wenigstens meine Wohnung, kann meinem Kleinen Unterhalt zahlen, kann zwei Wochen im Jahr ausbrechen und hier bei euch verschnaufen. Ich bin wie all die anderen Blinden. Erst, wenn ich gesagt bekomme, ich wäre todkrank, fange ich an zu leben. Ja, wir haben alle studiert, sind die Schlausten, verstehen halt bloß das Leben nicht. Weil wir feige sind. Chapeau!“ Wir stießen miteinander an und ich wusste beim besten Willen nicht, wie ich ihn hätte aufmuntern können. „Tim, ich will dir den Abend nicht versauen.“ – „Nein, schon ok. Ich kriege das ja hier alles gar nicht so mit.“ – „Richtig, du sitzt hier auf deinem Märchenfelsen und siehst noch nicht mal ein Auto durch ne Straße fahren. Deshalb bin ich hier. Ich beneide dich. Ich wünschte mein Sohn würde den gleichen Weg einschlagen. Hoffentlich lässt er sich nicht von den gesellschaftlichen Zwängen gefangen nehmen.“ – „Mir haben damals fast alle geraten, zurückzukehren und mein Abi zu machen. Ich habe aber auf mein Gefühl gehört.“ – „Das war das Beste, was du je entschieden hast. Wir haben nur ein Leben. Und das bisschen Leben versauen wir Anfänger dann so richtig. Wir, die meisten von uns Menschen, haben die falschen Prioritäten. Du lebst, Tim. Das ist großartig.“

In solchen Momenten frage ich mich dann, ob Joachim ein bedauernswerter Einzelfall ist. Und auch, was wohl aus mir geworden wäre. Diese Frage stelle ich mir oft, genau dann, wenn ich hier so sitze und hinaus aufs Meer schaue und meine Gedanken schweifen lasse. Ich kann das noch.

Ich bin vor drei Jahren hierher nach Manarola gezogen. Das kleine, ganz ursprüngliche, malerische Dörfchen an der Küste der Cinque Terre, welches ich damals mit Lara und Ina kennengelernt habe. Ich lebe hier in einem kleinen Appartement mit einem einzigen Raum, in der eine winzige Küche integriert ist, einem kleinen Bad und einer Terrasse mit einem wunderbaren Blick auf das Meer. Hier habe ich meine Ruhe gefunden.

Mein damaliger Ausbruch aus meinem Leben in Deutschland hat tatsächlich dazu geführt, dass ich Italien nie wieder den Rücken gekehrt habe. Ich war seitdem immer nur kurz zu Besuch in meiner Heimat. Mit meinen Eltern habe ich ein normales Verhältnis, sie haben irgendwann schweren Herzens akzeptiert, dass ich einen anderen Lebensentwurf habe als sie. Mittlerweile weiß ich, dass ich hierbleiben möchte. Bis vor Kurzem wusste ich das nicht, da war es mir ehrlich gesagt auch vollkommen egal. Denn all die Jahre waren eigentlich die Fortsetzung meiner Interrailerzeit, die mich durchs Land geführt hat. Ich wollte einfach nicht zurück, weil ich nicht wusste, was ich machen sollte. Und je länger ich weg war, desto unrealistischer war es, das Abitur noch zu erreichen oder eine Ausbildung anzufangen. Ich jobbte in der Sommersaison meist an der Adriaküste, um in den Touristenhochburgen in Bars oder Hotels zu arbeiten, als Reiseleiter für die Senioren, die in Busladungen in die Hotels von Rimini, Riccione und Cattolica gebracht wurden, als Discoguide für die Horden von Jugendlichen, die mit Billig-Bustouren in die Partymetropole an der Adriaküste strömten. Ich verdiente meist so gut, dass ich es im Winter langsam angehen lassen konnte. Ich mietete mir mal hier und mal dort eine billige Ferienwohnung, die im Winter sowieso leer gestanden hätte. Einige Jahre wohnte ich sogar mietfrei, um auf einen Komplex von Sommerresidenzen aufzupassen und kleinere Ausbesserungsarbeiten zu verrichten. Nach und nach lernte ich viele Menschen kennen und nutzte meine Kontakte. Und so mancher Barbesitzer und Hotelier ist froh, wenn jemand Deutschsprachiges im Winter vor Ort ist, um die Homepages und Prospekte zu überarbeiten. Der deutsche Gast ist nach wie vor, dank seiner Trinkfreudigkeit, gern gesehen in der Stiefelrepublik.

Die schönste Zeit waren die Sommermonate in der Strandbar von Riccione, in der ich anfangs einige Jahre arbeitete. Ich kannte die Stammgäste, die jedes Jahr aufs Neue in die Adriastadt kamen und stundenlang die Bar bevölkerten. Der Besitzer konnte in guten Jahren fast allein durch die Deutschen leben, die unmittelbar nach dem Hotelfrühstück zum zweiten Frühstück in unsere Bar kamen, wo dank meiner Ideen die Bildzeitung schon bereitlag. Da der Cappuccino so viel wie eine importierte Bildzeitung kostete, lag es nahe, diese bei uns in der Bar zu lesen. Und so traf man andere Urlauber und es blieb nur selten bei einem Getränk. Statt wie ihre Frauen in der Sonne zu brutzeln, trafen sich am Nachmittag die Männer lieber auf das ein oder andere Weizenbier. Aber auch die Damen ließen sich anlocken durch eigene Aperitif- und Cocktailkreationen. Hin und wieder ging ich vor an den Strand und verteilte Flyer zu besonderen Events, etwa den „Deutschen Abenden", an denen wir Bratwürstchen und Steaks grillten und Livemusik durch einen Alleinunterhalter anboten. Oder die Abende mit Gratis-Fischverkostung und einem Ballon Wein aufs Haus. Hätte ich das nötige Kleingeld gehabt, dann wäre das Pachten einer solchen Bar mein Traum gewesen. Vielleicht hätte mir mein Vater mittlerweile sogar dabei geholfen, aber nein, das wäre inkonsequent gewesen. Ich musste meinen Weg alleine gehen und da reichte das Geld eben nicht für eine eigene Bar.

Aber ich will mich nicht beschweren, es war eine schöne Zeit. Mit vielen Kontakten, mit einer Menge Spaß, aber auch mit ganz viel Arbeit. In der Hochsaison hat ein Arbeitstag hier nicht selten 14 Stunden.

Und so gingen die Jahre ins Land, bis ich irgendwann sozusagen Urlaub machte, und mich vor einer anstrengenden Sommersaison im Frühling vor drei Jahren beim Wandern in der Cinque Terre entspannen wollte. Die Idee hatte Daniel, mein Freund aus den Anfangszeiten in Riccione, mit dem ich über die Jahre Kontakt gehalten hatte. Fast jedes Jahr schaute er mit seiner Freundin, die mittlerweile seine Frau geworden war, in Riccione vorbei. Und auch als ich dort nicht mehr arbeitete, sahen wir uns bei gegenseitigen Besuchen fast jedes Jahr. Er schlug mir irgendwann einmal vor, ob wir nicht mal wieder zu zweit Urlaub machen wollen. Er hätte mal Lust auf Wandern. Auf die Idee wäre ich allein auch nicht gekommen. Eigentlich ging ich kaum einen Meter freiwillig zu Fuß, meine alte Vespa war immer bei mir. Ich erinnerte mich an die Cinque Terre, das Wander-Eldorado auf der anderen Seite Italiens.

Und schließlich setzten wir es in die Tat um. Die Woche in der Cinque Terre war ein echtes Erlebnis. Daniel und ich wanderten nicht nur, wir hatten uns auch in einem Hotel in Manarola eingemietet und direkt neben dem Hotel lag die *Focacceria*, in der ich damals das letzte Frühstück für Lara kaufte. Sie zog uns in ihren Bann. Zig Varianten des ligurischen Fladenbrots gab es hier. Man konnte sich nicht entscheiden und erst recht nicht, wenn man die Sortenvielfalt begann durchzuprobieren. Alles schmeckte einfach großartig. Und man fühlte sich sofort wohl, wenn man in der Hauptgasse die drei Treppenstufen hinab in den Laden ging, sich am Getränkeautomaten eine Dose *Lemon Soda* zog und sich auf seine *Focaccia* freute.

Dieser kleine Ort typischer italienischer Gastfreundlichkeit bot uns auch gleich eine große Überraschung. Ich bestellte am ersten Tag für Daniel, der trotz seiner vielen Italienurlaube kaum ein Wort der Landessprache beherrschte, alles in Italienisch und wurde in bestem Italienisch bedient, wie es sich gehörte. Umso erstaunter waren wir, dass der freundliche, weißhaarige Herr hinter der Theke, Daniel am zweiten Tag in akzentfreiem Deutsch beraten konnte. Und es stellte sich heraus, dass wir es mit einem Deutschen zu tun hatten, der schon seit ewigen Zeiten hier in Manarola seine Heimat gefunden hatte. Er sprach sogar schon den typischen Dialekt der Gegend. Manfred Metzger war in den 70er Jahren während eines Urlaubs dem Charme einer italienischen Frau erlegen und die Liebe war so groß, dass Manfred ihretwegen hier ins Dorf gezogen war. Damals war von den zahlreichen Touristen noch nichts zu ahnen, und wenn Manfred von früher erzählte, dann konnte man sich das kaum noch vorstellen.

Manfreds *Focacceria* hatte es mittlerweile längst in so manchen Reiseführer geschafft und er konnte sich über ein gutes Geschäft nicht beklagen. Aber er hatte den Wunsch, langsam ein bisschen kürzerzutreten. Er war über 60 und stand jeden Morgen um vier Uhr in der Backstube, um seine Spezialitäten frisch zuzubereiten. „Und ich stehe dann bis abends hier im Laden, und das mache ich seit Jahrzehnten.“ Ganz aufhören wollte er nicht, aber gutes Personal zu finden war auch schwierig. Die jungen Leute wohnen in den modernen Großstädten und nicht mehr im einfachen Manarola, was der Jugend außer Landschaft und Ursprünglichkeit nicht viel zu bieten hat. Als wir abends auf unserem Balkon saßen, fragte mich Daniel, warum ich Manfred nicht anbiete, für ihn zu arbeiten. Das war gar keine schlechte Idee. Die Situation glich der vor zehn Jahren, als Daniel die Idee hatte, ich solle für Lina in der Bar arbeiten. Zehn Jahre lang hatte ich die Sommermonate im Trubel der Adriaküste verbracht. Ich sehnte mich inzwischen wirklich nach ein wenig Ruhe. Am nächsten Morgen redete ich mit Manfred und bot ihm an, mich einfach zu testen und dann könne er entscheiden, ob ich während der Saison für ihn arbeiten oder besser wieder einen Job an der Adriaküste suchen soll. Manfred sagte, wir könnten das probieren und so vereinbarten wir, dass ich zunächst die verbleibenden Tage mit Daniel noch Urlaub machen würde und danach gleich zum Probearbeiten kommen würde.

Es waren genau zwei Tage, die Manfred brauchte, um mir einen Job bis zum Herbst anzubieten. Bevor ich mich endgültig an die Arbeit machte, nahm ich aber zunächst eine Woche frei, um meine Sachen zu holen. Außerdem fuhr ich mit dem Zug nach Bologna, um einen, im wahrsten Sinne des Wortes, alten Freund zu besuchen.

Es war Paolo, den wir damals kurz am Bahnhof von Bologna getroffen hatten. Seine Geschichte vom Verlust seiner geliebten Frau Lucia hatte mich nie losgelassen. Als ich eines Tages im Sommer in der Strandbar von Riccione mit einem Gast, Alfaro Penanto, ins Gespräch kam, erfuhr ich, dass er bei der Stadtverwaltung Bologna arbeitete. Ich erzählte ihm von meiner Begegnung mit Paolo und fragte ihn, ob es möglich sei, seine Adresse und seinen Nachnamen herauszufinden. Lucias Name war auf der Gedenktafel im Bahnhof zu finden und Alfaro schrieb sich meine Telefonnummer auf und versprach, er würde sich darum kümmern. Vier Wochen später hatte ich dieses Gespräch schon längst vergessen, als ich auf dem Handy eine Nachricht von Alfaro hatte, ich solle ihn doch bitte zurückrufen, er hätte eine Information für mich. Und tatsächlich konnte er mir Paolos Nachnamen und Anschrift nennen.

Ich setzte mich am gleichen Abend noch hin und schrieb Paolo einen Brief. Ich schrieb ihm, dass mir unsere Begegnung nicht mehr aus dem Kopf gegangen wäre und ich ihn gerne einmal besuchen kommen würde. Fünf Tage, nachdem ich den Brief eingeworfen hatte, bekam ich Post. Eine herzliche Einladung nach Bologna. An meinem nächsten freien Tag fuhr ich in die Hauptstadt der *Emilia-Romagna* und traf mich mit ihm. Er war ein beeindruckender alter Mann, der tapfer mit seinem Schicksal umging, es aber niemals überwunden hat, dass er seine große Liebe verlor. Seit Jahren war er Rentner, wohnte in einer winzigen Altbauwohnung im Zentrum Bolognas und besuchte den Bahnhof fast täglich, auch hin und wieder nachts, wenn er wach da lag und an seine Frau dachte. Mit Paolo konnte man sich auch wunderbar über Gott und die Welt unterhalten. Wir sprachen von Deutschland, wie er es empfunden hatte, als er damals als Gastarbeiter nach Duisburg kam, wie er sich eingelebt hatte und wie es für ihn war, mit seiner Frau zurückzukehren. Wie er Italien empfand und natürlich, wie der Calcio, der italienische Fußball, sich so entwickelte. Es hatte gute Tradition, dass wir einmal im Jahr ein Spiel seines *FC Bologna* besuchten. Zweimal waren wir sogar beim Auswärtsspiel im berühmten Fußballtempel *San Siro* in Mailand, denn dort mal einen Sieg seines FC zu sehen, war immer sein Traum. Im ersten Versuch mussten wir beim *AC Milan* noch eine deftige Niederlage erleben, aber beim zweiten Versuch konnte Bologna beim hoch favorisierten *Inter* wenigstens ein achtbares 2:2 erkämpfen, was für Paolo wie ein Sieg war.

Ich besuchte ihn nach wie vor einmal im Jahr. Mittlerweile war er 88 Jahre alt und lebte noch immer in seiner Wohnung. Seine Nachbarin unterstützte ihn so gut es ging, denn auch wenn er geistig wach wie eh und je war, sein Körper machte es ihm manchmal doch schwer, die Stufen hinauf in den zweiten Stock zu schaffen. Sie kaufte für ihn ein und half beim Saubermachen seiner Wohnung. Immer, wenn ich ihn besuchte, erfüllte ich ihm seinen großen Wunsch. Es war nicht mehr ein Sieg des *FC Bologna*. Es war ganz einfach nur der Besuch des Bahnhofs. Dort mochte er eine Stunde alleine verbringen. Ich ging dann einen *Caffé* trinken und holte ihn wieder ab. Ich glaube, er lebte von der Hoffnung, irgendwann wieder bei seiner Frau sein zu können. „Gott entscheidet, ob ich dich oder meine Frau im nächsten Jahr wiedersehe“, lächelte er schon seit Jahren beim Abschied.

Wir teilten die Tage im Laden nun auf. Manfred fing um vier Uhr an zu backen und war bis zehn Uhr im Laden, ich übernahm dann und schloss am Abend, je nachdem wie viel Betrieb war, zwischen 20 und 22 Uhr. Ich bekam Essen und Trinken frei, Manfred kümmerte sich um ein Zimmer für mich und ich bekam ein Taschengeld dazu. Mir machte die Arbeit Spaß und Manfred machte es offenbar auch froh, dass er endlich mehr Zeit hatte. Wobei ich in so manch enttäuschtes Gesicht schaute, wenn Touristen nach Manfred fragten und er nicht da war. Da merkte ich erst mal, welche Institution er hier war. Da hatte man als Ersatz keine Chance, soviel Mühe man sich auch gab. Der Chef war nicht zu ersetzen.

Aber das Geschäft lief und ich kam gut zurecht. Wir waren beide sehr zufrieden und bereits im Juni bot mir Manfred an, ich könne gerne auch über den Herbst hinaus bleiben. Er würde mir seine kleine Ferienwohnung überlassen, die letzte Buchung wäre im Oktober, dann könne ich dort einziehen und auch nächsten Sommer dort wohnen bleiben. Das war vor drei Jahren und ich wohne noch immer hier.

Mit einem kleinen Unterschied. Ich arbeite nicht mehr in Manfreds *Focacceria*. Ich pausiere ein Jahr lang. Als wir eines Abends zusammen in der Bar saßen, erzählte Luigi von seiner Nichte Alessia aus Mailand, die nach ihrem Schulabschluss und vor dem Beginn eines Studiums gerne ein Jahr in Manarola leben und arbeiten wolle. Luigi konnte ihr als Inhaber einer Zimmervermittlung nur einen Job als Zimmermädchen anbieten. Alessia wollte aber nicht putzen, sondern mit Menschen zu tun haben, in einer Bar arbeiten oder etwas Ähnliches. Manfred zuckte mit den Schultern: „Ich habe Tim und zwei kann ich nicht bezahlen, auch nicht, wenn es nur für ein Jahr ist."

Abends machte ich mir im Bett so meine Gedanken, und da ich mittlerweile zumindest so viel Geld gespart hatte, dass ich damit auch ein Jahr überleben könnte, wenn ich sparsam sein würde, bot ich Manfred an, ein Jahr zu pausieren. Alessia hätte dann die Möglichkeit, in der *Focacceria* zu arbeiten. Ich erzählte Manfred von meinem Traum, über meine Geschichte, die ich in den letzten Jahren unzählige Male hatte erzählen müssen, ein Buch zu schreiben. „Tim, kaum ein Schriftsteller kann davon leben. Geschweige denn, ein Anfänger findet überhaupt einen Verlag, der so was druckt", befand Manfred meine Idee nicht besonders aufregend. „Manni, ich habe einen Traum. Ich möchte irgendwann in meinem Leben mal ein Buch mit meiner

Geschichte in den Händen halten. Mir geht es nicht um Geld oder Erfolg. Ich möchte auf der Terrasse sitzen und schreiben. Möchte mich an die Zeit damals zurückerinnern.“

Wir waren uns schnell einig. Ich glaube, Manfred war beruhigt, dass ich nicht vorhatte, das Jahr außerhalb von Manarola zu verbringen und natürlich erklärte ich mich bereit, Alessia einerseits einzuarbeiten und andererseits auch zu vertreten, wenn sie mal frei haben wollte oder zu unterstützen, wenn zum Beispiel über die Osterfeiertage die Hölle los war in den Cinque-Terre-Orten. Manfred wollte keine Miete von mir haben für seine Ferienwohnung und ich konnte mich auch nach wie vor im Laden bedienen und *Focaccia* essen, soviel ich wollte. Zwei Monate später war Alessia da, weitere zwei Wochen später war sie eingearbeitet. Glücklicherweise machte sie ihre Sache sehr gut und ich konnte beruhigt anfangen, mein Vorhaben zu beginnen. Ich kaufte mir in La Spezia ein Notebook und machte mich an die Arbeit.

37

Die letzten Monate waren ein Traum. Meist bin ich nach dem Aufstehen hinunter ins Dorf gegangen und habe in der Bar einen Cappuccino getrunken und ein *Cornetto con Crema* gegessen. Habe mit den Dorfbewohnern und Touristen geplaudert. Oft habe ich auch noch bei Manfred vorbeigeschaut. Irgendwann war ich wieder zuhause in meinem Appartement und fing an zu schreiben. Als es wärmer wurde, habe ich mein Notebook genommen und saß mal auf den Mauern des Hafenbeckens von Manarola, mal auch stundenlang im *Caffé Via del Amore* auf dem Wanderpfad von Manarola nach Riomaggiore. Und an einigen Tagen nahm ich das Notebook mit in die Bar und verbrachte dort den Vormittag. Ein ganzes Kapitel schrieb ich in der kleinen Hütte am Weinberg, in der ich damals mit Lara saß. Es gab Nächte, in denen schrieb ich durch und schlief am Tag. Es gab Zeiten, da machte ich eine komplette Schreibpause.

Und es gab einen Tag Ende Juni, an dem ich am Wochenende Alessia in der *Focacceria* half. Ich holte gerade ein *Focaccia Pesto* für einen australischen Backpacker aus dem Ofen, drehte mich um und vor der Theke stand eine Frau mit Rucksack, die vertieft die Auslage betrachtete und mit ihrer Freundin beriet, was sie nehmen sollte. Ich kannte diese Stimme. Sie schaute hoch, blickte in meine Augen und mich traf es wie ein Schlag. Es war Lara. Sie erkannte mich auch sofort und wir konnten es nicht fassen, uns nach so langer Zeit wiederzusehen. Wir fielen uns in die Arme und hatten uns eine Menge zu erzählen.

Sie war damals nach ihrer Interrail-Tour tatsächlich für ein Jahr nach New York gegangen, wir hatten uns in dieser Zeit auch hin und wieder geschrieben, doch der Kontakt schlief ein, als sie, zurück in Deutschland, einen Freund hatte. Sie war lange mit ihm zusammen. Vor zwei Jahren trennten sie sich und seitdem war Lara Single. Sie machte eine Ausbildung als Industriekauffrau und arbeitete bei mehreren Firmen, seit drei Jahren war sie nun im Büro eines kleinen Unternehmens in der Nähe von Köln tätig, aber besonderen Spaß machte es ihr nicht. Sie hatte sich dann in diesem Frühjahr an die Zeit in Italien vor vielen Jahren erinnert und wollte nun noch einmal in der Cinque Terre wandern gehen, was damals bei unserer Tour viel zu kurz gekommen war. Und so war sie mit ihrer Freundin hier in Manarola gelandet. Sie wohnte in Levanto, knappe zwanzig Bahnminuten entfernt und wir verabredeten uns dort am Abend zum Essen und verbrachten noch drei schöne Tage miteinander.

Nun sitze ich hier auf der Terrasse, es ist September und mein Buch neigt sich dem Ende entgegen. Ich habe einfach drauflos geschrieben, die nächsten Monate verbringe ich mit Korrekturen und Verbesserungen meiner Texte.

Ich sitze hier mit dem Blick auf mein geliebtes Meer, mache mir eine *Lemon Soda* auf und sehe am Horizont ein Segelschiff vorbeiziehen. Die Sonne strahlt, der Himmel ist azurblau, das Meer funkelt, wie von Millionen Diamanten benetzt. Alles ist perfekt.

„Soll ich uns *Pasta* kochen, Schatz?“, frage ich sie, die an ihrer Staffelei steht und ein Bild vom traumhaften Panorama der Küste malt. Der silberne Gecko an ihrem Hals glitzert in der Sommersonne und Lara nickt: „Gerne!“

Ende